HEYNE <

DAS BUCH

In der Galaxis Ambriador, Millionen Lichtjahre von der Erde entfernt, gerät Perry Rhodan in einen erbarmungslosen Krieg. Die Roboter-Zivilisation der Posbis droht das Alteranische Imperium der Menschen zu vernichten. Im Zentrum der zunehmend verheerten Galaxis liegt der Planet Pakuri – dort ist alles ganz anders: Pakuri ist eine friedliche und schöne Welt. Hier lebt das fremdartige Volk der Ueeba, das seine Tage mit lebensfrohen Festen verbringt. Auch auf Pakuri existieren Posbis, aber sie betätigen sich als Kindermädchen der Ueeba. Eigentlich paradiesische Zustände ...

Die Ueeba verfügen zumeist über starke Para-Begabungen. Einige von ihnen, die Imago-Forscher, arbeiten in der Psi-Fabrik und erzeugen dort Artefakte aus reiner Psi-Materie. Aber zu welchem Zweck? Als ein junger Imago-Forscher Fragen stellt, geraten die Dinge in Bewegung: Welches Interesse haben die Auftraggeber der Ueeba – Wesen, die sich »Kelosker« nennen – an den Psi-Artefakten? Welche Rolle spielten diese undurchschaubaren Riesen in der Vergangenheit der Ueeba? Und was hat es mit dem Schleierstern auf sich, der über Pakuri seine Bahn zieht, ohne zu diesem Universum zu gehören?
Perry Rhodan, der auf der Suche nach dem geheimnisvollen Siebenkopf nach Pakuri kommt, begreift schnell: Der Schlüssel zu Siebenkopf, zum Geheimnis der Galaxis Ambriador und sogar zur Beendigung des Posbi-Krieges liegt auf Pakuri – und in der Psi-Fabrik.

DER AUTOR

Der 1962 in Berlin-Kreuzberg geborene Frank Böhmert erzählte schon als Kind gerne unheimliche und phantastische Geschichten. Seit den frühen 1980er-Jahren schreibt und veröffentlicht er Kurzgeschichten und Gedichte in allen literarischen Genres. In den letzten Jahren machte er sich als Übersetzer anspruchsvoller Romane, Kinderbücher und Krimis einen Namen. In der Reihe PERRY RHODAN sind von Frank Böhmert die Romane »Die Sternenhorcher« (Andromeda) und »Die Traumkapseln« (Odyssee) erschienen.

DER UMSCHLAGILLUSTRATOR

James Clyne studierte zunächst Kunst und Malerei und später Industriedesign, bevor er Mitte der 90er-Jahre begann, Kulissen und Figuren für Computerspiele zu entwickeln. Seit 1997 arbeitet Clyne als Illustrator in Hollywood, unter anderem für Filme wie *Krieg der Welten, Poseidon, Charly und die Schokoladenfabrik, Der Polarexpress* und *Minority Report.*

Perry Rhodan

DER POSBI-KRIEG

FRANK BÖHMERT

DIE PSI-FABRIK

Roman

Perry Rhodan » Der Posbi-Krieg 5

Mit einem Anhang von Hartmut Kasper

Originalausgabe

WILHELM HEYNE VERLAG
MÜNCHEN

Umwelthinweis:
Dieses Buch wurde auf chlor- und säurefreiem Papier gedruckt.

Originalausgabe 3/07
Redaktion » Hartmut Kasper
Lektorat » Sascha Mamczak & Ursula Bergenthal

www.heyne.de
Printed in Germany 2007
Umschlagbild » James Clyne
Umschlaggestaltung » Nele Schütz Design, München
Satz » C. Schaber Datentechnik, Wels
Druck und Bindung » GGP Media GmbH, Pößneck

ISBN: 978-3-453-53266-3

Eins

An Bord der BOX-1122-UM am 28. Mai 1343 NGZ

»Das ist nicht Ihr Ernst!«, entfuhr es der Nachfolgerin von Captain Olexa.

Perry Rhodan schmunzelte. Er nickte ihr aufmunternd zu.

»Aber ... Sir!« Captain Liza Grimm holte tief Luft. »Ich möchte zu bedenken geben, dass auf Ihnen sämtliche Hoffnungen ruhen. Wir können es uns nicht leisten, Sie zu verlieren. Sie sind eine Legende, der terranische Großadministrator.«

»Der Großadministrator, ganz recht«, sagte Rhodan. »Wir wollen uns doch hier sicher nicht über Weisungsbefugnisse auseinandersetzen, oder?«

»Nein, Sir. Gewiss nicht. Aber wenn ich mir einen Kommentar gestatten darf – bei allen guten Müttern! Sie und Mondra Diamond riskieren damit Ihr Leben!«

Die alteranische Offizierin zeigte auf die beiden starren übermannsgroßen Posbis. Klaffende Öffnungen in den Robotern erwiesen, dass es sich in Wirklichkeit um eine Art gepolsterte Exoskelette handelte.

Sie befanden sich in einem Hangar, der bei dem Roboteraufstand nicht beschädigt worden war. Rhodan, Mondra und die Alteraner waren hier das Schmutzigste; sie trugen den Ruß aus den verheerten Schiffsteilen unfreiwillig überall hin. Für eine groß angelegte Reinigungs- und Reparaturaktion fehlten die Kapazitäten.

»Ich glaube nicht, dass die Gefahr so groß ist.« Rhodan lächelte gewinnend. »Immerhin sind wir mit den Schatullen schon unerkannt auf der Achtzigsonnenwelt gewesen. Da werden wir es wohl auch ein paar Fragmentraumer weit in diesem Konvoi schaffen.«

Er nickte den Technikern zu. Mit wenigen Handgriffen schlossen sie die beiden Schatullen und winkten dem Beiboot. Per Zugstrahl wurden die Schatullen ein Stück angehoben und in die Schleuse befördert.

Die Offizierin sah Mondra Diamond an. Ihre Augen blitzten. »Darf ich erfahren, welchen Sinn dieser Ausflug haben soll?«

»Erkenntnisgewinn?«, sagte Mondra. Sie zeigte ihr strahlendstes Lächeln und bedachte auch Rhodan damit, während sie an ihm vorbei zu dem Beiboot ging. Mit zwei Schritten holte er sie ein.

Hinter ihnen seufzte die Offizierin. »Wir können Ihnen eine Bildübertragung aufbauen, eine Holografie, was Sie wollen. Aber wozu müssen Sie selbst dort hinüber?«

Rhodan trat über den runzeligen Schleusenrand hinweg ins Beiboot. Ein säuerlicher Geruch schlug ihm entgegen. Der Terraner drehte sich um. »Wozu?«

Die junge Offizierin starrte zu ihm hinauf. Sie sah ernst aus in diesem Augenblick, verletzlich. Ihre ganze Haltung hatte mehr von einer Tochter als von einer Soldatin. Der rußige Schmierfleck über der Stirn verstärkte diesen Eindruck noch.

Rhodan verkniff sich ein Grinsen und nickte leicht. »Um nicht untätig herumzusitzen. Um die Sache in die Hand zu nehmen.«

»Und außerdem ...« Mondra schob sich neben ihn, sodass er ihre Schulter an der seinen spürte. Er sah sie kurz aus dem Augenwinkel an. Sie lächelte honigsüß. »... konnte der Herr Großadministrator noch nie einem Rätsel aus dem Weg gehen. Daran habe ich ihn nie hindern können, Schwester, also werden Sie es auch nicht können.«

Das Schott schloss sich. Mondra sah ihn aus ihren grünen Augen an. »Stimmt doch, oder?«

Rhodan setzte ein Grinsen auf und schnaubte. »Schwester?«, fragte er.

Mondra reagierte nicht. Sie ging weiter in das Beiboot hinein. »Wollen wir doch mal schauen, was für ein Transportmittel uns die Posbis zugedacht haben ... Himmel.« Sie blieb ruckhaft stehen. »Wovon träumen Posbi-Innenarchitekten eigentlich nachts?«

Rhodan trat neben sie. Er konnte nicht verhindern, dass seine Augen sich verdrehten. Nur mit Mühe und viel Zwinkern bekam er sie wieder fokussiert.

»Wir sind da, werte Lebewesen«, sagte das Beiboot keine halbe Stunde später auf Larisch.

»Vielen Dank.« Rhodan richtete sich vorsichtig aus dem Schneidersitz auf, darauf bedacht, nichts mit den Händen zu berühren. Boden und Wände der fensterlosen Passagierkabine waren mit einem weichen, nachgiebigen Spezialkunststoff ausgestaltet. Sie formten eine gerundete, organisch wirkende Höhle mit Mulden und Buchten, in die er und Mondra sich behaglich hätten schmiegen können, wären sie nicht Terraner gewesen, sondern Matten-Willys. Zwei-Meter-Schwämme mit annähernd kugelförmiger Ruhegestalt fühlten sich hier sicher bestens umsorgt.

Das freundliche Beiboot hatte ihnen für den kurzen Flug von einem Fragmentraumer zum anderen sogar etwas zu trinken angeboten. Rhodan war erst stutzig geworden, als es hatte wissen wollen: mikrogedampft oder als Massagestrahl?

Er sah sich in der grellgrünlichen Gummilandschaft um. »Mondra?«

Sie lag, wie er im blauen Kampfanzug, ein wenig abseits auf dem Rücken, die Arme ausgebreitet, die Beine hochgelegt. Der Kunststoffbelag besaß eine Bläschenstruktur, die auf Druck reagierte; wurde eine Blase zusammengedrückt, vergrößerten sich die Nachbarblasen proportional und färbten sich von Neongrün zu augenschmerzendem Pink; Mondras Gestalt schien von üppigen Pilzen oder Beeren umwuchert zu sein.

Rhodan trat zu ihr. Die schwarzen Haare umflossen ihr Gesicht. Sie hatte die Augen geschlossen und lauschte einer Musik aus den Anzuglautsprechern, von der er nur die hohen Töne wahrnahm.

»Mondra.« Er hob den gesunden Arm und berührte sie an der Wade. »Wir sind da.«

Sie öffnete die Augen. Das Grün der Iris ging unter in dem befremdenden Licht, aber von der Intensität ihres Blicks ließ sich das nicht behaupten. Einen Moment lang schien er von weither zu kommen, dann blitzte etwas auf in ihren Augen, Erkennen vielleicht oder Amüsiertheit.

Mit einer einzigen fließenden Bewegung ging sie in eine Rolle rückwärts und stand, strahlte ihn an. »Dann los.« Zu ihren Füßen war kurz noch wie ein Nachbild der Umriss ihrer Gestalt zu sehen, dann schrumpfte der rote Beerenkranz in den grünen Blasenteppich zurück.

In der Schleuse angekommen, bestiegen sie ihre Schatullen. Das Beiboot sagte: »Ich empfehle, euch nicht allzu weit zu entfernen. Dann kann ich auf euch aufpassen. Und der Große Frachtraum hier in dieser BOX heißt nicht umsonst so.«

Rhodan schlug auf den Verschlussmechanismus. Ratschend klappten die Hälften der Pseudoroboter zu. Vor ihm glommen die Flachbildschirme auf, die winzigen Behelfsleuchten. Genussvoll schnupperte Rhodan Maschinenluft. In Matten-Willy-Räumen roch es ihm auf Dauer zu muffig und säuerlich.

»Keine Sorge«, sagte er. »Wir wollen nur schauen. Wie viel Zeit haben wir?«

»So viel ihr wollt«, antwortete das Beiboot. »Ich bin für euren Transport freigestellt worden.«

Die kreisrunde Schleuse öffnete sich, sie traten über den runzeligen Wulst hinweg, und da war es.

»Das kriechende Herz«, sagte Rhodan leise.

»So hast du es getauft?«, kam Mondras gehauchte Stimme über die Anzuglautsprecher. Die Kommunikationssysteme der Schatullen wollten sie lieber nicht benutzen.

Rhodan nickte, ohne den Blick von dem Gebilde zu nehmen.

»Ich weiß nicht mehr, welcher Philosoph das auf welcher Welt vor wie viel tausend Jahren gesagt hat.« Mondras Stimme klang rau. »Aber wenn es stimmt, dass das Leben ein Traum in einem Traum ist, ist dieses Artefakt ein Albtraum in einem Albtraum.«

Das Beiboot hatte sie in einem schlecht beleuchteten, schlauchförmigen Hangarfinger abgesetzt. Vielleicht 20 Meter vor ihnen öffnete sich der Schlauch zu einem Raum, dessen Größe sehr schwer zu erahnen war. Auf jeden Fall kamen erst 30 Meter Nichts und dann eine gleißend hell angestrahlte Wand, die an ein Rohrgeflecht aus Verbundstoffen erinnerte, an verschlungene, peristaltisch langsam pulsierende Gedärme, an ein Schlangennest in Zeitlupe.

»Komm.« Rhodan setzte sich in Bewegung.

Der Mondra-Posbi blieb neben ihm.

Je näher sie kamen, desto mehr weitete sich der Blick in den Frachtraum. Ihre Zutrittsöffnung musste etwa mittig zu dem Artefakt liegen. Rhodan hatte den Eindruck, sich einer Häuserschlucht zu nähern. Er wusste, dass das kriechende Herz eine Höhe von 380 Metern besaß. Hier jedoch verlor sich dessen Ausdehnung in den dunklen Tiefen des Frachtraums. Vereinzelt glommen Punktstrahler auf, wischten Lichtkegel über Wülste und Auswüchse hinweg. Schweißbögen flackerten.

»Wer um alles in der Welt gibt eine solche Konstruktion in Auftrag?«, fragte Mondra.

Rhodan wusste, dass die Frage rhetorisch gemeint war. Die Antwort, die Mondra natürlich kannte, lautete: eine Instanz namens Siebenkopf, ansässig im schwer zugänglichen Zentrumsbereich der Galaxis Ambriador. Dorthin waren sie unterwegs.

»Die eigentliche Frage ist ...« Mondra lachte rau. »Möchte ich die Auftraggeber eigentlich wirklich kennenlernen?«

Rhodan schmunzelte. »Natürlich. Mir machst du nichts vor. Pass auf! Es kommt!«

Das Konglomerat künstlicher Riesengedärme wölbte sich plötzlich vor, kam dichter und dichter heran. Rhodan packte Mondra am Arm – oder wollte es. Scheppernd schlug die Greifklaue gegen einen ihrer gepanzerten Schulteraufbauten. In demselben Moment zog sich der Hangarfinger jedoch auch schon aus dem Frachtraum zurück, in einer ganz organischen, fast tänzerischen Bewegung, die die beiden Terraner in ihren Exoskeletten kaum aus dem Gleichgewicht brachte.

»Keine Sorge«, sagte das Beiboot mit laut hallender Stimme hinter ihnen. »Für eure Sicherheit ist gesorgt.«

»Posbis ...«, flüsterte Mondra über den Anzugfunk. Rhodan hörte ihrer Stimme an, dass sie dabei die Augen verdrehte.

Er grinste. »Aber praktisch sind sie schon.«

»Wie geht es deinem Arm?«

»Schon wieder ganz gut.« Er demonstrierte die wiedergewonnene Beweglichkeit, indem er den Arm einige Male beugte und streckte. »Nur kann ich noch nicht viel Kraft hineinlegen. Was hier aber nicht weiter stört.«

»Zum Glück hat dich der Thermoschuss nur gestreift.«

Rhodan verzog das Gesicht. »Sonst wäre ich geendet wie Captain Olexa.«

Sie drehte die Greifer hin und her, fragend, abschätzend vielleicht. »Ein tapferer, selbstloser Mann. Wie du.«

Rhodan holte tief Luft. »Ich hasse Opfertode.«

»Hmm.«

»Ich bin Olexa dankbar, sicher, und gleichzeitig denke ich: Noch ein Toter, der auf mein Konto geht. Verstehst du das?« Und als sie nichts sagte: »Mondra?«

Sie seufzte. »Ach, Perry. Die Bestattung ist vorbei. Du musst keine Trauerrede mehr halten.«

»Du meinst ... das kam gerade zu staatsmännisch?«

Sie lachte leise auf. »Ja.«

Rhodan schüttelte den Kopf. »Manchmal weiß ich nicht, wo meine Rolle aufhört und der Mensch anfängt. Manchmal denke ich, den gibt es überhaupt nicht mehr. Verrückt, oder?«

»Nein«, kam es warm über den Anzugfunk.

»Nein?«

»Nein.«

»Na schön. Streich die letzte Bemerkung.« Rhodan seufzte. »Jetzt sagst du bestimmt wieder nein.«

»Ja.« Ihre Stimme klang, wie so oft, überaus amüsiert.

Er sah zu dem Artefakt hinaus. Es schien sich um seine Längsachse zu drehen. Davon abgesehen war es im Augenblick ganz ruhig. Fast meinte Rhodan, vorhin einer Sinnestäuschung erlegen gewesen zu sein. Metalle, Kunststoffe, Verbundstoffe zogen vorbei, zumeist unlackiert und ohne Verkleidungen, Beschichtungen: Nicht nur ein Gewirr von Formen und Materialien, sondern auch von Farben. Metall- und Erdtöne herrschten vor.

»Schrottkunst«, sagte er. »Nur ist es kein Schrott. Sondern höchst entwickeltes Posbi-Gerät.«

Mondra schnaubte. Bei ihr klang selbst das anmutig. »So hoch entwickelt, dass nicht einmal die hiesigen Posbis wissen, wozu es gut sein soll. Obwohl sie es gebaut haben!«

»Vermutet unser Aluminiumgärtner. Aber vielleicht halten sie den Zweck auch nur geheim.«

»Apropos. Wo steckt Nano eigentlich? Nicht, dass ich ihn vermissen würde.«

»Er repariert wohl gerade Drover. Den hat es ziemlich schlimm erwischt bei dem Aufstand. Mauerblum und er sind jedenfalls mit Drover in einer Werkstatt verschwunden und nicht mehr aufgetaucht.«

»Uff. Welch ein Glück.«

Rhodan nickte, dann fiel ihm ein, dass Mondra das nicht sehen konnte. »Er kann einem mit seinen Beziehungstipps schon ziemlich auf die Nerven gehen, was?«

Mondra lachte auf. »Streich das ›ziemlich‹!«

Weit unten, von Rhodans Warte aus gerade noch zu sehen, schlängelte sich ein Knäuel Versorgungsleitungen zu dem kriechenden Herzen hin wie ein quer wachsendes Grasbüschel in Zeitrafferaufnahme.

»Perry?« Auf einmal klang Mondras Stimme ganz ernst.

»Ja?«

»Raus mit der Sprache. Was bedrückt dich? Und ich will jetzt nichts Staatsmännisches hören.«

Rhodan nickte. »Ich mache mir Sorgen um Startac Schroeder.« Er sah sie kurz an. Aber da stand ja nur eine robotische Hülle. »Ich frage mich, wo er abgeblieben ist.«

Zwei

Auf dem Planeten Pakuri
Im Mai 1341 NGZ

Fast auf den Tag genau zwei Jahre, bevor die Knochenleute kamen, machte Tawe tla Mouuach den größten Fehler ihres jungen Lebens. Sie erregte die Aufmerksamkeit eines Imago-Forschers. Ihm gefielen nicht etwa ihre strammen Brustbeine oder ihre Larve. Er wollte auch nicht mit ihr schäkern, um einmal zu schauen, ob sie etwas für die nächste Hitze wäre. Es war viel schlimmer. Er hatte nur Fühler für ihre Liebesgabe.

»Sieben Rosen!«, sagte Tawe, ohne ihn zu bemerken. Er spazierte unten auf der Wiese durch die wimmelnden Mengen, die auf dem Herzberg feierten, während Adilai und sie ein Stück weiter oben an einer gewölbten Wand des grünen Jadepalasts klebten und flirteten. »Sieben Rosen für die schönste Knospe der Stadt!«

»Du!« Adilai stülpte rot schimmernde Vorwurfsstacheln aus ihrer Larve. »Sag wenigstens Blüte, du Schmeichlerin! Ich bin doch kein Kind mehr!« Aber sie konnte nicht verhindern, dass Wellen des Gefallens durch ihre Stacheln flossen. Sie war noch zu jung für eine solche Beherrschung ihrer Larve, das gelang den meisten Ueeba erst nach dem Fraufest.

Tawe antwortete nicht mit Worten, sie sagte es mit Blumen. Sechs der sieben halbmateriellen Rosen, die sie gebildet hatte, schwebten ein Stück höher. Dann lösten die Stiele sich auf. Die Blütenblätter rieselten herab und tanzten schräg zur Schwerkraft mit einem hellen *Ping!* durch Adilais leuchtende Larve hindurch. *Ping! Ping! Pingpingping!* Die Blätter zerschmolzen auf ihrem schwarz glänzenden, herrlichen Leib und vergingen.

Adilai lachte trillernd. Tawe hatte die Blütenblätter extra eiskalt gemacht.

»Das ist schön!«, hauchte Adilai. »Wie machst du das? Du bist sehr begabt. Sie haben sogar ein bisschen geduftet ...«

»Ach!«, sagte Tawe, obwohl sie sich zutiefst freute. »Das ist doch nichts. *Du* bist schön. *Du* riechst so gut.«

»Wie gut?« Adilai ließ dunkle Schleier über ihre Fühler fallen.

»Hmm, ich könnte den ganzen Tag nichts anderes riechen ... *so* gut!« Tawe bog sich von der Palastwand weg und fing die letzte, siebte Rose aus der Luft. Sie hielt sie Adilai hin. »Hier. Für dich.«

Adilai flirrte verwirrt mit den Fühlern unter den nun gazeartigen Lichtschleiern ihrer Larve. »Aber ...«

»Nun nimm schon.«

Ihre Angebetete richtete sich auf und nahm vorsichtig die Blume. »Sie ist ... echt?«

»Sie ist für dich.«

»Aber ... so etwas können sie sonst nur in der Fabrik ... die Männer.« Adilai drehte die Blume mit den Füßen, führte sie an die Mandibeln, tupfte. »Tawe ...«

»Bei Sonnenaufgang wird sie wieder verschwunden sein.«

»Trotzdem. Dein Haufen muss stolz auf dich sein.«

»Reden wir nicht von meinem Haufen.« Sie wies mit den Fühlern in die Landschaft. »Ist das nicht eine herrliche Nacht? Sieh nur, wie die Fadenwälder sich im Wind wiegen! Wie die Jademauern unter den Sternen glänzen!«

Unten, in der Senke vorm Wald, tanzten tausend Ueeba

zur Musik aus den schwebend dahinkreisenden Alles-für-euch-Lautsprechern. Die wogende, leuchtende Masse war wie ein Meer im Rausch der Klänge und der Glückshormone. Der Ozean aus Licht und schwarzen Leibern tanzte und wogte und wiegte sich unter dem Zug des Schleiersterns. Oben gischteten die Lichterscheinungen der Larven wie bewegte Wellen. Unten, am Grund der Untiefen, schabten und klackten die Leiber der Tanzenden wie Kiesel oder Perlen, bewegt von den Wiegekräften der Musik. Ab und zu war Juchzen zu hören. Durchscheinende Kugeln, Sterne, Spiralranken, Tiergestalten erhoben sich in die Luft und vergingen wenige Meter über der Festwiese.

Um die Festwiese herum stand der grellbunte Ring von Ruhbuden, Garküchen und Nehmläden. Hier schenkten die Alles-für-euch-Köche Speisen und Getränke aus. Hier konnten die Ueeba Andenken mitnehmen, Decken und Laternen und Beinschmuck und Parfüme und Musikchips und und und ... *Greif zu, nimm mit, ist alles für euch!*

Dahinter dehnten sich die Fadenwälder, nichts als fahle Stängel bis zum Horizont, zur Unendlichkeit, zur sternenübersäten, freundlichen Nacht.

Der Lodertunnel war von ihrem Platz aus nicht zu sehen, darauf hatte Tawe geachtet. Der Blick in sein kalt glühendes Maul war ihr unangenehm. Also saßen sie so, dass einer der hohen Türme ihn abschirmte.

Alles-für-euch in Gleitergestalt zogen über die Wälder hinweg Richtung Stadt. Sie brachten die Erschöpften zurück, die Müden, die nicht in den Schatten des grünen Jadepalastes zu schlafen wagten. Immer noch kamen mehr Ueeba an, um zu feiern, zu rauschen, zu bäumeln, bis der Morgen graute und die blaue Sonne sie für den Tag in die Häuser trieb. Nur die allzu Berauschten und die Gröbsten versuchten, in den Vorkammern des Palasts zu schlafen, und klebten sich, zu Kleinhaufen gekuschelt, in die dunkelsten Winkel. Aber die Alles-für-euch fanden sie doch und pflückten die Schlummernden sanft ab und trugen sie heim.

Ja, der Herzberg!, dachte Tawe. *Das hast du gut gemacht, Mädchen. Genau der richtige Ort für eine erste Verabredung. Abgefahren. Sanft und wild und ein bisschen verrufen. Aber doch romantisch.*

Sie sagte nichts, weil Adilai sie sicher zurückgewiesen hätte, und das hätte zu wehgetan. Tawe spreizte sich einfach auf Adilais Seite, machte sich einladend flach. Und tatsächlich – ihre Göttin seufzte und kuschelte sich an sie. Das herrliche, schüchterne Schaben war in der pulsierenden Nacht kaum zu hören. Angenehm legte sich Adilais Gewicht auf ihre Panzerbögen.

Tawe hielt den Atem an. Sie wagte nicht, die Beine zu bewegen.

»Hm«, machte ihre Göttin. »Ich könnte hier ewig so kleben.«

Tawe seufzte und konnte endlich wieder atmen. *Ich auch. Hier. Mit dir. – Sag es, Mädchen! Sag es doch einfach.*

»Ich auch«, sagte sie. »Hier. Mit ... mit der ganzen Musik ... und den Sternen ... und so.«

»Ja. Ich war schon ein paarmal hier«, sagte Adilai. »Aber noch nie war es so schön wie heute ...« Sie betupfte die Rosenblüte. »Mit dir.«

Ja! Jaha! Tawe musste aufpassen, dass sie ihre Larve nicht zu einer ungehörig großen Blase aufblähte, so sehr durchfuhr sie das Glück. »Ja«, brachte sie hervor. »Ja, Adilai.« Sie schmiegte sich enger an sie.

So hingen sie dort, am Fuß der gewölbten Wand des grünen Jadepalastes, ganz still und glücklich inmitten eines perfekten Festes, einer perfekten Nacht, die alles gut, alles wettmachte, was Tawe in ihrem jungen Leben je an Unerfreulichem, Schmerzhaftem, Frustrierendem zugestoßen war. So hingen sie dort und träumten und lauschten und fühlten und schwiegen.

Bis ...

»Ha-hrm.«

Ein Räuspern unter ihnen. Rau. Alt.

Tawe sah nach unten und erschrak. Sie zuckte so heftig zusammen, dass Adilai ebenfalls erschrak und ihre Rose fallen ließ.

Die Blume purzelte die Wandung hinunter und landete genau vor den Brustbeinen des Forschers, der zu ihnen hinauffühlerte.

»Verzeiht, Kinder, dass ich euch störe. Wenn ihr vielleicht zu mir herunterkommen könntet? Meine Beine sind nicht mehr die jüngsten.«

Während Adilai und Tawe die Wandung hinunterglitten – Tawe für ihren Teil mehr als widerwillig, aber einem Forscher widersprach eine Ueeba nicht –, hob er die Blume auf und befühlte sie.

»Das ist eine sehr hübsche Arbeit, Kind. Wirklich sehr hübsch.« Er sprach Tawe an, obwohl doch Adilai die Blume gehalten hatte. Da dämmerte ihr, dass er sie bereits eine Zeit lang beobachtet haben musste. Aber ihr dämmerte noch nicht, dass sie den größten Fehler ihres jungen Lebens gemacht hatte. »Darf ich fragen, wie du heißt?«

»Tawe. Tawe tla Mouuach.«

»Ach, *du* bist die Tawe vom Kollegen Mouuach? Dann wundert mich nichts mehr. Du bist jetzt wie alt? Fünf?«

»Vier, Chef«, benutzte sie die höfliche Anredeform für einen Forscher aus der Psi-Fabrik. »Viereinhalb.«

»Viereinhalb. Ich bin beeindruckt. Liebe macht stark, was?«

Sie wäre am liebsten sofort in die tiefsten Tiefen ihres Haufens geflohen. Wie konnte er so etwas aussprechen, so ein Wort! *Das* Wort. Sie wagte es weder, ihn anzufühlern, noch Adilai.

»Ha-hrm. Nun ja. Ja, ja, ja.« Der Mann, dessen larvennackter Leib doppelt so lang und massig war wie der einer Frau und den die Sonne beim Tagwerk längst grau und trüb und krustig gebrannt hatte, wandte sich Adilai zu. »Und du, schönes Kind? Bist sicher eine vom Kollegen Dadié, habe ich recht?«

»Ja, Chef.« Adilais Stimme war kaum zu hören, ihre Larve zog sich zusammen.

Seine Fühler tanzten. »Noch ein bisschen jung, noch ein bisschen unreif. Aber dein Fraufest kommt bald, Kind. Ist schon zu riechen. Du wirst viel Spaß haben bei der Hitze, ha ha! Ha-hrm.« Er hustete.

Tawe war stumm und starr vor Wut. Wie konnte er so von Adilai reden! Dieser Grobkerl!

»Ha-hrm. Ja. Schönes Fest, das ihr hier feiert. Viel Spaß noch, Kinder. Die Arbeit ruft.« Er wandte sich ab und ließ ein riesiges Gebilde erstehen, einen überdimensionalen, leuchtenden Alles-für-euch-Gleiter, der langsam zu einem Punkt zusammenfiel. Prompt stieg hinter dem Ring der Buden ein Gleiter auf und kam näher.

»Wohin darf ich dich fahren, Chef?«, fragte der Alles-für-euch.

»Zur Fabrik, mein Guter. Zur Fabrik.«

»Einen Moment noch!« Tawe schob sich vor den offenen Verschlag und versperrte dem Mann-Riesen den Weg. Ihre Larve fühlte sich steinern an, so sehr riss sie sich zusammen. »Die Rose. Sie gehört ihr. Adilai.«

Der Forscher, der sich nicht einmal vorgestellt hatte, warf ihr die Blume hin und krabbelte über Tawe hinweg, schmerzhaft schwer, ohne das Gewicht zu verteilen oder auf seine Beine zu achten.

Und als der offene Gleiter abflog, prasselten hundert Bildrosen auf Adilai und sie hinab wie ein Regenguss.

»Dieser Grobkerl! Dieser Mister!«, presste Tawe hervor. Sie lag zu einer Spirale aufgerollt auf der Seite und konnte weder weinen noch brüllen, so aufgewühlt war sie. Flammen, Stacheln, Protuberanzen stülpten sich gelb und rot und türkis und schwarz von ihr weg. So peinlich es war, sie konnte nichts dagegen tun.

Adilai verfächerte ihre zartrosa Fransenlarve mit Tawes und strich ihr mit den Fühlern über die weichen, empfindsamen Stellen an den Beingelenken, immer die Spirale entlang. »Er ist ein Mann, Tawe. Ein Forscher aus der Fabrik. Er kann tausend Rosen machen, wenn er will.«

Tawe erstarrte. »Jetzt sag nicht, dass du ihn bewunderst.«

Wieder das Streichen die Spirale entlang. »Er ist stark. Er ist groß«, sagte Adilai. Wieder das Streichen. Wieder. »Er ist potent, voller Bildkraft.« Streichen, streichen. Noch einmal. »Aber selbst tausend mal tausend seiner Rosen sind mir nicht so viel wert wie deine eine.«

»Aber wie sollen wir sie denn je wiederfinden? Darunter!« Tawe peitschte mit dem Po gegen die hundert Rosen.

»Das ist doch ganz einfach«, sagte Adilai. »Er hat goldene Fäden in seine gewirkt. Schau!«

Sie schaute. Adilai, ihre Adilai, hatte recht. Bald hielt sie Tawe die richtige Rose entgegen.

»Und jetzt lass uns tanzen, komm!«

Tawe sträubte sich. Die Demütigung saß tief. Aber irgendwann tanzten sie doch. Die Alles-für-euch-Lautsprecher zogen ihre konzentrischen Kreise um sie herum. Sie hüllten die beiden Ueeba ein, sponnen sie ein in flirrende, schwirrende, atmende Klänge, bis sie nicht mehr wussten, wo links und rechts und vorn und hinten war. Durch den Erdboden pulsten die Bässe in ihre Leiber und hoben sie empor, hoben sie mit jedem Schlag weiter empor in den Himmel, ins gleißende, funkelnde Alles.

Drei

Jenseits des Planeten Terra Incognita am 6. Mai 1343 NGZ

Startac Schroeder bewegte sich mühsam durch die Gewalt des Wasserfalls. Er hielt Tamra Cantus Hand fest umklammert. Beide trugen Kampfanzüge, Schroeder nach wie vor sein blaues terranisches Modell, Tamra hingegen einen Anzug der Laren. Das endlose, maßlose Wasser prasselte mit der Wucht eines Erdrutsches auf sie hinab. Ohne die hochgerüsteten Anzüge wären sie verloren gewesen.

»Weißt du noch die Richtung?«, rief Tamra über Interkom. Ihre Stimme war über dem Einprasseln auf Schroeders Helm kaum zu hören.

»Vorn ist da, wo die Litze nicht ist«, scherzte er und griff hinter sich, um sich zu vergewissern, dass noch der leichte Zug auf der Litze war ...

... und fand den dünnen, extrem belastbaren Faden nicht!

Sie hatten die Verbindung nach Terra Incognita verloren.

Er tastete hinten an seinem Gürtel umher. Seine behandschuhten Finger fanden den Karabiner. Er hing gerade herunter.

»Tamra. Die Litze.« Schroeder ließ ihre Hand los und wandte sich ab. »Sieh du einmal nach. Die Handschuhe sind zu grob.«

Er hörte sie fluchen, dann trat sie um ihn herum und

hielt ihm einen zerfaserten Faden vor die Augen. Das Ende zuckte unter dem ungleichmäßigen Strom der Wassermassen. Schroeder fing es ein, hielt es sich vor die Augen. Als er mit der anderen Hand das Wasser vom Helm abschirmte, konnte er kurz sehen, dass die Litze verformt war, wie unter großer Hitzeeinwirkung in die Länge gezogen und schließlich gerissen. Einzelne Fasern hatten sich spiralförmig aufgerollt.

Schroeder hatte weder einen solchen starken Zug bemerkt noch Hitze.

»Startac?« Tamras Stimme klang dünn, fragil, kaum verständlich. Er würde aufpassen müssen, dass ihre Nerven nicht mit ihr durchgingen.

Aber zuvor hatte er ein anderes Problem. *Vorn ist, wo die Litze nicht ist.* Hatte er eben eine halbe Drehung nach links oder nach rechts gemacht? Er sah noch einmal auf die Anzeigen in seinem Helmdisplay, aber die waren weiterhin ausgefallen. Der Anzug war gut, aber leider nicht *strangeness-proof*.

»Startac!«

Er hob die freie Hand. »Einen Moment.« Seine Stimme duldete keinen Widerspruch, und es kam ausnahmsweise auch keiner. Schroeder schloss die Augen, vergegenwärtigte sich, wie er eben Tamras Hand losgelassen und sich abgewandt hatte. Dann vollzog er die halbe Drehung rückwärts.

Immer noch mit geschlossenen Augen. Er spürte mit dem ganzen Körper nach. *Ja, so muss es richtig sein.*

Erleichtert öffnete er die Augen. »Ja?«

Tamra trat neben ihn, packte wieder seine Hand. Sie schien begriffen zu haben, was er gerade getan hatte. »Startac.« Ihre Augen waren sehr groß hinter dem Helm. »Die Litze ...«

»Ja«, sagte er ungeduldig. »Wir haben die Verbindung zu

Captain Onmout und seinen Leuten verloren. Aber wir wollen ohnehin nicht nach Terra Incognita zurück. Wir müssen nach vorn!«

»Weiß ich doch. Aber die Litze ... sie ist rot! Hat sie vorhin beim Einstieg nicht eine andere Farbe gehabt?«

»Hat sie?« Startac räusperte sich. Er zog die Schultern hoch, sie knackten.

»Entschuldige«, sagte Tamra jetzt mit wärmerer, festerer Stimme. »Ich vergesse immer wieder, dass du nur schwarzweiß sehen kannst.«

»Schon gut. Es gibt Schlimmeres.« Zum Beispiel das Gefühl, dass er diese Szene schon einmal erlebt hatte. *Ja,* dachte Schroeder, *wir haben das eben schon einmal erlebt, und irgendwie ist es da anders gewesen.* War Tamra nicht gestolpert, und er hatte sie hochgezogen?

»Die Desorientierung durch die Strangeness in diesem ... Wasserfall ist offensichtlich sehr stark«, sagte er. »Wir sollten uns von den Effekten nicht irre machen lassen. Komm weiter.«

Sie bewegten sich mühsam durch die prasselnden Wassermassen.

»Wie tief kann dieser angebliche Wasservorhang denn noch sein?«, stöhnte Tamra auf.

Schroeder stutzte. *Auch das hast du eben schon einmal gesagt.*

»Gehen wir überhaupt noch in die richtige Richtung?«, fragte Tamra. »Ich weiß ehrlich gesagt gar nicht mehr, wo vorn und hinten ist.«

»Vorn«, sagte Schroeder, »ist da, wo die Litze nicht ist – *verdammt!*«

»Was?«

Für einen Moment hatte ihn das eingeweideüberfrierende Gefühl überkommen, in einer Art Wahrnehmungsschleife festzuhängen. Er holte tief Luft. »Tamra. Bitte. Wir reden jetzt nicht. Wir gehen vorwärts. Unsere einzige Chance.«

Schweigend stapften sie weiter. Endlose fahl schimmernde Wassermassen stürzten um sie herum zu Boden.

Schroeder ignorierte die Tatsache, dass die Fluten unmöglich so leicht hätten abfließen können. Sie beide hätten sich normalerweise längst schwimmend fortbewegen müssen, in einem reißenden Strom.

Aber was hieß hier schon »normal«?

Unvermittelt ließ die Gewalt der Fluten nach. Stattdessen war da ein vager Eindruck von Eiseskälte. Die Helmanzeigen sponnen nach wie vor, aber um die beiden Menschen war eine Art Nebel, der ferne Eisflächen erahnen ließ ... kalbende Eisberge ohne jeden Ton ... dafür wimmernde, klirrende Nordlicht-Effekte. Knacklaute liefen auf sie zu und entfernten sich wieder, als drohte die Welt um sie herum jeden Moment zu bersten.

Tamras Hand krampfte sich kraftvoll um die seine. Tamra Cantu mochte unterernährt und ausgezehrt sein, aber sie war auch zäh.

Schroeder blinzelte. Da war eine Öffnung in dem leuchtenden Nebel, eine Röhre. Sie wand und bog sich zeitlupenhaft ins Nirgendwo.

»Komm!« Er zerrte die Frau weiter, hinein in die Röhre.

»Wir sind gleich dort!« Er spürte es genau.

»Startac!« Tamras Stimme war nur ein Hauch. »Dort vorn ... das ist ... eine andere Welt? Ich will ... ich muss ... dorthin ...«

Sie knickte ein neben ihm. Er zog sie hoch, legte sich ihren Arm um die Schultern, schleppte sich weiter. Er hätte sie gern hochgehoben, auf Armen getragen, aber er konnte selbst nicht mehr.

»Tamra«, sagte er, »ein Stück noch, komm.« Sein Kiefer schien meterbreit, hohl und wie mit zu geringer Geschwindigkeit abgespielt kam die Stimme heraus. Startac schüttelte den Kopf, und der Effekt verging.

Wie eine Motte vom Licht, so fühlte er sich von dem angezogen, was am Ende des flackernden Tunnels lag ...

Eine andere Welt.

»Tamra? Dieses Glühen dort in der Dunkelheit ... Ist es rötlich? Feuersglut?«

Seine Gefährtin lallte nur noch Unverständliches.

Schroeder stolperte weiter. Inzwischen wusste er nicht mehr, ob er Tamra stützte oder sie ihn.

Wieder hatte er das Gefühl, diesen Tunnel schon einmal entlanggestolpert zu sein und dass es sich ähnlich angefühlt hatte, aber nicht ganz. Andere Worte, andere Empfindungen.

Und ich bin immerhin Mutant, dachte er. *Wie mag es Tamra gerade ergehen?*

Vor ihnen waberte es dunkel. War das Nacht da draußen? Überall schwebten seltsame Lichter in verschiedenen Grautönen, Lampen in den unterschiedlichsten geistverwirrenden Formen. Und dann erblickte Schroeder die wimmelnden, leuchtenden, halb durchsichtigen Körper.

Sie waren nicht richtig zu erkennen. Tiere vielleicht? Sich merkwürdig verändernde Traumgestalten? Startac kniff die Augen zusammen. In den Lichtblasen war irgendetwas.

Längliche Körper schimmerten zwischen den Lichtblasen hervor – schlängelnde, sich windende Körper ... dunkel ... schwarz ... mit unzähligen wimmelnden Beinchen ... in diese Blasen gehüllt, als hätten sie sich maskiert.

Was um Himmels willen war das dort drüben? Eine Albtraumvision?

Oder – Schroeder hatte beinahe das Ende des Tunnels

erreicht und bemerkte die Bässe, die dumpf durch seine Füße drangen – ein rauschendes Fest?

Er stolperte ins Freie. Unvermittelt war Gekreisch um ihn, grässliche Dissonanz. Er ließ Tamra los und hielt sich die Ohren zu – nein, versuchte es. Seine Hände schlugen an den Helm. Aber Schroeder wusste nicht mehr, was ein Helm war, was Außenmikrofone waren und wie sie sich herunterregeln ließen.

Er sackte zur Seite, fiel halb über Tamra hinweg. Das schrille, grelle, vielstimmige Pfeifen bohrte sich in sein Hirn. Er wurde ohnmächtig.

Anscheinend dauerte seine Bewusstlosigkeit nicht lang, denn als er wieder zu sich kam, lag er immer noch über Tamra hingestreckt, schnitt sich noch immer dieses schreckliche Gepfeif in seinen Schädel.

Aber die kurze Auszeit hatte seinen Geist wieder geklärt. Schroeder ging auf alle viere, dann auf die Knie.

Die Leuchterscheinungen waren näher gekommen.

Tamra zuckte neben ihm, krampfte. Rasch griff er an ihre Anzugsteuerung und dämpfte die Lautstärke. Dann tat er das Gleiche bei seinem Anzug.

»Gut«, flüsterte er.

Hinter ihm erlosch flackernd der Tunnel, durch den sie gekommen waren.

Vor ihm ... Schroeder wandte den schweren, trägen Kopf ...

Die Wimmelwesen hatten sich in einem weiten Halbkreis um sie versammelt.

Das waren Riesenasseln dort unter den Lichtblasen! Nein, Borstenwürmer! Nein, ein Meter große, kreischende Hundertfüßler!

Pechschwarz gepanzertes Riesenungeziefer.

Und die Wesen waren intelligent, Schroeder spürte es.

Er nahm Rausch wahr, Neugierde, Aufgekratztheit. *Die feiern ein Fest? Hoffentlich brauchen sie nicht noch ein paar lustig anzusehende exotische Leckerbissen fürs Buffet.*

Seine Arme knickten ein. Er musste liegen. Einfach liegen jetzt. Als er die Augen schloss, sah er vertrocknete, zusammengerollte, schwärzliche leere Schalen und Bruchstücke vor sich, an denen noch einige fransenartige Beinchen hingen. Sie waren grell von der Sonne beschienen.

Hatte er sie auf Terra Incognita gesehen?

Ja. Nein. Doch. Die vertrockneten Überreste hatten auf recht große Insektoide hingedeutet.

Anscheinend hatten diese Wesen hier einmal den Durchgang nach Terra Incognita gewagt.

Nur nicht mehr den Durchgang zurück, dachte er. *Und ich kann's ihnen nicht verdenken.*

Er öffnete die Augen wieder, wandte den Kopf mühsam zu den Wesen.

Mensch, tat das weh!

Der deutlichste Hinweis, dass er wirklich überlebt hatte.

Oder hing er noch immer in diesem Strangeness-Feld fest?

Seine Wahrnehmung war eindeutig gestört. Das alles konnte nicht wahr sein. Diese geradezu psychedelischen Effekte. Wieder hatte er den Eindruck, diese Szene bereits in einer anderen Version erlebt zu haben.

Er sah die Hundertfüßler an unter ihren Lichtblasen, die beständig waberten und sich verformten.

Herrgott, wie musste das erst für Tamra aussehen, in aller Farbenpracht. Einen Moment lang war er froh, ein Monochrom-Mutant zu sein. Aber Tamra war ohnmächtig geworden, wie er sich mit einem Seitenblick überzeugte.

Ist sie vorhin auch ohnmächtig geworden an dieser Stelle? Er schüttelte den Kopf. *Nicht irremachen lassen jetzt. Abschalten. Einfach wahrnehmen. Wahrnehmen und handeln.*

Jedes der schwarzen Wesen um ihn und die reglose Frau verfügte über ein Schock langer, leicht gebogener Fühler wie aus Draht. An manchen Enden saßen Augen. Er streckte die Hand aus, berührte eines der Augen. Es zog sich wie eine Schnecke in die offensichtlich hohle Fühlerspitze zurück.

»Stielaugen, schick. Ich weiß, was gleich passiert«, sagte Schroeder. Er musste lachen. Verschluckte sich. Hustete. »Gleich kommt ein Dings ... ein ...«

Er kämpfte sich hoch. Stand wackelig da, den Kopf in den Nacken gelegt, starrte seine Nasenflügel entlang.

Aufgeregt zuckten die Fremdwesen mit den Fühlern und wimmelten umeinander. Dann verformten sich die Lichtkugeln um sie herum, stülpten Fortsätze aus. Waren das Arme? Beine?

Schroeder sah schwankend zu, wie die Lichterscheinungen sich zu ungeschlachten Humanoiden formten, zu Riesenwesen, die verformte, höckerbesetzte Köpfe besaßen und Hände, die aussahen wie zerflossen.

»Ja, genau«, knarrte Schroeder. »Ein Kelosker. Dankeschön, die Herrschaften. Die Wurmschaften.« Er lachte glucksend.

Fühlte es sich so an, den Verstand zu verlieren?

Dutzende von Kelosker-Lichterscheinungen blähten sich vor ihm auf.

Dann kam ein Posbi-Gleiter angerast.

»He! Ihr Brüder auch noch?«, brüllte Schroeder. »Seid ihr wahres Leben oder was?«

Wieder musste er lachen, husten. Auf einmal lief ihm die Nase. Er leckte sich die Oberlippe.

Das war kein Nasensekret. Das war Blut.

Schwärze sickerte wie Tinte vom Rand seines Gesichtsfelds her ein. Im letzten Moment sah er noch, wie der Posbi-

Gleiter sich öffnete und der größte Hundertfüßler von allen sich über ihn beugte. Schroeder sah ihm direkt in das klaffende Maul. Mandibeln zuckten darin.

Dann verschluckte die tiefschwarze Tinte auch dieses Bild.

VIER

Die nächsten Wochen waren wirr, waren wunderbar, waren wahnsinnig. Tawe und Adilai waren ein Paar. Das schönste der Stadt, wie Tawe fand.

Die Ausflüge mit Adilai ins Umland der Stadt sollten später zu Tawes schönsten Erinnerungen gehören. Auch zu ihren schmerzlichsten. Sie riefen sich einen der allgegenwärtigen Alles-für-euch-Gleiter und sausten kreuz und quer über den ganzen Kontinent.

All die Geschöpfe, die hier draußen existierten! All die Wunder!

Sie waren noch öfter auf dem Herzberg, dem Ort ihres ersten Rendezvous. Manchmal saßen sie sogar vor dem Lodertunnel. Adilai fühlte sich von ihm angezogen. Sie konnte lange in seine kalten Flammen starren, die Tawe immer so zerstörerisch vorkamen. Bis zu diesem Tag war jede Ueeba, die sich hineinwagte, verloren gegangen und nie wieder zum Vorschein gekommen.

Jede Ueeba, die es hinein *schaffte.* Die Alles-für-euch passten auf. Warum die Maschinenwesen die Ueeba nicht gänzlich daran hinderten, indem sie einfach einen Schild über den Tunnel legten, wusste Tawe nicht.

Sie wusste aber, warum sie keinen Zaun darum zogen. Wegen der Elolane. Elolane konnten Zäune nicht ausstehen. Wenn ein Elolan einen fand, biss es ihn kaputt und zertrampelte ihn. Gelang dies dem Elolan nicht, weil der Zaun aus zu stabilem Material errichtet worden war, fügte es sich bei dem Versuch grässliche Verletzungen zu. Keine Absperrungen also um den Lodertunnel!

Ansonsten waren die Wesen freundlich und völlig harmlos. Wie geschockt waren Adilai und Tawe, als sie eines Abends mit ansahen, wie eine Herde Elolane von den Flammteufeln zu Tode gehetzt wurde. Flammteufel waren Schwärme aus tanzenden Flämmchen, Geist-Tiere, die sich wahrscheinlich von der Furcht nährten, die Herden empfanden, wenn sie von den Flammen eingeschlossen wurden.

Für Ueeba waren diese ätherischen Wesen höchstens lästig, ein Prickeln auf der Larve. Für Tiere aber, die harmlosen Elolane zumal, waren sie eine tödliche Gefahr.

Wie die Elolane schrien, wie sie mit ihren Donnerfüßen stampften – wie sie zuckten, stürzten, krampften! Der Boden bebte, ließ die Panzerbögen der beiden Ueeba erzittern. Und dann Ruhe. Stille. Massige lila Leiber mit Beinen wie Baumstümpfe, eben noch voller lebendiger Kraft, lagen hingeworfen wie Felsgestein. Und die Flammen tanzten darüber, zogen wirre Glutspuren durch die Dämmerung.

Tawe fand ein Junges, es lebte. Noch. Bis tief in die Nacht hinein barg sie es in ihrem Rund. Sein Atem war kaum zu spüren. So lagen sie, Adilai rund an Tawes Rücken, und irgendwann war das Elolan merklich kühler unter Tawes Füßen.

Noch im Sterben sind wir von Leben umhüllt, dachte sie die alten, heiligen Worte. *So ist es, und so soll es sein.*

Dieses Elolan erwies sich als das beste, das Tawe je gegessen hatte. Auch trauriger aß sie nie.

Adilai liebte Tawe dafür.

Adilai schien sie für alles zu lieben.

Sie waren glücklich. Dann aber brach die nächste Hitze über sie herein.

Tawes Bauch schwoll an. Sie wurde kribbelig, gereizt. Tausend Gründe, sich von Adilai zu entfernen, wuchsen heran. »Ich will nicht gehen«, sagte sie eines Abends. »Aber ich muss.«

»Weiß ich.«

»Es ist nur Sex.« Tawe wiegte ihren prallen Leib auf einer tagheißen Dachrippe. »Fortpflanzung.«

»Weiß ich. Weiß ich doch.«

»Ich bin nur froh«, ächzte Tawe, »dass du dein Fraufest noch immer vor dir hast! Die Vorstellung, dass du jetzt auch ...«

»Pst«, machte Adilai. »Ist ja gut.«

Tawe fluchte. Oh, wie sie fluchte!

»Hey«, sagte Adilai. »Vergiss nicht, dass auch du etwas davon hättest, wenn ich schon eine Frau wäre. Weißt du noch, neulich? So etwas könnte dann nicht mehr passieren.«

Tawe musste lachen und konnte nicht mehr fluchen.

Auch das sollte später eine ihrer schönsten Erinnerungen sein, und diese eine schmerzte nie: Wie sie trotz besseren Wissens zu bäumeln versuchten, an nur einem Faden. Tawes Faden. Wie sie sich drehten und umschlangen, und wie mitten im schönsten Gebäumel, als ihrer beider Innerstes weich und aufgeblüht war, Tawes Faden riss und sie kreischend zu Boden stürzten, ins tagverbrannte Gras. Wie sie zu dem Baum hinaufschauten, an dem durchsichtigweiß der Faden klebte, ein wirres Gespinst an den blaugrünen Blättern, und sie lachen und immer wieder lachen mussten und sich gar nicht voneinander lösen wollten. Noch als sie Erde und Grashalme von ihren feuchten Innersten entfernten, mussten sie kichern, obwohl es mühevoll war und ziepte.

»Halt mich«, sagte Tawe. Adilai hielt sie.

»Ich muss gehen«, sagte Tawe. Adilai ließ sie gehen.

Und Tawe vergaß sie.

Mit jedem Schritt vergaß Tawe sie ein bisschen mehr. Mit jedem Schritt brannte sie mehr darauf, endlich auf einen Forscher, auf einen *Mann* zu stoßen und sich mit ihm an den nächsten Baum zu hängen. Sie fühlerte nach den feinen Schwaden in der Luft, nach dem Duft sonnenverbrannter, heißer Panzerhaut.

Alles in ihr juckte, zog sich zusammen, dehnte sich wieder.

Je weiter sie in die Richtung lief, aus der die männliche Lockwürze heranzuranken schien, desto mehr Frauen waren um sie herum, alle heiß, alle prall. Ein Wettlauf, ein Drängeln, ein Schubsen.

Ein Gleiter stieß auf die Ueeba hinab.

»Du«, sagte ein Mann-Riese dröhnend über den Frauen. »Tawe tla Mouuach.«

Tawe seufzte. Endlich!

Der Alles-für-euch hob sie mit einem Zugstrahl hinauf.

Vor ihr stand der Forscher, der am Herzberg die Bildrosen über Adilai und sie ausgeschüttet hatte.

Er sah so gut aus! Er war so reif! So stark! So bildmächtig! Und wie erotisch es war, dass die Imago-Forscher nie Larven trugen! Sie, die ihn neulich noch gehasst hatte, verzehrte sich nach ihm.

»Wo willst du hin?«, fragte sie, als der Alles-für-euch keine Anstalten machte zu landen. »Willst du uns keinen Baum suchen?«

Der Forscher lachte. »Einen Baum? Wo wir hinfliegen, Prachtweib, brauchen wir keine Bäume!«

Der Alles-für-euch schloss sich und stürzte hoch in die Luft empor, flog in einer weiten Kurve von der Stadt weg, in der Tawe ihr junges Leben verbracht hatte. Der Gleiter beschleunigte. Hinter ihnen verschwand die schwarz schimmernde Fläche des Meeres am Horizont. Sie hielten auf das Landesinnere zu.

»Du bringst mich ... zum Siebenberg, Chef?« Tawe wagte es kaum, den Namen des gewaltigen Zentralmassivs auszusprechen.

»Zur Psi-Fabrik, Tawe, genau. Die Forschungsleiter warten schon.«

Es war dies Tawes dritte Hitze. Noch nie war sie in die Fabrik eingeladen worden. Sie überlegte, so gut das in ihrem Zustand eben ging.

»Der Schleierstern?«

»Ganz recht, Prachtweib. Er ist nah, wie damals bei deiner Geburt.« Er zeigte mit den Fühlern in eine Richtung, aber sie konnte den Schleierstern natürlich nicht sehen. Das konnten nur Männer.

Wenn der Schleierstern am Himmel stand, das wussten alle Ueeba, wurde eine Generation von besonders begabten Kindern geboren. Zu einer solchen Generation gehörte auch Tawe.

Sie rieb sich an dem Forscher, knabberte an seinen Brustbeinen. »Wann sind wir denn da?«

»Bald«, sagte er. »Bald. Ha-hrm.«

Schon erhoben sich in der Ferne vor ihnen graue Formationen aus dem Fahlblau der Fadenwälder. Die Wälder blieben zurück, wichen seltsam schimmernden Buckeln. Es mochten dicht mit Regenbogengras bewachsene Felsen sein. Sie sackten unter dem Gleiter weg. Er stieg auf, immer weiter auf.

Ihrer Hitze zum Trotz wurde Tawe von einer Beklemmung ergriffen. Von Ehrfurcht vielleicht. Angst war es nicht. Sie hatte die Psi-Fabrik noch nie gesehen. Ohne einen Forscher brachte kein Alles-für-euch eine Ueeba zum Siebenberg. Überallhin auf der Welt, ja. Aber der Siebenberg war Sperrgebiet für die Frauen.

Angeblich lag hier auch die Stadt der Alles-für-euch. Angeblich stellten sie hier alles für die Ueeba her. Oder holten es mit riesigen Gleitern aus dem Sternenmeer. Angeblich gab es hier einen Ring von sieben Lodertunneln. Angeblich lebten hier auch die gewaltigen Hüter, die sich nur selten einmal hinunter in die Niederungen der Ueeba begaben.

Der Forscher, dessen Namen Tawe noch immer nicht wusste, rieb ihr den Rücken.

Hoch und höher flogen sie unter den Sternen, immer an der grau und weiß gefleckten Wand empor.

Und dann waren sie darüber hinweg.

Chrrrr!, machte Tawe.

Der Forscher lachte klackend. »Erstaunt?«

»Erstaunt ... verblüfft ... fassungslos. Was *ist* das?«

»Die Ringstadt der Alles-für-euch.«

Von links und rechts bogen sich die Bergketten vor, umrundeten augenscheinlich ein riesiges, kreisrundes Areal. Unter ihren Hängen breitete sich eine gewaltige künstliche Landschaft aus, ein ganzes Meer aus Alles-für-euch. Es funkelte bläulich und schwarz unter den Sternen. Damals wusste Tawe es als eine einfache Ueeba noch nicht: Es war eine gewaltige Industrielandschaft aus Fabriken, Landefeldern, Montagestrecken. Dort lebten keine Ueeba, dort spielte sich das Maschinenleben der Alles-für-euch ab, die aus ihrer Ringstadt heraus wiederum tatsächlich für das Wohlergehen der Ueeba sorgten.

Der Forscher wandte sich an den Gleiter. »Können wir

einen kleinen Schlenker über das Tal der Dimensionen machen, mein Guter?«

»Das müsste ich mir erst genehmigen lassen, Chef.«

»Ich bitte darum. Wir wollen doch Tawes Horizont ein wenig erweitern.«

Der Gleiter schwieg.

»Das Tal der Dimensionen!«, sagte Tawe. »Diesen Namen habe ich noch nie gehört. Hat es etwas mit den sieben Lodertunneln zu tun?«

»Die sieben Lodertunnel sind ein Ammenmärchen, Kind«, sagte der Forscher. »Obwohl ... es geht sicher auf das Tal der Dimensionen zurück.« Mehr sagte er nicht.

Tawe stieß ihn an.

Er lachte. »Neugierig, die Kleine. Dachte ich's mir doch! Das Tal der Dimensionen liegt in der Mitte der Ringstadt. Wo eigentlich flaches Land sein müsste, fällt eine Senke ab. Unten wogt nur Nebel.«

»Und warum dieser Name?«

Er antwortete nicht. Stattdessen wandte er sich an den Gleiter. »Was ist denn nun, mein Guter?«

»Tut mir leid, Chef.«

»Na schön. Ha-hrm. Warum dieser Name, willst du wissen, Tawe? Weil der Hang keinen Boden kennt. Er sinkt unendlich tief ab. Kein Ueeba hat je gesehen, was sich auf dem Grund des Tals abspielt. Wenn es denn einen Grund hat.«

Tawe stand der Sinn nicht mehr nach Landschaftsbeschreibungen. Sie überkam die nächste Hitzewallung. »Wann sind wir endlich da? Und *wie viele* Forscher warten da auf mich, hast du gesagt?«

»Ich habe gar nichts gesagt. Bald, Prachtweib. Bald.«

Sie wollte sich knabbernd zu seinen Mandibeln hocharbeiten, doch seine Beine hielten sie eisern fest.

Mit jeder Hitze vergaß sie sich mehr.

»Schau hinaus!«, sagte er. Nicht unfreundlich. Sie konnte spüren, dass sie ihm gefiel. Sein Innerstes war aufgeblüht und pulste an die Gleiterwandung, hinterließ feuchten Glanz und Schaum. Aber irgendwie schaffte er es, sich von seinem Leib nicht beherrschen zu lassen. »Schau sie dir an!«

Sie sah hinaus. Unter ihnen lag immer noch dieses funkelnde Alles-für-euch-Gewimmel. »Wen denn? Wen soll ich mir anschauen?«

»Die *Fabrik*. Auf dem Siebenberg.«

»Auf dem Siebenberg? Aber ich dachte, dieses ganze Ringgebirge wäre der ...« Der Anblick schnitt ihr das Wort ab.

Der Siebenberg war offensichtlich der höchste Gipfel des Gebirges. Und in seinen Steilhängen gleißte ein Feuer! Es tat ihr in den Fühlern weh. Tawe wandte sich ab.

»Sieh hin, Kind. Sieh hin!«

Es war kein Feuer.

Schroffe Mauern hatten klaffende Wunden in die Steilwände des Siebenbergs geschlagen. Sie wurden von gewaltigen Strahlern beleuchtet, die die freundliche Sternennacht zum brutalen Tag machten.

»Wir Kollegen schätzen das Dunkle nicht«, sagte Tawes namenloser Verehrer. »Wir arbeiten. Wir machen die Nacht zum Tag.«

Blendende Flächen! Schmerzhaft grelle Kanten! Rechte Winkel überall! Die Psi-Fabrik ängstigte Tawe.

Sie war grau, gleichmäßig grau. Um sie herum wucherte bunt die Pflanzenwelt. Aber das Regenbogengras endete wie abgeschnitten an den Mauern. Die purpurnen Fledderflechten, riesig sich aufwölbende Faserbögen kreuz und quer über dem Felsgestein, waren abgestorben und verkümmert, wo sie die Mauern erreichten. Nirgends Schatten, nirgends die sonst allgegenwärtigen Nachtschattenflaumhörnlinge. Die Fabrik war ein Fremdkörper. Ein schrecklicher Fremdkörper!

Tawe erschauderte. »Was für ein beängstigender Anblick! Hier lebt ihr?«

Er antwortete nicht, hustete nur.

Der Alles-für-euch bremste ab und landete auf einem Mauervorsprung hoch über der Schlucht. Er ließ seine Kuppel auffahren. Kalte Luft fiel ins Innere. Der Forscher und Tawe stiegen ins grelle Licht hinaus. Sie verdunkelte ihre Larve, aber die Fühler taten ihr trotzdem weh. Plötzlich klaffte eine Öffnung vor ihnen. Tawe zuckte zusammen.

»Keine Angst. Das ist nur ein Tor. Ha-hrm.«

»Ein Tor?«

»So etwas kennt ihr Frauen nicht. Die verschließbare Öffnung eines Hauses.«

Sie gingen hinein. Hinter ihnen schlug das Tor-Ding zu.

Vor ihnen lag tödlich weiße Helligkeit. Tawe sah Schemen, die sich gelassen auf sie zubewegten.

Oh, wie sie dufteten!

»Seht, wen ich uns mitgebracht habe, Kollegen.«

Tawe stürzte sich mitten unter sie. »Tawe!«, hörte sie die Männer flüstern. Ihre Fühler glitten über Tawes Leib, während sie die Frau in eine hohe, abgedunkelte Halle trugen. Am Fuß der Wände flackerten Kerzen. Aus der Mitte der Halle erhob sich eine gewaltige Säule, die sich oben zu einem steinernen Baum verzweigte. »Tawe!«, flüsterten die Männer und trugen sie zu dem Baum, »Tawe tla Mouuach!«

Der Rest war Rausch, Rotieren, Selbstvergessenheit.

FÜNF

Mondra Diamond zog ihre Trainingskleidung an. Sie hatte sich aus dem Fundus der Alteraner bedienen dürfen.

Der Konvoi der 13 Fragmentraumer hatte inzwischen 1500 Lichtjahre in Richtung des galaktischen Zentrums zurückgelegt und bei einem Konglomerat-Fort der Posbis Station gemacht, das im freien Raum schwebte. Das Fort hatte ihnen eben die entscheidenden Kursdaten übermittelt.

Während sich BOX-1122-UM im Konvoi mit den anderen über kurze Linearetappen und mit geringem Überlichtfaktor voran zu einem Ziel tastete, das ihnen nicht bekannt war, wollte Mondra joggen gehen.

Es reichte doch, dass Perry und die anderen darauf lauschten, ob die Kursdaten, die man von dieser Instanz Siebenkopf bekommen hatte, nun einen Durchflug ermöglichten oder nicht.

Etwas ausrichten konnten sie ohnehin nicht, und Mondra verspürte nach den Tagen in diesem Schiff einen enormen Bewegungsdrang. Dann war die Fluggeschwindigkeit eben gering; ihr sollte genügen, dass sie überhaupt vorankamen.

Sie verließ ihre Kabine und machte sich wieder auf ihre winzige Joggingrunde, die sie ein paar Gänge des Decks entlangführte, auf dem sie sich zumeist aufhielten.

»Pst, Mondra!«, hörte sie auf einmal die Stimme von Nano Aluminiumgärtner hinter sich. Sie seufzte auf und legte einen Zahn zu.

»He, Mondra! Warte doch!«

Neben ihr tauchten die scheinbar wahllos zusammengeschraubten Komponenten des Posbis aus blaugrauen und anthrazitfarbenen Materialien auf. Seine Arme und Beine wirkten wie angeschmort, dennoch lief der hoch aufgeschossene Robot-Tänzer mit den schmalen maschinellen Hüften und breiten Schultern auf erstaunlich elegante Weise neben ihr her.

»Nano«, sagte sie, ohne zu keuchen. »Hast du nicht gemerkt, dass ich das Tempo angezogen habe?«

»O ja, Mondra. Ein klassisches terranisches Jagd-Spiel. *Hasch mich, ich bin der Frühling!*, musst du noch rufen.«

Sie blieb stehen und massierte ihre Schläfen mit den Fingerspitzen. Sie wusste nicht, ob sie schreien oder lachen sollte.

Nano stand vor ihr. Seine zwei Multi-Sensorflächen am Kopf sahen aus wie Augen, der Schlitz zur Sprachausgabe war wie immer halbmondförmig gebogen. Der Robot von der traurigen Gestalt. Seine zwei Meter Größe machten das nicht besser.

Trotz der heruntergezogenen »Mundwinkel« hatte seine Stimme ein munteres, hoffnungsvolles Timbre. »Es war nur ein Scherz, hi-ha, hi-ha, hi-ha! Ich habe eine Überraschung für dich, Mondra.«

»Aha? Und die wäre?« Sie ging in eine Dehnübung.

»Komm mit.«

Er führte sie durch ein Gewirr von unbeleuchteten, engen Gängen, die manchmal steil abfielen oder anstiegen. Mondra verlor die Orientierung fast ebenso schnell wie die Geduld. Sie wollte dieser Angelegenheit gerade ein Ende setzen, da strich kühle, frische Luft über ihr Gesicht. Sie folgte Nano in einen Durchgang, hinter dem es rötlich schimmerte.

»Hier kannst du besser joggen«, erklärte der Posbi und breitete die Arme aus. »Mehr Platz. Mehr Atemluft auch. Und eine schönere Umgebung, dachte ich.«

Mondra sah sich verblüfft um. Stahlgraue Säulen wuchsen in nicht ganz regelmäßigen Reihen empor, sodass sie eher wie ein metallener Park wirkten als wie ein Bauwerk. Oben verzweigten sie sich, verbanden sich zu etwas, das an einen gewaltigen Kreuzgang erinnerte oder an die Innenseite eines kopfstehenden Schiffsbauchs. »Nano. Donnerwetter. Ich bin begeistert.« Nirgendwo waren Posbis zu sehen. Das Licht kam orange glühend von den Außenwänden her. Die Anlage wirkte wie ein Wald, um den die Sonne unterging. »Und du meinst, hier kann ich problemlos joggen?«

»Aber ja.«

»Danke für den Tipp.«

»Du kannst jetzt in aller Ruhe deinen K-körper ertüchtigen. Ich werde draußen auf dich warten und dich zurückbringen, wenn du gestattest. Diese Gänge sind etwas unzuverlässig.«

Die gesamte erste Runde kam Mondra aus dem Kopfschütteln nicht heraus. Was war denn nun schon wieder in den Posbi gefahren? Aber diese kleine Aufmerksamkeit war immerhin angenehmer, als dass er allen, die es garantiert und absolut nichts anging, ausführlichst erläuterte, warum Perry und sie unbedingt wieder ein Paar werden mussten ...

Sechs

In einem Alles-für-euch-Gleiter kam Tawe zu sich. Draußen war es dunkel. Sie verdurstete. Sie hatte Hunger. Ihr Leib war mürbe. Und sie war dünn.

»Wie lange?«, fragte sie den Alles-für-euch. »Wie lange war ich in der Fabrik?«

»Verzeihung? Ich verstehe nicht.«

Aber Tawe verstand. Allmählich. Sie war dünner als dünn. »Du ... du hast mich nicht an der Fabrik abgeholt. Sondern am Hütehaus.«

»Das ist richtig, Tawe.«

»Ich fasse es nicht! Ich hab die *Ablage* verschlafen?«

»Vielleicht war das ganz gut so, Tawe. Ich habe hier den Bericht vom Hütehaus. Du warst sehr ausgetrocknet. Und wund. Viele Ueeba lassen sich sogar extra betäuben für die Eiablage. Es ist weniger traumatisch. Soll ich dich zu deinem Haufen bringen?«

»Ja«, sagte Tawe. »Nein. Zu Adilais Haufen. Oder lieber doch zu meinem!« Sie war völlig durcheinander. Sie kam sich wie betrogen vor. Nach ihren ersten beiden Hitzen hatte sie es so genossen, sich von den tausend Eiern zu erleichtern.

»Ich kann dich auch irgendwo anders absetzen. Am Herzberg bist du immer gern.«

»Nein. Nein, bring mich ... bring mich ans Meer. Aber

nicht zu einer der Garküchen. An irgendeinen einsamen Strand. Und lass mir etwas zu trinken kommen. Mindestens zwei Fässchen!«

»Wie du wünschst.« Er ging hoch und beschleunigte. Bald war das Meer zu sehen, das große, schwarze, glänzende Nichts. Tawe wackelte mit den Beinen, dehnte die Bogenglieder. Wie steif sie war!

Am Strand grub sie sich über der Wasserlinie in den feuchten Sand ein und genoss seine Kühle. Der Alles-für-euch stach das erste Fässchen an, schob den Schlauch hinein.

»Du?«, sagte Tawe irgendwann, nachdem der Gleiter und sie lange geschwiegen hatten. »Kannst du bei mir bleiben? Und falls ich einschlafe und es Tag wird, kannst du mich dann zu meinem Haufen bringen?«

»Aber ja«, sagte er. »Dafür sind wir ja da.«

Lange lag sie dort am Strand. Aber sie schlief nicht. Sie machte sich Gedanken. Je länger sie dort lag, desto größer wurde ihre Sehnsucht nach Adilai. Herrliche, prachtvolle, zarte, freundliche Adilai!

Aber Tawe ließ sich nicht zu ihr fliegen. Es kam ihr immer noch wie ein Wunder vor, dass Adilai sie liebte. Ausgerechnet sie. Dabei fand Tawe sich durchaus liebenswert. Sie war hübsch, wenn auch robust, was aber vielen gefiel; sie war talentiert – eine würdige tla Mouuach, von ihrem Eigensinn einmal abgesehen. Und Tawe fand auch – daran hatte sich nichts geändert –, dass sie das schönste Paar der Stadt waren. Aber nun, da sie in ihrem Sandversteck darüber nachdachte, fand sie Adilai um einiges liebenswerter.

Natürlich, sie war ja in sie verliebt. Aber es gab noch einen tieferen Grund. Damals kam sie nicht darauf. Aber später sollte sie denken, dass es Adilais Mädchensein war, das Tawe sie so überhöhen ließ. Ihre Reinheit, ihr Fernsein von Hitze, Eiablage, Bäumeln – von *Männern.* Das vor allem.

So sollte Tawe später darüber denken. Damals grübelte sie in ihrem Sandversteck nur, wie Adilai und sie für immer vereint bleiben konnten. *Für immer vereint!,* dachte sie und nahm noch einen Schluck Bier. *Bin ich denn nur noch eine romantische Närrin?*

So lag sie und grübelte und trank und wurde immer berauschter. Ihre Larve gaukelte ihr die unglaublichsten Dinge vor, Tawe hatte völlig die Beherrschung über sie verloren. Sie sah wimmelnde Eier an der Innenfläche der Larve, sah Fühler, tausend Fühler wie ineinandergreifende Fächer, Wedel. Berge wölbten sich empor wie Leiber, Leiber wiegten und bogen sich, erstarrten, wuchsen auf zu den großen, freundlichen, gerundeten Häusern der Ueeba. Der grüne Jadepalast mit seinen Toren, seinen Fenstern, durch die hundert Ueeba zugleich gepasst hätten. Tawe sah Augen ohne Fühler, sah Hände, sah die lappigen Gliedmaßen der Hüter ...

Es war so still. Nur das Meer plätscherte träge.

»Du?« Ihre Stimme kam ihr seltsam vor, sie klang so gedehnt. »Kannst du mir ein bisschen Musik machen?«

»Was möchtest du denn gern hören?«, fragte der Alles-für-euch.

»Etwas Wildes. Kraftvolles. Zuversichtliches.« Sie nannte ein paar Namen.

Musik setzte ein, steigerte sich rasch zu einem Klangteppich, der Tawe endgültig abheben ließ.

Sie sah blaues Glühen, einen Wirbel. Den Lodertunnel? Eine Gestalt darin ... kam näher ... richtete sich auf, die Brustbeine vorgestreckt. Nackt. Larvenlos. Tawe kannte die Farbverläufe zwischen den Panzern, kannte sie auswendig.

»Adilai!«, heulte sie auf in ihrem Rausch. »Ich hab solche Sehnsucht nach dir! Aber ich kann nicht kommen. Ich kann noch nicht kommen!«

»Wohin willst du denn kommen?«, meinte sie Adilais Stimme schwach durch die Musik zu hören. Die Erscheinung kam näher. Sie berührte Tawe.

Tawe zuckte zusammen. »Du ... bist ja wirklich da!«

»Der Gleiter hat mich gebracht.«

Tawe sah einen Alles-für-euch verschwinden. Er wurde rasch von den Schatten verschluckt. »Ja, aber ...«

»Ich wollte bei dir sein. Du warst so lange weg.« Adilai wühlte sich neben sie. Sand schmatzte feucht. »Du hast getrunken. Wie viel hast du noch? Ich will auch betrunken sein.«

»Trink«, sagte Tawe und sog Adilais Duft ein. »Trink!« Sie lachte. »Du kannst jetzt ausmachen«, sagte sie zu dem Alles-für-euch. Die Musik verklang. »Und ein bisschen weiter weg warten. Danke.«

In der Stille und in der Abgeschiedenheit feierten sie ihr Wiedersehen. Das zweite Fässchen trank Adilai leer. Sie roch so gut! ... Flüstern ... Streicheln ... herrliches Schaben und knirschender Sand ... »Adilai!«, flüsterte Tawe irgendwann. »Ich will mich nie wieder so von dir entfernen!«

»Aber du hast dich doch nicht von mir entfernt.«

»Nie wieder, sag ich. Ich will immer mit dir zusammen sein. Nur mit dir.«

»Ich auch. Aber ...«

»Ich will dir *treu* sein. Ich ...«

Adilai lachte. »Männer zählen doch nicht. Oder hast du ...?«

»Was? Nein. Nein! Es gibt keine andere. Aber hör mir doch zu, Adilai. Ich hab mir das überlegt. Darum konnte ich nicht kommen. Ich hab mir das genau überlegt. Ich *will* keine Hitze mehr kriegen. Ich *will* nicht mehr mit Männern bäumeln. Und das werde ich auch nicht mehr! Nie mehr!«

»Du bist süß«, sagte ihre Göttin und drückte sich an sie. »Wie willst du das denn machen?«

»Ist doch klar«, sagte Tawe. »Ich werd das so machen wie in dem Märchen von der Seherin Mesehi.«

Adilai rückte ein Stück von ihr ab. Misstrauen färbte ihre Stimme: »Du willst *was* so machen ...?«

Sieben

Als Tamra Cantu das erste Mal erwachte, lag sie nackt in weich rieselndem Sand und blinzelte in grelles Sonnenlicht hinauf.

Ein Schatten war über ihr zu sehen, ein kopfgroßes Etwas, aus dem lauter Drähte führten, deren Enden Tamra berührten. Sie stöhnte auf, und ...

... als sie das zweite Mal erwachte, diesmal in Beinahe-Schwärze, hatte sie das bedrohliche Gefühl, jeden Moment zu ertrinken, zu ersticken. Sie schlug mit den Händen um sich und traf blubbernde, quietschende Gallerte. Sie hing darin, trieb darin! Tamra schrie auf. »Startac!«

»Sorge dich nicht«, sagte eine undeutliche Stimme auf Larion.

»Startac? Warum ist es so dunkel? Wo sind wir? Ich ... sinke ein! Hilfe!«

»Sorge dich nicht«, sagte die Stimme wieder. Etwas krabbelte an Tamras Hals herum. Diese Drähte wieder?

»Lass das.« Tamra versuchte die Drähte wegzuschieben, aber ihre Händen trafen den Jemand, der mit ihr sprach. Er trug eine Art Rüstung.

»Sorge dich nicht.«

»Ich sinke ein! Startac, wo bist du? Ich ...«

Als Tamra zum dritten Mal erwachte, spielte der Widerschein eines Feuers über ihr. Sie lag in ... einer Art Nest? Und sie hatte das sichere Gefühl, nicht allein zu sein. Da atmete doch jemand!

Sie schrak hoch, als sie die winzigen Berührungen bemerkte. Eine kopfgroße Kugel fuhr von ihr weg nach oben; ein Gewimmel dünner, gebogener Drähte entfernte sich von ihr.

»Euch hab ich doch schon mal gesehen«, flüsterte Tamra. Ihre Stimme war rau, die Kehle tat weh.

Das mussten medizinische Sonden sein. Als das Ding bemerkte, dass Tamra ruhig saß, kamen die Drahtenden langsam wieder näher.

»Haut bloß ab.« Sie schlug nach ihnen. Die Drähte zogen sich zurück, blieben tanzend knapp außerhalb ihrer Reichweite stehen.

Tamra sah sich um. Ja, ein Nest. Pflanzengeflecht, ausgepolstert mit etwas wie Federn, wie weichen Baumschwämmen, wie Tierfellen.

Sie bemerkte erst jetzt, dass sie nackt war, und raffte eines der Felle um sich. Es leuchtete grün-orange gefleckt.

Das Nest schaukelte leicht. Da lag wirklich jemand. Startac. Er schlief. Startac war ebenfalls nackt, jedenfalls so weit seine schmalen, nicht sehr kräftigen Gliedmaßen aus den Fellen hervorguckten.

Bei allen guten Müttern!, dachte Tamra. *Warum sind wir denn nackt? Wir haben doch nicht etwa ...*

Sie wusste von nichts. Von gar nichts!

In ihr stieg eine Wut empor, die sie erschreckte. Wut auf Startac, dem sie nur ein einziges Mal einen einzigen, leichten Kuss gegeben hatte. Wut auf den eigenen Körper, der sie schon einmal im Stich gelassen hatte und plötzlich schwanger gewesen war; sie wusste bis heute nicht, wie und von wem.

Mordswut stieg in ihr empor, eine beängstigende, so heiße Lust zu töten, zu zerreißen, zu zerfetzen, dass ihr die Hände davon schmerzten.

Mitrade, ich hätte dich einfach ... – Moment. Bleib in der Gegenwart, Mädchen, in der Wirklichkeit.

In der Wirklichkeit ... war sie denn überhaupt in der Wirklichkeit? Tamra starrte »neben die Welt« und war erleichtert, als keiner der gefürchteten Kipp-Effekte erfolgte, die ihr früher im Internat so zugesetzt hatten. Sie befand sich immer noch in diesem Nest, immer noch mit diesem Fühlerbündel über sich, und immer noch lag Startac neben ihr.

Startac. Sein Mund sah gar nicht mehr so schmallippig aus, wenn er schlief. Die braunen Haare hingen ihm in die Stirn, das kantige Kinn war von langen, grau durchschossenen Bartstoppeln überwuchert.

Wir müssen lange geschlafen haben, dachte Tamra. *Viele Tage lang. Irgendjemand hat uns wohl gerettet. Aus diesem ... Wasserfall?*

Schroeder sah ruhig aus, weich und gar nicht so gehetzt und verschlossen, wie er im Wachzustand oft wirkte. Verloren sah er aus, wie ein Kind.

Tamra stand vorsichtig auf. Sofort wurde ihr mulmig. Die Knie waren so weich, dass sie das Gefühl hatte, jeden Moment wieder ohnmächtig zu werden.

Im Stehen konnte Tamra bequem über den Rand des Nests hinaussehen. Sie befand sich in einem grob verputzten, schmucklosen Raum. Das Nest war mit langen, wirr gespannten Schnüren mitten im Raum aufgehängt. An einer der Schnüre hing eine Art Tablett, auf dem ... ja, tatsächlich: ihre Anzüge lagen, auch die Unterwäsche. Drüben, an den Wänden, befanden sich einige Feuerschalen. Flammen leckten zu den Rußfahnen empor. Der Boden unten war offensichtlich nur grob gereinigt. Alles sah unsäglich primitiv aus. Alles bis auf dieses Tast-Ding über ihr.

Tamra merkte, wie ihre Beine nachgeben wollten, und setzte sich vorsichtig wieder hin. Sie war nicht entkräftet, es war eher ihr Kreislauf, der Probleme machte.

Wo waren Startac und sie gelandet? Sie erinnerte sich nur dunkel an den Dimensionstunnel, den Wasserfall.

Wieder kamen diese Sonden näher, wieder schlug Tamra sie weg. Wenn das tatsächlich medizinische Instrumente waren, würden die Ärzte nicht lange auf sich warten lassen.

In Tamra krampfte sich alles zusammen. Sie brauchte dringend etwas zum Anziehen! Und sie musste hier raus aus diesem Nest. Aber wohin? Es hing doch in der Luft.

Auf einmal war ihr alles viel zu eng. Sie begann zu keuchen. Das Fell, eben noch so angenehm, fühlte sich ekelhaft um ihren Körper an. Welchem Wesen hatte es einmal gehört? Vielleicht auch einem Intelligenzwesen, das jemand grausam »gedrosselt« hatte? Wie ihren Sloppelle, dieses arme, vergewaltigte Ding?

Tamra warf die behaarte Haut von sich.

Aber nun kam sie sich ausgeliefert vor, verletzlich. Sie fühlte sich gefangen, eingesperrt in diesen ausgemergelten, bleichen Leib, der von blauen Flecken wimmelte und inwändig beschmutzt war, der sie verraten hatte. Ja, verraten! War er etwa nicht gehorsam gewesen, als Mitrade Parkk ihn wie einen Zombie gesteuert hatte? War er etwa nicht schwanger geworden nach diesem ... Eingriff, an den Tamra sich bis heute nicht zu erinnern vermochte – auch von ihrem Gedächtnis im Stich gelassen.

Tamra biss sich auf die Lippen, um nicht loszuweinen, krallte die Fingernägel in die Handflächen, bis das Gefühl verging, beherrschbar wurde.

Sie sah zu Startac. Zum Glück schlief er immer noch.

Mit bewusster Willensanstrengung machte Tamra sich kalt. Ihr Bewusstsein wurde zu einem Maschinenführer, der hoch oben in ihrem Körper saß und ihn, die viergliedrige Maschine, dirigierte.

Das in der Luft hängende Nest, die gestohlene Kleidung: Auch wenn es auf den ersten Blick nicht so aussah; irgendjemand versuchte, sie hier mit allen Tricks gefangen zu halten.

Als Tamra gerade auf der Nestwandung kauerte und überlegte, wie sie die Körpermaschine am besten zu dem kleinen Tablett hinüberlenkte, auf der die beiden Anzüge lagen, öffnete sich hinten, unten, eine Tür, und ein Monster trat ein.

Das Wesen war mehr als menschengroß, grau und lief auf winzigen, wimmelnden Beinen. Eine Art Hundertfüßler mit unzähligen tastenden Fühlern vorn am Kopfende, die eindeutig diesem Sonden-Ding als Vorlage gedient hatten.

»Bleib, wo du bist!«, drohte Tamra, obwohl sie überhaupt nichts in Händen hielt, womit sie ihre Drohung hätte unterstreichen können.

»Sorge dich nicht«, sagte der Wurm auf Larion. Die Sprache ihrer Peiniger, aber auch die Sprache, dank der sie sich mit Startac unterhalten konnte. »Ich will dir nichts tun. Ich freue mich, dass du wach bist, ja?«

In Tamras Rücken pikste etwas. Sie schlug die Drahtsonden weg. »Dann sag diesem Ding, dass es verschwinden soll.«

Der Wurm wimmelte schneller, als Tamra gedacht hätte, die Wand hinauf und über die Decke. Auf einen Tastendruck hin zog sich die Kugel an die Decke zurück.

Vom Hochsehen wurde Tamra schwindelig, und sie rutschte, ohne es recht zu wollen, ins Nest zurück. Sie konnte ihren Sturz gerade noch mit den Händen abmildern.

»Du wirkst sehr erregt«, sagte der Hundertfüßler. »Was kann ich tun, um dein Wohlbefinden zu erhöhen?«

»Gib mir meine Kleider wieder!«

»Kleider ...«, machte das Wesen. »Ich verstehe nicht.«

»Meinen Anzug!«, fuhr Tamra ihn an. Sie hatte ein Gefühl von Unwirklichkeit. *Ihr Mütter, ich sitze in einem hängenden Nest und unterhalte mich mit einem Riesenkrabbelvieh, das kopfüber an der Decke klebt!* »Das, womit meine Haut bedeckt war, als ich ... als wir hierher gekommen sind. Auf eure Welt.«

»Ah. Diese larvenartigen Hüllen, ja? War gar nicht so leicht, sie zu entfernen. Sie haben sich gewehrt. Moment, ich hole sie.« Der Hundertfüßler verschwand.

Auf einmal, spürte Tamra, entspannte sie sich leicht. Sie brauchte einen Moment, bis sie auf den Grund kam: Die Sprechweise des Wesens hatte sie unvermittelt an Boffän erinnert, den frühstückseiersüchtigen Kaktus.

Tamra sollte den Anzug gar nicht brauchen. Schon als sie in die Unterwäsche geschlüpft war, fühlte sie sich besser. Der Hundertfüßler, der sich als Tibala vom Volk der Ueeba vorstellte, wobei Tibala offensichtlich ein Eigenname war, brachte ihr zu essen und zu trinken. Das Wasser schmeckte leicht metallisch, aber Tibala versicherte ihr, dass sie es trinken könne; mit einer Nährlösung daraus sei sie während ihrer »Starre« versorgt worden. Das Essen bestand aus einer Art Brei, an dem Tamra vorsichtig schnupperte. Trotz des, hm, Blutgeruchs lief ihr das Wasser im Mund zusammen.

»Es ist das verträglichste Lebensmittel, das wir haben«, erklärte Tibala. »Wir füttern unsere Jungen damit.«

»Baby-Brei, ja?«

»Ich glaube, so kann man sagen.« Tibala, der über ihr an

der Decke hing, wirkte unsicher. »Wir benutzen das Larische als Fachsprache. Brutpflegerische Begriffe kommen in unseren Vokabelsammlungen nicht vor. Die kann ich nur in Ueebaka ausdrücken.« Er machte einige schrille Pfeiftöne. »Bloß verstehst du sie nicht. Nicht wahr?«

Tamra verneinte schlürfend. Als Essbesteck hatte das Wesen ihr einen kurzen Schlauch gereicht. »Hast du mich gefunden?«

»O nein«, machte Tibala. »Das war Tawe! Unser absoluter Topforscher! Aber er hat gerade leider keine Zeit, sich um euch zu kümmern. Ihm gelingt immer wieder um einen Jungfühler die Lösung der Siebenunddreißig. Und dann doch wieder nicht. Es ist zum Verzweifeln.«

»Ach so?«

Während Tamra aß und Startac schlief, plapperte Meister Hundertfuß, wie sie ihn im Stillen nannte, munter vor sich hin. Sie verstand nicht alles, aber er war von so einnehmender, unschuldiger Freundlichkeit, dass Tamra gar nicht anders konnte, als sich zu entspannen. Er erzählte ihr sogar, ohne dass sie ihn dazu auffordern musste, wie er auf Tawes Geheiß versucht hatte, für die beiden bewusstlosen »Knochenleute« und »Weichwesen« vernünftige Ruhebetten zu konstruieren. Das erklärte ihre merkwürdigen Erinnerungsbruchstücke davon, an einem Strand gelegen zu haben, in einer gallertartigen Flüssigkeit geschwommen zu sein. Offensichtlich ruhten die Ueeba mit ihren gepanzerten Körpern einfach immer, indem sie sich irgendwo in eine geschützte Stelle klebten.

Tibala plapperte viel und fragte wenig und ließ Tamra in Ruhe. Sie lag satt und nicht länger durstig in diesem Nest, nicht länger nackt, nicht länger ängstlich.

Irgendwann hatte sie das Gefühl, längst eingenickt zu sein. Sie öffnete die Augen wieder. »Tibala? Bist du noch da?«

»Ja«, sagte der Hundertfüßler über ihr. Der Schatten seines Fühlerbündels tanzte im Feuerschein, und auf einmal fühlte Tamra sich an die Heelghas damals im Internat erinnert. Es war zu ihrem Erstaunen keine unangenehme Erinnerung. Tamra dachte an die lustigen seeanemonenartigen Auswüchse auf dem Kopf der birnenförmigen Wesen, die den Lehrkörper des Internats gebildet hatten. Wärme und ein Gefühl von Geborgenheit machten sich in ihr breit. Sie drehte sich auf die Seite, kuschelte sich mit dem Bauch und den Schenkeln um ein Schwammkissen herum.

»Tibala?« Ihre eigene Stimme kam ihr weit entfernt vor. »Erzählst du mir eine Geschichte? Ein Märchen ... ich bin so müde.«

»Ein Märchen.« Das Wesen schien zu stutzen, aber es klang nicht unangenehm berührt, sondern einfach nur überrascht. »Ja, das kann ich wohl tun.« Der Hundertfüßler kam mit wimmelnden Bewegungen ein Seil hinuntergekrabbelt und legte sich auf den Rand des Nestes, ließ einige seiner vielen Beine baumeln. Tamra hatte das Gefühl, von ihm nur zu träumen.

»Die Geschichte von der Seherin Mesehi«, verkündete Tibala. »Sie erzählt von unserem Ursprung. Sie ist in dieser Form beinahe zweitausend Jahre alt ... Hörst du?«

»Ja«, hauchte Tamra. *Ja, Mama.*

Sie schlief bereits wieder halb, als die warm brummenden, geflüsterten Worte sich in ihren Geist rankten.

Acht

Dies ist unser Märchen.

Hören wir also.

Die Seherin Samarakodi war tot. Die junge Mesehi hatte bei ihr ausgeharrt. Die junge Mesehi und niemand sonst? Ja. Noch im Sterben sind wir von Leben umhüllt, aber eine Seherin war es weniger als du, als ich. Die Seherin träumte allein, starb allein. Nahm nur ihre Schülerin mit hinein in den letzten Ritz. Falls sie eine hatte.

Samarakodi war also tot. Mesehi rief einen Alles-für-euch, und er kümmerte sich um die Tote. Mesehi sah ihm nach. Dann brach sie auf. Zu Fuß. In der Nacht lief sie, am Tag verbarg sie sich. Nacht für Nacht lief sie, wie Samarakodi ihr aufgetragen hatte.

Hinter ihr kam Hitze. Kinder schlüpften, Alte starben, der Ruf in die Fabrik erklang. Fraufeste. Und wieder Hitze. Wieder Wachsen. Sterben. Fraufeste. Der Ruf. Und immer noch lief Mesehi. Wie Samarakodi ihr aufgetragen hatte. Und immer noch war Mesehi jung.

Sie dürstete. Sie hungerte. Sie wurde wahnsinnig vor Hunger. Auch vor Einsamkeit, so fern von ihrem Haufen. Wilde Tiere kamen, um sie zu fressen. Mesehi lachte sie aus. Die Tiere sahen sie nicht mehr.

So lief Mesehi bis in das Land, zu dem der Winter kommt. Kann eine Ueeba so weit laufen? Ohne einen Alles-für-euch, der sie trägt? Wo das Land, zu dem der Winter kommt, doch jenseits des Meeres liegt?

Mesehi konnte. Und immer noch war Mesehi jung. Noch! Sie war nun fast schon eine Frau.

Sie legte sich in eine Höhle. Sie wartete. Der Winter kam. Daheim gab es Hitze, Kinder, Tod. Gab es Fraufeste und Spiele und Musik. Mesehi aber lag im Schnee. Sie spielte nicht, sie starb nicht, sie träumte. Und als der Winter ging, erwachte sie. Und als sie wach war, trat sie vor die Höhle. Und oben, am Himmel, sah sie den Schleierstern. Er schien zu rasen, und doch bewegte er sich ganz langsam zwischen den Sternen. Mesehi sah ihn. Wie Samarakodi gesagt hatte. Mesehi sah die Bahn, die er nehmen würde.

Mesehi beeilte sich, zu ihren Schwestern zurückzukehren. Oh, wie sie sich beeilte! Sie rief den erstbesten Alles-für-euch heran, der ihr begegnete. Er trug sie in Windeseile zurück. Sie glitt hinaus. Ein Fest! Eine Festnacht für ihren Haufen!

»Ich kann ihn sehen!«, rief Mesehi. »Den Schleierstern! Er kommt!«

Ihre Schwestern feierten Mesehi. »Wir haben eine neue Seherin! Sie lebe hoch!«

Ach, die Frauen! Immer wollen sie begnadete Kinder. Immer wollen sie wissen, wann der Stern kommt, der begnadete Kinder schenkt und den doch nur die Männer sehen können, nun, da es keine Seherinnen mehr gibt.

Sie feierten ihre Schwester Mesehi, und dann ließen sie die Seherin Mesehi allein.

Seherinnen waren Wintermädchen. Sie gehörten nicht zu den Frauen. Sie gehörten dem Weiß. Dem Frost. Der Nicht-Hitze.

Mesehi machte es nichts aus. Nachts betrachtete sie den Schleierstern, tags lag sie in ihrem Ritz und träumte. In ihrem Ritz! Kein Haufen mehr für Mesehi. Keine Feste, nichts.

Litt Mesehi? Sie litt nicht. Sie war ein Wintermädchen. Sie genoss den Frieden des Schleiersterns.

Aber Mesehi war klug, darum hatte Samarakodi sie einst erwählt. Mesehi wollte wissen.

»Ich frage mich«, sagte sie eines Tages und wurde dabei gehört, »was geschieht, wenn ich noch einmal zu der Höhle laufe? Ich kann in den Raum sehen. Ob ich dann mehr sehen kann? Weiter hinaus? Oder vielleicht kann ich dann in die *Zeit* sehen?«

In die Zeit hinaussehen! Was für eine Einsame-Ritzen-Idee. Aber so dachte Mesehi. Und Mesehi lief.

Daheim kamen Hitze und Schlüpfen und Tod. Daheim gab es Fraufeste und Spiel und Musik. Und Mesehi lief. Nacht und Tag.

Und Tag! Sie verbrannte. Ergraute. Wie ein Mann.

Und sie lief.

Und der Winter kam. Mesehi in ihrer Höhle, sie träumte. Daheim schlüpften Kinder, starben Alte, feierten Frauen. Die Männer riefen in die Fabrik. Und Mesehi träumte.

Was träumte sie? Wir werden sehen.

Als sie erwachte, war der Winter fort. Mesehi war allein. So allein! Sie nahm den erstbesten Gleiter, auf den sie traf.

Daheim war alles, wie es daheim war. Doch Mesehi war kalt. War grau. Von der Sonne verbrannt. Mesehi war nicht Mädchen, nicht Frau, nicht Wintermädchen, nicht Mann. Mesehi war nicht. Nicht-Mesehi.

»Was ist mit dir?«, fragten ihre Nicht-Schwestern.

»Ich *weiß*«, sagte Nicht-Mesehi. »Ich weiß, wie alles zusammenhängt. Wo wir herkommen.«

»Wo wir herkommen!« Ihre Nicht-Schwestern waren verblüfft. »Aus dem Hütehaus kommen wir. Aus dem Bauch der Mutter.«

»Wir sind so klein«, sagte Nicht-Mesehi. »Wir sind nichts. Nichts als das Geziefer der Göttinnen.«

Ihre Nicht-Schwestern waren bestürzt. »Wie kannst du sagen, dass wir nichts sind? Wir sind auch nicht klein. Siehst du nicht die Häuser, die wir einst erbaut haben? Sie halten tausend mal tausend Jahre lang. Siehst du nicht die Alles-für-euch? Sie tun alles, was einst wir tun mussten. Unsere Ahnen, sie haben genug geleistet. Genug geschaffen. Nun ist alles Spiel und Nähe und Musik.«

»Unsere Ahnen!«, rief Nicht-Mesehi. »Unsere Ahnen wurden von den Göttinnen zertreten. Habt ihr euch nie gefragt, warum die Häuser der Ahnen so groß sind? Weil es die Häuser der Göttinnen waren! Und unsere Ahnen waren nur Tiere, die dort in den Ritzen lebten!«

Ihre Nicht-Schwestern kreischten auf und flohen, aber Mesehi setzte ihnen nach. Ein großes Durcheinander und Geschrei erhob sich, doch Mesehis Stimme übertönte alles. Wieder und wieder schrie Mesehi ihr Traumgesicht vom Ursprung der Ueeba in die Welt.

Alles-für-euch kamen, um die Ueeba zu beruhigen. Aber Mesehi schrie.

Mesehi schrie. Ihren Nicht-Schwestern grauste. Und die Alles-für-euch, sie konnten nichts tun. Ihre Medizin beruhigte Mesehi nicht. Ihre Zugstrahlen hielten Mesehi nicht. Mesehi schrie. Die Ueeba weinten. Wohin sie auch flohen, Mesehi folgte. Und schrie. Unmengen von Alles-für-euch flatterten durch die Luft, hilflos wie seit tausend Jahren nicht.

Mesehi schrie. Weit weg, in der Psi-Fabrik, seufzte ein Forscher. Er legte seine Arbeit beiseite und griff zu einer Keule. Er rief einen Gleiter und folgte den Schreien.

Er zerschlug Mesehis Mandibeln.

»Gechiecher ger Göckingen!«, blubberte es kehlig aus

Mesehis Mund. »Hir hing nichh! Ung gie Göckingen hing kok!«

Er hob einen Stein auf. Verstopfte der Schreienden den Schlund damit.

Stille. Plötzliche, glückliche Stille.

Reglos standen die Ueeba um den Forscher und Mesehi herum.

Wir sind nichts, und die Göttinnen sind tot! Hatte sie das wirklich gesagt?

»Siehst du nun«, sagte der Forscher zu Mesehi, »warum wir am Tag leben und euch die Nacht lassen? Warum wir den Schleierstern sehen können und ihr nicht? Warum wir arbeiten und ihr spielen dürft?«

Aber Mesehi schrie. Und der Stein zersprang.

Und der Forscher hob seine Keule und zerschmetterte ihr den Kopf.

Kam Hirn? Kam Blut?

Maden wimmelten hervor.

Der Forscher versuchte sie zu zertreten, aber die Maden waren schnell.

Die Ueeba waren langsam. Bald war keine Made mehr zu sehen.

Und hier endet Mesehis Geschichte. Hier endet auch die Folge der Seherinnen. Und die Ueeba spielen und lieben und ernten auf ewig die Früchte der alten Zeit. Und tragen Larven seither.

Und hüten sich – hören wir hin! – vor Madengedanken.

Neun

»Du bist – ich möchte gar nicht aussprechen, wie mir das vorkommt. Das ist ein *Märchen.* Auf diesem Kontinent gibt es keinen Winter. Und kein Alles-für-euch trägt dich übers Meer. Und selbst wenn, wie wolltest du denn die Höhle finden? Du würdest nie wieder wach werden ... erfrieren ... sterben ...«

»Ich würde nicht sterben, Adilai. Bestimmt nicht. In jedem Märchen steckt ein wahrer Kern.« Tawe ging zu ihr, nahm sie in die Brustbeine. »Verstehst du denn nicht? Ich bin schon eine Frau, ich würde keine Seherin werden. Mir könnte nichts geschehen. Ich würde einfach nur meiner nächsten Hitze ausweichen! So steht es doch in dem Märchen: Sie wird nicht heiß.«

Adilai sagte nichts. Sie ließ die Fühler hängen. Sie war ganz weich in Tawes Beinen.

»Ich sehe alles schon vor mir«, sagte Tawe. »Du und ich, wir gehen zusammen! Wir werden *nicht* einsam sein. Wir werden *nicht* verrückt werden. Wir brauchen auch nicht diese Höhle. Wir müssen auch nicht über irgendein Meer. Das ist alles Unsinn. Ich war am Ringgebirge. An der Ostflanke des Siebenbergs liegt Schnee in den Klüften! Außen! Dort wird uns niemand suchen, so dicht an der Psi-Fabrik und dem Dorf der Hüter!«

»Suchen, Tawe? Was redest du denn da?«

»Wir nehmen ein Zelt mit und eine Heizung mit Zeitschaltuhr«, redete sie in ihrem Rausch einfach weiter. »Und dann, wenn meine Hitze sich ankündigt, schalten wir die Heizung ab und träumen im Eis. Und wenn sie wieder zu heizen beginnt, werden wir erwachen, und ich werde dir treu gewesen sein!«

»Ach, Tawe. Liebste. Dieses Gespräch hatten wir doch schon.«

»Ich werde dir treu sein!«, beharrte sie. »Und du wirst sicher auch keine Seherin werden. Wir bleiben ja keinen ganzen Winter dort drin – wie lang ein Winter einst auch immer gewesen sein mag. Wir legen uns nur ein paar Tage auf Eis, so lange eine Hitze eben dauert. Gut, du wirst dann vielleicht auf ewig ein Mädchen bleiben, aber ...«

»Ach, Tawe.« Adilai strich ihr mit einem Fühler die Mandibeln entlang.

»Was denn? Eine größere Liebe als die unsere wird es nie geben!«

»Tawe, Tawe, Tawe ...«

»Was denn?«

»Riechst du denn nichts? An mir?«

Tawe schnupperte an ihr. Adilai lachte. Tawe hatte keinen Schimmer. Sie war berauscht, vom Bier und von ihrer Idee.

»Ich bin doch gar kein Mädchen mehr. Ich hab mein Fraufest gehabt. Während deiner Hitze.«

»Oh.«

Viel mehr als »Oh« sollte Tawe auch für den Rest der trunkenen Nacht kaum sagen. »Ah« vielleicht noch. Und »hm«. Aber da befanden sie sich längst nicht mehr an einem einsamen Strand, da lagen sie auch nicht mehr im Sand. Da wiegte Wind ihren Baum, und auf ihren vereinten Larven glühte tiefes Rot im Schwarz.

Sie waren glücklich, Nacht um Tag um Nacht. Meist genügten sie sich selbst; Tawe war ohnehin eher eine Einzelgängerin. Adilai jedoch besaß einen Haufen Freundinnen, und Tawe stellte zu ihrer Freude fest, dass diese Freundinnen eine höchst angenehme Gesellschaft waren, geistreich, schön, feinfühlig. Sie wunderte sich nur kurz darüber, schließlich waren es doch Ueeba, mit denen ihre göttliche Adilai sich verbunden fühlte! Wie konnten sie da anders als großartig sein?

Die Freundinnen wiederum stellten erfreut fest, dass Tawe ganz und gar nicht so herablassend war, wie immer behauptet wurde. Sie war ja, oh!, so umgänglich. So witzig. So ... so *eigen*.

Die Freundinnen waren bezaubert.

Meist genügten Adilai und Tawe sich selbst. Aber immer begegneten sie auf ihren Spaziergängen Adilais Freundinnen, und manchmal feierten sie gemeinsam auf dem Herzberg.

Und einmal zogen sie dort in einem ganzen rausch-fröhlichen Haufen zum grünen Jadepalast. Nicht, um auf seinen hohen, gewölbten Wänden zu kleben und die Aussicht zu genießen. Sondern um die Mutprobe zu bestehen.

Die Mutprobe!

Der grüne Jadepalast war ein Ort, der die Ahnen atmete. Hier gingen, zwischen den Spinnwebgespinsten von Jahrhunderten, die Geist-Tiere um. Hier lagen, von dichten Staubpelzen bedeckt, seit Jahrtausenden die Spielzeuge der Göttinnen.

Hier, so hieß es schon bei den ganz kleinen Ueeba in den Hütehäusern, schlief die alte Zeit.

Der grüne Jadepalast, der Herzberg, der Lodertunnel – alles zusammengenommen bildete einen Ort der Kraft. Tawe wusste nicht, wie die drei Elemente zusammenhingen, außer dass sie eben beieinander standen, aber eines wusste Tawe mit jeder Faser ihres Leibs: Allein der Herzberg war gut. Der Lodertunnel hingegen bedeutete Todesgefahr, und der Jadepalast ... Unbehagen. Großes, machtvolles, übermächtiges Unbehagen.

Als wäre es den Ueeba ins Fleisch eingeschrieben, nichts über die alte Zeit erfahren zu wollen, über ihren Ursprung.

Heute jedoch, mit Adilai an ihrer Seite, war Tawe zuversichtlich. »Wetten«, sagte sie und hakte Adilai unter, »dass wir beide weiter kommen als ihr alle? Das ist die Macht der Liebe!«

Adilai schnappte scherzhaft nach ihr. »Du süße Spinnerin!«

Die anderen seufzten und kicherten und blähten die Larven. Sie hielten dagegen.

»Dann los!«

Wild wimmelten sie über die Schwelle des Jadepalastes. Der Fliesenboden war dicht mit Staub und Unrat bedeckt, also bogen sie bald auf die Wände ab, ein kichernder Batzen leuchtender Blasen in der langen samtschwarzen Galerie. Fahl schimmerte unter ihnen eine beachtliche Reihe verschiedenartiger Gegenstände auf, die alle mit den gleichen grauen Überzügen verhüllt waren, mit dem Staub von Jahrhunderten.

Dann sahen sie, mitten im Raum, unheimlich und hager, etwas stehen, was offenbar der untere Teil eines riesigen Innen-Skeletts war. Vier plumpe, schief stehende Füße deuteten an, dass es sich um ein ausgestorbenes Geschöpf von der Art der Elolane handeln musste. Der Schädel und die oberen Knochen lagen im dicken Staub daneben und ließen darauf schließen, dass das Wesen viel, viel größer als die Elolane gewesen war.

»Die Geist-Tiere!«, flüsterten die jungen Ueeba voller Bereitschaft, sich angenehm zu gruseln. Noch war von der Beklemmung, die der Jadepalast in seinen Tiefen ausdünstete, nichts zu spüren. »Aus dem Zeitalter der Riesen!«

Weiter hinten in der Galerie lag das gewaltige, hingestreckte Innen-Skelett eines Tieres, dessen Beine unmöglich zum Laufen hatten geeignet sein können.

Tawe bildete ein paar Leuchtkugeln und ließ sie in den »Bauchrutscher« niedergehen, wo sie flackernd verloschen.

Adilais Freundinnen waren von dem bizarren Lichtspiel des Gerippes begeistert.

Unten an den Seitenwänden befanden sich Reihen leicht geneigter Vorsprünge. Als das Bier aus einem der mitgenommenen Fässchen kleckerte, klatschten die Tropfen unten auf den Staub und schlugen die dicke Schicht weg. Darunter schimmerte Glas.

Manche der Glaskästen waren aufgebrochen und geleert worden. Generationen Ueeba hatten mit den darin enthaltenen Gegenständen gespielt. »Wunderkästen« nannten sie die gläsernen Vorsprünge und zogen die darin enthaltenen kleinen Geist-Tiere auf Binsen, um sie eine Zeit lang als Beinschmuck zu tragen.

Wenn sie der Geist-Tiere überdrüssig waren und sie wegwarfen, trug der nächstbeste Alles-für-euch die Stücke wieder zum Palast zurück.

Es war sehr still hier. Der dicke Staub dämpfte die Geräusche. Und allmählich wurde auch der Haufen junger Ueeba still. Je weiter sie vordrangen, desto weniger war von der Musik auf dem Berg zu hören. Die Gegenwart, in der sie lebten, fiel zurück und machte dem Schweigen der grauen Vorzeit Platz.

Sie fanden die kurze zweite Galerie, die quer zur ersten verlief. Hier lagerten einst bunte Steine in den großteils zerfallenen Wunderkästen. Die Ueeba ignorierten diesen Abschnitt und wandten sich einem sehr verfallenen Seitenflügel zu, der parallel zu dem ersten Gang verlief, den sie betreten hatten. Hier war alles inzwischen längst bis zur Unkenntlichkeit vergangen. Ein paar verschrumpfte und geschwärzte Überreste von Dingen, die einst wohl gelebt hatten, ausgetrocknete Mumien, braune Staubfladen, das war alles!

Inzwischen hatten die zwei Dutzend Ueeba sich getrennt. Instinktiv waren mehrere Frauen und Mädchen näher zum Boden hin abgewandert. Wenn das Große Unbehagen kam, drohte der Absturz.

Sie gelangten in eine Galerie von schlichtweg kolossalen Ausmaßen, deren Boden von dem Ende, an dem sie sie betraten, leicht abwärts führte, was jedoch nur die Ueeba bemerkten, die sich nicht länger hoch oben vorwagten.

Die anderen, darunter auch Tawe und Adilai, wichen an die Decke aus, denn zu beiden Seiten standen gewaltige Maschinen, alle sehr zerfressen und viele zusammengebrochen, aber einige sahen noch aus wie nur etwas merkwürdig gebaute und zu große Alles-für-euch. In Abständen ragten von der Decke weiße Kugeln zum Boden hinauf, viele gesprungen oder zertrümmert.

Dies war er, der Gang der Gänge.

»Wer kommt am weitesten?«, rief Adilai. »Wir!«

Immer weiter fiel der Boden unter ihnen weg, immer länger waren die Schnüre, an denen die Kugeln aufragten.

Schon fielen unten die ersten Ueeba zurück. »Ich kann nicht mehr!« – »Wir sehen uns draußen.«

Und immer noch war das Ende der Galerie nicht zu sehen. Sie schien sich tief in den Herzberg hineinzubohren.

Weiter, weiter ... Tawes Panzerbögen schienen zu verhärten, das Atmen fiel ihr schwer.

»Kannst du noch?«, flüsterte sie Adilai zu.

Adilai klapperte nur bestätigend mit den Mandibeln. Ihre Larve flackerte.

»Ich auch.« Tawe sah nach hinten. Sie blieb stehen. »He, was ist! Kommt ihr?«, rief sie den drei Freundinnen zu, die ein Stück zurückgeblieben waren. »Oder haben wir etwa schon gewonnen?«

»Beim Lodertunnel«, ächzte eine zur Antwort. »Was ist das nur? Aber so weit bin ich noch nie gekommen.«

»Na los. Ein kleines Stück noch. Komm.«

»Nein, lasst mal.« Ihre Larve sah schwärig aus, ein zeitlupenhaftes, gelbliches Blubbern. »Unser Liebespaar hat gesiegt. Ich brauche dringend ein Bier.« Sie machte unsicher kehrt.

»Wir kommen auch gleich«, sagte Tawe. »Wir wollen die Atmosphäre noch ein wenig genießen.«

»Du Angeberin!«, flüsterte Adilai.

»Wieso?«, machte Tawe. »Ist doch toll hier. Ich fühle mich prächtig neben dir.«

Sie fühlte sich ganz und gar nicht prächtig. Jedenfalls ihr Leib nicht. Aber ihr Geist war voller Freude: Diese Kraft ihrer Liebe zu spüren, war wie ein Rausch!

Mit Adilai, mit der göttlichen, unvergleichlichen Adilai vermochte sie alles!

Sie waren also glücklich, Nacht um Tag um Nacht. Die nächste Hitze ließ noch lange auf sich warten und war weit weniger greifbar als das Glück, das sie in der Gegenwart miteinander teilten. Sie feierten. Sie liebten sich. Sie genossen einander, sie genossen die Welt. Tawe machte schöne Dinge für Adilai, aber immer nur, wenn sie allein waren.

Manchmal, wenn Tawe mitten am Tag erwachte, musste sie an das drohende Unglück der nächsten Hitze denken und hatte Schwierigkeiten, wieder einzuschlafen.

Aber um den größten Fehler ihres jungen Lebens, den sie zwei Jahre, bevor die Knochenleute kommen sollten, gemacht hatte, sorgte Tawe sich nicht. Er schien weit zurückzuliegen, und sie wähnte sich sicher. Sie passte ja auf.

Er holte sie ein.

Zehn

Der private Rufton erklang zum zweiten Mal, da warf Captain Liza Grimm sich schon quer über das Feldbett zu ihrer Uniform und löste den Kom-Clip vom Kragen. »Hallo?«, sagte sie atemlos.

»Hallo.« Die sonore, garantiert nachbearbeitete Stimme ihres unbekannten Verehrers.

Ihr Herz machte einen Satz. Sie rollte in ihrer weißen Armeeunterwäsche herum und drehte den Regler des kleinen Musikgeräts hinunter. Die romantisch-sehnsüchtigen Klänge, mit denen sie sich das Einschlafen hatte versüßen wollen, verklangen zu einem Säuseln und hörten sich plötzlich furchtbar flach und kitschig an. Liza machte sie ganz aus, rollte auf den Rücken und strich sich über die kurz geschorenen, schwarzen Haare.

»Wie geht's?«, sagte sie.

»Du bist so schön«, sagte ihr Verehrer. »Ich l-liebe deine Kraft, deine Verletzlichkeit.«

Sie streckte sich. *Wo wir gerade von Kitsch reden!*

»Bist du nervös?«, fragte sie.

»Wieso?«

»Weil du gerade gestottert hast.«

»Ich bin ... berührt. Aufgewühlt.«

Liza sagte nichts. Sie schob die Zungenspitze zwischen die Zähne und lächelte. Ein Teil des Spaßes, den sie miteinander teilten, war es herauszufinden, wer er war. Mit wem sie dieses kleine Geheimnis leidenschaftlicher privater Anrufe teilte.

»Nie hätte ich gedacht, dass es mich einmal so erwischen würde«, sagte ihr Verehrer. »Und hier! In einem Raumschiff voller Roboter.«

»Woher weißt du eigentlich immer so genau, wann du mich anrufen kannst?«, fragte Liza. »Schläfst du nebenan?«

»Schlafen!« Er betonte das Wort merkwürdig. »Ich habe meine Mittel. Ich interessiere mich für dich.«

Liza durchlief es warm. Sie hatte schon seit seinem zweiten Anruf einen stillen Verdacht, um wen es sich handelte. Es war verrückt, aber alles lief darauf hinaus. Eindeutig. Es sei denn, jemand erlaubte sich einen Scherz mit ihr.

Die Vorstellung, dass am anderen Ende eine Handvoll lachender Kameradinnen kauerte und sich die Münder zuhielten, während eine von ihnen Liza aus der Reserve zu locken versuchte, war entsetzlich.

Sie lauschte, spitzte die Ohren. Aber niemals waren Hintergrundgeräusche zu hören.

»Ich weiß nicht, ob ich dir trauen kann. Du versteckst dich die ganze Zeit.« Sie beschloss, aufs Ganze zu gehen. »Ich weiß ja nicht mal, ob du wirklich ein Mann bist. Vielleicht bist du ja eine Frau.«

»Sag so etwas nicht. Darin kannst du mir vertrauen. Absolut vertrauen. Allein, mich zu diesem Zeitpunkt zu offenbaren, wäre heikel.«

»Bist du gebunden?«

Zögern. Dann: »Das ist es nicht.« Sein seufzender Atem so dicht an ihrem Ohr ließ sie erschaudern. Er klang immer so ... gequält. So hin und her gerissen. Das war nicht geschauspielert, das nicht.

Draußen, jenseits der dünnen Containerwände, rumpelte etwas in diesem gewaltigen Schiff.

»Was wäre so schlimm daran, wenn ich wüsste, wer du bist? Bist du zu alt für mich?«

Er sagte nichts.

»Alter spielt für mich keine Rolle.« Sie gab sich betont munter, plaudernd. »Bei manchen Männern kann man ohnehin kaum sagen, wie alt sie wirklich sind. Überhaupt, was heißt schon Alter!«

»Ja«, sagte er. »Was heißt das schon.«

»Manche Männer sind außen jung und im Herzen alt ... bei anderen verhält es sich genau umgekehrt.« Sie setzte sich auf. »Wie ist es bei dir?«

»Das ... lässt sich nicht so genau sagen.«

Sie wartete einen Moment, dann sagte sie möglichst kühl: »Ich weiß, wer du bist.«

Ihr unbekannter Verehrer hätte den Anruf beinahe abgebrochen. Wenn er gekonnt hätte. Aber er fühlte sich wie gelähmt. Nein: wie auf einer schiefen, abschüssigen Bahn.

Er brauchte mehrere Anläufe, bevor er ein nonchalantes »Aha?« zustande bekam.

Ich weiß nicht, was ich tue, dachte er. *Wie kann ich sie in solche Gefühlsverwirrungen stoßen?*

»Du hast dich verraten«, sagte sie.

»Aha?«

»Mehrfach. Zum Beispiel bedeutet dir Erholungsschlaf nicht viel. Und du wirkst immer irgendwie ... zeitlos.«

Er sammelte sich einige Sekunden lang. »Dann erstaunt mich, dass du noch mit mir sprichst.«

»Wieso?«

»Weil diese Kluft zwischen uns steht.«

Er hörte ein Knarren. Wahrscheinlich ihr Bett.

»Nicht alle Klüfte sind unüberbrückbar«, sagte sie. Ihre Stimme klang jetzt brüchig, zart. »Und Brücken müssen nicht von Dauer sein. Manchmal ... bleiben nur Tage ... Wochen ... und sie können doch auch schön sein. Schmerzhaft, aber schön.«

Was tue ich hier bloß, dachte er.

Leutnant Liza Grimm, seit einer guten Stunde in der Freischicht, wie er wusste, weil er Zugang zu den alteranischen Dienstplänen hatte, sprach weiter. Leise. Zögernd. »Ich bin keine, die dich am ausgestreckten Arm verhungern lässt.«

»Du bist ... eine mutige Frau.«

Sie lachte. »Und rückhaltlos! Sag doch auch noch rückhaltlos!«

Er gab ein verständnisloses Schnauben von sich.

»Glaubst du, ich habe keine Angst?«, sagte sie. »Glaubst du, ich habe nichts zurückgehalten? O, ihr Mütter, wie du mich angesehen hast neulich! Wie ich mir gewünscht habe, du würdest mich berühren. Ich wusste von Anfang an, wer du bist. Aber ich habe es erst nicht geglaubt und dann nicht zu hoffen gewagt.«

»Ich ... das geht mir jetzt ein bisschen schnell.«

»Das sagst du?« Sie lachte wieder. »Ausgerechnet du?«

Er lachte leise. Für ihn klang es sehr gekünstelt, aber der Filter, durch den er seine Stimme schickte, ließ solche Nuancen vielleicht nicht durch. »Glaub mir. Ich bin nicht der, für den du mich hältst.«

»Danke, gleichfalls. Ich bin auch nicht die, für die du mich hältst. Ich bin kein Töchterchen, dem du mit Spucke einen Fleck vom Gesicht reibst. Ich bin erwachsen. Wir beide können tun und lassen, was wir wollen.«

»Aber tragen wir nicht Verantwortung? Für uns selbst, für andere? Dürfen wir tun, was immer uns unsere Gefühle aufgeben? Ohne Rücksicht auf Verluste? Wo bliebe denn dann – vorausgesetzt es gibt ihn überhaupt, versteht sich – der freie Wille?«

»Ich fass es nicht«, hauchte sie. »Wollen wir jetzt Philosophie diskutieren? Möglichst abstrakte allgemeine moralische Fragen?« Ihre Stimme klang weit weniger vorwurfsvoll als die Fragen; das Ganze hatte etwas Spielerisches, wenn er es richtig mitbekam. »Wo bleibt denn dein Sinn für Abenteuer?«

»Vielleicht kann ich dich morgen wieder anrufen«, sagte er.

»Warte! Lass uns doch ... lass uns doch schauen, welche Grenzen wir brauchen, ja? Ich ... du hast mich so beeindruckt ... ich ... wie du mich angeschaut hast ... so tief bin ich noch nie berührt worden. Es klingt kitschig, ich weiß. Aber was soll ich daran ändern?«

»Lass uns morgen weiterreden. Ja?«

»Können wir uns nicht ... wir haben doch noch Zeit. Vielleicht ist es noch zu früh für ein Treffen ... alles kann, nichts muss sein ... wie wir es wünschen ... wie *du* es wünschst.« Sie lachte auf. »Es kommt mir so merkwürdig vor, ›du‹ zu sagen. Aber wer weiß, vielleicht werde ich dich bald beim Vornamen nennen. Hm? Soll ich? Oder lass mich raten: Der erste Buchstabe ist ein ...?« Sie lachte leise. »Soll ich, Sir?«

Der erste Buchstabe ist ein P, vervollständigte er den Satz im Stillen. Doch er antwortete nicht. Er konnte weder vor noch zurück. So kannte er sich absolut nicht. Ein so persönliches Dilemma hatte er noch nie erlebt. Warum nur hatte er sie überhaupt angerufen, das erste Mal?

Sie räusperte sich. »Wir könnten doch ... vielleicht brauchst du den Abstand?« Und als er nicht antwortete: »Hm? Brauchst du den Abstand?« Ihre Stimme klang nicht mehr verzweifelt und hektisch, sie klang verletzlich. Verletzlich und rau. Sehr rau.

Er hörte ein Rascheln, von Bettzeug vielleicht. »Möchtest du wissen, was ich gerade anhabe?«, fragte Liza leise.

Unvermittelt sah er Mondra vor sich, ihre schweißglänzende Haut.

»Es tut mir leid.« Er unterbrach das Gespräch.

Was tue ich?, dachte er. *Was tue ich denn?*

Elf

Die am höchsten Erachteten unter den Ueeba waren die Forscher in der Psi-Fabrik auf dem Siebenberg, dem gewaltigen Zentralmassiv im Zentrum des Kontinents. »Forscher«, so nannten die Ueeba-Frauen sie im Alltag. Ihr vollständiger Name jedoch lautete »Imago-Forscher«.

Die Imago-Forscher waren die einzigen Ueeba auf dem Planeten, die arbeiteten. Sie waren mit der Entwicklung psimaterieller Artefakt-Komponenten beschäftigt.

Die respektlose Tawe hatte sich mehr als einmal über dieses Wortungetüm lustig gemacht, mit einem kleinen Dialog.

Hohe Stimme: »Du, große Schwester, was machen die Forscher eigentlich da oben in ihrer Psi-Fabrik?!«

Tiefe Stimme: »Sieentwickelnpsimaterielleartefaktkomponenten.«

»Wetten«, hatte sie dann immer mit ihrer normalen Stimme hinzugefügt, »dass die kleine Schwester nie wieder fragt?«

Diese Entwicklung war jedenfalls der Daseinszweck der Imago-Forscher. Keine Ueeba wusste, was genau darunter zu verstehen war, doch ahnte Tawe, dass die Tätigkeit der Forscher eine ungeheuer schwierige und mühevolle war. Und das wiederum passte überhaupt nicht zu der Leichtigkeit des Seins, die die Ueeba-Frauen genießen durften.

Der Fabrik einen künftigen Imago-Forscher zuzuführen, wünschte sich jeder Haufen, der auf sich hielt. Doch ausschließlich Mädchen, die unter dem Einfluss des Schleiersterns geschlüpft waren, wurden in die Fabrik aufgenommen.

Oder, wie Tawe es lieber ausdrückte, wurden *dorthin verfrachtet* – denn wer würde schon, von den stets in großer Zahl verfügbaren Dumpfbacken einmal abgesehen, aus freien Stücken in die Fabrik gehen wollen?

Als in diesem Jahr die Auswahl stattfand, geschah etwas, womit Tawe bei bestem Willen nicht gerechnet hatte – obwohl es doch so nahe lag. Die Forscher, die von der Fabrik herabgestiegen waren, suchten als nächsten Jungforscher *sie* aus.

Tawe tla Mouuach, die von der herrlichen Adilai tla Dadié geliebt wurde und ein Leben voller Glück vor sich hätte haben sollen.

In dieser Nacht wurde Tawe allem entrissen, was für sie Bedeutung hatte. Ihrer Liebe, ihrem Leben, ihrem Geschlecht.

»Ich werde auf dich warten!«, rief Adilai, als der Alles-für-euch Tawe aufnahm, um zum Siebenberg zu fliegen. Adilais Larve, sonst immer so zart, flammte rot. »Ich vergess dich nicht, hörst du, mein Leben lang nicht! – Tawe? Tawe!«

Sie konnte Adilai nicht mehr antworten, der Gleiter schoss empor. Aber allein diese verhallenden Worte halfen Tawe, die Maschinerie zu durchstehen, die nun über sie kommen sollte.

Als der Alles-für-euch in eine Kurve ging, sah Tawe unten zwischen den marmorweißen, von Fackeln erleuchteten Mauern des Wolkengartens Adilais Larve am großen Leib des Forschers glühen, der Tawe fortgeschickt hatte. Offensichtlich rang sie mit ihm. Andere Ueeba mischten sich ein, zogen sie fort, ein Gewimmel glühender Flimmertierchen.

Dort unten wollten sie jetzt ein Fest zu Tawes Ehren feiern, zu Ehren ihres Haufens, mit diesem Forscherkerl als besonderem Gast. Und Adilai, ihre Adilai, störte es!

Tawe knickte sich die Fühler an der Kuppel, bis von der Szene unten nichts mehr zu sehen war.

Sie schlug mit dem Kopf daran. Wie hatte sie so dumm sein können! Um den Preis einer Rose hatte sie ihr Leben an Adilais Seite verspielt. Andererseits: Hätte sie Adilai denn ohne diese Rose gewonnen?

»Bitte unterlass dieses Tun«, sagte der Alles-für-euch. »Sonst muss ich dich in ein Schutzfeld hüllen.«

»Ha!« Tawe donnerte noch einmal kräftig mit dem Kopf gegen die Sichtkuppel. »Schon gut«, sagte sie dann. »Gib mir ein Fässchen und einen Schlauch, und ich werde still sein.«

»Tut mir leid, Tawe tla Mouuach. Forscher sind nüchtern.«

»Kein Bier? Keine Pilze? Kein gar nichts?«

»So ist es. – Stopp!«

Tawe vergaß sich.

Als sie wieder zu sich kam, hing sie in einem Schutzfeld und war an mehreren Stellen verbunden. »Du hast mich betäubt, stimmt's?«, brüllte sie.

»Ich habe dir ein Kurzzeitsedativum verabreicht, das ist richtig.«

»Ha! Ich denke, Forscher sind nüchtern, du Schwachkopf-Ding!«

»Ab jetzt wirst du nüchtern sein, Tawe. Und sicher.«

Der Gleiter hatte recht. Sie konnte sich nicht rühren. Sie schrie und brüllte, doch so etwas störte keinen Alles-für-euch. Wahrscheinlich fuhr er einfach seine Mikrofone herunter. Oder zeichnete ihre Anfälle sogar auf, als Studienmaterial für spätere Zuführungen von Jungforschern.

So flog Tawe ein zweites Mal über die fahlblauen Fadenwälder hinweg, über die irisierenden, grasbewachsenen Felsen, raste ein zweites Mal die Hänge des Zentralgebirges hinauf. *Zumm!*, bogen sie über die Ringstadt ein. *Zang!*, ging es den Siebenberg hinauf. Wieder gleißten die grausigen Mauern der Psi-Fabrik vor ihnen auf, diese obszöne Wunde, die die Forscher in die bunte, freundliche Welt geschlagen hatten. Wieder hob der Alles-für-euch sie diese endlose Wand hinauf bis zu dem Vorsprung, dem Tor. Es öffnete sich vor ihnen. Der Gleiter bugsierte Tawe mit langen Greifarmen hindurch. Das Tor schloss sich hinter ihr. Dröhnend.

Ab nun blieb ihr nur, ein Forscher zu sein.

Der gewaltige Hof lag leer unter den Scheinwerfern. Nirgendwo wuchs auch nur die winzigste Pflanze. Sie hing in ihrem Fesselfeld, allein und wie vergessen. »Lasst mich gehen!«, brüllte sie. Sie rief noch so manches.

Irgendwann, sie hing noch immer in dem Feld, hörte sie auf. Sie konnte nicht mehr brüllen. Sie konnte nur noch weinen, allein dort auf dem leeren, toten Hof.

Schließlich hörte sie auch damit auf.

Was dann kam, aus der Erschöpfung geschlüpft, war eine Art Frieden.

Weit hinten öffnete sich in einer der grauen Wände eine Tür. Ein Forscher näherte sich ihr. Er war alt und grau und zog etliche Beine nach, und es schien Stunden zu dauern, bis er bei ihr ankam.

Als er über ihr stand, doppelt so groß wie sie, und sie fühlerte, hatte Tawe schon wieder etwas Kraft geschöpft.

»Lasst mich gehen!«, brüllte sie. »Ich will nichts mit euch zu tun haben. Ich werde nichts für euch erschaffen! Nicht einmal ein Staubkorn! Ihr könnt mich mal!«

Der Forscher hörte sich das eine Weile an. Dann sagte er etwas. Sie konnte es nicht verstehen. Er hatte so leise gesprochen.

Er zückte etwas, richtete es auf sie, und Tawe verging in einer Woge von Schmerzen.

Als die Woge abebbte, *konnte* Tawe ihn verstehen. »Ich sagte, wir haben zwei Möglichkeiten. Entweder du bist in einem Bewusstseinszustand, der kein vernünftiges Handeln mehr zulässt, dann werde ich dich in die Krankenstation bringen und betäuben lassen. Oder du leistest dir den Luxus eines Machtkampfes, dann wird dieser Schockerstab dich eines Besseren belehren. Hat er dich eines Besseren belehrt?«

Tawe fauchte, spuckte, wand sich. Sie warf ihm alle Schimpfworte an den Kopf, die sie kannte.

»Du verlangst nach Demütigung, Kind. Das ist keine gute Entscheidung. Aber ich werde dir den Gefallen tun.«

Er setzte den Schockerstab ein, wann immer sie auch nur mit den Mandibeln zuckte.

Am Ende war sie still.

»Du hast dich befleckt, Kind. Tu etwas dagegen, sobald du wieder bei Kräften bist. Dann wirst du hereinkommen dürfen.«

Tawe lag wimmernd in ihrem Fesselfeld.

Als es sich auflöste, öffnete Tawe die Augen. Sie fühlerte umher. Der Hof war leer. Und sie stank. Beim Schleierstern, wie sie stank!

Sie lag dort, flach am Boden unter dem grellen Kunstlicht, und rührte sich nicht. Ihr Kopf war leer. Betrübt, betäubt.

Unvermittelt, aber nach Stunden vielleicht, wurde es einen Tick dunkler. Tawe sah auf. Die Scheinwerfer – sie waren erloschen! Dämmerung streckte ihre Stacheln über den Himmel!

Noch schirmten die hohen Mauern sie von der blauen Sonne ab, aber ihr wurde mulmig. Sie probierte die Türen, soweit sie sie erkennen konnte. Sie vermochte keine dieser unvertrauten Vorrichtungen zu öffnen.

Stundenlang kam nicht ein einziger Forscher über den Hof. Manchmal hörte sie fernes Rumoren, das hinter den dicken Mauern kaum als klares Geräusch erkennbar war. Und die Sonne stieg. Die Mitte des Hofes war Tawe bald nicht mehr zugänglich, war ein einziges grelles Schmerzfeld.

Sie kroch durch die immer kleiner werdenden Schattenflächen. Nirgends war auch nur die Antenne eines Alles-für-euch zu finden, der sie hätte waschen können. Nirgends ein Teich, ein See, ein Brunnen. Neben einer scheibenförmigen Plastik aus kalt glänzendem Metall, irgendeinem Forscher-Kunstwerk, fand sie ein flaches Becken voller Sand. Unter einer dünnen, harten Kruste war er feucht. Sie rieb sich damit ab.

»Ich habe mich gereinigt«, rief sie. »Seht ihr!« Sie warf einen Blick zum Himmel, der grell und sternenlos war. »Lasst mich rein! Lasst mich bitte, bitte rein!«

Es wurde Mittag. Die Schattenflächen schrumpften zu Streifen. Sie drückte sich an eine Mauer und konnte nur zusehen, wie die Streifen schmal und schmaler wurden. Ihre Larve, die sie so dunkel gemacht hatte, wie es nur ging, war nichts weiter als ein durchsichtiger Schleier für die scharfen Stacheln der Sonne.

»Die lassen mich nicht rein«, flüsterte sie. »Die lassen mich hier draußen verbrennen. Die brennen mir mein Ich weg.«

Und genau so sollte es kommen.

Ihr tat alles weh. In ihren Beinen begann es zu summen, zu prickeln. Zwanghafter Bewegungsdrang überkam sie, sie zuckte und bebte. »Ihr kriegt mich nicht«, flüsterte sie. »Es dauert nicht lange, dann kommen wieder die ersten Schatten. Ich muss nur noch ein bisschen durchhalten.«

Als der erste Schatten-Ritz entstand, rannte sie über den glühend heißen Boden zu der Wand und kauerte sich dort hin. Ihre heißen Panzerbögen knackten.

»Schatten«, flüsterte sie. »Er kommt, er kommt. Ihr Dumpfbacken. Ihr kriegt mich nicht. Da könnt ihr machen, was ihr wollt. Ihr unterschätzt meine Stillenswärke.« Sie kicherte. »Willensstärke. Voll rausgebratet, die Wörterdinger.«

Tawe war ein lallendes Wrack, aber sie war entschlossen. Mochte ihre Panzerhaut dreimal Risse bekommen, dreimal ihren Glanz verlieren!

Der Schatten wurde zu einem Streifen, einem gnadenvollen breiten Band. Sie hatte die Mittagssonne überstanden. Die Forscher hatten sie nicht kleingekriegt.

Ein metallenes Knarren erklang über ihr. Hoch über ihr. Sie sah hinauf. Oben auf den Mauern beugten sich Forscher vor und brachten Spiegel in Anschlag. Große quadratische Flächen gleißten auf.

Sie fraßen Tawes Schattenstreifen weg.

Tawe raste die Mauern entlang. Die Flecken Sonnenlicht folgten ihr. Sie konnte sich wenden, wohin sie wollte, immer blieb sie in der prallen Sonne.

Die Forscher schwiegen nicht mehr, sie begannen zu pfeifen, zu johlen. Mit Psi-Kraft gebildete kleine Gegenstände prasselten auf Tawe hinab. Sie zertrat sie während ihrer kopflosen Flucht unter ihren rasenden Füßen, ohne mehr zu erkennen als bunte Flecken. »He, Tawe!«, rief es von oben herab. »Schätzchen!« – »Jetzt ist dir mal richtig heiß, was?« – »Seht sie euch an, die heiße Braut!«

Ein Chor quälender Gemeinheiten.

Dann ging ihr etwas auf. Ganz langsam, von Bruchstück zu Bruchstück. Sie erstarrte mit flatternden Bögen.

Die Forscher hatten sie alle gehabt bei der letzten Hitze.

Vor wenigen Wochen erst.

Sie mussten zu diesem Zeitpunkt schon gewusst haben, dass Tawe der Ruf in die Fabrik ereilen würde.

Und hatten sie, bevor sie das Geschlecht wechseln würde, noch schnell in die Fabrik geholt.

Das war nicht nur harmlose Fortpflanzung gewesen, Bäumelei und Sex.

Das war – ein Ungedanke für jede Ueeba, da Sex für sie doch stets Einvernehmen war und Teilen – der klammheimliche *Beginn* der Demütigungen gewesen, die Tawe in diesem Moment erlitt!

Etwas in ihr zerbrach.

Sie bog die Fühler zwischen die Brustbeine und rollte sich zu einer festen Spirale zusammen. Und immer noch johlten die Männer, prasselten die Bildgegenstände auf sie herab, auf sie ein. Bis ...

»Stopp! Hört auf damit! Sofort!«

Unvermittelt hüllte wieder Schatten sie ein.

Sie fühlerte vorsichtig. Blumen lagen um sie verstreut. Blütenkränze. Winzige Sonnenschirme. Beinringe von vielerlei Gestalt. Und Anzüglichkeiten: einander umwindende Ueebapaare, groß der Mann, klein die Frau; dazu übertriebene Darstellungen eines aufgeblühten, ja aufgeplusterten Innersten. Alles das hatten die Männer auf sie einprasseln lassen.

Tawe hob die Fühler. Oben auf den Brüstungen war niemand mehr zu sehen.

Ein Scharren. Neben ihr stand ein einzelner Forscher. Älter und grauer und zernarbter hatte sie keinen je gesehen. Etliche seiner Beine waren völlig abgenutzt, zerfranst. »Kollege Tawe. Willkommen in der Psi-Fabrik. Ich bin Forschungsrat Pokou.«

Er berührte sie. Tawe zuckte zurück.

»Hm«, machte er unwillig. »Nun hör doch endlich auf, dich zum Narren zu machen, und wasch dich. Wir haben heute noch einiges zu tun. Komm, hier.«

Er ging zu der seltsamen hochgestellten Scheibe neben dem Sandbecken, die Tawe für ein Kunstwerk gehalten hatte. Er hakte sich in einige ihrer Löcher ein und begann sich auf ihr zu winden, in s-förmigen Bewegungen. Sie drehte sich immer schneller im Kreis, und aus ihrer Halterung begann Wasser zu fließen, in einem immer kräftigeren Schwall.

Tawe kroch darunter. Oh, wohltuendes, kühlendes Nass!

»Du hast mich einigermaßen enttäuscht, junger Kollege«, sagte Forschungsrat Pokou, während er sich drehte, drehte. »Du hast nicht einmal den Versuch unternommen, diese Brunnenschraube zu bedienen oder auch nur zu begreifen. Noch einer, der gern hilflos bleibt! Noch einer, der ohne einen Alles-für-euch nicht einmal seine Notdurft verrichten kann!«

Tawe rieb die eingeweichten Schmutzränder an ihrer Unterseite mit Sand ab. Es tat weh. Alles tat weh. Schon hatten sich winzige graue Risse in ihrer trübschwarzen Panzerhaut gebildet. Sie wusch den Sand ab und war endlich sauber. Abgesehen davon, dass sie sich inwändig beschmutzt und verfault fühlte.

Pokou stieg von der wundersamen Mechanik ab. »Und dann hast du nicht einmal versucht, dir ein Schutzzelt zu bilden, einen Schlupfpanzer, sonst irgendetwas! Du hast deine größte Gabe einfach brachliegen lassen.« Er klapperte missbilligend mit den Mandibeln. »Zuversichtlich stimmt mich lediglich, dass du nicht versucht hast, über die Mauern zu fliehen. Das deutet darauf hin, dass du dich doch schon in deine neuen Lebensverhältnisse einzufügen beginnst.«

Über die Mauern fliehen? Dieser Gedanke war ihr tatsächlich nicht gekommen. Sie fühlte sich verraten, von den eigenen Instinkten im Stich gelassen.

»Und es gibt mir die Hoffnung, dass wir dich zu einem nützlichen Mitglied der Mannschaft formen können. Aber du musst dir dessen bewusst sein, junger Kollege, dass du auf einem wesentlich niedrigeren Niveau anfängst als die meisten Imago-Forscher. Dümmlichkeit ist fatal, aber auch Eigensinn schadet nur. Der Mannschaft, der gemeinsamen Aufgabe und nicht zuletzt dir selbst.«

Was faselst du da, altes Wrack?, hätte sie am liebsten gerufen. *Ihr könnt mich mal!*

Aber dafür war sie viel zu kaputt. Und so verrückt es auch schien, so peinlich seine Manipulation in ihrer Durchschaubarkeit auch war, sie verspürte ihm gegenüber Dankbarkeit – weil er sie aus dieser scheußlichen Lage gerettet hatte.

Als sie über den Hof zu einer fernen Tür zuckelten, drehte Pokou, der nicht mehr der Schnellste war, sich um und machte eine missbilligende Fühlerbewegung. Die Spottgegenstände, die von der johlenden Meute über der Brüstung gebildet worden waren, lösten sich ploppend und Funken sprühend in Nichts auf.

ZWÖLF

Startac Schroeder erwachte in der Stille eines Krankenzimmers. Die Luft war kühl, angenehm frisch. Schwaches Licht drang durch seine Lider. Als er sich umdrehte und nach der Bettdecke tastete, knarrte das Bett unter ihm und schwankte etwas. Und die Bettdecke fühlte sich wie ein kurzhaariges Fell an. Er schlug die Augen auf.

Er befand sich tatsächlich in einem Krankenzimmer. Die Wände waren hell getüncht, das Bett, auf dem er lag, bestand offensichtlich aus einer Art Rohrgeflecht, und es war tatsächlich ein Fell, unter dem er lag.

Ein Krankenzimmer von der primitiven Sorte. Der Boden bestand aus einer immerhin sauber gefegten betonartigen Schale.

Es handelte sich um ein Zweibettzimmer. Und das Bett neben ihm war leer. *Tamra?*

Er setzte sich ruckhaft auf. Prompt wurde ihm schwindelig.

Das Bett war eindeutig benutzt worden. Wahrscheinlich machte sie einen Spaziergang auf dem Flur.

Schroeder sah an sich hinab. Er trug seine Unterwäsche. Immerhin. Er schwang vorsichtig die Beine aus dem Bett. Der Boden war rau und kratzig unter seinen nackten Fußsohlen.

Was für eine Sorte Krankenstation war das?

Andererseits waren Kelosker dafür bekannt, eine gewisse Primitivität in ihren Lebensverhältnissen zu haben.

Schroeder kniff die Augen zusammen. Hatte er wirklich Kelosker gesehen, kurz bevor er ohnmächtig geworden war? Irgendetwas stimmte mit seiner Erinnerung nicht.

Neben ihm, über dem Kopfende des Bettes, bewegte sich etwas. Eine mit langen Fühlern besetzte, metallisch schwarze Kugel, bei der es sich offensichtlich um einen Medorobot handelte.

»Hol einen Mediker«, sagte Schroeder und schnaubte. Er hatte terranisch gesprochen. Er sagte seinen Satz noch einmal auf Larion.

Die Kugel reagierte nicht.

»Hast längst einen verständigt, hm?« Schroeder richtete sich auf, so gut er es konnte. Er hatte kaum Schmerzen, aber das ungute Gefühl, sich nur sehr eingeschränkt bewegen zu können, als seien sämtliche Sehnen und Muskeln ein Stück kürzer geworden.

Beherrschten die hier nicht einmal die grundlegendste Erhaltungsmedizin? Was für eine Sorte Klinik war das denn?

Der Raum war klein, die Einrichtung primitiv, aber eigentlich hatte Schroeder schon Schlimmeres gesehen. Er schlurfte zur Tür hinüber, die – kaum zu fassen – nicht richtig eingepasst war. Helles Licht stand in den Spalten.

Schroeder suchte gerade nach dem Öffnungsmechanismus, da schwang die Tür auf. Nach innen. Er konnte ihr gerade noch ausweichen.

»Du bist wach!« Tamra stand vor ihm, in ihrem larischen Kampfanzug, dessen Verteidigungseinrichtungen jedoch deakiviert waren. Sie strahlte ihn an.

»He«, sagte Schroeder. »Du doch auch.«

Bis auf dunkle Schattenringe unter den Augen sah sie sehr fit aus. »Schon seit fast einer Woche.«

Es war albern, weil er ja schließlich nicht ihr weißer Ritter war, dennoch versetzte ihm Tamras Antwort einen Stich. Er spähte an ihr vorbei. »Dann weißt du ja bestimmt, wo wir gelandet sind.«

Sie machte ihm Platz. »In einer sogenannten Psi-Fabrik hoch oben in den Bergen.«

Draußen war ein grell beleuchteter Platz zu sehen, jedoch nur als Ausschnitt, weil vor der Tür ein großes Sonnensegel aufgespannt war. Soweit Schroeder sehen konnte, war der Platz menschenleer. Oder, was das anging, keloskerleer. Wie ausgestorben.

»Hast du schon herausbekommen, wie der Planet heißt, auf dem wir uns befinden?«

»Natürlich. Es handelt sich um die Welt Pakuri. Die dominante Rasse nennt sich Ueeba.« Und als Schroeder sie fragend ansah: »Diese Hundertfüßler. Startac, ich bin so froh, dass mit dir alles in Ordnung ist. Als du nicht aufwachen wolltest ...«

»Mir geht es gut«, unterbrach Startac sie und trat unter das Sonnensegel. Das Licht war brutal grell, aber die Luft war kühl. »Weißt du zufällig, wo diese Welt sich befindet?«

»Ich habe nicht gefragt, aber irgendwo im Zentrum von Ambriador, würde ich mal sagen. Die Sternkonzentration ist nicht zu fassen.«

Mit anderen Worten, sie würden mit einem Raumschiff von hier kaum entkommen können – falls sie überhaupt an eines herankamen.

»Startac? Was ist los?«

»Nichts. Ich will mich nur möglichst schnell orientieren.«

Tamra holte tief Luft neben ihm. »Als ob es auf eine Stunde ankäme. Du schwankst, merkst du das? Ruh dich aus.«

Sie griff nach seinem Ellenbogen, aber er entzog sich ihr.

»Ich habe lange genug geruht. Diese Ueeba, hast du dich mit ihnen verständigen können?«

»Aber ja. Sie sprechen Larion.«

Er runzelte die Stirn. »Ich kann mich nur an irgendwelches Gekreisch erinnern.«

»Das ist ihre eigene Sprache. Nennt sich Ueebaka und besteht hauptsächlich aus Pfeiflauten. Aber zumindest hier in der Fabrik sprechen sie alle Larion.«

Schroeder trat bis unter den Rand des Sonnensegels. Der helle Stoff über ihm war fleckig. Primitiv war das alles! Ihm fielen wieder diese Keloskergestalten kurz vor seinem Zusammenbruch ein.

»Herrgott, Tamra. Lass dir doch nicht alles einzeln aus der Nase ziehen. Wo sind wir hier? Was wird hergestellt in dieser Psi-Fabrik? Mit wem können wir in Kontakt treten? Beherrschen die Ueeba den Raumflug? Oder gibt es sonst irgendwelche raumfahrenden Völker hier? Bitte!«

Schwindel überkam ihn. Auf einmal war das Licht hier draußen zu viel für ihn. Er wandte sich um, starrte auf den dunklen Eingang zum Krankenzimmer.

»Leg dich brav ins Bett, und ich erzähl dir alles«, sagte Tamra.

»Ich hab lange genug herumgelegen. Mich ausstrecken ist wirklich das Letzte, was ich jetzt brauche ...«

Aber noch während er es sagte, begannen schwarze Flecken am Rand seines Gesichtsfelds zu tanzen.

Als er, im Rücken mit Kissen gestützt, die eher an Ballen von Verpackungsmaterial erinnerten, wieder im Bett war, legte Tamra los. Sie saß am Fußende, seitlich zu ihm. Sie hatte sich zunächst auf das eigene Bett setzen wollen, aber das stand mindestens zwei Meter entfernt, und so hatte Schroeder nur mit der flachen Hand auf die Liegefläche seines Bettes geklopft und gesagt: »Tamra, bitte. Entschuldige meine Kurzangebundenheit. Aber ich habe eine Verantwortung Rhodan gegenüber.«

Sie hatte leicht das Gesicht verzogen, sich aber zu ihm gesetzt.

Diese Frau war unglaublich. Ein knochiges, zerbrechliches Wesen mit kaum Fleisch auf den Rippen, das zudem kürzlich einen Abort erlitten hatte. Und doch war sie mit ihm durch dieses Strangeness-Feld spaziert wie nichts. Es wurmte ihn gewaltig, dass sie vor ihm aus ihrem Koma erwacht war.

»Gut«, sagte Tamra. »Also. Die einzigen Raumschiffe hier, von denen ich weiß, gehören den Posbis.«

»Posbis?« Schroeder warf einen demonstrativen Blick zu dem primitiven Medorob an der Wand. »Hier gibt es Posbis?«

»Hier in der Fabrik anscheinend nicht. Aber draußen, jenseits der Mauern, massenweise. Und es sind ganz merkwürdige Posbis. Sie ähneln in nichts den Maschinenteufeln.«

»Du meinst, sie unterliegen keiner Hass-Schaltung? Dann wäre es umso wichtiger, Kontakt zu Rhodan herzustellen. Vielleicht liegt ja hier die Lösung für unser Problem!«

Die Aussicht war berauschend.

»Ich kann mir nicht vorstellen, dass diese Posbis hier für irgendetwas eine Lösung darstellen. Du müsstest sie mal sehen. Sie sind irgendwie ... verrückt. Wie übereifrige Haustiere oder so. Sie nennen sich Alles-für-euch, und sie haben überhaupt nichts von Soldaten oder Kampfmaschinen an sich. Sie wimmeln auf Pakuri praktisch überall herum. Sie sorgen für die Ueeba. Und sie betätigen sich künstlerisch. Manche wirken wie verrückte Wissenschaftler und forschen in skurrilen Zweigen wie ›Experimentelle

Evolutionswissenschaft‹, ›Mikrozeitgestaltung‹ oder ›Maschinelle Harmonistik‹.«

Sie hatte ja verdammt viel herausgefunden in den letzten Tagen. Die er verschlafen hatte. Schroeder setzte ein Grinsen auf. »Mikrozeitgestaltung kenne ich auch. Ich arbeite schließlich für Perry Rhodan. Da muss man manchmal aus dem kleinsten Fitzelchen Freizeit rausholen, was man nur kann ...«

Tamra lächelte schief.

Schroeder wurde wieder ernst. »Gut. Ob sie uns gegen den Posbi-Sturm helfen können, wird sich herausfinden lassen. So oder so werden diese Alles-für-euch sicher ein paar hundert Fragmentraumer im System stehen haben. Aber werden sie uns einen zur Verfügung stellen, mit dem wir dann auf Nimmerwiedersehen verschwinden können? Vielleicht werden wir einen stehlen müssen. Bist du dir sicher, dass diese Ueeba keine Raumfahrt entwickelt haben?«

»Absolut. Sieh dich um.« Sie machte eine das ganze primitive Zimmer umfassende Handbewegung.

Schroeder nickte. Nach einem Moment des Nachdenkens fragte er: »Und es gibt hier keine Hinweise auf weitere raumfahrende Zivilisationen?«

»Soweit man das nach ein paar Tagen in einer abgelegenen Ecke eines abgelegenen Planeten sagen kann.«

Schroeder biss sich auf die Wangen. »Ich hätte schwören können, dass diese Ueeba, wie du sie nennst, Kontakt zu wenigstens grob menschenähnlichen Wesen haben. Da waren diese Bilder ... oder habe ich mir das eingebildet? Tamra, an was kannst du dich erinnern? Als wir aus dem Dimensionstunnel herausgekommen sind, meine ich. Du warst nahezu bewusstlos.«

Sie runzelte die Stirn, dann schüttelte sie den Kopf. »Worauf willst du hinaus?«

»Ich weiß nicht, ob ich bloß eine Halluzination gehabt habe. Aber da waren diese Umrisse, diese Bilder ... von ... Nein, es ist zu albern. Was sollten die hier? Außerdem sind sie doch allesamt in einer Superintelligenz aufgegangen oder so.«

»Startac. Ich verstehe kein Wort.«

»Gut.« Er nickte. »Ich glaube, ich habe keloskerartige Gestalten gesehen beim Durchtritt.« Und als sie nicht reagierte: »Weißt du, was Kelosker sind? Mehr als menschengroße, grobe Wesen mit einem höckerbesetzten Kopf und Händen, die wie verformt wirken, nur Fleischlappen sind, mit denen man greifen kann.«

»Ach so«, sagte Tamra und strahlte ihn an. »Du meinst die Ober-Denker!«

»Die ... Ober-Denker?«, hauchte Schroeder. Ja, so konnte man die legendären Wesen durchaus nennen. Ihn überkam erneut ein Schwindelgefühl, aber diesmal rührte es ganz sicher nicht von seiner körperlichen Verfassung her. »Du kennst sie?«

»Klar doch«, sagte Tamra munter. »Sie wohnen gleich nebenan. Nur einen kleinen Fußmarsch von hier. Eine merkwürdige Sippe.«

Dreizehn

Forschungsrat Pokou führte Tawe in ihre künftige *Lebensaufgabe* ein, wie er es nannte. Gleichzeitig führte er sie durch die Psi-Fabrik. Dass sie müde und zerschlagen war, ließ er nicht gelten. »Forscher schlafen am Arbeitsplatz«, sagte er. »Oder im Sterberitz. Du siehst nicht so aus, als würdest du sterben.«

Was von draußen so mächtig und makellos ausgesehen hatte, war drinnen an mancher Stelle recht ... *dürftig*, fand Tawe. Schiefe Wände, zerfallende Strukturen, und überall schmale Durchgänge.

»Dieses Bauwerk ist sicher nicht von den Ahnen errichtet worden«, sagte sie irgendwann, als sie sich hintereinander durch einen schuttknirschenden Tunnel schoben.

»Dieses Bauwerk ist weitgehend ohne Zuhilfenahme von Alles-für-euch errichtet worden, allein mit der Leibeskraft der ersten Generationen von Imago-Forschern. Durch eigener Füße Arbeit, wie es sich gehört.«

Tawe sagte nichts, aber sie durchschaute nur zu bald, was sie sah. Alles Krude, Schiefe, Zerfallene zeigte überdeutlich, dass die Forscher sich mit ihrem Arbeitsanspruch übernommen hatten. Und die makellose Außenhülle der Psi-Fabrik erwies sich ebenso deutlich als Fassade, Vorspiegelung, Mythos. Was die dummen Ueeba-Frauen vielleicht einmal zu sehen bekamen, musste beeindruckend sein. Dafür waren die Alles-für-euch dann gut genug.

»Manche Tunnel legen wir außerdem so an, dass die Ober-Denker eben nicht durch sie hindurch können.«

»Ober-Denker?«

»Draußen werden sie wohl Hüter genannt. Ihre Siedlung liegt nicht weit von der Fabrik. Du wirst sie beizeiten noch besuchen. Von ihnen stammen die *Aufgaben.*«

Er betonte das Wort so merkwürdig, dass Tawe gar nicht erst nachfragte. Sie wusste genau: Ganz gleich, welche Reaktion von ihrer Seite kam, er konnte gar nicht anders, als weiterzuerzählen. Und richtig.

»Die Ober-Denker haben den Imago-Forschern zu Beginn der Zeitrechnung siebenunddreißig Aufgaben gestellt. Die Imago-Forscher sollten siebenunddreißig komplexe Gebilde aus stabiler Psi-Materie entwickeln, die ...«

»... sogenannten psimateriellen Artefakt-Komponenten, ich weiß. Davon hat jedes Ueeba-Junge schon gehört.«

»Oh, sie kann denken«, sagte Pokou höhnisch. »Ich wusste doch, dass du noch nicht zu müde bist.«

In Tausenden Jahren hatten die Imago-Forscher dem alten Forschungsrat zufolge danach gestrebt, *»die Siebenunddreißig aufzulösen«*. Sechsunddreißig seien tatsächlich gelöst worden. Nur die eine, die Siebenunddreißig, stünde noch offen. Dieser mythischen Siebenunddreißig gälte all ihr Streben.

»Und dafür braucht ihr mich, oder was?«

Der Alte lachte auf, dass es im Tunnel widerhallte. »Du, Tawe, bist zwar talentiert und jung. Aber du bist auch eigensinnig, und wer weiß, wie weit du überhaupt kommst. Ich glaube nicht, dass du je mehr als ein Fünfundzwanziger oder Sechsundzwanziger sein wirst, deine ordentliche Anstrengung vorausgesetzt. Nein, die tatsächliche Lösung der Siebenunddreißig wird von uns niemand erleben. Ich sowieso nicht. Aber auch du nicht. Niemand, der heute lebt.«

Vor ihnen öffnete sich der Tunnel zu einem Saal, und der Alte richtete sich auf. »Schau, Tawe. Bewundere die erhabene Schönheit der Sechsunddreißig.«

Er hieb auf einen Schalter. Licht gleißte auf.

Tawe schnappte nach Luft. Ihre Fühler spreizten sich, zuckten unbeherrschbar in alle möglichen Richtungen. Ihr Hirn hatte Mühe, die Schnipsel zu einem Bild zu fügen.

Die Sechsunddreißig waren schön. Und Furcht einflößend. Spiralen schraubten sich ins Jenseits. Blüten stülpten sich über sich selbst. Manche der Gebilde ähnelten den Alles-für-euch, wie sie dort metallblitzend in der Luft hingen – nur dass Tawe nie hätte sagen können, welchem Zweck diese Alles-für-euch dienen mochten. Farben erklangen. Töne kitzelten Tawes Flanken. Traurige Tiere wanderten ein Band entlang, das in die Unendlichkeit reichte, nur dass es keine Tiere waren und auch kein Band, und die Unendlichkeit hätte zwischen die Spitzen zweier Mandibeln gepasst ...

Schaute Tawe sich die Sechsunddreißig an, wie sie dort hingen, sah sie nur wirre Klumpen. Schaute sie sich die Gebilde jedoch mit dem schiefen Blick an, der die Ueeba ins Jenseits blicken ließ, in den Raum neben dem Raum, waren es köstlich strukturierte Kunstwerke, Schönheiten.

»Ich bin ... überwältigt«, stammelte sie. »*Die* habt ihr geschaffen? Und ich hielt schon meine Rosen für toll.«

Pokou lachte. »Das hier ist nur der Ausschuss. Die echten Sechsunddreißig sollen noch tausend Mal schöner gewesen sein.«

»Der Ausschuss? Die *echten* Sechsunddreißig? Noch tausend Mal schöner?«

»Du hörst zu, Tawe, aber nicht gut genug. Die Sechsunddreißig sind schon in alter Zeit fertiggestellt und ins Tal der Dimensionen geliefert worden. Kaum ein Forscher schafft es je, mit seiner Reihe überhaupt bis zur Sechsunddreißig zu kommen. Wir werden sehen, wie weit dich dein Talent trägt.«

»Wann?« Tawe brauchte ihre Stimme nicht einmal zu verstellen, sie klang auch so begeistert und ergriffen genug.

»Bald«, sagte der Forschungsrat. »Aber nicht allzu bald. Komm.«

Sie folgte ihm und sah sich so aufmerksam um, wie sie es in ihrer Erschöpfung noch konnte. In Wahrheit hatte sie natürlich vor zu fliehen. Was denn sonst?

Sie verließen den Saal durch einen weiteren Gang, der unvermittelt im Hof endete.

Pokou öffnete eines dieser Tür-Dinger in der Wand und holte eine Stange heraus, an deren Ende sich Metall aufspreizte wie ein Borstenbüschel. »Hier, ein Besen. Damit fegst du täglich den Hof.«

»Was?«

»Wir wollen dich sachte ans Arbeiten gewöhnen. Auch solltest du dich täglich für ein, zwei Stunden der Sonne aussetzen. Das macht, bei allen Unannehmlichkeiten, die Umwandlung erträglicher, junger Kollege.«

Tawe war sprachlos.

Pokou richtete sich auf und rieb an ihrer Panzerhaut. »Da, schau. Bist schon auf dem besten Weg, ein Mann zu werden. Sieh zu, dass du dich so oft wie möglich abduschst. Frische Luft tut auch gut. Am besten schläfst du im Freien. Wenn du nicht gerade etwas zu fegen oder im Sprachlabor zu tun hast, versteht sich. Nutze den Tag!«

Er wandte sich ab und sah nicht ein einziges Mal zurück, während er über den Hof zuckelte und im größten Gebäude verschwand. Er ging wahrscheinlich davon aus, dass sie brav den Hof fegen würde.

Fegte Tawe?

Sie fegte. Sie war verwirrt.

War sie wirklich schon dabei, sich in einen Mann zu verwandeln? Sie horchte nach innen. Sie fühlte sich hohl – wie ein Baum mit einem verfaulten, zerfaserten Kern. So hatte sie sich früher nie gefühlt, aber ob das nun ihrem neuen Mannsein geschuldet war oder der Demütigung vorhin im Hof, vermochte sie nicht zu sagen.

Wenn du dich als Mann so fühlst, na danke!

Sie fegte. Ihr tat alles weh. Besonders die durch das Aufrichten gestauchte Stelle hinten brannte in der Sonne. Tawe versuchte, ihre Larve zu verdunkeln, zu verdicken, aber sie bekam kaum mehr zustande als eine Luftverschmutzung, einen Rauchschleier.

Verzichteten die Forscher zwangsläufig auf ihre Larven? Weil sie als Männer gar nicht in der Lage waren, eine Larve auszubilden? Tawe hatte sich nie darüber Gedanken gemacht, aber vielleicht entsprang dieses Licht-und-Farben-Gebilde ja nicht allein dem Geist der Ueeba-Frauen, sondern ebenso ihrem Leib, ihrer Haut.

Sie befühlte ihre Panzerrundungen. Sie fühlten sich körniger an als sonst, grob und wie gespannt. Wuchs ihr Leib schon?

Sie wollte kein grober, grauer Mann-Klotz werden, der auf die halb so großen Ueeba-Frauen hinabschaute. Auf Adilai.

Fegend näherte sie sich einer der Mauern, fühlerte hinauf. *Du hast nicht einmal versucht, die Mauern hinaufzuklettern,* hatte der Alte gesagt.

Na schön, dann eben jetzt! Sie warf den Besen beiseite und machte, dass sie die Mauer hinaufkam.

Sie hatte ungefähr ein Drittel geschafft, da geriet sie auf einen Streifen, an dem ihre Füße absolut keinen Halt fanden. Sie glitten ab, und Tawe stürzte schwer in den Hof zurück. Schmerz durchfuhr sie, ein grässlich reißendes Geräusch war zu hören, ganz nah.

Einer der Panzerbögen war aufgerissen. Zerfleddert hing die Panzerhaut herab. Darunter war Jungfleisch zu sehen.

»O nein«, wimmerte Tawe. »O nein!« Sie schlug die Fetzen zurück, fügte sie wieder zusammen – oder versuchte es jedenfalls. Sie schlossen sich nicht mehr. Zwischen ihnen klaffte eine Lücke von Fußbreite. Tawe wuchs. Sie wuchs!

Die Sonne sengte fürchterlich auf den aufgeplatzten Stellen. Tawe kühlte sie im feuchten Sand bei der Brunnenschraube. Als der Schatten von dort wegwanderte, floh sie in den kleinen Geräteraum, aus dem Pokou den Besen geholt hatte.

»He!«, flüsterte eine helle Stimme. Ein Forscher fühlerte um die Tür herum. Er war recht zierlich gebaut und brachte ihren Besen mit, außerdem ein Tablett. »Ich bin Tibala. Der Jungforscher vom letzten Jahr. Erster Rat Pokou sagt, wer nicht fegt, soll auch nicht essen. Also habe ich mir erlaubt, für dich fertig zu fegen.«

Der Duft des Essens stieg ihr in die Nase. Ein kühler Duft, frisch und fleischig. Sie hatte sich in den dunkelsten Winkel der Kammer geklebt, aber nun kam sie hinunter. »Danke.«

»Greif zu. Hau nur ruhig ordentlich rein.«

Das tat sie. »Nett von dir«, sagte sie beißend, reißend.

Tibala wackelte mit den Fühlern. »Ich kann mich noch gut genug an meine ersten Tage hier erinnern. Du fühlst dich scheußlich.«

»O ja. Ein wahres Wort, gelassen ausgesprochen.«

Sie mampfte.

Tibala scharrte auf dem bröckeligen Betonboden der Kammer.

»Ist irgendwas?«, fragte Tawe.

»Nein ... *Ja.* Es tut mir leid, was sie vorhin mit dir veranstaltet haben. Ich bin es gewesen, der Pokou informiert hat.«

»Nett von dir. Danke.«

»Gern. Na dann, ich muss los.« Er beeilte sich so sehr, dass seine Beine wie Fransen im Wind zu wehen schienen.

Das Essen half Tawe, wieder ein wenig den Überblick zu bekommen. Sie war nach wie vor zur Flucht entschlossen. Sie war nach wie vor entschlossen, sich zu sperren.

Sie wollte kein Forscher sein. Sie wollte nicht deren seltsame Gebilde schaffen, so faszinierend diese auch waren.

Sie wollte zu Adilai. Wollte frei sein.

Mit etwas Geduld fand sie sicher einen Weg aus der Fabrik heraus. Und wenn nicht, konnte sie sich immer noch allem verweigern. *Ohne mich!,* konnte die Entgegnung auf alles sein. *Ich will nicht.*

Aber sie hatte ja nicht nur gegen die Forscher zu kämpfen.

Ihr eigener Leib, der ihrem Selbst so lange ein freundliches Heim gewesen war, kehrte sich gegen sie. Sie wuchs zu einem Mann heran.

Wie ließ sich das aufhalten? Woher kam überhaupt die Verwandlung? Tawe hatte keine Ahnung. Sie wusste so wenig, und die Forscher wussten so viel.

Vielleicht war es das Beste, sich geläutert zu geben. Ja, sie hatte einige Anfangsschwierigkeiten gehabt, aber nun war sie begierig darauf, Jungforscher zu werden, oder sperrte sich jedenfalls nicht mehr. Auf diese Weise konnte sie lernen, was es zu lernen gab ... konnte vielleicht einen Ausweg aus dieser Fabrik finden. Aber dann war da immer noch das Problem, dass sie ein Mann-Riese werden würde. Keine gemeinsame Größe mehr mit Adilai, keine Liebe auf Fühlerhöhe. Tawe würde groß sein und stark und rau, und Adilai würde klein sein und schwach und zart. Eine widerwärtige Vorstellung. Tawe grauste.

Außerdem – wo sollten die beiden denn dann hin? Es

wäre ein absoluter Bruch mit allem, was die Ueeba kannten. Männer lebten einfach nicht draußen unter den Frauen. Überall würden die Frauen Tawe ausweichen, würden scheu sein und neugierig zugleich ... kein Tanzen mehr in der Menge auf der Festwiese, keine Scherze und Ausflüge mehr mit Adilai als Paar unter lauter Paaren und Haufen.

Tawe biss sich auf den Fühler: Wie dumm war sie denn! Nie würden die Alles-für-euch sie dort lassen, immer wieder würden sie die Fabrik verständigen, und dann würde ein Forscher kommen und sie zurückholen.

Zum ersten Mal im Leben begann sie die Allgegenwart der Alles-für-euch infrage zu stellen. Oh, es war immer so schön gewesen, dass sie wussten, wo eine jede Ueeba war! So hatte Adilai Tawe finden können an dem einsamen Strand.

Nun aber war es ... wie gelähmt zu sein.

Männer waren nicht frei. Männer hatten Pflichten.

Ich werde auf dich warten, hatte Adilai gerufen.

War sie jetzt ebenso krank vor Verzweiflung wie Tawe? Wimmelten auch ihr Madengedanken im Hirn herum?

Tawe musste einen Weg aus dieser stinkigen Fabrik hinausfinden. Sie musste!

Dann würde sie weitersehen.

So sagte sie sich, um einen Schlussstrich zu ziehen, aber dann begannen dieselben wirren Madengedanken wieder und wieder durch ihr Hirn zu kriechen, endlos, eklig, fett.

Vierzehn

Schroeder lachte auf, aber es war nicht witzig. Ganz und gar nicht. »Tamra, weißt du, was das heißt, wenn es hier Kelosker gibt? Dass wir mitten in einem Wespennest gelandet sind, heißt das!«

»Wespennest?«

»Ein Ort, an dem es gefährlich zugeht. Sehr gefährlich.«

Sie sah ihn nur an.

Natürlich, sie denkt an Terra Incognita. Er zog die Schultern hoch. »Nicht ganz zutreffend, meinetwegen. Aber Terra Incognita lag fernab von bewohnten Welten. Ohne diesen ... Attraktor wäre dort nie jemand gelandet. Und Pakuri, hier im Zentrum von Ambriador, müsste eigentlich auch bestenfalls ein Nest sein, so eingeschränkt, wie die Raumfahrt in den Zentrumsbereichen von Galaxien möglich ist. Und trotzdem stoßen wir hier auf Posbis und sogar auf Kelosker. Diese merkwürdige Sippe, wie du sie nennst, ist legendär.«

»Aha?«

»Ich frage mich, was sie hier treiben.« Da erst merkte er, wie unbeeindruckt Tamra war. Ihr Gesichtsausdruck ließ sich bestenfalls als milde neugierig bezeichnen.

»Tamra. Die Kelosker gehörten einst zu den brillantesten mathematischen und logischen Denkern des Universums. Sie konnten problemlos mit fünf- und sechsdimensionalen physikalischen Zusammenhängen operieren. Ihre begabtesten Köpfe gelangten sogar in den siebendimensionalen Bereich. Ohne die Hilfe von Maschinen. Soweit ich weiß, ist dieses geniale Volk vor über tausend Jahren in einer Superintelligenz aufgegangen – in einem Geistwesen aus Myriaden von Einzelintelligenzen«, fügte er sicherheitshalber als Erklärung hinzu. »Wenn wir hier jetzt plötzlich auf eine Ansiedlung dieser 7-D-Denker stoßen, stellt das eine Sensation von kosmischen Ausmaßen dar!«

»Bist du jemals einem dieser legendären 7-D-Genies begegnet?«

»Nein. Natürlich nicht. Ich sagte doch gerade ...«

»Dann solltest du dir ihre *Ansiedlung* besser mal ansehen, bevor du hier weiterhin erzählst, wie großartig und kosmisch diese Kelosker sind. Das sind Primitive.«

»Wie kommst du denn darauf? Gut, ihre Architektur soll sehr plump gewesen sein, aber das entspricht ja nur ihrem Körperbau. Sie sind Denker, keine Handwerker.«

Tamras Blick war offen und entschieden. »Sieh sie dir an, Startac. Sieh sie dir einfach kurz an.«

»Können wir hier einfach so raus und uns auf dem ganzen Gelände frei bewegen?«, fragte Schroeder, als er wieder aus dem Krankenzimmer kam. Er trug jetzt seinen dunklen Kampfanzug, den er, einer Empfehlung der integrierten Cybermed-Einheit folgend, auf einen Wert knapp unter Normalschwerkraft eingestellt hatte. Das kam seinem angeschlagenen Kreislauf entgegen.

Tamra drehte sich unter dem Sonnensegel um. »Aber ja. Zuerst gab es ein bisschen Theater, aber dann hieß es plötzlich: freier Zugang in allen Bereichen.« Sie schloss den Helm ihres Larenanzugs und ließ nur die Kinnpartie offen.

Zum Schutz vor der hereinprasselnden Strahlung dieser

blauen Riesensonne, begriff Schroeder. Er tat es Tamra nach. Ein Gespinst dünnster Glasfaserbänder schoss aus dem Helmwulst und formte sich wie von Geisterhand zu einer nanodünnen amorphen Kugel, die nahezu seinen gesamten Kopf einschloss. Als Schroeder in die Sonne hinaus trat, tauchte der Helm die Umgebung in ein klares, metallisch wirkendes Grau, das für Normalsehende wahrscheinlich blau war.

»Los geht's«, sagte Tamra und aktivierte ihren Antigrav. Sie schwebte zur Mitte des freien Geländes. Schroeder folgte ihr.

Während sie emporschwebten, sah er sich um. Viele verschachtelte Mauern und Gebäudeteile erstreckten sich um einen weitläufigen Hof. Nirgendwo waren Lebewesen oder Gegenstände zu sehen. Der ganze Komplex wirkte verlassen, wie eine gut erhaltene Ruine, ein Baudenkmal. Nein, ein Freilichtmuseum während der Schließzeiten.

Dieser Eindruck änderte sich erst, als sie auf Höhe der ersten Dächer waren. Im Augenwinkel sah Schroeder eine Bewegung. Einer dieser dunklen Zwei-Meter-Hundertfüßler wimmelte um eine Mauerecke davon. Schroeder versuchte im Aufsteigen, seinen Weg weiterzuverfolgen, aber das Wesen musste durch eine von ihm aus nicht sichtbare Öffnung im Gebäudeinneren verschwunden sein.

Eines der Häuser besaß kein festes Dach. Lediglich ein riesiges Sonnensegel flatterte in dem Wind, der vom Berghang herunterstrich.

»Einen Moment, Tamra«, sagte Schroeder über Helmfunk und bog ab.

Die fleckige Zeltplane bedeckte den darunterliegenden, saalgroßen Raum nur zum Teil. Schroeder spähte durch einen Spalt. Unten waren ein halbes Dutzend dieser Hundertfüßler zu sehen. Sie hatten sich jeder vor etwas aufgerichtet – Terminals?

In der Saalmitte flirrte die Luft wie von einem Holoprojektor in Bereitschaft.

Schroeder warf einen Blick zu Tamra. Sie hatte bereits den oberen Rand dessen erreicht, was wahrscheinlich die Außenmauer dieser »Fabrik« war, und winkte ihm.

Schroeder sah noch einmal durch den Spalt hinunter, dann kehrte er der sich im Luftstrom wellenden Plane den Rücken zu und flog in einer geschwungenen Kurve Tamra hinterher.

Er erreichte die Mauerkuppe und hätte sich in seinem geschwächten Zustand beinahe überschlagen. »Donnerwetter!«, entfuhr es ihm.

Unten, am Fuß der Berge, die augenscheinlich ein gigantisches Hochplateau einschlossen, glitzerte ein Moloch aus Stahl und Kunststoff.

»Die Stadt der Posbis«, hörte er Tamras Flüstern dicht an seinen Ohren. Manchmal hatte sie eine Stimme, in die er am liebsten wohlig hineingekrochen wäre.

Schroeder sah in die Stadt hinunter. Überall wimmelten Maschinen. Selbst aus der Höhe war zu sehen, dass es sich um keine von Lebewesen bewohnte Stadt handelte. Da waren keine freien Flächen, keine Parks, keine zur Freude des Besuchers angelegten Blickachsen. Keine Gleiterparkplätze, keine Reklame. Nur ein geschäftiges Durcheinander, das einen Menschen beim bloßen Zusehen schwindelig werden ließ. Flugfähige Posbis schwirrten durch die Luft wie Myriaden von Insekten. Gigantische Bahnen bewegten sich pulsend durch die Stadtlandschaft, Transportröhren vielleicht. Bauwerke schienen aus dem Boden gewachsen zu sein wie riesenhafte Kristalle, gegeneinander verkantet, hervorgewuchtet wie Pilze, nur dass sie keine organischen Formen besaßen.

»Was für eine gigantische Ausdehnung«, sagte Schroeder rau. »Bist du dort schon gewesen?«

»Ja. Aber lange habe ich es nicht ausgehalten. Ich bin bald wahnsinnig geworden da unten. Ich habe mich gefühlt wie in einem Albtraum, wie im Bauch der Mutter aller Maschinenteufel.«

»Ist nicht weiter schlimm«, sagte Schroeder. »Darum kann ich mich ja bei Gelegenheit kümmern.«

Er musste über sich selbst grinsen. Ein Gefühl von Kraft hatte sich bei Tamras Worten in ihm breitgemacht. Er hatte eine Möglichkeit aufgetan, mit ihr gleichzuziehen.

Ich wusste gar nicht, dass ich ein Macho bin.

Weit, weit hinten in der Stadt stieg ein schwarzer, zerklüfteter Würfel in den Himmel auf. Als er über die Berge hinaus war, gleißte eine seiner Seiten auf. Es musste sich um eine Spiegelung des Sonnenlichts handeln.

»Ein Fragmentraumer«, sagte Schroeder. »Sieh an. Da kann ein Raumhafen nicht fern sein. Gut zu wissen.« Er sah sich um. »Wo ist denn nun diese Kelosker-Siedlung?«

In bequemen fünf Metern Höhe ging es leicht abwärts über die Hänge, immer einem sich dahinschlängelnden Trampelpfad nach. Ihm fiel erst jetzt auf, dass jeder Quadratzentimeter des Geländes bewachsen, ja überwuchert war. Grasteppiche sträubten sich moosdicht auf kugeligen Formen, die wohl Felsen waren.

An manchen Stellen wölbten sich brückenartige Bäume auf, zum Teil ließen sich die Bögen sogar durchfliegen. In den Schatten wucherten Pilze, manche waren so groß wie Kinderköpfe.

Schroeder registrierte mit einem Stutzen, dass die Vegetation und die Stadt der Posbis sich in ihrer Üppigkeit ähnelten. Passten sich auch Posbis ihrer Umgebung an?

Dagegen sprach, dass ja auch ihre Fragmentraumer wie eine Ausgeburt des Chaos wirkten.

Interessant war es trotzdem.

»Dort drüben«, sagte Tamra unvermittelt. »Schau.«

Sie schwebte über einer Klamm. Auf der anderen Seite der überwucherten, dunklen Schlucht öffnete sich ein leicht konkaves Hochtal. Schroeder sah Bergwiesen, auf denen nichts nach Viehwirtschaft aussah. Und weiter hinten Hütten.

Er aktivierte die Fernsicht. Das waren Lehmhütten. Primitiver ging es in der Tat kaum. Schmale, ausgetretene Pfade verbanden die Hütten. Kein Asphalt, keine Gehwege, nichts.

Einfach nur ein paar Dutzend Hütten, wirr in die Landschaft geklatscht, und dort hinten ...

Ein groteskes Geschöpf wankte auf vier Stummelbeinen zwischen einigen Hütten dahin. Sein tonnenförmiger Rumpf war von einer Lederhaut überzogen, und es hatte noch ein drittes Gliedmaßenpaar. Die Tentakel endeten in zweigeteilten Greiflappen. Der unförmige Kopf nahm fast die Hälfte der Schulterbreite ein, die Augen waren so riesig und schief, als hätte ein Kind sie gemalt. Oben auf dem haarlosen Schädel waren Auswüchse zu sehen, unregelmäßige Wülste.

Paranormhöcker, dachte Schroeder. *Wie in den alten Dokus. Ich fasse es nicht.*

»Die sehen aus, wie ein Kind ein freundliches Monster malen würde«, sagte Tamra neben ihm.

Schroeder schnaubte. Und nickte. »So etwas Ähnliches habe ich auch gerade gedacht.«

»Und? Sind es Kelosker?«

»Nichts anderes.«

»Aber sie sind nackt«, sagte Tamra.

»Du meinst, sie sollten sich lieber in wallende Gewänder hüllen wie die Philosophen des terranischen Altertums?«

Tamra sagte nichts. Vielleicht wusste sie nicht, wovon er sprach.

»Der Kosmos ist groß. Warum sollte darin kein Platz sein für ein Volk mathematisch hochbegabter Nudisten? Komm.« Schroeder setzte über den Dschungel in der Schlucht hinweg.

Fünfzehn

Es dauerte seine Zeit, bis Tawes Verzweiflung still wurde. Sie versuchte zu fliehen. Sie verweigerte sich den Abläufen in der Fabrik. Nichts davon gelang. Um kein Forscher zu werden, hätte sie den Freitod wählen müssen. Aber Adilai hatte gesagt, sie würde auf sie warten. Wie konnte Tawe da ernsthaft sterben wollen?

Und dann, eines Nachts oder eines Tages – es war egal, weil sich ihr Lebensrhythmus bereits umstellte –, war sie ein Mann. Grobporig. Larvenlos. Groß und stark und gebrochen.

Und die Forschungsleiter waren zufrieden, und Tawes Unterweisung begann.

Wichtiger Bestandteil des Unterrichts war unter anderem ein spezielles Sprachtraining. Da die Ober-Denker das Ueebaka mit ihren Mündern nicht formen konnten und die Ueeba wiederum deren Sprache unmöglich lernen konnten, bedienten sie sich einer Verkehrssprache: Larion.

Bevor Tawe sich ernsthaft an die Aufgaben der Ober-Denker machen konnte, musste er zunächst einigermaßen das Larische beherrschen. Es fiel ihm nicht leicht. Diese Sorte Unterricht hatte er ganz und gar nicht erwartet. Aber im Imago-Saal wurde Larisch gesprochen – alle Anweisungen, sämtliche Vorgaben der Ober-Denker lagen auf Larion vor. Und Tawe musste ja nicht nur die Sprache erlernen, sondern überhaupt erst einmal Lesen und Schreiben.

Der »Imago-Saal«! Was für ein großes Wort für diese bessere Baracke, wie Tawe feststellte, als er Vokabeln genug gepaukt hatte, um das Sprachlabor für eine Besichtigung verlassen zu dürfen. Dieser wichtigste Abschnitt der Fabrik war eigentlich nur ein Hof, sprich: nach oben offen – damit die Komponenten abtransportiert und ihrer Verwendung durch die Ober-Denker zugeführt werden konnten.

Da alle bis auf die letzte Komponente seit langer Zeit abgeliefert waren, hatten die Forscher ihre Improvisationskünste bemüht und eine garantiert alles-für-euch-freie Zeltdachkonstruktion über den zerfallenden Hof gespannt. Ein Gewimmel von alten Wasserflecken zierte das wettermürbe, sonnengebleichte Material. Die Balkenkonstruktion wirkte noch weniger vertrauenerweckend. Jahrhunderte blickten drohend auf Tawe herab.

Und der Hof selbst war natürlich winzig für einen, der seine Tage als Frau in den weitgeschwungenen Hallen der Häuser der Vorfahren verbracht hatte. An die Wände des groben Kastens hätten durchaus etliche Hundert Ueeba gepasst – nur wollte Tawe sich nicht vorstellen, wie eng es darin sein würde, wenn in der Mitte tatsächlich einmal die Komponente Siebenunddreißig schwebte.

Er sollte es bald am eigenen Leibe erfahren, nicht mit der Siebenunddreißig, aber mit einigen ausgewählten Komponenten-Modellen, die im Unterricht gebildet wurden. Immer wieder formten die anderen Forscher Gebilde, die in sich verwundenen, unmöglichen Knoten ähnelten. Manche waren bis zu zwanzig Meter hoch.

Wichtig war jedoch nicht allein die äußere Form, sondern auch, wie sich das Gebilde auf paranormaler Ebene anfühlte – wenn man es »schief ansah«, wie Tawe es nannte. Die Imago-Forscher nannten dies den Psionischen Stempel. Diese Stempel waren entscheidende Bestandteile der siebenunddreißig Aufgaben. Eine psimaterielle Artefakt-Komponente, deren Psionischer Stempel nicht der Vorgabe entsprach, war für die Ober-Denker wertlos.

»Jetzt du, Tawe.« Einer der Älteren leitete ihn an. Und Tawe, der einst als Frau so von sich überzeugt gewesen war und geglaubt hatte, niemand könne feinere, schönere und strahlendere Gebilde aus reiner Gedankenkraft formen, sah sich tief erschüttert. Unter den Jungforschern gab es keinen, der noch schlechter war als er.

»Wärst besser nicht berufen worden«, zischte beim Pausengang wieder ein leiser Chor um ihn herum. »Als Frau war mehr mit dir anzufangen.« – »Was für eine Verschwendung!« – »Wir hätten noch so viel Spaß miteinander haben können.« – »Stümper.« – »Stümper.« – »Stümper!«

Tawe kroch mit hängenden Fühlern hinaus in den Hof.

Draußen, jenseits der grellen Scheinwerfer, jenseits der unüberwindbaren Mauern, war Nacht.

Ein Schaben hinter ihm. Tibala kam. »Mach dir nichts draus«, versuchte er Tawe zu trösten. »Du verstehst die Anweisungen ja kaum. Und bist auch noch eine halbe Frau. – He, was habe ich denn gesagt?!«

Tawe rollte sich zu einer Spirale zusammen und barg sich an sich selbst.

Die Zeit verging, und noch immer war er ein Gefangener der Fabrik. Er durfte das Gelände nach wie vor nicht verlassen. Selbst bei der nächsten Hitze der Ueeba-Frauen musste er innerhalb der geschlossenen Mauern bleiben.

»Warum?«, fragte er den alten Pokou, zu dem ihn sein Unterweiser weitergeschickt hatte. »Ich bin doch jetzt ein ausgewachsener Mann.«

Um sie herum im Hof dröhnten und scherzten und balgten die frisch gewaschenen, von reifem Samen strotzenden Forscher. Sie vertrieben sich so die Zeit bis zum Eintreffen der Alles-für-euch-Gleiter, mit denen sie über das Land ausschwärmen würden. Selbst der scheue, zarte Tibala war unter ihnen, nicht ganz so dröhnend, aber so aufgekratzt, dass er kein Bein stillhalten konnte.

»Du bleibst hier«, sagte der Erste Rat, »weil dein Samen noch lange nicht ausgebildet genug ist. Komm hier erst einmal zur Ruhe. Du musst eine Weile Mann gewesen sein, damit du den Frauen keine missgebildeten Kinder bescherst. Und außerdem willst du gar nicht die heißen Ueeba beglücken. Du willst zu dieser Adilai und ein bisschen herumfühlern.«

Pokou hatte ihn ertappt. Genau das wollte Tawe natürlich. Wenigstens für einen Tag! Oder eine Nacht.

Der Witz war nämlich – was er erst jetzt merkte, erst jetzt am eigenen Leib spürte –, dass die Männer in keinen der Frauenhitze vergleichbaren Zustand gerieten. Sie konnten warten, sie waren Herren der Lage. Nichts drängte Tawe hinaus. Auch die anderen, die so laut und angeberisch tönten, waren eher unternehmungslustig als triebgesteuert.

Einerseits hatte Pokou ihn ertappt. Andererseits lag der Alte falsch. Was Tawe wollte, was er wirklich wollte, war dies: Adilai verstecken. Am liebsten hätte er sie dem Zugriff der anderen Forscher entzogen.

Seine Adilai ... mit diesen miesen Männern. Allein der Gedanke bereitete ihm körperliche Schmerzen.

Und das Schlimmste war, dass sie wahrscheinlich auf ihn wartete. Dass sie bestimmt fest damit rechnete, ihn wenigstens während der Hitze endlich wiederzusehen, wenn sich die Forscher doch unter die Frauen mischten.

Und nun sollte er auch heute hier in der Fabrik bleiben? Ohne dass sie wusste, warum? Nicht auszuhalten!

Als Pokou sich abwandte und in dem Haus verschwand, in dem die Bibliothek der Fabrik untergebracht war, huschte Tawe zu Tibala. Der schmalbögige Jungforscher war immer noch der netteste der ganzen Bande und hatte selbst oft unter den anderen zu leiden. Er unterlief Regeln lieber als sonst jemand hier.

»Kannst du Adilai eine Nachricht von mir bringen?«, flüsterte Tawe.

Hinter und über ihnen wurde ein Summen lauter: Die Alles-für-euch-Gleiter kamen.

Tibala fühlerte kurz zu ihnen hinauf. »Was soll ich ihr denn sagen?«

»Dass ich ... dass ich sie nicht vergessen habe. Erklär ihr, warum ich nicht kommen konnte.«

Sein einziger Freund bejahte und beeilte sich, in den Gleiter zu kommen.

»Möchte mal wissen, was du immer mit diesem Tawe herumfusselst«, dröhnte jemand.

»Bala ist eben 'ne kleine Schwuchtel!«, verkündete ein anderer gut gelaunt. »Komm her, du!« Er drückte den kleineren Kollegen an sich.

»Haha, sehr witzig.« Tibala befreite sich von ihm.

»Hmm!«, machte der andere genießerisch. »Das bringt mich in Stimmung! Wo sind die Weiber? Her mit den Weibern!«

Die Gleiter hoben ab. Tawe sah ihnen nach, bis sie in der Nacht jenseits der hell erleuchteten Fabrikmauern verschwanden.

Nun hatte er zwei, vielleicht auch drei lange Tage des Wartens vor sich. Regulärer Unterricht fand während der Hitze nicht statt. Wenn er seinen Unterweiser fragte, was er in dieser Zeit zu tun hatte, würde der ihm nur irgendwelche stumpfsinnigen Tätigkeiten in Haus und Hof aufdrücken. *Bloß nicht!* Am besten fragte er Pokou. Der alte Forschungsrat war oft so in sich versunken, dass er ihn vielleicht mit einem Fühlerwedeln entließ. *Kannst du nicht selbstständig arbeiten?*, würde seine Antwort bestenfalls lauten. *Such dir halt etwas! Mach dich nützlich! Oder ich lass dich die Nordwand der Bibliothek weißeln!* Und dann konnte Tawe machen, was er wollte, und wenn sein Unterweiser ihn fragte, seelenruhig antworten: *Hat mir der Erste Rat aufgetragen.*

Tawe betrat die Bibliothek. Während er die Tür hinter sich schloss, flammte im Vorraum Licht auf. Er ging an den Schaukästen mit den alten Artefakten vorbei, die aus dem grünen Jadepalast stammten. Er würdigte sie keines Blickes, sondern durchstreifte die Regalreihen an allen sechs Seiten des würfelförmigen Saals. Sogar auf dem Boden hatte man aus lauter Platznot Regale angebracht! Endlose, enge Reihen mit verstaubten Notizbüchern, kiloweise Tätigkeitsnachweise von Generationen von Forschern. Uralte Speichermedien mit den dazugehörigen, halb zerfallenen Lesegeräten. Tawe nahm die oberste Hülle von einem der Stapel und blies den Staub ab: »Zum Fortpflanzungsakt der Ueeba«, entzifferte er mühsam die kruden Schriftzeichen. »Unter besonderer Berücksichtigung der ääs-the- ... ästhetischen Implikationen. Häh?« Er pfefferte die Hülle in eine Ecke. Das scheuchte einen Flammteufel auf. Tawe ignorierte das irrlichternde blaue Flämmchen und wanderte weiter.

Der alte Forschungsrat war nirgends zu finden.

Na gut, dann eben nicht. Tawe durchwanderte die Nebenräume und Gänge. Er hatte sich in der Bibliothek bisher kaum aufgehalten. Da die Leiter einem gern aus disziplinarischen Gründen einen Bibliotheksdienst aufdrückten, verspürten die wenigsten Jungforscher den Drang, zur Abwechslung einmal das Gebäude zu erforschen.

Die Bibliothek, das war einfach nur der Ort, an dem die ganzen Bücher landeten, die man während des Unterrichts und der Arbeit im Imago-Saal vollkritzeln musste. Seiten um Seiten mühseliger, unbeholfener, sich ewig wiederholender Kritzeleien ... nur für den Fall, dass die Ober-Denker einmal nachgewiesen haben wollten, was die Forscher eigentlich Tag und Nacht taten, wenn doch die 37 immer und immer noch ausstand. Nicht zu fassen.

Als Tawe unvermittelt in den Raum mit dem künstlichen Baum trat, war der Schrecken so groß, dass seine Glieder erstarrten.

Der Baum! Hier hatten die Forscher ihn ... nein, *sie*, damals war er noch eine Frau gewesen ... hier hatten die Forscher sie gehabt, kurz bevor Tawe der Ruf in die Fabrik ereilte.

Der Baum. Der Ort seiner ersten, noch nicht als solche erkennbaren Demütigung.

Die gemauerten, gegossenen, gehauenen Äste verzweigten sich hoch oben, wo durch Fensteröffnungen unter dem Dach das Sonnenlicht hereindrang.

Ob die diesmal wieder eine Kandidatin hier hereinholten?

Langsam ging Tawe unter dem Baum hindurch, umkreiste den von der Zeit geschwärzten Stamm, befühlerte die kalten, krümeligen Feuerschalen an den Wänden.

In ihm stieg eine wahnsinnige Wut empor. Seine Brustbeine zitterten, wenn er nur an den Tag dachte, an dem er hier gewesen war ... die auflodernden Flammen, das Flüstern der Männer, heiser und wie ein Gesang. *Tawe. Tawe tla Mouuach.* Er hätte töten können in diesem Moment.

Plötzlich sprach ihn jemand an. »Ach, Tawe? Möchtest du dich den Leibesübungen widmen?« Es war der alte Pokou.

»Leibesübungen?« Tawe ließ die Augenfühler durch die Mandibeln laufen, um sich zu sammeln.

»Ja. Einst hing man dem Irrglauben an, dass es sich lohne, nicht nur den Geist zu üben, sondern auch den Leib. Also errichtete man diesen Trimm-Baum. Er eignet sich, den Schriften zufolge, für die sieben mal sieben goldenen Haltungen, wie man das damals nannte.«

Tawe konnte nichts sagen. Seine Stimme machte nicht mit. Er räusperte sich. »Einst? Damals? Dann wird dieser Raum nicht mehr benutzt?«

»Schon lange nicht mehr«, sagte der Alte und winkte mit einem seiner zerfransten Brustbeine ab. Ein Stück loser Schale baumelte nach. »Er ist kaum mehr als ein Artefakt. Ich kann mich erinnern, als ich jung war, da gab es noch einen Forschungsleiter, einen bis nahezu an die Lächerlichkeit hochbetagten Mann, der hier seine Übungen machte. Er war der einzige. Der letzte.«

»Ich dachte ...« Tawes Gedanken rasten. »... hier würden heutzutage andere Übungen gemacht.«

»Was für andere Übungen denn?« Der Alte kroch halb um den Stamm herum.

»Ich weiß nicht. Übungen eben.«

»Unsinn! Davon wüsste ich als Erster Rat doch.«

»Dann ist es wohl nur eine Geschichte gewesen, eine kleine Angeberei unter Jungforschern«, sagte Tawe leichthin. Es fiel ihm jedoch schwer. Dann hatten die ihn zur Zeit der letzten Hitze heimlich hier hereingeholt? Hereingeschmuggelt?

»Was für eine Geschichte denn?«, fragte der Alte.

»Ach, eine Geschichte halt.« Tawe gab ein Lachen von

sich. »Jungforscherunsinn, oh Chef und großer Kollege, weiter nichts. Beachte mein Geplapper gar nicht weiter.«

»So? Hm. Na schön.« Pokou scheuchte ihn mit wedelnden Brustbeinen von dem Baum weg. »Was willst du überhaupt hier?«

»Dich fragen, was ich als Nächstes tun darf«, gab Tawe sich treuherzig. »Wo doch gerade kein regulärer Unterricht stattfindet.«

»Mich fragen! Hast du keinen eigenen Kopf? Denk dir selbst etwas aus! Mich fragen, also wirklich!« Der Alte humpelte davon.

Tawe spazierte gemütlich hinterdrein. »Ich habe mir ja etwas ausgedacht. Ich könnte euch assistieren. Dem Forschungsrat.«

Pokou blieb abrupt stehen. »Du? Ausgerechnet du? Vor nicht allzu langer Zeit wolltest du noch weglaufen.«

»Jetzt will ich mich aber einbringen«, sagte Tawe. »Wo ich doch sowieso nicht von hier wegkomme. Und ich habe Ideen. Sicher keine besonders guten, klar. Ich bin ja noch jung. Aber ich dachte ...« Tawe brach ab.

Der Alte hatte die Fühler gespreizt. »Was für Ideen denn?«

»Nun, ich dachte, wir könnten doch zum Beispiel die Frauen hierher holen, anstatt dass alle zeugungsfähigen Forscher die Fabrik auf einen Schlag verlassen. Auf diese Weise würden wir viel effektiver ...«

»Tawe tla Mouuach!«, krächzte der gebrechliche Pokou. Seine Stimme konnte nicht mehr schneiden, aber zum Ausgleich hatte er sich einer verletzenden Anrede bedient. Ein Forscher wurde höchstens einmal wieder mit dem Namen seines Vaters angesprochen, wenn er sich unreif benahm, weibisch. »Keine Frau hat je diese Fabrik betreten, es sei denn, ihr Ruf ist erfolgt!«

»Keine Frau? Nie?«

»Niemals! Und im Übrigen unterliegt die Arbeit des Rates der Vertraulichkeit. Da haben Assistenten nichts zu suchen!«

»Oh. Na, dann. Nichts für ungut, Chef. Ich empfehle mich.«

»Bleib sofort stehen, wir sind noch nicht fertig! Junger Kollege, du bist wieder einmal sehr selbstsüchtig gewesen. Ich habe dir doch gesagt, dass dein Samen noch nichts taugt. Also schlag dir diese Adilai aus dem Kopf.«

»Ja, Chef. Das tue ich.« Und als der Alte nichts sagte, sondern ihn nur anfunkelte: »Darf ich jetzt gehen?«

»Ja, geh bloß und mach dich nützlich. Bevor ich dich die Nordwand der Bibliothek weißeln lasse!«

Bei dieser Zurechtweisung handelte es sich um eine stehende Redewendung des Forschungsrats Pokou, die unter den Jungforschern legendär war: *Geh bloß und mach dich nützlich. Bevor ich dich die Nordwand der Bibliothek weißeln lasse!*

Tawe ging, aber er hatte nicht vor, sich nützlich zu machen. Vielleicht war es tatsächlich gar kein Fehler, sich in der Bibliothek aufzuhalten. Die Regalreihen waren schlecht einsehbar, und wenn ihn doch jemand aufstöberte, sein Unterweiser zumal, dann konnte er leicht behaupten, hier im Auftrag des alten Pokou aufzuräumen oder sauber zu machen.

Er versuchte, es sich zwischen den Regalen bequem zu machen, schon aus Prinzip nichts zu tun, aber es ging nicht. Er war zu aufgewühlt. Bald ertappte er sich dabei, den Gang auf und ab zu laufen, immer auf und ab.

Diese Bande von Männern hatte ihn verbotenerweise in die Fabrik geholt.

Konnte er sich diese Tatsache zunutze machen? Sich rächen?

Aber wie?

»Was denke ich denn da?«, flüsterte er nach einer Weile des Grübelns. »Ich würde die meisten doch nicht einmal wiedererkennen.«

Er war sich ziemlich sicher, dass Tibala nicht unter ihnen gewesen war. Auch nicht Pokou. Allein sein Unterweiser stand zweifelsfrei fest. Er hatte Tawe schließlich hierher gebracht.

Dass ich ihn immer noch nicht mit seinem Namen bezeichnen mag, wunderte Tawe sich. *Erst ist er »mein namenloser Verehrer« gewesen, dann »mein Unterweiser«. Komisch.*

»Lamrié«, sagte er leise. »Lamrié. Lamrié, Lamrié, Lamrié!«

Sechzehn

In der Kelosker-Siedlung roch es merkwürdig pfeffrig. Tamra und Startac waren ein Stück vor den ersten Häusern gelandet und hatten sich zu Fuß genähert.

»Alles wie ausgestorben«, sagte Startac.

Zwischen den Häusern, die grob aus Baumwedeln geflochten und mit irgendeinem Brei abgedichtet worden waren, der an vielen Stellen wieder abbröckelte, lag nackter, flachgetretener Erdboden. In den Schatten wucherte Unkraut. Auch die augenscheinlich weniger frequentierten Wege holte die üppige Vegetation sich zurück.

»Lehmhütten mit Trampelpfaden dazwischen«, sagte Tamra abschätzig. Aber auch sie hatte gedämpft gesprochen. Irgendetwas war an dieser Siedlung, das einen leise auftreten ließ.

Sie gingen zwischen den Hütten hindurch. Anscheinend gab es keinen Marktplatz, keinen Versammlungsort, kein Zentrum. Hinter ihnen raschelte etwas davon. Als Startac herumfuhr, sah er noch etwas unter ein Dach hinaufhuschen. Kratzende Geräusche waren zu hören, dann herrschte wieder Stille.

Das Tier hatte ausgesehen wie ein räudiger Igel. Wie ein *mumifizierter* räudiger Igel.

»Wahrscheinlich eine Art Riesenkäfer mit ein paar Dutzend Stacheln«, mutmaßte Startac.

»Bizarr«, hauchte Tamra. »Aber wunderschön! Es muss eine Art Haustier sein.«

»Wie kommst du denn darauf?«

»Die Löcher.« Sie zeigte unter die Dachkanten mehrerer Häuser. Tatsächlich waren dort in mehr oder weniger regelmäßigen Abständen überall kleine runde Öffnungen zu sehen.

Startac zuckte mit den Schultern. Es mochten so etwas wie Taubenschläge sein, seinetwegen. Aber: »Vielleicht dienen sie ja auch nur der Belüftung.«

Tamra schüttelte den Kopf. Sie ging zu dem Loch, in dem das Wesen verschwunden war, und aktivierte ihren Antigrav. In doppelter Mannshöhe schwebend spähte sie in das Loch. Unvermittelt ertönte ein lautes, kratzendes Geräusch in der dunklen Öffnung, explosionsartig spreizte sich ein Stachelbüschel auf, Tamra zuckte mit einem Aufschrei zurück, und als sie den Kopf einzog, prasselte etwas an ihren Helm. Eine Handvoll Stachelspitzen trudelten ins Gras.

»Puh.« Sie griff sich an die Brust. »Mein Herz.« Sie grinste.

»Hast du was abgekriegt?«

»Glaube nicht. Nein.«

Startac bückte sich, zog einen Handschuh an, hob einen der Stacheln auf. »Hart. Und trocken.« Die verwaschen fleckigen Stäbe erinnerten ihn von Größe und Beschaffenheit her an ein antikes Gesellschaftsspiel, das er einmal im Terrania City Museum für Alltagskultur gesehen hatte. Wie war noch der Name gewesen? Maredo? Mikado? Tsingtao?

Tamra landete neben ihm. Er sah sie an. »Ein Haustier, ja?«

»Natürlich!« Sie stutzte. »Ach so.« Sie verzog kurz das Gesicht. »Die Farben. Es ist in den unglaublichsten Farben gescheckt. Der reinste Rausch. Wenn das nicht gezüchtet ist, weiß ich es auch nicht.«

»Na schön.« Startac stand auf. »Dann also ein Haustier. Auf jeden Fall ein wehrhaftes.« Er ging um die Hütte zu einer Toröffnung, die mit einem riesigen, groben Tuch verhangen war. »Hallo? Ist da jemand?« Er rief es auf Interkosmo, auf Larion.

Nur Stille antwortete ihm. Er trat zurück. Überall um sie herum erspürte er die Gedankenwelt fremder Intelligenzwesen. Und doch wirkte die in drückender Hitze liegende Siedlung wie eine Totenstadt. Nur das Summen vereinzelter Fluginsekten war zu hören, und in der Ferne etwas wie Vogelschreie, dazu eine Ahnung von rauschenden Baumwipfeln. Das Rauschen musste der Lärm der Posbistadt sein; es herrschte ja Windstille.

Die beiden Menschen durchstreiften die Ansammlung von Häusern. »Ober-Denker!«, rief Schroeder, »Kelosker! Wo seid ihr?«

Einmal, weit weg, ein grunzendes, schnaubendes Geräusch, für eine knappe Sekunde nur.

»Na schön«, sagte er erneut. Seine Kiefermuskeln spannten sich. Er achtete die Privatsphäre, gerade als leicht telepathisch begabter Mensch. Aber was zu viel war, war zu viel. »Von Höflichkeit haben die hier wohl nie gehört. Oder von Gastfreundschaft.«

»Vielleicht sind sie krank?«

Er verzog kurz das Gesicht und marschierte zum nächstbesten Haus. »Ich komme jetzt rein«, sagte er laut und deutlich. Er griff nach dem Vorhang, schob ihn zur Seite. Ein beißend scharfer, aber trockener Geruch schlug ihm entgegen. Atemgeräusche waren zu hören, leise, tief. Verschiedene Atemgeräusche.

Ihm stellten sich die Nackenhaare auf. Er warf einen Blick zu Tamra zurück, die schluckte, dann betrat er die Hütte.

Sie bestand aus einem einzigen, großen Raum. In dem

Streulicht aus den Öffnungen unterm Dach waren massige Leiber zu erkennen, hingestreckt wie schlafende Elefanten, wie ein Haufen Findlinge, zwischen denen Schlangen lagen, Schläuche.

Die Arme, dachte Schroeder. Sie waren bei Keloskern menschenlang und knochenlos.

»Es tut mir leid, dass ich eure Siesta störe«, sagte er auf Terranisch und dann auf Interkosmo: »Mein Name ist Startac Schroeder. Ich komme aus einer anderen Galaxis. Aus der Milchstraße. Aus dem Solsystem. Vom Planeten Terra.«

Täuschte er sich, oder klangen die Atemgeräusche jetzt ein wenig anders?

Er wiederholte seine Vorstellung, diesmal auf Larion.

Scharren. Ächzen. Augen öffneten sich, schiefe Augen in verformt wirkenden Köpfen. Tentakelartige Arme entrollten sich. Zwei, drei der Wesen kamen schwerfällig hoch, schwankten auf ihren vier Stummelbeinen.

Ein rasselndes Schnauben ertönte, ein Räuspern vielleicht.

Das war alles.

»Terra, sagt euch das etwas?«, hakte Schroeder nach. »Die Heimat von Perry Rhodan?«

Die Wesen starrten ihn an. Eines rieb sich langsam die Flanke, dann ließ es die lappenartige Hand wieder fallen. Sie starrten und starrten. Was sollte das?

Über ihm, im Gestrüpp des Daches, raschelte es. Schroeder sah nach oben. Dort klebte etwas wie eine Traube dunkler Wein, nur dass die Beeren in Bewegung waren. Er aktivierte sein Helmlicht. In dem dünnen, scharfen Strahl wurde deutlich, dass es sich um Kerbtiere handelte, eine Art kreisrunder Asseln von Daumennagelgröße. Miniaturtrilobiten.

Hübsche Fauna hier. Er sah wieder nach unten. »Ihr seid Kelosker, nicht wahr? – Wir sind durch eine Art Dimensionstor hierher gekommen. Wir brauchen Hilfe. – Könnt ihr sprechen? – Wie heißt diese Siedlung hier? – Ganz schön heiß heute. Ist es hier immer so?« So versuchte er auf die verschiedenste Weise, eine Reaktion bei den Wesen hervorzurufen, aber sie taten nichts anderes, als dort zu kauern und zu atmen und ihn anzustarren.

Was sollte er denn machen? Ihm kamen schon Sätze wie *Ich habe Schlechtes über eure Mütter sagen gehört* in den Kopf. *Über eure Väter auch.* Aber selbst wenn er sie solcherart provozierte, und er wusste reinweg gar nichts über die Sozialstrukturen von Keloskern ... wie sollte sich daraus eine gute Kommunikation entwickeln?

Schließlich, nach vielen langen Minuten, machte Startac Schroeder auf dem Absatz kehrt und ging.

»Primitive«, sagte Tamra hinter ihm.

Schroeder verspürte nicht mehr das Bedürfnis, ihrer Bemerkung etwas entgegenzusetzen. Er starrte in den gleißenden Himmel hinauf. »Wir müssen irgendwie von hier wegkommen und wieder zu den anderen stoßen. Wir orientieren uns, maximal noch ein, zwei Tage lang, und dann sehen wir zu, dass wir irgendwie an ein Raumschiff kommen.« Er aktivierte seinen Antigrav.

»Was hast du vor?«, fragte Tamra hinter und unter ihm.

»Ich will mir diese Posbistadt ansehen. Kommst du mit?«

Sie holte ihn ein und grinste schief. »Nicht, wenn es nicht unbedingt sein muss. Komm, lass uns in der Fabrik einen Happen essen, und dann mach du nur deine Orientierung.«

»Ich hab keinen Hunger«, sagte Schroeder. Er schaute sehnsüchtig die Berghänge hinab. Zur Fabrik zurückzukehren wäre ein Umweg gewesen.

Tamra knuffte ihn an die Schulter. »Ach, komm schon. Rede mit Meister Hundertfuß, bevor du zu den Posbis fliegst. Er kann dir auch einen Gleiter rufen, dann reist du schneller und bequemer.«

Meister Hundertfuß, so stellte sich heraus, war von der Fabrikleitung als ihr Krankenpfleger abgestellt worden. Er geriet ganz aus dem Häuschen, als sie ihm von ihrem Ausflug zur Siedlung der Kelosker erzählten.

»Knoten am Kopf!«, rief er aus. Seine vielen Fühler tanzten. »Die Ober-Denker reden wirklich nur mit Tawe! Das hätte ich nicht gedacht. Sie haben doch angeblich großes Interesse an außergewöhnlichen Vorkommnissen. Und außergewöhnlicher, als ihr zu uns gekommen seid, geht es doch gar nicht. Ich meine, der Dimensionstunnel hat noch nie lebende Wesen ausgespuckt – jedenfalls habe ich nie davon gehört, außer in Kindergeschichten.«

»Wer ist dieser Tawe?«, fragte Schroeder, während er langsam und bedächtig einen fleischigen Brei in sich hineinlöffelte. Tamra hatte ihm versichert, dass das Zeug gut verträglich war, aber irgendwie machte es ihn misstrauisch. Es schmeckte roh.

»Tawe ist unser größtes Talent. Der Forschungsrat erhofft sich von ihm einen Durchbruch, was die Erschaffung der mythischen Siebenunddreißig angeht.«

»Aha. Kannst du ihn mir einmal vorstellen?«

»Aber ja.« Der Ueeba, der eben noch an der Wand herumgewuselt war, erstarrte.

Mitten im Krankenzimmer, in der leeren Luft, bildete sich ein Hundertfüßler und drehte sich wie in einer perfekten 3-D-Animation langsam um die eigene Achse.

Schroeder rieb sich die Brauen. »Ich meinte, kannst du mich einmal zu ihm bringen? Damit ich ihn kennenlerne.«

»Ach so, sag das doch gleich!« Das Tawe-Abbild löste sich ploppend in Luft auf.

»Wie macht ihr das?«, fragte Schroeder verblüfft.

»Mit Psi-Materie.«

»Psi-Materie?!« Schroeder brachte mit Mühe den Brei hinunter, ohne sich zu verschlucken. »Du beliebst zu scherzen.«

»Nein. Wieso?«

»Weil das ... unmöglich *sein* kann. Psi-Materie, in dieser Menge! Das war doch nur ein Abbild, ein Lichteffekt. Und nichts Stoffliches.«

»Wenn du meinst. Hier!«

Aus der leeren Luft flog auf Startac etwas zu. Er fing es auf. Es handelte sich um eine Art Knotenballung, die vage seine eigenen Gesichtszüge aufwies.

»Das Ding wiegt mindestens ein halbes Kilo«, sagte er leise. »Unfassbar.«

»Was soll daran unfassbar sein?«, mischte Tamra sich ein. Sie war bereits fertig und hatte die Schale auf den Boden gestellt. Nun lag sie zurückgelehnt auf dem Bett, die Arme hinter dem Kopf verschränkt.

»Es gab einmal einen Supermutanten bei uns. Er hieß Ribald Corello. Er war ein sogenannter Quintadimtrafer.« Schroeder schüttelte den Kopf. »Er war ebenfalls in der Lage, Hyperenergie zu Psi-Materie zu verstofflichen – bloß strengte ihn das so sehr an, dass er es etwa alle zwei Jahre einmal zustande brachte. Alle zwei Jahre eine Menge von maximal *zehn Gramm*, wohlgemerkt.«

»Dann war er krank?«, fragte Meister Hundertfuß.

Schroeder grinste grimmig. »Könnte man meinen. Oder das hier ist keine Psi-Materie.« Er warf dem Wesen den Knotenkopf zurück. Das Gebilde blieb vor dessen Fühlern in der Luft hängen. »Wo holt ihr sie her?«

»Von nebenan«, sagte der Ueeba. »Aus dem Überraum.«

Startac bekam ein Kribbeln zwischen den Schulterblättern. Die Worte passten durchaus: Während Materie des Standarduniversums in Form von normaler Masse und Energie ihr übergeordnetes Äquivalent vor allem im unteren Bereich des hyperenergetischen Spektrums hatte, musste bei Psi-Materie ausschließlich der ultrahochfrequente und superhochfrequente Bereich zugrunde gelegt werden. Das, was man von der Psi-Materie als Substanz wahrnahm, hatte seine Ursache also gänzlich im Übergeordneten.

»Und ist sie ... wirklich vorhanden?«, fragte er. »Wirklich da?«

»Das scheint nur so«, antwortete Meister Hundertfuß. »Sie kann fest oder flüssig oder gasförmig *wirken.* Aber eigentlich ist es nur eine Kraft, die sich hier herüberstülpt.«

»Psi-Materie. Von der Beschreibung her kein Zweifel.« Schroeder schwindelte es. Kelosker. Eine wimmelnde Posbi-Zivilisation, die ganz andere Wege gegangen war als alle Posbis, von denen er je gehört hatte. Und jetzt noch Wesen, die kiloweise mit Psi-Materie jonglierten. Wo um alles in der Welt waren sie hier gelandet?

Dann fiel ihm etwas ein, und sein Magen sackte durch wie im freien Fall. Kiloweise Psi-Materie. Bei Ribald Corello damals hatten zehn Gramm genügt, um zur Explosion gebracht die Energiefreisetzung einer Nova zu entfesseln ...

»Kann ich den Knoten noch einmal haben?«, fragte er mit rauer Stimme und nahm das Gebilde. Es war fest, massiv und ganz sicher ein halbes Kilogramm schwer. Dann besaß es die Sprengkraft von 50 Novae?

Das konnte nicht sein. Das durfte nicht sein.

Handelte es sich um eine Variante, die nicht waffenfähig war? Oder waren die Ueeba nie darauf gekommen, Psi-Materie in Kriegen einzusetzen?

Und die Kelosker auch nicht? Und die Posbis ebenfalls nicht?

Schroeder rieb sich mit einer Hand das Gesicht. Das ergab doch alles keinen Sinn!

»Möchtest du den Klumpen behalten, oder soll ich ihn wegmachen?«, fragte Meister Hundertfuß unvermittelt.

»Was? Dann müsst ihr *doch* damit haushalten, ja?«

»Haushalten?« Der Ueeba klackte mit den Mundwerkzeugen, was offenbar eine Äußerung von Humor darstellte. »Nein, aber du wirkst angestrengt. Vielleicht regst du dich zu sehr auf.«

»Ja, du hast recht«, sagte Schroeder versuchsweise. Er hielt Meister Hundertfuß den Klumpen auf der flachen Hand hin. »Mach ihn weg.«

Er holte keuchend Luft, als am oberen Rand des Klumpens Lichtbögen aufgleißten und sich auf seine Handfläche zufraßen. In einer Woge von Lichteffekten verglühte die Psi-Materie, bis nur noch ein einziger Funken über seiner zitternden Hand tanzte. Und *knack!*, war er erloschen.

»Völlig kalt«, flüsterte Schroeder. Er räusperte sich. »Wie heißt du eigentlich, Meister Hundertfuß? Ich möchte dich nicht immer bei deinem Spitznamen anreden.«

»Tibala.«

»Tibala, sag mir: Was ist das größte Stück Psi-Materie, das ihr so erschaffen könnt? Massiv, meine ich.«

»Würde hier nicht reinpassen«, sagte der Ueeba leichthin.

»Und ihr habt keine Angst, dass ... euch das Zeug einmal um die Ohren fliegt?«

»Verzeihung?«

»Dass es explodiert? Und den ganzen Planeten vernichtet?«

»O weh. Das wäre ja schrecklich. Aber wie kommst du denn auf so etwas?«

»Tja, ich weiß nicht. Ich habe einmal gehört, Psi-Materie wäre sehr heikel. Aber ich bin natürlich nicht vom Fach ...«

So plauderte er, um den Ueeba abzulenken. Es fiel ihm nicht leicht, seine Aufgewühltheit zu verbergen.

Sind wir hier mitten in eine gigantische Waffenproduktion gestolpert?, dachte er und vermied es, Tamra anzusehen. *Selbst wenn es sich um eine Variante handelt, die nur einen Bruchteil so explosiv ist wie die Psi-Materie, die wir kennen, liefe das auf fürchterliche Bomben hinaus. Diese naiven Ueeba wissen wahrscheinlich gar nicht, was sie tun.*

SIEBZEHN

Tibala wusste genau, worauf das hinauslief. Aber er konnte nicht anders. Er hatte ein weiches Herz.

Kannst du Adilai eine Nachricht von mir überbringen?

Aber natürlich, klar doch, immer her damit, nichts leichter als das.

Natürlich war nichts schwerer als das!

Zum Glück hatte er im richtigen Gleiter gesessen. Viele Ueeba-Frauen, die sich gern im Haufen amüsierten, tanzten während der Hitze auf dem Herzberg, bis die Männer kamen. Also kamen viele Männer, die sich gern im Haufen amüsierten, geradewegs zum Herzberg geflogen.

Tibala, nicht der Geschickteste, was das Verhalten in Haufen anging, hatte sich ebenfalls mit zum Herzberg zerren lassen. Und wie sich herausstellte, stromerte auch Adilai irgendwo hier herum. Er musste sie nur noch finden zwischen den Tausenden heißen, aufgekratzten Frauen.

Und zwar schneller als irgendein Kollege. Wenn Adilai erst einmal irgendwo bäumelte, konnte er ja schlecht in jedes Liebesnest lugen, bis er sie gefunden hatte. Das wollte er jedenfalls vermeiden.

Mühsam bahnte er sich einen Weg durch die Feiernden. Die Frauen in ihren leuchtend durchsichtigen Larven fühlerten zu ihm hinauf, zeigten ihm ihre Brustbeine, rieben sich feucht an seinem Leib. »Süßer ...« – »... hierher.« –

»... mich?« Er verstand ihre Lockrufe kaum über der lauten, wiegenden Musik.

Der kleine Alles-für-euch-Verfolger auf einem seiner Fühleraugen wies ihm den Weg, aber der Weg änderte sich beständig. Anscheinend tanzte auch Adilai; sie wuselte jedenfalls auf wirren Bahnen durch die Menge. Alles-für-euch-Lautsprecher taumelten durch die Luft; auch eine Handvoll Gleiter kreiste über dem Feld.

Schon sah er schräg vor sich eine heiße Ueeba in die Luft aufsteigen. Sie drehte sich entzückt im Zugstrahl des Gleiters und verstrahlte Regenbögen in alle Richtungen.

Sehr temperamentvoll, die Gute.

Und zum Glück war es nicht Adilai. Der Verfolger wies in eine andere Richtung.

Er lief und lief, und dann war Tibala ihr auf einmal ganz nah. Vor ihm tobte sich ein ganzer Haufen hübscher Frauen aus. Sie tanzten, wanden sich, verschmolzen ihre zarten Larven miteinander. Er konnte kaum ausmachen, wie viele es waren. Fünf Frauen, sechs?

»Adilai«, sagte er gerade so laut, dass sie es über der Musik hören konnten. »Welche von euch ist Adilai?«

»Ich vielleicht.« – »Oder ich!« Sie lachten trillernd und krabbelten umeinander unter den sich verschränkenden Larven. »Komm doch und koste.« – »Ja! Rate, wie Adilai schmeckt!«

Er fühlerte nach oben, wo sich ein kreisender Gleiter näherte, und drängte: »Ich bin ein Freund von Tawe! Ich habe eine Nachricht für Adilai!«

Ein Aufkreischen, und auf einmal bildeten die Frauen einen Ring mit einer Schwester in der Mitte.

Meine Güte, sie ist absolut so schön, wie Tawe immer sagt, dachte Tibala. »Komm, schnell. An einen Ort, wo wir reden können.« Er beugte sich vor und nahm sie in seine Brustbeine.

»Tawe ... wie geht es ihm?« Ihre Stimme klang schmelzend.

»Nicht so gut«, flüsterte Tibala ihr ins Ohr. Und als sie erschrocken Luft holte, fügte er rasch hinzu: »Doch, doch. Es geht ihm schon gut, aber du fehlst ihm eben.«

Sie seufzte und ließ sich von ihm durch die Menge tragen.

Tibala seufzte ebenfalls. Sie war so leicht. Das reinste Luftmädchen. Er wusste genau, worauf das hinauslief.

»Die da! Ich will die dicke Tante da!«, dröhnte der letzte Jungforscher in Lamriés Gleiter. »Die ist genau richtig für einen kräftigen Burschen wie mich! Perfekt.«

Lamrié fühlerte nach hinten. Der Kerl klebte schon halb an der Außenwandung. »Dann geh runter und hol sie dir.«

»Kannst du sie nicht mit dem Zugstrahl raufholen und uns an irgendeinem schönen Baum absetzen wie die anderen Kollegen auch, Chef?«

»Ha-hrm. Dafür fehlt mir jetzt leider die Zeit«, sagte Lamrié. »Ich muss ja auch sehen, wo ich bleibe.«

»Ach, Chef ...«

»Runter mit dir. Das ist eine Anweisung.« Er klackte mit den Mandibeln. »Die Letzte für die nächsten Tage. Nun mach schon. Tob dich aus.«

Mit einem Auflachen ließ der Jungforscher sich aus dem offenen Gleiter fallen, mitten zwischen die aufsteigenden großen Blüten und Fantasie-Tiere und Sterne, die seinen Sturz aus der ohnehin geringen Höhe noch abbremsten.

Lamrié sah nicht mehr nach hinten. Ihm war egal, ob der Bursche seine Favoritin fand. Wenn nicht diese, dann eine andere. Wenn nicht jetzt, dann vielleicht später.

Er konzentrierte sich wieder auf die vor ihm liegende Aufgabe. Sie würde Arbeit und Vergnügen auf das Feinste verbinden. Er räusperte sich. »So, mein Guter«, sagte er zu dem Alles-für-euch-Gleiter. »Nun bring mich bitte zu Adilai.«

»Tla Dadié, Chef?«

»Genau die, mein Guter.«

»Wird gemacht. Ich hoffe, du hast es nicht eilig, Chef.«

»So?«

»Nun, sie ist *beschäftigt.* Ha-ha. Ha.«

Lamrié verstand den Alles-für-euch erst, als der Gleiter am Rand der Festwiese bei einem Baum hielt, in dem sich ein Liebesnest drehte.

Chef – beschäftigt – be-chef-tigt.

»*Def*-tig«, setzte Lamrié die Reihe fort. »Sehr witzig, mein Guter. Bist du dir sicher, dass die Hitze nicht auch auf euch abfärbt?«

Der Alles-für-euch ging nicht darauf ein. »Möchtest du so lange warten, Chef?«

Lamrié seufzte. »Ich werde warten.« Er sah nach unten, wo Ueeba-Frauen rufend übereinander kletterten, um den Gleiter zu erreichen. »Aber geh bitte ein bisschen höher, mein Guter, ja? Die Damen sollen sich ja keine falschen Hoffnungen machen.«

Achtzehn

Als Mondra Diamond die behelfsmäßige Messe betrat und Perry Rhodan bei der Essensausgabe mit dieser jungen alteranischen Offizierin scherzen sah, blieb sie kurz stehen. Dann senkte sie den Kopf und ging entschlossen weiter, genau auf die beiden zu.

Nano Aluminiumgärtner, der 20 Meter entfernt mit einem sehr schweigsamen Matten-Willy Mauerblum zu Tische saß, justierte sein Richtmikrofon.

»Hallo, Captain Grimm. Wie geht's?«, hörte er Mondra sagen. Sie lächelte.

Liza Grimm erwiderte ihr Lächeln. »Danke, gut. Und Ihnen?« Irrte Nano sich, oder wurden Grimms Wangen einen Tick dunkler?

»Bestens.« Mondra wandte sich an Rhodan. »Perry? Kann ich dich kurz sprechen?«

»Ja. Natürlich. Wenn Sie mich einen Augenblick entschuldigen würden, Captain.«

»Selbstverständlich.«

Nano sah, wie sich Liza Grimms Grübchen noch kurz vertieften, als Mondra sich abwandte und ging. Mondra sah zu Rhodan, der schmunzelnd neben ihr herspazierte und kurz den Kopf schüttelte. Er wirkte amüsiert.

Nano stand rasch auf. »Bin gleich wieder da, Mauerblümchen.«

»Hm?«, machte der Matten-Willy mit kaum ausgestülpten Stielaugen. »Ja. Gut.«

»Lass dich nicht so hängen. Wir kriegen Drover schon wieder hin.«

Nano verließ die Messe gerade rechtzeitig, um zu hören, wie Rhodan hinter einem dunklen Durchgang sagte: »Okay, Mondra. Was gibt es? Irgendwelche Neuigkeiten? Von dieser Instanz Siebenkopf gar?«

Ein Farbwechsel in Nanos Sichtfeld signalisierte, dass Mondra zur Abschirmung ein Akkustikfeld aktiviert hatte, das selbstverständlich sofort neutralisiert wurde. »Weißt du eigentlich, was du da tust, mein Lieber?«

Nano lauschte, aber Rhodan sagte nichts.

Mondra: »Du machst dieser Kleinen völlig falsche Hoffnungen.«

Rhodan: »Mondra. Ich unterhalte mich mit der Befehlshaberin dieser alteranischen Truppe. Sie ist Soldatin. Sie hat ihre Kampfkraft und Nervenstärke bewiesen. Warum nennst du sie eine Kleine?«

Nano hörte ein Pusten, vermutlich blies Mondra eine Haarsträhne aus ihrem Gesicht; eine ihrer Standard-*Übersprungshandlungen*, wenn er terranische Psychologie richtig verstand. »Dir ist sicher nicht entgangen, dass sie in dich verliebt ist. Zumal ich dir das schon vor einer Weile gesagt habe.«

Rhodan: »Darum hast du mich doch sicher nicht aus der Messe geholt.« Und als sie nichts erwiderte: »Das ist nicht dein Ernst.«

Mondra: Schweigen.

Oder war es ein technischer Fehler? Nano ließ rasch eine Prüfroutine laufen. Nein, es war alles in Ordnung. Ach, und bei der Gelegenheit konnte er ja gleich einmal die Gesprächsanalyse aktivieren.

Rhodan: »Ich weiß gar nicht, worauf ich zuerst antworten soll.« (*Sprachhaltung gequält*, analysierte Nano.) »Ob ich überhaupt antworten will, Mondra. Ich bin froh, dass wir gute Freunde sind. Ich schätze deine Gegenwart, dein Urteil, auch deinen Charme. Ich genieße deinen Anblick.« (*Sprachhaltung amüsiert*, analysierte Nano. *Nein, verkrampft*. Wie passte das denn zusammen?) »Aber selbst, wenn an deinen Vermutungen etwas dran *wäre* – meinst du, diese vorwurfsvolle Haltung steht dir zu?«

Mondra: Schweigen.

Rhodan: »Manchmal verstehe ich dich nicht, Mondra.« (*Sprachhaltung resigniert*, analysierte Nano. *Nein, unterschwellig aggressiv*. Rhodan log?)

Mondra: »Sie könnte deine Tochter sein. Herrgott noch mal, sie *möchte* deine Tochter sein. Merkst du das denn nicht?« (*Sprachhaltung verzweifelt nein vorwurfsvoll nein verletzt nein traurig nein aggressiv nein arrogant nein ABBRUCH*, sagte Nanos selbst geschriebene Gesprächsanalyse-Routine.) »Nur haben wir alle gelernt, dass Männer und Frauen miteinander ins Bett zu gehen haben, wenn sie Nähe suchen.«

Rhodan: schnaubendes Ausatmen.

Mondra: tiefes Luftholen. Dann: »Perry, wirklich. Ich gönne dir deinen Spaß. Aber Liza Grimm? Also ehrlich. Denk drüber nach.«

Nano war völlig ratlos. Was waren das denn nun schon wieder alles für Sprachhaltungen gewesen? Mit jedem kleinen Satz hatte Mondra gefasster geklungen. Und das nach diesem aufgewühlten Monolog gerade. Er musste die Aufzeichnung dringend in ein Diagramm umformen, um das alles zu verstehen. Gleich nachher!

»Das werde ich, Mondra.« Rhodans Stimme, die Nano ebenfalls als gefasst einstufte, hallte in dem schmalen

Gang. Das Akustikfeld war wieder abgeschaltet, wie auch ein Blick auf Nanos Farbdisplay erwies.

Rhodan kam. Nano ging ihm entgegen, legte einen forschen Gang ein. »Sei g-gegrüßt, Sir!«, schmetterte er.

Rhodan nickte nur und stapfte an ihm vorbei, zurück in die Messe.

Nano wollte gerade nach Mondra sehen gehen, da kam sie schon auf ihn zu, sich mit den kleinen Fingern die Nasenflügel reibend, die Mundwinkel. »Nano«, grüßte sie ihn mit einem knappen Lächeln.

Er sah ihr nach. Da betrat sie, knapp hinter Rhodan, erneut die Messe und wandte sich munter einer Gruppe Alteraner zu, beteiligte sich prompt an deren Plauderei.

Was für eine Frau!, dachte Nano. *Ich muss es endlich wagen, mich ihr zu offenbaren. Keine Übungen mehr.*

Als er sich wieder zu Mauerblum setzte, der vor Sorgen halb unter den Tisch geflossen war, sah Nano sich nach Captain Grimm um, aber die junge Alteranerin war nirgends zu sehen. Und Rhodan? Stand an der Essensausgabe und programmierte sich –: Nano zoomte näher – einen Grüntee.

Interessante Entwicklungen. Sie bereiteten ihm ein, hm, vielleicht luftig zu nennendes Gefühl im Plasma, aber interessant waren sie allemal.

Neunzehn

»Hmmm, das tat gut.« Adilais Stimme klang um einiges tiefer als vorhin.

Tibala spürte, wie sich ihr Innerstes zurückzog. Er seufzte. Er wusste, worauf das hinauslief.

Sie glitt an ihm empor. Ihre Fühler umtanzten die seinen. »Sag Tawe, dass ich sie liebe, hm? Auch wenn sie jetzt ein Mann ist. Dass ich immer auf sie warten werde.«

»Ja«, sagte Tibala. »Mach ich. Klar.«

Sie fuhr ihm mit einem Fühler den Mundwinkel entlang. »Du bist ein Schatz. He, wäre doch toll, wenn die Kinder nachher von dir stammen.« Ihr Fühler wanderte zu den Panzerbögen weiter, strich die weiche Haut in den Zwischenräumen entlang. »Du bist so freundlich. Und nicht so grobgliedrig wie die anderen.« Sie drückte ihn. »So-und-so tla Tibala. Klingt auch schön. Hm?«

»Ja«, sagte er. »Ja. Das wäre schon was.«

Sie fühlerte nach oben, zu den umeinander gedrehten Fäden, an denen ihr Liebesnest hing.

Tibala rührte sich nicht.

Sie sah ihn an. »Willst du uns nicht hinunterlassen?«

»Ähm. Wollen wir nicht ... noch mal ... vielleicht?«

Adilai lachte trillernd. »Warum nicht. Hast du denn noch Kraft?«

»Denke schon.«

»Und der Faden hält noch ein zweites Mal? Oh, die Frage war dumm, nicht?«

Tibala sagte nichts, er begann die Frau an sich zu reiben.

Er wusste genau, worauf das hinauslief.

Lamrié fühlerte über die Gleiterkante hinweg. Das Nest unten im Baum drehte sich immer noch langsam an seinem Faden.

»Seltsam«, brummte er. »Was machen die denn?«

Auf dem Armaturenbrett des Alles-für-euch glommen ein paar Leuchten auf. »Der Fortpflanzungsakt der Ueeba«, begann er zu dozieren, »ist von allen Lebewesen des Planeten Pakuri der faszinierendste. Zunächst einmal muss man wissen, dass er von der Doppelhelix dominiert wird.«

»Ha-hrm!«, unterbrach Lamrié das dumme Maschinending. »Ich weiß. Das weiß ich doch. Ich weiß, was die da machen. Aber so lange?«

Sie warteten einige Minuten.

Das Nest drehte sich.

»Du hast recht, Chef«, sagte der Alles-für-euch schließlich. »Das *ist* seltsam.«

Der Fortpflanzungsakt der Ueeba ist von allen Lebewesen des an ausgefallenen Lebensformen gewiss nicht armen Planeten Pakuri der faszinierendste. Zunächst einmal muss man wissen, dass er von der Doppelhelix dominiert wird.

Schon die Annäherung an den Baum, in dem der Akt vollzogen wird, erfolgt in 76 Prozent aller Fälle spiralförmig. In immer engeren Kreisen nähert sich die ausnahmslos rückwärts gehende Frau dem Stamm, der doppelt so große Mann folgt ihr dabei. Einander mit Mundwerkzeugen und Fühlern liebkosend finden sie ihren Weg, obwohl sämtliche Augen dabei in die Stiele zurückgezogen sind (vereinzelt wurden Abweichungen registriert).

Am Fuß des Baums angelangt, lösen die beiden sich voneinander. Nun geht der Mann vor, windet sich um den Stamm nach oben. Die Frau folgt ihm – interessanterweise läuft sie in der Regel genau in der Lücke zwischen seinen Bahnen.

Der Mann sucht einen tragfähigen Ast, der in vier von fünf Fällen von der Frau akzeptiert wird. Nun lässt er sich an dem Faden herunter, der die beiden tragen wird. Dieser Faden, der einer Drüse an der Kopfspitze entströmt, ist als Doppelhelix strukturiert.

Obwohl auch die Frau zur Ausbildung eines solchen Fadens in der Lage ist – sie verfügt über die gleiche Kopfdrüse –, überlässt sie die Sicherung des sogenannten Liebesnests ausnahmslos dem Mann. Dies erklärt sich, wenn man den Größenunterschied der beiden bedenkt.

Das Liebesnest besteht aus zwei frei schwebenden Schichten. Bei der inneren handelt es sich um die Larve der Frau, bei der äußeren um eine psi-materielle Hülle, die der Mann ausbildet. Fotoreihen belegen, dass seine jeweilige Hülle in Form und Muster einzigartig ist und ebenso wenig bei einem anderen Mann vorkommt wie die Farbverläufe der verbindenden Häute zwischen den Panzerbögen bei einer anderen Ueeba-Linie. Dies deutet darauf hin, dass die Liebesnester, so kunstvoll die vergänglichen Gebilde auch wirken mögen, nicht der willkürlichen Kreativität des Mannes entspringen, sondern ihr Aussehen allein von seinen Genen gesteuert wird.

Was spielt sich nun im Inneren des Liebesnestes ab?

Als er kam, schüttelte es Tibala, und das löste die Verkrampfung, in der sein Leib sich inzwischen befand, wenigstens ein bisschen.

»Hui«, sagte Adilai unten, ein Kitzeln zwischen den Bauchpanzerbögen. »Ich fasse es nicht. Du überschwemmst mich.«

Sie wand sich ein Stück höher und rutschte wieder hinunter. »Ich kann nicht mehr. Hilf mir.«

Tibala schob sie mit einem Flirren der Beine hinauf und um sich herum. Ihm tat alles weh.

»Wollen wir nicht noch mal?«, fragte er.

»Du spinnst.«

Da hatte sie recht. Aber er musste es tun. Noch einmal. Oder zweimal. Oder die ganze Nacht lang. Für Tawe.

»Ha-hrm«, machte Lamrié oben im Gleiter.

»*Sehr* ungewöhnlich«, sagte dieser.

Mit dem Kopf nach oben an der Doppelhelix des Fadens hängend, verwindet der Mann seinen Leib so, dass der Leib der Frau gerade noch in die Windungen passt. Nun gleitet sie, Bauch an Bauch, an ihm hinunter, vollzieht seine Windungen nach, bis ihre Mundwerkzeuge einander gegenüberliegen. Das Paar bildet, wir ahnen es schon, die nächste Doppelhelix.

Nach einiger gegenseitiger Stimulation der Mandibeln, Fühlerbüschel und Brustbeine sind die Geschlechtsorgane so weit durchblutet, dass sie sich am hinteren Ende aus dem Körperinneren ausstülpen.

Wir erinnern uns, dass die Frau nur halb so groß ist wie der Mann. Duftende Sekrete treten aus, vermengen sich bauchseitig miteinander, und beide Partner wissen, auf einer eher körperlichen, nicht bewussten Ebene, dass es nun an der Zeit ist, die Eier im Körper der Frau zu befruchten.

Beider Körperspannung lässt nach. Allmählich gleitet die Frau, der Schwerkraft folgend, die Windungen des Mannes hinab, und wenn sie unten ankommt, gleiten auch die verwundenen Geschlechtsorgane beider anstrengungslos ineinander. In demselben Moment, in dem sich die Spitzen beider – übrigens gleich langen – Fortpflanzungsorgane berühren, versteifen sich sämtliche Beinpaare der Partner und halten diesen fragilen Zustand der einander doppelhelixförmig umschlingenden Organe aufrecht.

Von nun an vollzieht sich der Fortpflanzungsakt, was Grobmotorik angeht, in Bewegungslosigkeit. Der Höhepunkt wird allein durch den Austausch von Botenstoffen und die damit einhergehenden Kontraktionen erreicht.

Lichterscheinungen, die sich an der Larve der Frau verzeichnen lassen, deuten darauf hin, dass auch optische Reize eine Rolle für das Erreichen des Höhepunkts spielen. Eine Korrelation zwischen Intensität sowie Rhythmus der Lichterscheinungen und bestimmten Veränderungen der Muster der Hirnströme – wohlgemerkt *beider* Partner – ist messbar.

»Wuuiii ...«, machte Tibala. In seinem Hirn drehte sich alles. Er hörte ein Pfeifen und brauchte eine ganze Weile, bis er begriff, dass es sein eigener Atem war.

»Lass uns runter«, flüsterte Adilai. »Bitte. Ich brauche etwas zu trinken. Ich bin schon ganz vertrocknet.«

»Gleich.« Tibala schüttelte den Fühlerschopf. »Nur einmal noch«, sagte er. »Komm. Das schaffen wir.«

»Gefalle ich dir so?«

»Ja«, sagte er und versuchte, sich obenherum kurz zusammenzuziehen, seine Muskeln zu lockern, ohne dass Adilai es merkte.

»Hm. Du weißt aber schon, dass du dir damit keine Nachkommen sicherst, ja? Dass es völlig egal ist, wie oft man es miteinander macht?«

Es ist nicht egal, dachte Tibala verzweifelt. *Ganz und gar nicht. Jedenfalls nicht, wie oft* wir *es miteinander machen!*

»Komm«, sagte er. »Bitte.«

»Na schön. Aber lass uns wenigstens vorher an einer der Buden etwas trinken.«

»Nein!«

»Jetzt reicht's mir aber! Ich weiß ja schon gar nicht mehr, ob ich überhaupt noch geschmeichelt ... *aaaah!*«

»Jetzt reicht's mir aber«, hatte Lamrié oben im Gleiter, ohne es zu ahnen, in eben demselben Moment auch gesagt. Er bildete eine Feuerkugel und jagte sie in den Liebesfaden. Funken fauchten den Faden entlang, der klirrend riss.

Ein heller Aufschrei drang aus dem Inneren des Liebesnests, das ins Regenbogengras fiel und nach einer halben Umdrehung liegen blieb.

Lamrié wedelte mit den Fühlern. Das Nest löste sich ploppend in Luft auf. Adilai tla Dadié purzelte in einer schreckensbleichen Larve ins Gras. Und der Mann war ...

»Der junge Kollege Tibala! Ich hätte es mir denken müssen!«

Sein Schüler lag verwunden im Gras und versuchte sich aufzurichten. Seine Fühler waren empört gespreizt. »Hoher Kollege, ich protestiere auf das Schärfste!«, sagte er mit einer Stimme, deren Zittrigkeit seine entschiedenen Worte Lügen strafte. »Wir waren noch nicht fertig. Es gehört sich absolut nicht ...«

»Schweig still!«, dröhnte Lamrié. Und fügte, als sein Untergebener zurücksank, mit sanftem Tadel hinzu: »Du bist wohl auch noch stolz auf dieses weibische Verhalten. Ha-hrm. Männer bäumeln nicht stundenlang mit derselben herum. Die kommen ... und gehen. Merk dir das. Und nun troll dich. Und vermehre dich.«

Tibala wollte sich aufrichten, aber auf einmal waren lauter heiße Frauen um ihn herum. »Ooh!« – »Ist der aber süß!« –

»Brauchst du eine kleine Stärkung, Schatz? Oder eine Massage?« Zehen, Fühler, Mandibeln tupften und tasteten und knabberten an ihm. Kühl ergoss sich etwas über sein mit Krümeln und Gras verklebtes Inneres. Geruch von würziger Bierhefe machte sich breit.

»Nein! Lasst mich!« Tibala versuchte, über die dunklen Leiber in den irisierenden Larven hinwegzusehen.

Sein Unterweiser Lamrié hatte sich Adilai zugewandt. »Komm, schönes Kind«, sagte er gerade.

Ein Zugstrahl hob Adilai zum Gleiter hinauf. Ihre Larve war ein Schleierwirbel in Zeitlupe. »Hast du etwas zu trinken für mich, Großer?«, fragte sie.

»Wo wir hinfliegen, Kind«, sagte Lamrié, »kannst du in Getränken *baden.*«

Tibala hörte sie kichern, dann flog der Gleiter davon.

»Nein! Adilai! Neeiiin!«, rief Tibala und streckte sich – mitten in die Brustbeine einer Frau hinein.

»Tawe ...«, jammerte er undeutlich. »Ich hab's versucht. Ich hab's wirklich versucht.«

Die Frau presste seine Mandibeln noch dichter an sich und zerwühlte ihm glucksend die Fühler.

Zwanzig

»Klopf noch einmal«, sagte Schroeder.

»Na gut. Aber auf deine Verantwortung.«

Tamra Cantu sah zu, wie Tibala den schweren Klopfer abgebremst gegen die Tür sinken ließ.

Pok, machte die Platte.

Tamra verzog das Gesicht. Sie machte einen Schritt nach vorn und griff an den Fühlern des Ueeba vorbei nach dem Klopfer, rummste ihn kräftig gegen die Tür.

Das Geräusch hallte in dem ausgedehnten, grell erleuchteten Hof wider.

Sie sah den Ueeba an. *So macht man das.*

Er stülpte langsam die Augen wieder aus. »Tawe ist unser wichtigster Mann!«, fauchte er leise. »Der talentierteste Bildner! Der jüngste Forschungsrat, den die Fabrik je hatte! Er arbeitet Tag und Nacht. Und er ist mein Freund. Wenn er sagt, er möchte nicht gestört werden, dann störe ich ihn nicht ...«

Die Tür ging langsam auf. In dem kräftigen Schlagschatten war nur ein graues Fühlerbüschel zu sehen, das um die Türkante lugte. »Ja?« Die Stimme klang geschafft, erledigt, am Ende. Mehr tot als lebendig.

»Sei gegrüßt, Chef«, sprach Schroeder den Forschungsrat Tawe mit der Anrede an, die Tamra ihm empfohlen hatte. »Wir sind die beiden Menschen, die du bei dem ... Lodertunnel gerettet hast. Vielen Dank dafür.«

Der Ueeba hinter der Tür sagte nichts. Das Fühlerbüschel blieb starr auf Schroeder und Tamra gerichtet. Die Augen waren stumpf und fleckig. Menschenaugen, die so aussahen, waren in der Regel blind.

»Tibala hier meint, du kannst uns etwas über die Kelosker erzählen. Und über die Posbi-Stadt.«

»Ich hab ihnen *gesagt*, dass du zu beschäftigt bist«, kam es von Tibala. »Ich hab ihnen *gesagt*, dass sie sich ruhig allein alles ansehen dürfen.«

Tamra hatte den Eindruck, dass dieser Tawe auf die Erwähnung der Posbis reagiert hatte. »Dürfen wir reinkommen?«, fragte sie.

Die Fühler richteten sich auf sie. »Ja«, sagte der Ueeba hinter der Tür. »Ja. Selbstverständlich.« Die Worte kamen so zögernd, als müsste er sich an jedes einzelne erst erinnern.

Die Tür schwang auf. Der Ueeba namens Tawe führte sie in eine große, halbschattige Halle. Er setzte die Füße so langsam und ruckhaft, dass es aussah wie bei einer Maschine. Kein Vergleich zu den flüssigen, flirrenden Bewegungen, die den Ueeba sonst zu eigen waren.

»Das ist eine Werkstatt, ja?« Schroeder sah sich um.

»Der Imago-Saal«, sagte Tawe. Er war groß und grau, und Tamra sah erst jetzt, dass ihm eine ganze Reihe Beine fehlten. Ein Narbe zog sich seinen Rücken entlang wie eine unregelmäßig gezackte Schweißnaht. Sie glänzte wie Blei.

Der jüngste Forschungsrat?, dachte Tamra. *Dann möchte ich aber nicht den ältesten sehen. Dieses Wesen ist ein Wrack.*

Tawe führte sie ein Stück weiter, an einigen groben Steintischen vorbei, auf denen Terminals standen ... Bücher, fleckig und gelbstichig ... hölzerne Schalen mit Schmutzrändern darin, von Speiseresten vermutlich ... schmuddelige Tücher lagen zusammengeknüllt und faltig auf dem Boden.

»Darf ich euch etwas zu trinken bringen?«, fragte Tibala, sammelte eifrig die Tücher auf und stopfte sie in eine der Schalen. »Tawe?«

»Trinken. Ja, trinken wäre gut.«

»Ein Fässchen Bier mit drei Schläuchen?«

»Nein! Kein Bier! Forscher sind nüchtern!« Auf einmal war die Kraft dieses Tawe spürbar.

»Aber ... ausnahmsweise. Du könntest ein wenig Entspannung brauchen«, sagte Tibala. »Dein Geist ... Er ist zu erhitzt. Bitte. Du brauchst eine Pause.«

»Keine Pause«, sagte Tawe. »Bring mir kalten Wurz. Stark, bitte.«

Irrte Tamra sich, oder war dieses schnarrende Geräusch, das Tibala von sich gab, ein Seufzen? Ihr ehemaliger Krankenpfleger wuselte davon.

»Bitte«, sagte Tawe. »Macht es euch bequem.« Der Hundertfüßler krabbelte ein Stück die Wand hinauf, dann zog er irgendwie die Beine unter seinen schalenbewehrten Leib und schien sich festzusaugen.

Tamra sah sich um. Schließlich lehnte sie sich mit dem Po an einen der Steintische. Bequem würde das nicht lange sein; sie konnte einen ihrer Schenkelknochen spüren.

Startac war stehen geblieben. »Du hast uns also bei diesem Lodertunnel gefunden.«

»Beim Dimensionstunnel, ja.«

»Dann verdanken wir dir wohl unser Leben«, sagte Startac. »Allerdings frage ich mich, warum du uns – eine fremde Spezies – nicht bei den Posbis abgeliefert hast. War nicht damit zu rechnen, dass diese sich besser um unsere Verletzungen hätten kümmern können?«

Startacs Gesicht war dunkel, verschlossen. Seine Augen, zu Schlitzen zusammengezogen, ließen nichts erkennen. *Er ist wütend,* begriff Tamra.

»Bei den Posbis«, sagte der Ueeba an der Wand nach einer Weile. »Warum nennst du sie immer so? Posbis, das ist der Name für die Urahnen der Alles-für-euch. Für ihre Götter vielleicht. Die Quellen sind da nicht ganz klar.«

»Ich habe wochenlang im Koma gelegen. Und dann erwache ich endlich daraus und darf feststellen, dass nur ein paar Kilometer entfernt eine hochzivilisierte Maschinenkultur ihr Lager aufgeschlagen hat, deren Mediker mich vielleicht binnen *Stunden* wieder auf die Beine gebracht hätten!«

»Nun, du kannst gern zu einer Nachuntersuchung dorthin gehen«, sagte der Ueeba. Seine langsam und ungleichmäßig klackenden Mundwerkzeuge schienen die Worte zu zerschneiden. »Aber wir hier in der Psi-Fabrik erledigen unsere Arbeit selbst. Ohne die Hilfe der Maschinenwesen.«

»Was mir ehrlich gesagt nur recht ist, werter Ueeba«, brachte Tamra sich ein, um die Situation zu entschärfen. »Ich habe es lieber mit biologischen Wesen zu tun. Aber wir haben uns noch nicht vorgestellt. Mein Begleiter hier heißt Startac Schroeder. Ich bin Tamra Cantu. Wir wissen, dass du viel zu tun hast, und möchten dich nicht länger stören als nötig. Aber dein Kollege sagte uns, du hättest regelmäßig Kontakt mit den Keloskern. Wir sind heute auch dort gewesen. Sie haben aber nicht mit uns gesprochen.«

»Nicht?«, fragte Tawe. »Das wundert mich.« Er löste sich von der Wand, beugte sich ihr entgegen. »Habt ihr ihnen gesagt, dass ihr aus dem Dimensionstunnel kommt?«

»Ja«, sagte Tamra, obwohl sie sich nicht mehr ganz sicher war. Sie sah zu Startac, aber er starrte den Ueeba an.

»Das ist seltsam. Ich hätte gedacht ...« Der Ueeba machte eine langsame, wirbelnde Bewegung mit den kürzesten Fühlern. »Was möchtet ihr denn wissen?«

Die Tür öffnete sich wieder. Tibala kam herein. Er hatte

zwei kleine Fässer in den vorderen Gliedmaßen, dazu eine Schale.

»So«, sagte er munter. »Eine Schale Wurz, kalt. Ein Fässchen Wasser, ebenfalls. Und noch ein Fässchen Bier, falls doch jemand möchte.« Er fühlerte zu Tawe hinüber, der nicht reagierte, soweit Tamra das mitbekam.

»Habt ihr euch schon über die Psi-Materie unterhalten?«, fragte er Tamra.

»Nein«, sagte sie.

Der zierliche Ueeba wandte sich an seinen lädierten Freund. »Sie fürchten sich vor unseren Bild-Dingen.« Er klackte mit den Mandibeln, aber viel schneller als Tawe, schnarrend. War es das Lachen dieser Wesen? »Als wären das schrecklich monströse Dinge. Buh!«

Unvermittelt blähte sich über ihm ein riesiges, geifertropfendes Maul mit Zähnen so lang wie Unterarme. Der halb durchsichtige, türkis und rosa Kopf füllte die halbe Halle aus. Als die Kiefer nach ihr schnappten, setzte Tamras Herz einen Schlag aus, und sie hob abwehrend die Hände. Instinktiv. Obwohl sie wusste, dass es sich nur um eine Art Illusion handelte.

Als die Fänge sie berührten, löste sich die ganze Erscheinung mit einem *Ping!* in Luft auf. Wie eine Seifenblase. Auf Tamras Wangen blieb kurz ein Prickeln zurück. Ein Knistern verklang.

Tamra verschränkte die Arme vor der Brust und starrte Tibala an. Er machte wieder dieses Schnarrgeräusch und verschwand durch die Tür nach draußen.

Sehr witzig.

Aber grinsen musste sie doch. Der Humor dieses Burschens hätte Boffän gefallen.

Startac räusperte sich und schnupperte an einem der kopfgroßen Fässer. Er nickte und zog an dem Schlauch, der daraus hervorschaute, kaute die Flüssigkeit mit übertriebenen Bewegungen, schluckte. Er hielt Tamra das Fässchen hin. »Du auch?«

»Gern.« Sie lächelte ihn an, froh, dass er wieder zu höflichen Umgangsformen zurückgefunden hatte.

»Vielen Dank für die Gastfreundschaft, Herr Forschungsrat«, sagte Schroeder. »Ihr stellt in eurer Fabrik also Psi-Materie für die Kelosker her, wenn ich das richtig verstanden habe?«

Der Ueeba starrte jedoch Tamra an, die gerade trank. »Wie macht ihr das?«

Tamras Lippen ließen den Schlauch los. »Wie machen wir was?«

»Trinken«, sagte der Ueeba.

Tamra zuckte die Achseln. »Ich sauge an dem Schlauch. Dann schlucke ich.«

»Du *saugst* ... Du stellst irgendwie mit dem Mund einen Unterdruck her, ja?«

»Ja. Wie trinkt ihr denn?«

»Darf ich?« Er nahm das Fässchen und machte es vor. Die Ueeba ließen sich Flüssigkeiten mithilfe der Schwerkraft in die Mundöffnung rinnen, Fass über Kopf.

»Und den Unterdruck, der zu Anfang dafür nötig ist, den bringt ihr mit dieser Bewegung zustande, ja?«

»Ja, so.« Der Ueeba machte es noch einmal langsamer vor. Er presste eine Strecke Schlauch mit mehreren Gliedmaßen zusammen, klemmte das Trinkende um, tauchte das andere Ende in die Flüssigkeit, lockerte den Griff der Gliedmaßen und löste das umgeklemmte Trinkende. Gurgelnd floss ihm Wasser in die Kehle. Er knickte das Ende wieder ab und sah Tamra an.

Was für eine umständliche Art zu trinken, dachte sie. *Unter Zuhilfenahme mehrerer Hände. Wie sind sie denn darauf gekommen?*

Startac räusperte sich erneut. »Um noch einmal auf die Psi-Fabrik zu sprechen zu kommen und auf die Psi-Materie, die ihr für die Kelosker herstellt ...«

»Wir stellen nicht bloß Psi-Materie her«, sagte der Ueeba und führte jetzt die Schale mit diesem Wurz an den Mund. »Das kann jedes frisch geschlüpfte Kind. Natürlich keine haltbare. Aber die Kelosker benötigen von uns nicht nur haltbare Psi-Materie, sondern aus solcher gebildete Artefakt-Komponenten.«

»Komponenten welchen Artefakts denn?«

»Der *Fähre*. Im Takrone-System bewegt sich ein interdimensionales Objekt, das die einfachen Ueeba den Schleierstern nennen. Der Keloskername lautet TRAGTDORON.«

»Takrone, so heißt diese blaue Riesensonne hier, ja?«

Der Ueeba wedelte mit einigen seiner vorderen Beine. Offensichtlich zur Bestätigung. Aber es wirkte auch ungeduldig.

»Und was habe ich mir unter diesem ... interdimensionalen Objekt vorzustellen?«

»Einen Wallfahrtsort.«

Tamra glaubte, sich verhört zu haben.

Auch Startac schnaubte. »Wie bitte?!«

»Vielleicht haben wir eine Wortschatz-Diskrepanz«, sagte der Ueeba. »Ich meine einen Ort, der für die Kultur eines Volkes von unschätzbarem Wert ist. Wie unser grüner Jadepalast, nur tausendmal wichtiger.«

Schroeder rieb sich das stachelige Kinn. »Also wohl so etwas wie der heilige Gral. Wie Shangri-La. Ich hätte eher an eine riesige Maschine gedacht, an eine Waffe.«

»Eine Waffe?« Der Ueeba wirkte aufgebracht. »Die Ober-Denker warten doch nicht seit Tausenden von Jahren darauf, eine *Waffe* erreichen zu können!«

Tamra blieb der Mund offen stehen. Sie schluckte. *Seit Tau-*

senden von Jahren? »Entschuldige, werter Forschungsleiter«, sagte sie dann. »Wir wollten nichts Beleidigendes sagen. Die Kelosker wollen also dieses TRAGTDORON betreten?«

»Ja. Dazu haben sie ein Gefährt entworfen, die Fähre. Für diese Fähre wiederum erschaffen wir Ueeba siebenunddreißig psimaterielle Bauteile. Die Artefakt-Komponenten. Sechsunddreißig haben wir geliefert, eine steht noch aus.« Er leerte seine Trinkschale und feuerte sie achtlos auf einen der Steintische. »Wenn ihr mich jetzt also bitte entschuldigen würdet.«

»Bitte. Wenn du so unter Zeitdruck stehst. Aber können wir uns so lange hier umsehen?«, fragte Schroeder.

»Kein Problem«, bestätigte Tawe und entfernte sich aus der Ecke mit den Tischen. Nach oben. Die Wände entlang. »Die Aktivitäten um die TRAGTDORON-Fähre konzentrieren sich in der Ringstadt der Alles-für-euch.« Seine erhobene Stimme hallte von den Wänden wider. »Da könnt ihr jederzeit hin. Die Alles-für-euch werden euch einen Gleiter zur Verfügung stellen und euch fliegen, wohin ihr wollt.«

»Auch zu dieser TRAGTDORON-Fähre?«

»Auch dorthin!« Der Ueeba war jetzt so weit weg, dass er rufen musste. »Die Fähre selbst zu besichtigen, ist jedoch unmöglich, da sie sich mitten im Tal der Dimensionen befindet! Wer in das Tal hinabsteigen will, braucht als Lotsen einen Kelosker! Und selbst dann ist es normalsterblichen Wesen nicht vergönnt, die Desorientierungen bei Bewusstsein zu überstehen! Aber schaut euch das Tal von der Stadt aus nur ruhig an! Es ist ein imposanter Anblick!«

»Danke!«, rief Tamra dem Ueeba nach. »Dürfen wir wiederkommen, wenn deine Schicht zu Ende ist?«

Tawe antwortete nicht. Unvermittelt hing ein riesiges bizarres Gebilde in dem Saal und versperrte ihnen den Blick auf den Forschungsleiter.

Hinter ihnen öffnete sich die Tür. Tibala lugte herein. »Will nur eben abräumen.«

»Wann wird er denn fertig sein mit seiner Schicht?«, fragte Tamra ihren Ex-Krankenpfleger.

»Wenn er von der Wand runterfällt, schätze ich.« Tibala hob die Stimme, sodass sie weit durch den Saal trug. »Komponente siebenunddreißig ist seit tausend Jahren fällig! Als ob es da auf eine Pause mehr oder weniger ankommt!«

»Seit tausend Jahren?«, ächzte Startac. »Ich glaube, jetzt brauche ich doch einen Schluck Bier.« Er nahm Tibala das Fässchen aus der Hand und sog an dem Schlauch. Seine Miene hellte sich auf. »Hm! Bier brauen könnt ihr.« Er kostete noch einmal. »Nur der Nachgeschmack ist ein bisschen gewöhnungsbedürftig.«

»Ist Pilzbier. Ein starkes Gebräu, hier in der Fabrik eigentlich nur an Festtagen gestattet«, sagte Tibala. »Macht schöne Träume.«

Startac hielt sich eine Hand auf den Bauch und blähte die Wangen.

»Dauert noch ein bisschen, bis es wirkt«, sagte Tibala. »Vielleicht solltet ihr die nächsten Stunden lieber auf dem Herzberg verbringen statt in Siebenkopf oder so. Dort hast du mehr davon.«

»Siebenkopf.« Schroeder spuckte vor der Tür aus. »So heißt die Ringstadt, ja? Das Tal der Dimensionen?«

»Nein, wie kommst du darauf? So nennen die Ober-Denker ihre Siedlung. Die Kelosker.«

Einundzwanzig

Als Tawe von einem Geräusch erwachte, wusste er zunächst nicht, wo er war. Es war stockdunkel um ihn herum. *Ich bin doch noch gar nicht schlafen gegangen, oder?* Er fühlerte um sich. Eng. Ein enger Gang. Holzkanten. Papier. Bücher.

Er war noch immer in der Bibliothek, war dort beim Faulenzen eingeschlafen. Gequält erinnerte er sich, dass die anderen jetzt draußen waren, in der Stadt, am Herzberg, bei den Frauen. Und er saß hier fest!

»Adilai«, flüsterte er. Er war so voller verzweifelter Sehnsucht, dass ihm die Fühlerspitzen wehtaten.

Fast glaubte er, Adilais Stimme zu hören, ihr Lachen.

»Du meinst, ich bin zu selbstmitleidig?«, sagte er leise. »Vielleicht hast du recht.« Er knetete sich die Brustbeine. »Klar. Wahrscheinlich genießt du deine erste Hitze und denkst einmal für ein paar Tage gar nicht an mich. Es ist ja nur Sex!«

Er schloss die Augen, barg die Fühler vor der Brust. »Ach, Adilai! Ich hoffe, Bala hat dich gefunden! Hat dir meine Nachricht ausgerichtet!«

Wieder glaubte er, ihr Lachen zu hören, über den tieferen Stimmen von Männern.

Von Männern! Tawe sprang so schnell auf, dass er die Wand hinunterfiel und beim Sichabrollen in ein Regal krachte. Kurz tanzten Funken vor ihm in der Dunkelheit, dann war er wieder klar.

Adilai! Sie war hier! In der Fabrik!

Tawe zog die Augen ein und tastete sich, so schnell er konnte, zu dem Saal mit dem alten Trimmbaum. Bevor er die Tür erreichte, bremste er ab. Was sollte er als Jungforscher ausrichten gegen eine Horde ranghöherer, stärkerer Männer? Außerdem war Adilai sicher freiwillig da, genau wie er damals.

»Adilai!«, hörte er den brummenden, rauen Gesang aus dem Trimmraum. »Adilai tla Dadié!«

Der Widerschein von Flammen spielte auf dem Boden vor der offenen Tür.

Tawe eilte die Wand hinauf und an die Oberkante der Tür. Als er die Fühler über den Rand schob, zogen seine Augen sich wie von selbst in die Röhren zurück. Nein! Er konnte es nicht! Er konnte es nicht mit ansehen!

Wie wahnsinnig lief er an der Wand hin und her, während er den Gesang hörte, den Gesang!

Als Adilai, seine Adilai trillernd lachte, hatte er das Gefühl, dass etwas in ihm zerriss.

Mit Männern ist es doch bloß Sex, Tawe. Das zählt doch nicht.

Aber denen ging es nicht um Sex. Denen ging es um etwas anderes, wie Tawe schmerzhaft am eigenen Leib, an eigener Seele erfahren hatte. Denen ging es um Psycho-Spielchen, um Demütigung.

»Bitte nach dir, ehrwürdiger Kollege«, hörte er Lamriés Stimme über die Gesänge hinweg.

Er biss sich auf ein Ohr, dass es knackte.

Worum ging es? Worum *ging* es denen?

Er war so angespannt, dass er erst nach einem Moment

merkte, dass er keine Luft mehr bekam. Einen Atemzug später kam der Schmerz. Scharf, sengend.

Er hatte sich, ohne es zu merken, ein Bein ausgerissen.

Der Schmerz machte ihn klar im Kopf.

Natürlich ging es wieder um Demütigung. Adilai in die Fabrik zu bringen ... das war zunächst einmal gegen ihn gerichtet. Vielleicht auch gegen Adilai – falls sie vorhatten, als Nächstes ausgerechnet seine Liebste in die Fabrik zu rufen ...

»Nein«, flüsterte Tawe. »Nein, das ist Unsinn. Das machen sie nicht.« Adilai war schön, liebreizend, klug, war *alles* ... aber ein Psi-Talent war sie nicht.

Und wenn sie es doch vorhatten? Nur, um ihn zu quälen? Weil sie neidisch waren? Oder sonstwie verdreht?

Ehrwürdiger Kollege, hatte Lamrié gesagt. Das war die Anrede für ein Mitglied des Forschungsrats.

Mitglieder des Forschungsrats beteiligten sich nicht mehr an der Fortpflanzung. Sie waren dazu gar nicht mehr in der Lage. Es handelte sich beim Rat um die Versammlung der verdientesten, vor allem aber der ältesten Imago-Forscher, um eine Einrichtung, die buchstäblich seit Anbeginn der Zeiten für die Geschicke der Psi-Fabrik verantwortlich war.

Was war das dort in diesem Trimmraum für eine merkwürdige Gemeinschaft, verdammt noch mal?

Er musste gucken gehen. Er musste!

Reiß dich zusammen, dachte er. *Reiß dich zusammen und guck jetzt um diese Tür herum.*

So schlimm konnte es ja nicht sein. Er hatte es ja selbst einmal miterlebt.

Tawe tat es. Er riss sich zusammen. Und als er um die Tür herumsah, als er sah, was sich in der Krone des uralten künstlichen Baums abspielte, verlor er für einen Moment den Verstand.

»Du verstehst dich von Hitze zu Hitze mehr darauf, uns ein Fest auszurichten, junger Kollege!«, sagte ein Forschungsrat, der kaum noch Mandibeln im Mund hatte, so abgeschliffen waren sie von der Zeit.

»Danke, großer Kollege.« Lamrié zog sich zurück. »Aber entschuldige mich bitte, ich habe da etwas gehört.«

Lamrié lief den Baum hinunter und auf den Gang hinaus. Er richtete sich fühlernd auf.

Nichts. Dabei hätte er schwören können, einen fernen Schrei gehört zu haben.

Er wollte gerade wieder in den Trimmraum zurückkehren, da bemerkte er etwas in den Schatten. Er befühlerte es. Es war ein Beinknochen.

Welcher Neumann hat denn da wieder seinen Dreck nicht aufgeräumt?, dachte er. *Zu klein gewordene Knochenhülsen gehören in den Schredder ...*

Er würde seinen Schülern einmal wieder einen Vortrag über Kompostierung halten müssen.

Dann fiel ihm ein, dass sie derzeit gar keine Neumänner in der Fabrik hatten. Der letzte Ruf war viel zu lange her.

Er tippte das Bein an. Es war zu schwer. Das war nicht bloß ein Knochen. Da war noch Muskelmasse drin. Fleisch.

Lamrié hob das Bein auf und roch daran. Frisch. Er ging zurück unter den Baum, zu einer der Feuerschalen an der Wand, drehte das Bein in dem flackernden Licht hin und her.

Die Haut an den Gelenken trug eindeutig Tawes Farbmuster.

»Stimmt irgendetwas nicht?« Ein ehrwürdiger Kollege sah über ihn hinweg auf das Bein.

»Tawe war hier«, sagte Lamrié nachdenklich.

»Wie schön! Unser Wunderkind!«, höhnte der Alte.

»Ich frage mich, wo er jetzt steckt.«

»Dann geh ihn halt suchen!«

»Das werde ich tun.« Lamrié ging ins nächstgelegene Büro, warf das Bein in den Biomülleimer und steckte sich einen Alles-für-euch-Verfolger auf. Dann wählte er eine Keule. Sicher war sicher.

Tawe raste die Gänge entlang. Es war keine bewusste Entscheidung, dass er zu dem alten Forschungsrat Pokou strebte. Er tat es einfach, ohne es überhaupt zu bemerken. Pokou hatte ihn schon einmal gerettet, als er verzweifelt und gedemütigt gewesen war. Pokou bedeutete Hilfe. Rettung. Erleichterung.

Wäre es eine bewusste Entscheidung gewesen, Pokou zu suchen, hätte Tawe sich einen Verfolger aufgesteckt und sofort Bescheid gewusst. Dann hätte er jede Hoffnung auf Hilfe vonseiten des Ersten Rats sofort aufgegeben.

Tawe suchte Pokou in den Privatzimmern.

Tawe suchte Pokou in den Amtszimmern.

Er fand ihn nicht.

Tawe wirbelte im Kreis herum. Wo war der Erste Rat nur?

»Hab dich«, sagte Lamrié.

Tawe blieb stehen. Keuchend.

»Lasst mich!«, brüllte Tibala auf der Festwiese. »Lasst mich *gehen*, ihr verdrehten Weiber!«

Zweiundzwanzig

Perry Rhodan zog die Schultern hoch und gähnte, während er den schlecht beleuchteten Gang zu den Offiziersquartieren entlangging. Die Tage waren langweilig, also zermürbend, also anstrengend. Allmählich bekamen sie hier alle einen Koller, versteckt in diesem Konvoi von Fragmentraumern, die bis auf ihre bessere Attrappe von lebensfeindlichen Posbis wimmelten.

Der Konvoi kroch auf das Zentrum der Kleingalaxis Ambriador zu. Orientierungsstopp, kurze Linearetappe, wieder Orientierungsstopp. Ziel der Reise schien, entsprechend den Daten, die Nano Aluminiumgärtner vorsichtig gesammelt hatte, eine Welt namens Pakuri zu sein, einziger Planet des Takrone-Systems.

Und läge unser Einflugkorridor nicht in einer rätselhaften Zone relativer Inaktivität inmitten des brodelnden Chaos, dachte Rhodan, *wäre die Reise längst mit einem Knall zu Ende gewesen.*

Er erreichte den Hangar, in dem Nano die Behelfsquartiere hatte aufstellen lassen. Frachtcontainer, bunt übereinandergestapelt. Dazwischen wirre Versorgungsleitungen – *wie Gedärme,* dachte Rhodan.

Er schüttelte mit einem schiefen Grinsen den Kopf. Er war eindeutig schlecht gelaunt. Eine negative Assoziation jagte die nächste. Dabei hatte er seine kurzen Schlafperioden schon wesentlich unkomfortabler verbracht.

Noch mehrere Tage bis zum Ziel. So hatte Nano sich ausgedrückt: mehrere Tage. Nicht gerade die berühmte Posbi-Präzision. Und über Siebenkopf hatte er auch immer noch nichts herausgekriegt.

Rhodan musste an Mondra denken und verzog das Gesicht. Sie saßen tatenlos in ihrer BOX herum und gingen sich gegenseitig auf die Nerven, und im Imperium Altera starben die Menschen wie die Fliegen. Schlimmer als Fliegen.

Wenn es nicht gelang, via Siebenkopf die Posbis zu befrieden, was sollte dann werden?

Die Bedrohungen waren durchaus vielfältig: Ihr Team mochte irgendwo in Ambriador stranden, vielleicht hier im Zentrum, so wie auch Startac vermutlich verschollen war. Oder Siebenkopf erwies sich als Gegner. Oder vielleicht hatten sie auch so viel Zeit verloren, dass Altera mittlerweile vernichtet war.

Nicht zu vergessen: Sie alle schwebten darüber hinaus beständig in ganz ordinärer Lebensgefahr.

Rhodan neigte den Kopf nach links und rechts. In seinem Genick knackte es.

Tja, so ist das mit uns Zellaktivatorträgern, dachte er. *Immer kerngesund. Aber gegen Verspannungen sind wir auch nicht gefeit.*

Elastisch sprang er die Gitterstufen zu dem Container hinauf, den er sich mit Mondra teilte, und wollte gerade die primitive Verriegelung lösen, als er sah, dass der Container gar nicht verschlossen war.

Seltsam. Mondra?

Er zog vorsichtig an der Tür, ganz wenig nur. Sie war auch von innen nicht verriegelt.

Das ist doch sonst nicht ihre Art.

Jetzt war er ganz still. Bewegte sich langsam ein wenig

zur Seite, sah sich um. Halbdunkel. Notbeleuchtung. Irgendwo am anderen Ende rauschte ein Wasserrohr.

Langsam zog er die Tür noch einen Millimeter weiter auf. In dem winzigen entstandenen Spalt war es schwarz. Kein Licht dort drinnen.

Er zog sich schräg bis ans Geländer zurück. *Das gefällt mir nicht. Das gefällt mir ganz und gar nicht.* Seine Gedanken rasten.

Einen Moment lang überlegte er, Alarm zu schlagen. Seine Hand tastete nach dem Strahler, aber er zog ihn nicht.

Sein Finger lag bereits auf dem Bedienfeld für den Schutzschirm, als er den eigentümlichen Geruch wahrnahm, der aus der nicht ganz dichten Containertür drang.

Rhodan zog den Finger zurück und straffte sich. Er hatte diesen spezifischen Geruch noch nicht oft gerochen, aber oft genug. Er wusste jetzt, was ihn dort drinnen erwartete.

Ihm stand ein schwerer Moment bevor.

Er holte tief Luft und zog die Tür auf.

Dreiundzwanzig

»W-was willst du hier?«, fragte Tawe.

»Die Frage lautet doch wohl eher, was willst *du* hier? Das sind die Räumlichkeiten der Räte!« Lamrié beschrieb mit der Keule einen Bogen.

Tawe antwortete nicht; er suchte sein Heil in der Flucht. Als Lamrié ihm die Lücke bot, flitzte der Jungforscher auch schon die Wand entlang an ihm vorbei nach draußen.

Oder versuchte es jedenfalls. Mit einem gezielten Keulenwurf fegte Lamrié ihn von der Wand.

Benommen lag Tawe auf dem Rücken und zuckte mit dem Hinterteil. Lamrié packte ihn bei den Fühlern, wickelte sie sich einmal um den Fuß und zerrte ihn den Gang entlang zum Bibliothekstrakt zurück.

»Disziplin!«, sagte er, sobald Tawe sich wieder zu regen begann. »Respekt! Traditionsbewusstsein! Und noch mehr Disziplin! Und ab und zu ...!«

Er drehte sich kraftvoll.

»... als Belohnung ...!«

Er schleuderte den Jüngeren über den Boden, sodass dieser in den Fuß des Trimmbaums krachte und liegen blieb.

»... ein zünftiges kleines Fest zum Austoben!« Er spreizte die Fühler und klackte Tawe an. »So *lustig* ist das Forscherleben.«

»Hört, hört!«, tönte es über Lamrié im Baum. »Wohl gesprochen!« – »Hallo, Jungforscher.« – »Ja guck an, ist das nicht der junge Tawe?«

Tawe schüttelte den Kopf, um wieder klar zu werden. Einige seiner Augen schienen verletzt.

»Liebster?« Eine helle Stimme. »Bist du das?«

Er fühlerte nach oben. »Adilai?«

»Tawe!« Sie lachte. »Komm rauf! Komm doch rauf!«

»Ja, Tawe!«, tönten die Stimmen der älteren Männer. »Geh rauf!« – »Zu deiner Liebsten!« – »Zeig uns, was du drauf hast!« – »Bist du denn kein Mann?« – »Geh rauf!« – »Geh rauf und zeig's ihr!« – »Uns! Uns soll er's zeigen!«

Adilai lachte.

Tawe hielt sich am Stamm des Baumes fest, richtete sich mühsam auf. Sein Oberkörper schwankte hin und her. »Ihr Monster!«, rief er. »Was habt ihr mit ihr gemacht?«

»Sie ist heiß, Mann«, kam es lässig von Lamrié, der immer noch in der Tür stand, ihm gegenüber. »Sie ist einfach heiß.«

Tawe schrie und stürzte sich auf ihn.

Und Adilai lachte.

»Zur Psi-Fabrik!«, rief Tibala, als er es endlich in einen Alles-für-euch-Gleiter geschafft hatte. »Schnell!«

»Gern, Chef.« Der Gleiter beschleunigte.

»Kannst du mir sagen, wo sie stecken? Adilai tla Dadié und die Forscher Tawe und Lamrié?«

Nach einem Moment sagte der Gleiter: »Alle in der Fabrik, Chef.«

»*Verdammt!* Ich meine, danke. – Kannst du nicht schneller?«

»Ich erhöhe die Geschwindigkeit, Chef.«

Tibala antwortete nicht. »Was mach ich nur, was mach

ich nur«, flüsterte er, während der Fahrtwind an ihm zerrte. Hinter und unter ihm blieb der Herzberg zurück, ein Gewirr von Feuern und Lampions und leuchtenden Larven, über dem fahl der grüne Jadepalast schimmerte. Tibala hatte keinen Blick dafür. »Was mach ich nur? Was?«

Er zerrte sich an den Fühlern. »Pokou ...«, kam ihm plötzlich die rettende Idee. »Der Erste Rat ... Ja. Er wird dem ein Ende setzen.«

»Was auch immer du damit meinst, Chef«, sagte der Gleiter unvermittelt. »Aber ich fürchte, es geht nicht.«

»Wie?!«, rief Tibala. »Es *geht* nicht! *Was* geht nicht?!«

Adilai schwebte, trieb träge in einem Ozean aus Berührungen, Licht, Klängen. Ihre Larve schien ihr nicht mehr zu gehorchen; sie hatte ein Eigenleben. Und was für ein schönes!

Die junge Ueeba erlebte ihre erste Hitze. Sie hatte die Frauen vom scheinbar endlosen Rausch reden gehört, von sich aufschaukelnden Reizen, von Sinneseindrücken sonder Zahl, vom Sichverlieren im Wogen, im Pulsen, im Fließen. Es hatte alles nur kitschig geklungen. Und abgehoben.

Nun hob sie selbst ab. Seit Stunden. Hob ab, ab, ab.

In ihren Augen glänzte der Widerschein der Feuer unten an der Wand, sie aber sah sich in die Zeit vor dem Schlüpfen zurückversetzt, sah die Schale ihres Eis, die halb durchsichtig wurde, sah tausend Eier um sich herum ... rötliche, runde Formen ... glühend im Licht der Alles-für-euch-Lampen ... tausend sich drehende, tanzende Ueeba-Kinder ... sie mussten in ihrem Bauch sein ... und Adilai *sah* die Eier in ihrem Bauch ... schlummernd nun ... lauter warme Herbergen, die auf Gäste warteten.

Adilai lachte.

Wogen ... sanfte, heiße Wogen trieben über die Eier hinweg ... Adilai hörte Schreie ... das Lachen von Kindern ...

Sie merkte nicht, dass es ihr eigenes Lachen war.

Männer sangen ... Männer brummten ... sattes, lautes, vibrierendes Männergetön ... ein Teppich ... aus Lauten ... ein fliegender Teppich, der sie trug, trug, trug ... hoch über dem Erdboden schwebte Adilai in den Schleiern ihrer Larve ...

Tawes Stimme ... Sie glaubte, Tawes Stimme zu hören ... Die Stimme durchdrang sie, und sie hörte ein leises Klirren in ihrer Brust: *ping!*

»Ping!«, flüsterte sie und musste lachen.

Eine Rose, hörte sie Tawes Stimme, *eine Rose für die schönste Blüte der Stadt.*

Aus ihrer Brust schossen Strahlen ... ein kraftvolles, gleißendes Strahlengewirr, das die Schleier ihrer Larve aufglühen ließ ... Lichtfächer ... sich drehende, glühende Schleier ...

Ich bin ein Stern, dachte Adilai. *Ein Schleierstern!*

Irgendwo tief unter ihr auf dem Planeten Pakuri schrie jemand. Irgendwo tief unten auf dieser wimmelnden, von Leben strotzenden Welt krachte es. Das Geräusch schaukelte sich zu einem alles durchdringenden Bersten auf. Adilai konnte den Klang *sehen.* Schallwellen wuchsen auf sie zu wie Ringe auf einer Wasseroberfläche. Adilai konnte den Klang *spüren.* Es durchdrang ihren Leib, rieb kraftvoll jede einzelne Zelle entlang. Adilai konnte den Klang *schmecken.* Es schmeckte wie Blut, wie ein frisch gerissenes Tier.

Wow!, dachte Adilai. *Ist das abgefahren.*

Ihr war heiß. *Sie* war heiß.

Verdammt, die ganze *Welt* um sie herum war heiß!

»Hört auf, ehrenwerte Kollegen! Hört auf!« Lamriés Stimme. Sein Unterweiser.

Auf einmal war das entsetzliche Stauchen und Reißen vorbei. Nur der Schmerz war noch da. Überall.

»Ist er ... ist er tot?« Ein Flüstern, unkenntlich.

Packen, zerren, biegen. Grelles Licht.

»Noch nicht.« Lamriés Stimme.

»Was machen wir jetzt?«

Alles in Tawe schrie danach, dass er sich zusammenrollte. Aber es ging nicht. Es ging nicht. Sein Rücken ... da klaffte etwas ... Luft. Er brauchte Luft!

»Wir schaffen ihn rüber.« Lamrié. »In den Imago-Saal. Und morgen ... finden wir ihn. Ein bedauerlicher, selbst verschuldeter Unfall.«

»Du bist verrückt.«

»Wieso denn?« Jemand anders. »Dieser arrogante kleine Scheißkerl. Hält sich für was Besseres.« Schmerz, jäher Schmerz. An der Seite.

»Hält sich nicht an die Regeln.« Noch jemand. Wieder Schmerz.

»Hält sich für begabt!« – »Ein Talent!« – »Begnadet!« – »Will kein Mann sein!« Schmerz, Schmerz, Schmerz ...

»Lasst ihn!« Lamrié, scharf. Dann ruhiger: »Schaffen wir ihn rüber.« Zerren, kein Boden mehr unterm Leib. »Die Beine nicht vergessen. Kommt.«

»Hmmmmm«, machte Adilai weit oben über Tawe. »Ooooooh ...«

»Der Erste Rat und seine Kollegen befinden sich nicht in der Fabrik«, sagte der Gleiter. »Und sie möchten auch nicht gestört werden.«

»Befinden sich nicht in der Fabrik?« Tibala biss sich auf die Fühler. »Wo sind sie denn?«

»Während der Hitze ziehen sie immer zum Tal der Dimensionen.«

»Was wollen sie denn da? Sie sollen die Fabrik leiten!«

»Sie fasten. Sie meditieren. Sie suchen die Inspiration der Fähre.«

»Bring mich dorthin!«

Der Gleiter hielt weiter Kurs auf die Fabrik. »Sie möchten nicht gestört werden.«

»Aber ... aber ...« Tibalas Gedanken rasten. »Aber es geht um die Siebenunddreißig! Um die mythische Siebenunddreißig! Sie ist ... wir haben sie erschaffen!« Unvermittelt rutschte er nach vorn, überschlug sich.

Der Gleiter bremste ab. »Nach all der Zeit ...«, flüsterte er. »Das ist ... Warum hast du das nicht gleich gesagt?«

»Ich ... ich bin so aufgeregt«, sagte Tibala. »Ausgerechnet jetzt ... heute ... praktisch aus Versehen ... nur eine Jungforscherspielerei. Aber sie müssen sie sehen. Die Gestalt, der Stempel – alles scheint zu stimmen!«

»Wenn das wahr ist«, hauchte der Alles-für-euch. »Wenn ich das wirklich erleben darf ... Hm.«

»Was ist?«, fragte Tibala. Ihm wurde langsam mulmig, und zwar nicht wegen Tawe und Adilai. Allmählich dämmerte ihm das Ausmaß seiner Notlüge.

Das alles nur, weil Tawe vielleicht durchdreht?, dachte er. *Ich muss verrückt sein. Hoffentlich trifft den alten Pokou nicht der Schlag. Erst die Hoffnung, dann der Skandal. Die werden mich ... Herrje, ich habe keine Ahnung, was die mit mir machen werden.*

»Wir wissen ja noch nicht, ob es wirklich die korrekte Siebenunddreißig ist«, schwächte er ab.

»Du wirkst seltsam«, sagte der Alles-für-euch. »Du belügst mich doch nicht?«

»Nein«, sagte Tibala fest. »Wenn ich dich belüge, soll ich für immer im Lodertunnel schmoren.«

Herrje, was sag ich denn da? Was sag ich denn da?

»Hm«, machte der Alles-für-euch. Unvermittelt beschleunigte er wieder. Härter als zuvor.

Tibala wurde nach hinten gedrückt. »He!«

»In der Fabrik ist tatsächlich eine Menge los«, sagte der Gleiter. »Haufenweise Signale im Imago-Saal.«

»Aber du fliegst in die falsche Richtung!« Neben und unter ihnen verschwammen die Schatten der Ringstadt, so schnell rasten sie die Grate des Gebirges entlang. »Du fliegst noch immer zur Fabrik!«

»Pokou und seine Kollegen werden gerade verständigt«, sagte der Alles-für-euch. »Sie kommen mit einem eigenen Gleiter. Das geht schneller.«

Täuschte Tibala sich, oder war auf einmal mehr Leben drüben in der Ringstadt? Er hatte den Eindruck, auf einmal überall die Reflexe von Gleitern zu sehen.

Beim Lodertunnel, dachte er jämmerlich. *Die reißen mir sämtliche Beine aus, wenn sie merken, dass es keine Siebenunddreißig gibt. Die bringen mich um ...*

VIERUNDZWANZIG

»Egal«, sagte Schroeder und sah ins Abendlicht hinauf. »Ich will jetzt diese Ringstadt sehen. Ruf mir so einen Alles-für-euch-Gleiter, bitte. Du weißt doch bestimmt schon, wie das geht.«

»Also wirklich, Startac. Manchmal könnte ich dich ...« Tamra funkelte ihn an.

Er sah sie an und machte eine Handbewegung. *Na los, Mädchen! Mach schon. Den Gleiter.*

»Ooh! Männer!« Sie stapfte ein paar Schritte weg, klickte am Bedienfeld ihres Anzugs herum und sagte etwas in ihr Kragenmikrofon. Dann verschränkte sie die Arme vor der Brust und funkelte ihn wieder an. »Gleiter ist unterwegs.«

»Danke. Geht doch.«

»Aber glaub ja nicht, dass ich dich allein dorthin lasse!«

»Bitte? Ich denke, du magst es nicht bei den Maschinenteufeln.«

»Mag ich auch nicht. Aber du hast vielleicht eine psychoaktive Droge im Bauch. Da lass ich dich nicht allein irgendwo rumfliegen.«

»Um die kümmert sich sicher der Anzug-Medo. Außerdem habe ich nur einen Schluck davon genommen. So schlimm kann das schon nicht sein.«

Sie sah weg, sah ihn wieder an. Ihr Blick flackerte jetzt. »Der Anzug-Medo, ja?«, sagte sie. Ihre Stimme war leiser.

»Ja«, sagte Schroeder. »Ich frag mich sowieso, warum du mich nicht von Anfang an in dem Ding gelassen hast. Der Medo hätte sicher besser mit meinem Zustand umgehen können.«

Als er ihr Gesicht sah, hätte er sich am liebsten auf die Zunge gebissen.

»Du bist ein ...« Sie brach ab. »Warum *bist* du so?«

Seine Kehle war eng. »Entschuldige.« Er musste das Wort richtig hinausquetschen. Er schloss die Augen.

»So *zu*«, sagte sie mehr zu sich selbst. »So verschlossen.« Sie schüttelte den Kopf und wandte sich ab.

Schroeder hatte das Gefühl, dass etwas zwischen ihnen zu zerreißen drohte. Die Verbindung, die er von Anfang an zu dieser Frau gespürt hatte.

Na, warum nicht? Sein erster Impuls war, sich wegzudrehen. Aber er tat es nicht. »Tamra«, sagte er.

Sie schüttelte den Kopf, schniefte.

»Tamra. Ich komm mir so hilflos vor. Ich ...« *Ich wollte dich retten,* dachte er, *dir beistehen. Und dann lieg ich im Koma, und du bist längst wach.* Er räusperte sich. »Ich könnte schreien.«

»*Du* könntest schreien?«, fuhr sie ihn an, aber sie hatte Tränen in den Augen. »Ja, dann tu's doch endlich mal. Statt immer so von oben herab zu sein ... so gnadenlos.«

»Gnadenlos?« Das Wort erschreckte ihn.

»Ich will dich *begleiten*«, sagte sie. »Ich hab eine Scheißangst vor den Posbis, aber ich will nicht, dass dir irgendwas passiert, du Idiot!«

Du Idiot, dachte er und musste lachen. »Tamra ...«, sagte er glucksend. »Mensch.«

»Jetzt lach mich nicht auch noch aus!«

Sie schlug nach ihm, und irgendwie fing er die Faust mit der Hand ab, und auf einmal hatte er Tamra im Arm, und sie versuchte ihn wegzustoßen, und er hielt sie fest, Tamra, diese Frau aus Haut und Knochen, diese geballte Ladung Energie, Tamra, die ihn nun ebenfalls hielt, festhielt, umarmte, und so standen sie immer noch da, schniefend, schnaubend, kopfschüttelnd, als der Gleiter kam.

»Soll er die Kanzel lieber schließen?«, fragte Startac, als sie aufstiegen.

»Nein«, sagte Tamra. »Nein, ich weiß ja, dass sie uns nichts tun werden.«

Startac schmunzelte sie an.

»Was ist los?« Sie musste auch schmunzeln und zog unsicher die Brauen hoch.

Er sah auf ihren Kopf. »Du hast da einen lustigen Wirbel.«

Sie befühlte ihre kurzen Haare. »Hm. Feucht an ein paar Stellen ...« *Das müssen seine Tränen sein.* »Ach, Startac.« Sie beugte sich vor und strich ihm mit der Hand über die stoppelige Wange.

Er grinste verlegen. Er sah weg, nach unten. »Ich kann es immer noch nicht fassen, was für eine üppige Vegetation es hier gibt. Eine richtige grüne Hölle ...«

»Na, grün eher nicht, Startac. Das da unten ist die bunteste, scheckigste Landschaft, die ich in meinem Leben je gesehen habe.«

»Aha?«

»Deine grünen Hügel dort weiter unten, sie schillern in allen Regenbogenfarben. Diese großen Bögen dort, deren Oberfläche wie zerrissen und hingeklatscht wirkt ... sie werden Fledderflechten genannt. Dunkelviolett herrscht vor, aber diese Streifen in den Blättern haben alle möglichen helleren Farben. Alle möglichen. Diese ganze wuchernde Welt sieht aus wie eine einzige optische Täuschung.«

»Holla. Klingt so, als könnte ich für dieses eine Mal froh über meine Monochromsichtigkeit sein.«

Tamra lachte. »Zuerst hab ich gedacht, es wäre gerade Herbst hier. Lauter buntes Laub, ja? Dann hab ich die ganzen Blüten überall gesehen. Und Früchte. Die Schöpfung muss im Drogenrausch gewesen sein, als Pakuri auf dem Programm stand.«

Sie zeigte hinunter in ein Tal. Weit unten zog eine Herde rosafarbener Tiergiganten dahin.

»Die sehen aus wie Dinosaurier«, sagte Startac.

»Das sind Elolane«, sagte Tamra. »Pink.«

Er konnte mit der Farbbezeichnung sichtlich nichts anfangen. »Carnivor?«

»Nein. Sie ernähren sich, den Ueeba zufolge, von Luft und Liebe und Pflanzen und Absperrungen.«

»Absperrungen!«

»Drogenrausch, hab ich's nicht gesagt?« Ihr fiel wieder der Pilzbier-Zwischenfall ein. »Wie geht's dir?«

»Gut. Ich glaube, der Anzug hat alles neutralisiert. Wenn es überhaupt eine wirksame Dosis war.« Startac sah sich in alle Richtungen um. Seine schwarzen Haare flatterten.

»Vielleicht zeig ich dir nachher noch die Stadt, in der die Frauen wohnen«, überlegte Tamra. »Sie sind nachtaktiv, darum sollten wir es nicht erst morgen machen.«

»Eine Frauenstadt? Und wo wohnen die Männer?«

»In der Fabrik.«

»Wie jetzt?«

»Die paar hundert Würmer in der Fabrik sind die einzigen Männer hier. Und ab und zu gehen sie in die Stadt, die Frauen beglücken.« Als sie Startacs Gesichtsausdruck sah, nickte sie bekräftigend. »Klingt seltsam, ich weiß. Die Frauen finden das aber ganz toll.«

»Geschlechtertrennung?«, fragte Startac.

»In so ziemlich jeder Hinsicht«, sagte Tamra.

Startac rieb sich das Gesicht. »Wo sind wir hier bloß gelandet ...«

»Auf Pakuri im Takrone-System«, mischte sich der Gleiter ein. »Wir sind jetzt über der Ringstadt. Möchtet ihr einen Rundflug oder gleich mittendurch zum Tal der Dimensionen?«

»Gleich mittendurch«, sagte Startac. »Aber flieg ruhig in niedriger Höhe, damit wir ein paar Detaileindrücke kriegen. Wenn das okay ist, Tamra?«

Sie sah ernster aus jetzt, blasser. Aber sie nickte.

Der Gleiter ging in den Sinkflug. Schon auf dem Weg nach Siebenkopf war von weitem deutlich gewesen, dass die Ringstadt nicht für Menschen oder überhaupt für biologische Wesen errichtet worden war. Es fehlten Parks, Naherholungsgebiete, Einkaufsstraßen, Flaniermeilen, Restaurants, Cafés, Spielplätze, Sportplätze. Und Licht. Leuchtreklamen zum Beispiel, aber das war irrelevant. Werbefreie Städte hatte Startac schon gesehen, die waren auf manchen Welten durchaus üblich. Aber es fehlte einfach insgesamt an Licht.

Wahrscheinlich dachten die Posbis nicht in der Assoziationskette, die von einer Straßenbeleuchtung weit zurück zum Lagerfeuer in einer Höhle führte, um die nachts Raubtiere herumschlichen. Licht bedeutete für sie nicht Behaglichkeit und Sicherheit; es war einfach nur etwas, was bei bestimmten Tätigkeiten oder bei der Nutzung bestimmter Technologien als Nebenprodukt entstand.

»Wenn ich noch tiefer gehe, müsste ich euch in Fesselfelder nehmen«, sagte der Posbi-Gleiter.

Schroeder warf einen Blick zu Tamra, die entsetzt aufsah. »Ähm, nein, danke, lass mal. Bleib ruhig weiter oben.«

»Schön«, sagte der Posbi. »Ich fliege auch lieber ohne Automatik. Hui!« Er ging in ein paar geschwungene Kurven, immer hin und her zwischen den schroffen, wulstigen, wuchernden Schatten der von keinerlei erkennbarer Ästhetik beleckten Gebäude.

»Hui«, dachte Schroeder. *Und ich dachte, es gibt im ganzen Universum nur einen Posbi, der »Hui« sagt. Nano Aluminiumgärtner würde sich hier sicher sehr wohl fühlen.*

Der Gleiter hielt jetzt auf eine dunstige Lichtkuppel zu. Das Tal der Dimensionen.

Rund 40 Kilometer entfernt, in Siebenkopf, reckte ein Kelosker den Hals. Seine Lederhaut war von einem eigentümlichen Netzmuster überzogen.

Um ihn standen einige andere Kelosker. Sie hatten in der Hütte gelegen, in die Startac Schroeder und Tamra Cantu eingedrungen waren, und beim Anblick der Menschen sofort zu rechnen begonnen. Nun waren sie mit ihren Berechnungen fertig.

Der gemusterte Kelosker schnaubte. Er sah hinunter ins Tal, Richtung Ringstadt. Er schaute hinauf in die Berge, Richtung Fabrik. Dann setzte er sich in Bewegung.

Die anderen sahen ihm nach.

Fünfundzwanzig

Erster Rat Pokou hielt sich nicht auf mit Toren, Türen, Gängen. Er ließ den Alles-für-euch direkt über dem Imago-Saal halten. Dazu hatte er ihm weismachen müssen, dass ein kritischer Notfall vorlag. *Es geht um Leben und Tod!,* hatte er gesagt, weil ihre Programmierung den Alles-für-euch grundsätzlich verbot, auf das Fabrikgelände vorzudringen.

»Noch ein Stück, Jungchen. Ja, jetzt.«

Kaum berührte der Gleiter mit einem winzigen Schrammen den Kopf der Mauer, lief der Alte schon die Wand hinunter und an der Dachplane vorbei in den Saal. Seine Kollegen taten es ihm nach.

»Das ist doch nicht die Siebenunddreißig«, krächzte er empört. »Was soll der Unfug?«

Der Saal unter ihnen wurde von einem knotigen, vielkantigen, plumpen Etwas beherrscht.

Pokou fühlerte. »Es ist viel zu wuchtig. Und es schwebt nicht einmal. Es steht wie ein Klotz auf dem Boden!« An seinen Mandibeln bildete sich Schaum. »Wo steckt dieser Tibala? Ich verlange eine Erklärung!«

»Ehrwürdiger Rat, lieber Freund«, ertönte neben ihm die schwache Stimme eines seiner Vertrauten, Xaio. »Was um alles in der Welt ist *das?*«

Pokou richtete den Blick unwirsch auf die Stelle, zu der sein Kollege zeigte. *Ja. Was ist das?* Er ließ einen Ball aus kaltem Feuer entstehen und schickte ihn in den engen Spalt zwischen Mauer und dieser angeblichen 37 hinunter. »Das ist ... das sieht aus wie ...«

»Beine!«, keuchte der gebrechliche Xaio neben ihm.

In diesem Augenblick hörte er das Wetzen von Füßen drüben im Saaleingang. »Herr Pokou! Herr Pokou!«, rief jemand atemlos und krachte gegen den Trumm, der ihm im Weg stand.

Pokou spreizte die Fühler. Das konnte nur einer sein. »Hier, Tibala«, sagte er.

Da kam er auch schon in die Ecke gewetzt und drehte sich allen Ernstes um sich selbst beim Bremsen. Er fühlerte kurz zu ihnen hinauf, dann erblickte er die Beine, die sich von unten um eine der schroffen Kanten des Klotzes krallten. »Du meine Güte! Tawe! Macht dieses Ding weg! Macht dieses Ding weg!«

Pokou machte es weg. Als es Funken sprühend verging, kam unten, auf dem Boden, ein mehr als übel zugerichteter Jungforscher Tawe zum Vorschein. Er lag halb auf der Seite, verdreht, und rührte sich nicht. Mehrere seiner Beine lagen abgetrennt neben ihm. Die Panzerbögen entlang klaffte eine tiefe Wunde. »Lebt er noch?« Pokou bewegte sich die Wand hinunter.

»Glaube schon«, sagte Tibala unsicher.

»Dann los, in die Krankenstation mit ihm!« Pokou mobilisierte alle Reserven. »Kommt, Kollegen!« Schon erreichte er den Fußboden, wechselte vorsichtig auf die andere Ebene über. »Xaio, mach uns einen von deinen Schwebern, schnell!«

»Ja, das tu ich. Das tu ich«, sagte sein ältlicher Kollege. »Unter ihm? So langsam wachsen lassend?«

»Natürlich unter ihm! Aber bloß nicht langsam! Muss man denn alles selbst machen! Du kannst das viel besser als ich!«

Unter Tawe entstand eine prächtige, schillernde Blase, die sich um ihn blähte wie ein Kissen, dann hob der schwerverletzte, bewusstlose Ueeba sanft vom Boden ab.

»Was habt ihr gemacht, du und Tawe, häh?«, herrschte Pokou den jungen Tibala an. »Ein Dutzend Aufgaben übersprungen oder was? Ihr wisst doch, dass das lebensgefährlich ist!«

»Ich ... nein ...« Tibala wedelte mit den Brustbeinen. Er sah völlig verwirrt aus.

»Es wäre mir lieber, wenn ihr dieses Gespräch später fortsetzen könntet«, sagte Xaio schwächlich. »Ich glaube, der junge Tawe macht es sonst nicht mehr lange.«

Einen Moment lang war alles still.

Nur dadurch hörten sie den fernen Lärm.

»Und was bittschön ist das?«, fragte Pokou.

»D-davon wollte ich euch gerade erzählen«, sagte Tibala. »In der ... neben der Bibliothek ... Lamrié ...«

»Er stirbt!«, krächzte Xaio.

»Gut. Tibala, du kommst mit mir. Ihr anderen, in die Krankenstation!«

»Aber, ehrwürdiger Kollege.« Tibalas Fühler zuckten. »Ich ... Tawe ist mein Freund.«

»Du – kommst – mit – *mir*, hab ich gesagt!« Und auf einmal musste Pokou sich sehr beeilen, hinter dem jungen Tibala herzukommen.

Kurz vor dem Eingang zum Trimmraum blieb Tibala stehen. Feuerschein spielte auf dem Gang. »Hier, Erster Rat«, flüsterte er.

»Hm.« Pokou verschwand um die Türöffnung. »Was ist denn hier los?«, hörte Tibala ihn im nächsten Moment donnern. »Kollegen, ich verlange Aufklärung!«

Schlagartig stand grellblaues Licht im Raum.

»Aua«, hörte Tibala eine Frauenstimme. »Manno, ist das hell!« Das musste Adilai sein.

Er fühlerte vorsichtig um die Ecke.

Jemand, der alte Pokou vermutlich, hatte an den Wänden ringsum riesige blaue Glutscheiben entstehen lassen. Sie leuchteten die Szene grell aus. Oben an der Decke warf der Baum ein Gewirr von Schlagschatten.

»Ehrwürdiger Kollege«, sagte Lamrié und kam den Stamm des künstlichen Baumes herabgelaufen. Er klang nicht auch nur ansatzweise besorgt oder in der Defensive. »Geht es dir nicht gut? Du wirkst erhitzt. Und durcheinander. Soll ich dir etwas zu trinken bringen lassen?« Er trat zwischen Pokou und den Raum, hakte ihn in scheinbarer Freundlichkeit unter und ging Richtung Ausgang.

»Halte mich nicht zum Narren!« Der Alte riss sich los. »Was ist das hier?«

»Ein privater Kreis, ehrwürdiger Kollege. Nur ein wenig körperliche Ertüchtigung. Ich wollte einmal probieren, ob man nicht das gute alte Zirkeltraining wieder aufleben lassen könnte. In manchen Schriften steht recht viel Gutes darüber.«

»Körperliche Ertüchtigung? Ihr habt eine *Frau* dort oben im Baum!« Speichelschaum flog von Pokous Mandibeln, glitzerte bläulich auf dem Boden. »Ihr *trinkt*! Dieser ganze Raum dünstet Bier und Sex aus!«

Der arme alte Pokou fällt jeden Moment um, dachte Tibala voller Angst. *Und dann?* Er fühlerte zu Lamrié. Der Anblick linderte seine Angst nicht. Lamrié bog sich langsam, rückwärts gehend, um den Alten herum. *Er kommt hier raus! Er schneidet ihm den Weg ab!*

Tibala bewegte sich auf Zehenspitzen die Wand hinauf, zur Decke – bloß weg von Lamrié, weg!

»Und ich sehe nicht einmal irgendwo ein Liebesnest hängen«, hörte er die Stimme des Ersten Rates. »Ihr habt *voreinander* Sex gehabt? Kollege Lamrié, ich bin erschüttert. Diese ... Abscheulichkeiten sind ohne Beispiel. Du bist Unterweiser. Die Jungforscher sollen zu dir aufschauen. Dir vertrauen.« Geräusche von Schritten. »Du bist mit sofortiger Wirkung vom Dienst suspendiert. Ich werde den Rat zu einer außerordentlichen Sitzung zusammenrufen.«

»Du wirst überhaupt nichts, du vertrocknete alte Mumie.« Lamrié hatte seine Stimme noch immer nicht erhoben, eher war sie leiser geworden. »Sieh dich doch um. Dein halber Rat sitzt über dir im Baum.«

Offensichtlich sah der Alte sich um, denn Lamrié hatte auf einmal eine Keule gezückt und holte damit aus und ...

»Neeiiiiiin!«, schrie Tibala und ließ sich von der Decke fallen, genau auf seinen frisch suspendierten Unterweiser. Er klammerte sich an der Keule fest und biss Lamrié kräftig ins Bein.

So dachte er jedenfalls. Aber in dem Moment, als er Holz schmeckte, flog er auch schon durch die Luft gegen den Türrahmen.

»Du also auch noch«, hörte er Lamrié fauchen. »Die ganzen Spinner vereint. Na, meinetwegen. Dann ist es ein Aufwasch.«

Tibala schüttelte benommen den Kopf. *Ein Aufwasch? Die ganzen Spinner? Der meint nicht Pokou. Der meint ...*

»Tawe!«, schrie er. »Du hast Tawe auf dem Gewissen, du Monster!«

Wieder griff er den Unterweiser an, wieder wurde er gegen den Türrahmen geschleudert. Ächzend blieb er liegen.

Nein! Er kämpfte sich hoch. *Die anderen! Was machen die anderen?*

»Kollege Lamrié«, hörte er Pokou sagen, während sich seine Augen noch immer nicht fokussieren wollten. »Ich werfe dir vor: Unzucht, Liederlichkeit, Lüge und ein Verbrechen gegen Leib und Leben von Jungforscher Tawe. Ich fordere dich auf, die Suspendierung ohne Umschweife zu akzeptieren und dich für eine Ratsentscheidung zur Verfügung zu halten.« Der Alte klang so förmlich. Was sollte das? »Anderenfalls sehe ich mich gezwungen ...«

»Ja?«, sagte Lamrié lauernd. »Was denn, du Knochenhülle!«

»... sehe ich mich gezwungen, die Hochedle Wissenschaft gegen dich anzuwenden!«

»Die Hochedle Wissenschaft? Du? Hier hast du deine Hochedle Wissenschaft!«

Ein gewaltiges Rummsen ließ den Trimmraum erbeben. Tibala sah plötzlich nicht mehr das verschwommene Blau der Leuchtwände, sondern irgendetwas Graues, Schattiges.

Er knabberte sich hektisch die Augen sauber.

Das war ... ein Monolith! Lamrié hatte einen gewaltigen Monolithen gebildet und den alten Forscher damit zerquetscht!

Der riesige Fels aus Psi-Materie fing zu glühen an, zu beben.

»Ich mag nicht mehr«, wimmerte Adilai oben im Baum. »Das wird mir alles zu viel jetzt, echt.«

Ein Bersten. Brocken von Fels flogen in alle Richtungen, zerschmetterten ...

Nein. Es waren nur noch Schaumbatzen, die gegen die Wände spritzten.

Sie kämpfen mit Psi-Materie?, schoss es Tibala durch den Kopf. *Die Hochedle Wissenschaft? Das hab ich ja noch nie gehört! Das ... das ist ja krank!*

»Los!«, rief Lamrié. »Schnappt euch den alten Narren! Es wird Zeit, dass dieses lachhafte alte Fabriksystem fällt! Tausend Jahre Schwachsinn! Tausend Jahre ohne Ergebnis!«

Und auf einmal ging alles ganz schnell.

Drüben, in der Krankenstation, hatten sie Tawe auf den Bauch gelegt und waren gerade fast fertig damit, seine klaffende Wunde am Rücken zu verkleben.

»Ich hab keinen Puls mehr.«

»Egal. Solange er das hier hat, ist er eh tot.« Kollege Mouuach hielt die Pistole wieder an die offene Wunde, in der die Lungen zu sehen waren. Er klebte weiter.

Kratz.

»Was war das?«

»Ich fasse es nicht. Er hat die Beine gespreizt. Er hat alle Beine von sich gestreckt.«

»Alle« war eine Übertreibung. An die zehn Beine füllten einen Mülleimer unter dem Tisch. Zwei baumelten an den letzten Gelenkfasern. Aber ansonsten hatte der gute Xaio recht: Der junge Tawe hatte die Beine bewegt.

Prassel.

»Die Fühler. Jetzt guck dir die Fühler an!«

»Haltet ihn fest! Der springt uns gleich runter!«

Zwei weitere Forschungsräte sprangen hinzu.

»Ich hab Puls! Ich hab Puls!«

»Haltet ihn! So haltet ihn doch!«

Ein Fauchen. Aggressiv. Grässlich.

Die Ueeba wichen zurück.

Tawe, einer von tausend Söhnen des ehrwürdigen Kollegen Mouuach, dem gerade die Sinne schwanden und die Klebepistole hinunterfiel, kroch von dem Operationstisch hinunter. Ein Pfeifen war zu hören, unruhig, flatternd. Wie Wind in einem Schaumbaum.

Es kam aus der Wunde am Rücken.

Es waren seine Atemzüge.

»So haltet ihn doch zurück«, flüsterte einer der Räte.

Aber niemand regte sich.

Das Kratzen, das Prasseln, das Pfeifen ... sie verklangen,

als Tawe kriechend, zuckend, atmend um die Ecke verschwand.

Erst jetzt hörten die alten Freunde des Ersten Rates den Lärm drüben, der gedämpft durch die dicken Mauern der Bibliothek drang.

»Auf ihn!«, donnerte Lamrié. »Weg mit den alten Mumien!«

»Weg mit den Mumien!«, nahmen seine Kumpane oben im Baum den Ruf auf. »Frische Luft an den Muff!«

»Das ist offene Revolte«, empörte sich Pokou.

Hör auf zu reden, dachte Tibala. *Hör doch auf zu reden!*

Er hatte keine Ahnung, was er tun sollte – was er tun konnte, aber er rannte in den Trimmraum.

In diesem Moment stürzten die Kumpanen sich vom Baum.

Zing!, spreizten sich tiefschwarze Gitterstäbe quer durch den Raum, versperrten ihnen den Weg.

Spra-zisch!, lösten die Gitterstäbe sich in tausend mal tausend kleine goldene Flitterpartikel auf. Lamrié lachte.

Zack!, stand plötzlich eine bunte Pyramide, wo er eben noch gewesen.

Zong! Zeng! Prang! Klonk! Immer größere, immer bizarrere geometrische Körper erfüllten den Raum.

»Hilfe!«, schrie Adilai. Der Baum wankte unter der Wucht der Körper, zerbrach unter ihr.

Tibala sprang vor, krabbelte zwischen Würfeln und Kuben und Kegeln hindurch, über umgestürzte Säulen hinweg. Kristalle prasselten auf ihn nieder, sodass er die Augen einziehen musste. Einmal sprang ihm sein Spiegelbild entgegen und zerplatzte bei der Berührung wie eine Seifenblase. Und dann stand er da und riss die Brustbeine hoch und fing Adilai auf. Und hinter ihr kam der ganze Baum herunter, ein Rollen, ein Poltern, ein Rutschen.

Adilai kreischte auf in seinen Brustbeinen und verstummte. Tibala stöhnte. Er klemmte fest.

Er sah sich um. In dem wallenden Staub und den Flirreffekten war es nur schlecht zu sehen, aber anscheinend waren die Männer allesamt von Baumteilen und psimateriellen Brocken erwischt worden. Er fühlerte Adilai ab. Sie schien nur ohnmächtig.

Aber immer noch hörte er die Schreie und das Keuchen von Lamrié, von Pokou, die sich gegenseitig mit Psi-Materie zu fangen, zu fesseln, zu ersticken, zu erschlagen versuchten.

Das war Irrsinn, der reine Irrsinn war das!

Es krachte, und auf einmal lag Pokou vor ihm zwischen den Trümmern, auf dem Rücken, mit wirr tastenden Fühlern. Der Erste Rat rollte sich zu einer Spirale auf und erstarrte und fiel auf die Seite, rutschte ein Stück die staubigen Trümmer hinab.

»Hab dich, du Narr!«, tönte Lamrié. »Du bist tot! Tot!«

Und auf einmal war Stille. Und Nacht.

Auf einmal war Frieden. Wind pfiff leise um die Dächer der Fabrik. Sterne glänzten. Der wunderschöne, klare Nachthimmel der Berge prangte über Tibala. Irgendwo unten im Tal schrien große Säuger. Ein tiefes, gemütliches Brüllen.

Dann Stille. Und Frieden.

Der Alles-für-euch, der aus Neugierde über dem Imago-Saal noch gewartet hatte, zeigte ihnen später, in der Krankenstation, eine Aufzeichnung.

Die Fabrik, von oben. Die sonst übliche Beleuchtung ist wegen der Hitzetage auf ein Mindestmaß reduziert. Unter einem Dach flackern orange Rechtecke. Das ist der Trimmraum. Der kleine Würfel daneben ist die Bibliothek.

»So sah es aus, als ihr hinunter in den Imago-Saal gegangen seid, Chef. Ich springe jetzt ein Stück nach vorn.«

Eine Ebene mit einem flatternden Vorhang davor, drinnen Licht. Das ist der Imago-Saal von oben, Blickrichtung am Dach vorbei Richtung Boden. Auf einmal wackelt das Bild. Schlieren, Verwischungen, dann wieder die rechteckigen Fensteröffnungen unter dem Dach des Trimmraums. Aber jetzt sind sie nicht mehr flackernd orange, sondern gleißend blau. Lichtbögen schießen hervor, wieder wackelt das Bild.

»Ich springe noch ein Stück weiter nach vorn.«

Rumpeln, Grollen, Bersten. In den Fenstern die wirrsten Lichteffekte.

»Jetzt.«

Wo eben noch der Anbau des Trimmraums gestanden hat, prangt plötzlich ein riesiges, knotenartiges Gebilde. Nein, der Anbau ist noch da. Dieser Knoten scheint ihn zu durchdringen. Er überragt das Gebäude noch um etliche Meter.

Dann, ebenso unvermittelt, wie er aufgetaucht ist, ist der Knoten wieder weg.

»Das ging ein bisschen schnell«, sagte Erster Rat Pokou auf seinem Krankenlager. »Kannst du es noch einmal in Zeitlupe abspielen?«

»Tut mir leid. Das war schon Zeitlupe. Auch in Einzelbildern sieht es nicht anders aus. Eben steht das Haus noch, dann ist der Knoten da, dann ist er wieder weg. Und das Haus auch, soweit er es umschlossen hat.«

»Hm. Noch einmal bitte. Und stehen lassen. Jetzt!«

Der Alte richtete sich ächzend auf und starrte den Knoten an. »Eindeutig. Aufgabe Nummer drei. Wenn auch nur für einen Moment. Zum Psi-Stempel lässt sich über dieses Medium freilich nichts sagen.«

»Tawe hat die Drei gelöst?«, hauchte Tibala neben ihm. »Ohne vorher die Eins und die Zwei gemacht zu haben? Einfach so? Ohne Handbuch vor sich? Vom Nebenraum aus?«

Pokou klackte zustimmend. »Er ist das größte Psi-Talent, das wir je hatten.«

Alle sahen zu dem Netz, das unter der Decke baumelte. Darin lag reglos, mit starren Fühlern, Tawe. Der Wind, der durch die Fabrik zog, ließ ihn sachte schaukeln.

»Das größte Talent, das wir je hatten«, wiederholte der Alte düster.

Sechsundzwanzig

»He«, flüsterte Rhodan in die Dunkelheit der Kabine hinein.

»He«, antwortete leise Liza Grimm.

Rhodan machte Licht. Die junge Soldatin lag an das Kissen gelehnt in seinem Bett, die Decke bis zur Brust hochgezogen. Ihre Schultern waren nackt, die Schlüsselbeine schimmerten auf. Sie blinzelte, geblendet von dem hellen Deckenlicht.

Rhodan lächelte. »Captain Grimm.«

»Großadministrator.« Sie strahlte ihn an. Grübchen bildeten sich in den Wangen. »Sir.« Sie lachte leise.

Rhodan schüttelte schmunzelnd den Kopf. Er trat in den zur Kabine umfunktionierten Container. Die Tür fiel hinter ihm zu. »Ich gehe davon aus, dass Sie als verantwortungsbewusste Soldatin das Terrain gesichert haben.«

»Aye, Sir.« In ihren dunklen Augen blitzte es.

Ihm lag auf der Zunge zu fragen, unter welchem Vorwand Mondra gerade wo beschäftigt gehalten wurde, aber er entschied sich dagegen. Zu vertraulich. Zu verschwörerisch.

Sie sahen sich an, und das Schweigen zwischen ihnen wuchs, bis Rhodan das Gefühl hatte, sich im Innern einer großen Glocke zu befinden, die jeden Moment angeschlagen werden konnte.

Liza klopfte mit der freien Hand neben sich auf das Bett.

Rhodan machte ein, zwei Schritte, während denen er überlegte, sich einfach vor das Fußende zu stellen, aber das wäre zu albern gewesen. Als fürchtete er ihre Nähe. Er setzte sich auf das Fußende, Liza gegenüber, ein Bein leicht angewinkelt auf dem Bett, sodass der Stiefel draußen blieb, der andere Fuß fest auf dem Boden. Im Nierenbereich spürte er angenehm den Bettrahmen. Die Hände. Was machte er mit den Händen? Er legte sie auf die Oberschenkel.

Liza setzte sich auf und sah ihn an. Irgendetwas passierte in ihren Augen, und auf einmal waren sie weniger schimmernd, heller.

»Das ist eine komische Situation jetzt«, sagte sie.

Er nickte, kniff kurz die Lippen zusammen. Lächelte schief. »Ja, Liza.«

»Als wir ... geredet haben, war alles ganz anders.« Rhodan fragte sich, warum sie das Wort *geredet* so merkwürdig betonte, aber sie räusperte sich und fuhr bereits fort. »O Gott, welche Signale du ausgesendet hast ...« Sie fiel zurück aufs Kissen, hielt sich einen Arm über die Augen, lachte. Ihre Achsel war rasiert. Unter der weißen Bettdecke lugte eine Brust hervor. Sie bebte leicht unter dem Lachen der jungen Frau.

In Rhodans Hände trat ein schmerzliches Ziehen. »Liza ...«

Sie sah ihn unter ihrem Arm hindurch an, ließ den Arm fallen, zog die Decke um ihren Busen zusammen, setzte sich wieder auf, ein Knie hochgezogen. Rhodan sah ihre Taille, die Linie ihrer Hüfte, wo die Decke verrutscht war. Unabsichtlich, eindeutig.

Es gab solche Frauen. Ihre Erotik war von schmelzender, gänzlich natürlicher Art, ihre Körpersprache ohne jede Berechnung. Wenn da ein Stück Schenkel aufblitzte oder das

Dekolleté verrutschte, dann nicht, weil sie es wollten, sondern weil es in ihrer Körperlichkeit einfach geschah. Es war nie aufreizend oder vulgär, nie kontrolliert. Es war unbewusst und machte sie verletzlich. Wenn solche Frauen sich auszogen, waren sie *wirklich* nackt und hatten nicht bloß die Kleidung abgelegt, um sich nun hinter Gesten zu verstecken.

»Liza.« Seine Stimme kam ihm sehr rau vor. »Du bist wunderbar. Mutig. Ein Geschenk.«

Sie schob einen Fuß vor, drückte ihn an seine Wade. Er legte eine Hand auf den Fuß, spürte ihn durch die Decke.

»Aber?«, sagte sie leise. Ihr Lächeln war jetzt traurig.

»Nichts aber«, sagte Rhodan. Seine Stimme war definitiv sehr rau.

Sie sah ihn fragend an.

»Bei dir gibt es kein Aber«, erklärte er. »Bei mir gibt es eins.«

»Mondra.«

Er lächelte schief, schüttelte den Kopf.

»Sondern?«

»Dass ich zwar möchte, aber nicht will.«

Sie kräuselte die Brauen und schüttelte den Kopf. »Äh, wie bitte?« Da waren ihre Grübchen wieder.

»Dieser Moment hier, dieser eine geschützte Moment würde gut sein. Danach ... würde alles schlecht werden. Du bist so schön ... so *gerade* ... bleib so.« Er musste schlucken. Es klang laut in dem stillen Raum.

Sie beugte sich vor und legte ihre Hand auf die seine, die immer noch ihren Fuß festhielt. Ihre Hand war warm und kräftig. »Du trägst ganz schön viel mit dir herum, Großadministrator, Sir.«

Er zuckte mit einer Schulter. »Ich lebe schon eine Weile. Captain.« Er grinste.

»Dann gehe ich jetzt.« Sie ließ seine Hand los, fuhr mit den Fingern seine Wange entlang, seine Lippen.

»Ja«, flüsterte er. Und umfasste ihre Hand und küsste sie auf die Fingerkuppen. »Ja, Captain.«

Sie nahm ihre Hand in demselben Moment weg, als er sie losließ.

Um sie herum wuchs wieder diese dröhnende Stille.

Rhodan stand auf und wandte sich ab. Er stemmte die Fäuste auf den billigen kleinen Besprechungstisch in der Ecke und lauschte, den Blick auf die verkratzte weiße Fläche gerichtet, wie Liza Grimm sich mit den flinken, routinierten Bewegungen einer Soldatin anzog.

»Captain?«, sagte er, als er die Magnetverschlüsse ihrer Stiefel klacken hörte.

»Ja, Sir?«

»Ich danke dir, dass ich dich so sehen durfte.«

Sie prustete leise hinten beim Bett. »Wie denn, Sir?«

»Praktisch nackt«, sagte er.

»Gern geschehen«, knödelte sie. Und im nächsten Moment bekam er ein Kopfkissen in den Nacken.

Als er das Kissen aufgefangen und sich umgedreht hatte, war sie schon auf dem Weg zur Tür.

Eine drahtige, zierliche Soldatin mit federnden Schritten. In ihrem ausrasierten Nacken waren die beiden kräftigen Sehnen zu sehen.

Sie drehte sich um. »Bis morgen.« Ihr Lächeln war da, aber ohne Grübchen.

»Bis morgen, Liza.«

Die Tür fiel zu, die Treppe schepperte unter Lizas flinken Schritten.

Rhodan warf das Kissen aufs Bett und sah sich um. Der Raum war leer und groß und unbehaglich. Liza Grimms Parfüm hing in der Luft.

Er ließ sich schräg auf das Bett fallen, damit seine Stiefel das Bettzeug nicht beschmutzten. Die Matratze war warm.

Und in dem Summen der grellen Lampe unter der Decke schienen Stimmen von Frauen zu flüstern, die er einmal geliebt hatte.

Siebenundzwanzig

»Ich bin was?«, fragte Tawe. Es ging ihm inzwischen besser. Er klebte aus eigenen Kräften an einer Wand, die sich mit der Wärme der Sonne aufgeladen hatte.

»Forschungsrat-Anwärter!« Tibala wackelte mit dem Kopf.

»Was ist das denn? Da habe ich noch nie von gehört.«

»Das kannst du den alten Pokou selbst fragen, wenn er dir die Ernennung mitteilt. Ich wollte es dir bloß schon mal sagen. Ich musste einfach.«

»Bala. Komm. Ohne Quatsch jetzt.«

»Na, was sollen sie denn machen? Der halbe Forschungsrat ist tot oder seiner Ämter enthoben. Pokou will groß aufräumen. Und er will dich. Sobald du die Zehn geschafft hast, sollst du vollwertiges Ratsmitglied werden. – Pst, da kommen sie! Ich hab nichts gesagt.«

Die Zehn geschafft? Tawe fasste es nicht.

Aber tatsächlich öffnete sich die Tür, und Tageslicht fiel herein. Der Erste Rat Pokou trat ein, begleitet von Mouuach und Xaio.

»Tawe, mein geschätzter junger Kollege. Wie geht es dir?«

»Ziemlich gut, ehrwürdiger Pokou. Danke.« Die Beinstümpfe waren sauber verödet worden, und die lange Narbe auf dem Rücken war auch fast verheilt. An einigen Stellen löste sich der Klebstoff bereits ab. »Ein paar Zugschmerzen, aber es geht schon.«

Jeder einzelne Atemzug tat ihm weh, aber er sagte niemandem davon. Der Schmerz tat ihm gut. Er bedeutete Gefühl, Leben.

»Das freut mich zu hören.« Der Alte ging die Wand hinauf bis ein Stück über Tawe, richtete sämtliche Fühler auf ihn. »Tawe, ich wollte dich in den ersten Tagen deiner Genesung nicht stören, aber wir müssen reden.«

Tawe machte eine Geste der Bereitwilligkeit. *Dann mal los,* dachte er bitter. *Verklicker mir den Unsinn von wegen Forschungsrat-Anwärter. Damit ich dankend ablehnen kann.*

»Zunächst einmal möchte ich ausdrücklich anerkennen, dass du mir wohl das Leben gerettet hast«, begann der Alte.

Bla, bla, bla. Bla, bla, bla, Anwärter, dachte Tawe. *Und dann: Danke, nein. Verzichte.*

»Dafür danke ich dir. Jedoch ...«

Wie? Jedoch? Was denn jedoch?

»... bin ich mir schmerzlich bewusst, dass du einen Kollegen spurlos verschwinden lassen hast, vermutlich in den Hyperraum abgestrahlt. Du hast zweifelsohne einen frevelhaften Umgang mit der Begabung an den Tag gelegt. Wir müssen dich also irgendwie bestrafen.«

»Wie bitte?«, ächzte Tawe. »Das war ... ich musste es tun! Er hat dich ... er hat mich ... Adilai ...« Ihm versagte die Stimme.

»Du hast nicht ganz aus eigennützigen Motiven gehandelt, Tawe. Gewiss nicht. Aber du warst auch rachedurstig gegen Lamrié. Freilich wollen wir dir zugute halten, dass du nicht Herr deiner Sinne warst.« Der Alte fühlerte in Richtung der Lücke in Tawes einer Beinreihe. »Ab sofort, junger Kollege, ist es dir bis auf weiteres verboten, dich ohne autorisierte Begleitung vom Fabrikgelände zu entfernen. Insbesondere ist dir jeglicher Kontakt zu Frauen untersagt. Kein Blick, kein Wort, gar nichts. Auch keine geschmuggelten Nachrichten.«

»Aber ... aber ...« *Ich durfte doch bis jetzt gar nicht raus,* wollte er schon sagen, *ob mit Begleitung oder ohne.* Da fiel sein Blick auf Tibala. Sein Freund bedeutete ihm zu schweigen. Sein Freund, der sich offensichtlich mit der Nachricht für Adilai verplappert hatte.

»Haben wir uns so weit verstanden, Tawe?«, fragte Pokou.

»Äh ... ja«, machte Tawe ratlos.

»Sehr schön. Wir werden eine entsprechende Bekanntmachung in der Kantine aushängen lassen. Und dazu noch eine andere. Vielleicht möchtest du sie dir morgen früh einmal ansehen.«

»Frischer Wind wird gebraucht!«, las Tibala leise vor. »Der Forschungsrat hat in seiner Sitzung vom blablabla mit einstimmiger Mehrheit beschlossen, dass der jüngste Forscher, der bis zum Jahreswechsel die Zehn in Gestalt und Stempel getreu den Vorgaben löst, das neu geschaffene Amt des Forschungsrat-Anwärters übertragen bekommt. Der Forschungsrat-Anwärter wird, solange er nicht nachrückt, allein beratende Funktion haben und insbesondere mit den Aufgaben blablabla und so weiter betraut werden ... von sämtlichen hauswirtschaftlichen Tätigkeiten freigestellt ... Dienste im Imago-Saal ... Kontaktpflege mit den Ober-Denkern ... verantwortliche Leitung der Bibliothek ... ach, und immer so weiter.« Tibala sah ihn erwartungsvoll an.

»Schick«, sagte Tawe. »Und was hat das mit mir zu tun?«

Sie standen allein vor den Anschlägen, obwohl die Kantine um diese Zeit immer brechend voll war. An den Schalen und Kugeln in der Nähe waren sämtliche Forscher demonstrativ mit sich selbst beschäftigt. Manche zeigten kurz zu ihm und klackerten dann leise miteinander.

»Ja, verstehst du denn nicht?« Für Tibala war anscheinend alles ganz klar. Er deutete auf den anderen neuen Anschlag. »Erst bestraft der Rat, damit ja alle zufrieden sind. Du bist ja nicht der Beliebteste, weißt du, und jetzt haben die anderen sogar Angst vor dir. Na ja, und dann baut er dir dieses neue Amt so zurecht, dass es dir absolut liegt!«

»Unfug!«

»Nix Unfug. Diese ganze Tätigkeitsbeschreibung ... sie passt total auf dich. So ein Arbeitsplan würde dir gut tun. Kein Theater mit den anderen Kollegen mehr, stattdessen Forschen und Üben und Nachdenken und in der Bibliothek rumkleben und Spaziergänge zu den Ober-Denkern unternehmen.«

»Hm!« Tawe war skeptisch.

»Glaub mir! Die rechnen fest damit, dass du der Nächste bist, der die Zehn knackt! Die sind echt geschickt, die alten Herren. So gibt es kein Gejaule von wegen ungerecht, weil auf dem Papier ja jeder seine Chance gehabt hat. Aber wenn du die Zehn dann schaffst ...« Er schnappte mit den Mandibeln.

Nur schaffte Tawe die Zehn nicht bis Jahresende. Er schaffte nicht einmal die Eins.

Achtundzwanzig

»Spürst du etwas?«, fragte Tamra. Sie fröstelte. Aber es war nicht das Wetter. Es war diese Stadt in ihrem Rücken.

Startac hatte die Augen geschlossen und den Kopf leicht geneigt, als lausche er. »Ja. Ja, dort unten sind ... Intelligenzwesen ... Kelosker? Sie fühlen sich irgendwie anders an als in dem Dorf.«

Vor den beiden Menschen dehnte sich das Tal der Dimensionen aus. Zu sehen war nicht mehr als eine vermutlich kreisrunde, riesige Ebene aus Nebel. Als blickte man im Herbst auf einen stillen See, am frühen Morgen, wenn gerade der erste Nebel aufstieg. Nur dass hier unter den dünnen Nebelschwaden nicht der dunkle Spiegel einer Wasseroberfläche lag. Sondern noch mehr Nebel, dicht und kompakt. Ein fahles Blau schien er auszustrahlen, vielleicht eine Reflexion des reichen Sternenhimmels. Manchmal schimmerten unten, wie seltsame meteorologische Effekte, gelbliche Flecken auf. Dazu hörten sie ein fernes Klirren, verweht und verzerrt wie die Echos eines Echos.

Tamra schlang die Arme um den Oberleib, umfasste die eigenen Schultern. Die Nebelscheibe lief ins Nichts aus, wie ein Meer. Links und rechts, an den Ufern, ragten bogenförmig die Ausläufer der Posbi-Stadt vor, die das Nebeltal vollständig zu umgeben schien. Wirre, zerklüftete Klippen waren es, durch die manchmal Lichter tanzten. Tamra hatte vorhin den Fehler gemacht, sich die Metallklippen über Helm-Infrarot anzusehen. Auf einmal hatte das Bild Tiefenschärfe gehabt, hatte sie in den Dschungel aus Metall und Verbundstoffen hineinsehen können, in das zielstrebige Gewimmel der Maschinenwesen. Und jetzt wurde sie die Erinnerung an den Anblick nicht wieder los.

Sie sah zu Startac. »Alles okay mit dir?«

»Ja. Keine Sorge. Der Pilzbier-Zwischenfall wird ausbleiben.« Er öffnete die Augen, sah sie an. »Und du?«

»Geht so.«

»Was ist los?«

»Hast du gesehen, dass diese Stadt hier zum Teil uralt ist? Manche Ecken sind regelrecht verrottet. Da haben sie einfach wieder obendrauf gebaut. Und du weißt nie: Ist es ein Stück von einem Haus, ein ausrangiertes Triebwerksteil, was da unten verrostet und verrottet, was sie mit Pfeilern und Stützbögen durchstoßen und festgenagelt haben, oder noch ein Robotwesen, mit diesem Plasma drin, durch das es denken und fühlen kann?« Sie schüttelte sich. »Ich hab mal gedacht, bei denen würde nichts leben, die wären einfach nur Computer. Aber irgendwie lebt bei denen *alles*. Und das ist fast noch schlimmer.«

»Puh«, machte er. Und trat hinter sie. Einfach so. Ohne sie zu berühren.

Er schirmt mich von der Stadt ab, begriff Tamra. Sie ließ sich gegen ihn sinken. So standen sie eine Weile da.

»Hast du gesehen, dass die nichts haben, was nach Friedhöfen aussieht? Nach Tempeln oder Schreinen oder Kirchen oder sonst etwas? Der Tod scheint ihnen völlig egal.«

»Das wissen wir nicht, Tamra.«

Sie seufzte.

»Sollen wir gehen?«

»Gleich.« Sie zeigte in den Nebel hinunter. »Was, meinst du, befindet sich da unten?«

Er zuckte mit den Schultern, sie konnte es durch den Rücken spüren. »Der obskure Wunsch-Ort einer obskuren Kultur. Der Bastelraum eines planetengroßen Sanatoriums.«

»Nein, im Ernst. Ob man da unten durch auch in eine andere Welt kommt? So wie durch diesen Tunnel?«

»Das bezweifle ich. Das ist eine Art Fertigungsstrecke da unten, hast du doch gehört. Bloß dass da seit tausend Jahren nichts fertig wird.« Er schnaubte. »7-D-Mathematiker, die in Ställen hausen wie Vieh. Psi-begabte, völlig verstrahlte Hundertfüßler. Wir verschwenden hier wirklich nur unsere Zeit.«

»Na schön.« Er wollte offensichtlich nicht ernst sein. Vielleicht seine Art, mit dieser bedrückenden Szenerie hier klarzukommen. »Gehen wir.« Sie richtete sich auf.

Sie gingen zu dem Gleiter, der ein Stück entfernt gewartet hatte und nun wieder aus dem Bereitschaftsmodus kam.

Wie zum Abschied ertönte unten aus dem Nebeltal ein gewaltiges, langsames Dröhnen. Es klang ganz nahe, aber als sie sich umdrehten, war in der Tiefe nur wieder dieses Wetterleuchten zu sehen.

Zwei Stunden später erwachte Schroeder unvermittelt in der Krankenstation. Sein Herz pumpte wie wild. Es fühlte sich an, als wäre er aus einem Albtraum erwacht. Aber er erinnerte sich an kein einziges Traumbild. Er musste etwas gehört haben. Oder gespürt.

Mit offenen Augen lag er in der Schwärze auf der Seite und lauschte.

Nichts. Gar nichts. Tamras leise Atemzüge vor ihm, zwei Meter entfernt. Er drehte sich auf den Rücken. Das Bett aus geflochteten Pflanzensträngen knarrte. Schroeder überlegte kurz, Licht zu machen, aber er wollte Tamra nicht stören.

Er seufzte. Sein Herz pumpte. Kräftig. Zu stark.

Fühlte es sich so an, einen Herzanfall zu bekommen?

Ihm fiel das Pilzbier wieder ein. Zeigten die paar Schluck jetzt doch noch Wirkung? Vielleicht sollte er lieber wieder in seinen Kampfanzug steigen. *Der Cyber-Med ... wie spät ist es überhaupt?*

Schroeder hatte die Uhr des Bedienfelds auf eine ungefähre Ortszeit eingestellt. Der Kampfanzug lag zusammengelegt oben auf seinen Stiefeln. Seine Stiefel standen neben dem Bett an der Wand. Er drehte sich auf die andere Seite, weg von Tamra, und tastete nach dem Ärmel mit dem Bedienfeld. Fahles Licht schimmerte auf, als er den Sensor berührte.

Herrgott, noch fast drei Stunden bis Sonnenaufgang. Da bringt Aufstehen nichts. Ich sollte noch schlafen.

Er knuffte das behelfsmäßige Kissen, dessen harte, knotige Füllung ständig verrutschte, wieder zurecht und legte den Kopf auf den Arm, schloss wieder die Augen.

Sein Herz. Es hämmerte. *Ist das ein Symptom? Soll ich Alarm schlagen?*

Er starrte auf den Schatten der Stiefel und des Kampfanzugs vor sich und wartete darauf, dass sich das Bedienfeld automatisch wieder abschaltete.

Kurz bevor es das tat, schien ein Leuchtpunkt aus dem Schaft eines Stiefels auszutreten. Durch das Material hindurch. Schroeder riss die Augen auf. Einen Moment lang setzte sein Herz aus. Dann warf er sich rückwärts aus dem Bett. »Tamra! Aufwachen! Schnell!«

Der helle Punkt, um etliches größer als ein terranisches Glühwürmchen, löste sich von dem Stiefel und schwebte langsam durch den Raum, auf einer wirren Bahn.

Hinter Schroeder schnappte Tamra erschrocken nach Luft.

»Raus hier! Los!«

Im Dunkeln krachten sie gegen die Tür, stießen sie auf. Geblendet vom grellen Scheinwerferlicht draußen rannten sie auf den sandigen Hof hinaus, barfuß und in Unterwäsche.

»Eine Flamme!«, rief Startac. Sein Ruf gellte über die Gebäude. »Alarm!« Sie liefen zur anderen Seite des Hofes und sahen sich um.

»Ich sehe sie nicht mehr«, sagte Tamra.

»Ich auch nicht. Vielleicht ist sie noch im Zimmer.«

Tumult hinter ihnen, wetzende Geräusch. Ein paar Ueeba kamen hinter ihnen aus einem schmalen Durchgang gewimmelt, die Wände entlang. Ihre Fühlerbündel zitterten.

»Wo denn?«, fragte einer.

»Drüben im Zimmer vermutlich«, sagte Schroeder.

»Vermutlich? Du gibst Feueralarm und weißt nicht, wo es brennt?«

»Ich hab eine *Flamme* gesehen. Ich weiß nicht, wie diese Wesen bei euch heißen. Sie sind tödlich. Sie ernähren sich von der Angst, die sie in anderen Lebewesen erzeugen.«

Jetzt wusste Schroeder, warum sein Herz wie wild geschlagen hatte.

»Huh«, machte der Ueeba. »Eine tödliche Flamme im Schlafzimmer. Puh.«

Schroeder hatte das Gefühl, der Hundertfüßler mache sich über ihn lustig.

»War diese Flamme vielleicht blau?«, fragte ein anderer Ueeba, und erst in diesem Moment erkannte Schroeder, dass es dieser Tibala war.

»Ja, verdammt!«, rief Tamra.

Die Kälte der Nacht sickerte durch Schroeders Unterwäsche. Die Situation kam ihm völlig absurd vor. Surreal.

Die Ueeba streckten die Fühlerbündel zueinander und wackelten flirrend damit. »Ein Flammteufel!«, sagten sie unisono und klackten mit ihren Mundwerkzeugen.

»Geht ihr mal wieder, Kollegen«, sagte Tibala, und immer noch klackernd krabbelten die anderen Ueeba davon. Tibala sah Schroeder aus einem Stielauge an. »Dann kümmern wir uns mal um den Flammteufel«, sagte er und wackelte über den Hof Richtung Krankenstation.

Schroeder sah zu Tamra, die seinen Blick erwiderte und bibbernd die Schultern hob. Vorsichtig folgten sie dem Ueeba.

Er spazierte schnurstracks in ihr Zimmer, stellte sich mitten hinein, ohne das Licht einzuschalten, und murmelte: »Wo haben wir den Burschen denn? ... Ah ja, da drüben ... Ui, das ist aber ein ganz schön großes Exemplar ... Könnt ihr vielleicht einmal kommen? Sonst kriegen wir ihn nicht.«

Tamra und Schroeder, die vor der Tür stehen geblieben waren, sahen sich an. »Wir haben Dutzende Menschen unter Qualen sterben gesehen«, sagte Schroeder. »Auf der Welt, von der wir gekommen sind, haben sie ganze Raumschiffbesatzungen ausgelöscht.«

»Das verwundert mich«, sagte Tibala. »Hoppla, jetzt geht er durch die Wand. Bleibt bitte stehen, ja? Ich bin gleich bei euch.«

»Und du weißt wirklich, was du tust, Tibala?«, fragte Tamra mit umschlagender Stimme.

»Ja, ja«, sagte der Ueeba hinter der Türöffnung. »Einfach ganz ruhig stehen bleiben, Kinder. Dann setzt er sich, und dann pflück ich ihn ab.«

Stocksteif stand Schroeder da und sah zu, wie die Flamme durch die Wand gedrungen kam und suchend in der Luft tanzte. Er sah zu Tamra. Sie schluckte. Ihre Augen waren sehr groß.

In der Türöffnung tauchte Tibala auf.

Schroeder merkte, wie sich seine Nackenhaare aufrichteten.

Auf Terra Incognita hatten sie nichts gegen die hungrigen Flammen ausrichten können. Die halbintelligenten Schwarmwesen durchdrangen Schiffswände, Schutzschirme, Kampfanzüge. Sie widerstanden Strahlerschüssen. Die einzige *Fluchtmöglichkeit* bestand darin, sich paralysieren zu lassen.

Die Flamme tanzte in der Luft und näherte sich langsam Tamra, schwirrte vor ihrem Gesicht umher, vielleicht noch einen Meter entfernt.

Nein, dachte Schroeder. Er streckte eine Hand aus.

»Nicht bewegen«, sagte der Ueeba in der Türöffnung. Es klang ganz ruhig.

Tamra sah Schroeder an, aus weit aufgerissenen Augen. Sie schluckte so schwer, dass ihr Kopf ruckte.

»Ist ja gut«, sagte der Ueeba. »Ist gut. Ich muss ein bisschen improvisieren, aber alles wird gut.« Aus dem Augenwinkel sah Schroeder, dass der Ueeba langsam näher kam, mit hoch aufgerichtetem Vorderleib. Seine Fühler verharrten in Gesichtshöhe der Menschen.

Die Flamme schwebte nun Zentimeter von Tamras Stirn entfernt. In tiefe Falten gerissen war diese Stirn.

Schroeder schmerzten die Hände, so sehr drängte es ihn, Tamra wegzustoßen, wegzureißen. *Ich bring dich um, Ueeba,* dachte er. *Wenn ihr etwas passiert, bring ich dich um.* Und die ganze Zeit hielt er den Blickkontakt mit Tamra, die sich an seinen Augen förmlich festzusaugen schien.

Die Flamme setzte sich, mitten auf Tamras Stirn. Schroeder hörte sie aufkeuchen, aber sie bewegte sich nicht, sie zuckte nicht einmal – und im gleichen Moment wischte etwas vor Tamras Gesicht vorbei, und die Flamme war weg.

»Hab dich«, sagte Tibala ganz nah, in Höhe ihrer Bäuche.

Tamra taumelte ein, zwei Schritte zurück. Auf ihrer Stirn war eine rautenförmige dunklere Stelle. Ansonsten schien sie in Ordnung.

Schroeder trat um Tibala herum und nahm sie in die Arme. Sie zitterte. Er zitterte auch. Vor Erleichterung. Vor Kälte. Schroeder spürte Tamras knochigen Körper durch die beiden dünnen Unterhemden. Einen Hüftknochen. Das kleine Kissen einer Brust. Er starrte in die schmerzend grellen Flutlichter hinauf und empfand Dankbarkeit. Sie lebte. Sie war hier. Bei *ihm.*

Unvermittelt ein Scharren hinter ihnen, schnelle Bewegungen.

»Hoppla«, sagte Tibala. »Na, verflixt ...«

Neunundzwanzig

Viele Nächte vergingen. Viel zu viele Nächte. Adilai hörte nichts mehr von Tawe.

Gerüchte hörte sie. Geschichten, die die Ueeba sich erzählten, zusammengereimt aus wenigen Sätzen seltsam wortkarger Männer. Tawe lag im Sterben. Tawe war schwer verletzt. Tawe würde nie wieder in der Senkrechte gehen können. Tawes Lungen waren so beschädigt, dass er sich kaum drei Schritte bewegen konnte, ohne in Atemnot zu geraten. Dann lebte Tawe. Geheilt, aber vernarbt, fürs Leben gezeichnet. Mit beschädigtem Geist, dem misstraut werden musste. Tawe, der Mörder! Der unter Beobachtung gehalten werden musste, eingeschlossen hinter den Fabrikmauern. Tawe, der missgelaunt war, mürrisch, bitter! Der tagelang nicht sprach. Der aber hinter dem Rücken der anderen intrigierte, sich bei der Fabrikleitung lieb Kind machte, der irgendetwas vormachte, der sie alle ruinieren würde, ihren Tod heraufbeschwören! Der sich nächtelang in die Bibliothek einschloss und über alten Schriften brütete, der alte, längst vergessene Praktiken studierte, verderbte Praktiken, verbotene Praktiken.

Nichts davon erinnerte Adilai an die Tawe, die sie geliebt hatte.

Das Einzige, was sie aus all dem heraushören konnte, war, dass er litt. Hinter jeder Geschichte, jedem Gerücht glühten Qualen.

Und Adilai litt mit ihm. Ihre Freundinnen erkannten sie nicht wieder. Die Zeit verging, und die Last der verstrichenen Nächte legte sich schwer und schwerer auf Adilai. Keine fröhlichen Feiern auf dem Herzberg mehr. Kein behagliches Einschlafen im selbst gewählten Haufen bester Freundinnen, keine angeregten Gespräche bis weit in den Tag hinein. Nicht für Adilai. Nicht mehr.

Ihre Freundinnen hörten bald auf, sie mit zum Herzberg locken zu wollen. Aber wenn sie manchmal dort ankamen und eine erste Runde um die Festwiese drehten, fanden sie Adilai vor dem Lodertunnel stehend, düster, schweigend, unbewegt. Dann hatten sie Angst um sie.

Aber sie wagten es nicht, sie zu stören. Als würde sie sich in demselben Moment, da ihre Freundinnen sie ansprachen, in seine Tiefen stürzen.

Sie hatten allen Grund, sich Sorgen zu machen. Adilai spürte in der Tat seinen Sog.

Aber Tawe lebte, sagten die Gerüchte, die Geschichten. Und wenn Tawe lebte, dieser fremde, düstere Narben-Mann, wenn er Qualen litt und doch lebte – wie durfte sie dann sterben?

Und doch spürte sie den Sog des Lodertunnels.

Sie hatte nie mit jemandem darüber gesprochen, nicht einmal mit Tawe, aber früher, da hatte sie manchmal das Gefühl gehabt, dass der Tunnel ihr etwas versprach, etwas ankündigte.

Ein so diffuses Gefühl war das gewesen, dass sie sich albern vorgekommen wäre, davon zu erzählen.

Von Ankündigungen und Versprechen war nichts mehr zu spüren. Wenn es jetzt manchmal in den Tiefen des Lodertunnels irrlichterte, dann rief er Adilai nur. Lockte.

So stand es um Adilai, und nur der Gedanke an die nächste Hitze hielt sie aufrecht. Wenn die Gerüchte falsch waren, wenn Tawe nicht kranken Geistes war, wenn er kein Gefangener der Fabrik war, würde er kommen.

Bei der nächsten Hitze würde er ein reifer Mann sein.

Und er würde kommen!

Er kam nicht.

Nicht in der ersten Nacht und nicht in der zweiten. Adilai war heiß, Adilai war schön. Aber die Männer mieden sie.

»Wie geht es Tawe?«, fragte sie die Männer. »Habt ihr eine Nachricht von ihm? Ist er ...?«

»Tawe! Ach!« Die meisten Männer suchten sich dann eine andere zum Bäumeln. Die wenigen, die trotzdem etwas mit ihr anfingen, waren wortkarg und irgendwie schlecht gelaunt. Adilai hing mit ihnen im Liebesnest und spürte wenig.

Adilai war heiß, Adilai war schön. Aber ihre Schönheit bröckelte. »Weiß gar nicht, was an der so toll sein soll«, hörte sie einen angetrunkenen, aufgekratzten Forscher einmal sagen, drüben auf der Festwiese. Er war nicht zu sehen hinter den Larven der Tanzenden, in dem Gewimmel der schwarzbunten Leiber, und er hatte keinen Namen genannt. Also wusste sie gar nicht genau, ob er sie überhaupt gemeint hatte.

Aber sie wusste es genau. Er hatte.

Auch in der dritten Nacht, in der es immer schon ruhiger zuging, weil viele Männer sich erschöpft hatten und die meisten Frauen schon mit überreifem Leib und wundem Innersten bei der Ablage im Hütehaus waren, kam Tawe nicht.

Aber Tibala kam.

Sie hatten Sex miteinander; angenehmen, freundlichen, wohltuenden Sex. Und dabei redeten sie. Flüsterten in der Geborgenheit von Tibalas Liebesnest.

»Es geht ihm ganz gut, glaube ich«, sagte Tibala. »Aber

er darf die Fabrik nicht verlassen. Weil er doch diesen Lamrié getötet hat. Also wahrscheinlich getötet hat. Es weiß ja keiner, wo der abgeblieben ist.«

»Dann ist er nicht madenhirnig und verkrüppelt?«

»Ähm ... Nein. Nicht so richtig.«

»Was soll denn das nun heißen? ... *Ooh.*«

»*Ja.* Das fühlt sich *gut* an ... Na ja, er ist nicht mehr der Alte, fürchte ich. Er hat sich ziemlich zurückgezogen und wirkt irgendwie bitter. Er hat sich aufgegeben, glaube ich. Also, er wäscht sich noch und isst und so weiter, aber er macht alles wie automatisch. Wie eine Maschine. Ich meine, Spaß hat er in der Fabrik ja nie gehabt, aber er hat sich aufgelehnt und gekämpft. Doch jetzt? Er ist nur noch ein Mitläufer, sozusagen. Er macht alles mit und so weiter, aber ...«

»Moment. Ich ...« Sie lachte. »Ich kann grad nicht so zuhören ...« Und nach einer Weile sagte sie: »Ja ... jetzt. Jetzt, Tibala.«

»Hm? Ach so. Na ja, er wehrt sich nicht, er macht alles mit, aber ihm gelingt nichts. Er schlurft durch die Gegend. Klebt sich einfach irgendwo hin und dämmert, dämmert wie irgendein Gemüse vor sich hin.«

»Aber warum?«

»Frag mich was Leichteres. Wenn es nicht so absurd wäre ...« Er lachte auf.

»Was?« Sie biss ihm zwischen zwei Panzerbögen. »Was, Tibala?«

»Manchmal kommt es mir fast so vor, als ob er verletzt ist, weil du Sex hast. Absurd! Als ob man sich daran verletzt, dass zwei Leute ein Tier miteinander teilen oder die gleiche Luft atmen!«

»Der Arme, der Arme ...« Adilai schloss die Augen. »Du hast das schon richtig erfühlert, Bala, fürchte ich. Schon als er noch eine Frau gewesen ist ... Tawe hat sich fürchterlich schwergetan damals mit ihrer Hitze. Wir hatten uns ineinander verliebt, und dann kam die nächste Hitze, und sie hat sich fürchterliche Vorwürfe gemacht ...«

»O je. Hat man so was schon gehört? ... *O ja ...*«

»Jaaaa ...«

Eine Weile drehten sie sich in dem Nest nur langsam um die eigene Achse. Die Lichtspiele auf Adilais Larve erweckten den Eindruck, als würden sie zwischen Wolkenranken dahintreiben, über Baumwipfel hinweg, wie Federsamen in einer milden Brise.

Dann sagte Adilai: »Das war schön.«

»Ja.«

»Aber jetzt sag mir die Wahrheit, Bala. Warum bist du gekommen?«

»Ich ... weil ich dir Nachricht von Tawe bringen wollte.«

»Dann hat *er* dich geschickt, ja?«

»Ja ... *Nein,* Adilai. Er hat mich nicht geschickt. Ich dachte, ich treff dich mal. Und erzähle dir von ihm. Und kann dann vielleicht ihm von dir erzählen. Dachte ich.«

Sie drückte ihn. »Du bist ein Schatz, Bala. Weißt du das?«

»Nee«, sagte er.

»Sag ihm ... sag ihm, dass ich ... dass ich mit keiner anderen etwas angefangen habe. Dass ich ihm immer noch treu bin. Und auf ihn warte.« Sie schluckte. »Auch wenn ich verdammt noch mal nicht weiß, wie das überhaupt je gehen soll.«

Tibala fühlerte zu ihr hinunter, ohne etwas zu sagen.

»Richtest du ihm das aus?«

»Klar!«, sagte er erfreut. »Aber ihr beiden seid echt die verrücktesten Leute, die ich kenne.«

»Liebe zwischen einem Mann und einer Frau. Hast du je von so etwas gehört?«

»Nee«, sagte Tibala. »Die Liebe, die haben doch die Frauen erfunden. Gefühlsduselige Dinger.«

»Aber schön heiß, hm?«

»O ja. Soll ich uns jetzt runterlassen?«

»Gern. He, kommst du wieder bei der nächsten Hitze? Das macht immer Spaß mit dir.«

»Klar doch. – Hoppla.«

Unvermittelt krachte das Liebesnest ins Gras, und sie purzelten in seinem Inneren übereinander, bis es ausgerollt war.

»Na so was«, sagte Tibala. »Da ist mir doch glatt der Faden gerissen.«

DREISSIG

»Na verflixt ...«, sagte Tibala hinter Schroeders Rücken. »Da ist er mir doch glatt wieder ausgerissen.«

Rasch warf Schroeder sich mit Tamra zu Boden, drehte sich im Fallen, sodass sie auf ihn fiel. Dann rollte er herum, ging über sie, halb im Liegestütz. Da! Dort war die kleine Flamme, zuckte unter einer Art Tuch, einem Gespinst.

»Hab ihn schon!« Der Hundertfüßler machte einen Satz, was seltsam aussah, so, als fehlten in einem Film ein paar Bilder ... eben war er noch hier, dann plötzlich dort ... und *zack!*, hatte er das Gespinst zwischen drei, vier Fühlern und richtete sich auf, betrachtete das zappelnde Ding, diesen Flammteufel, und im nächsten Moment führte er das Gespinst an seine Brustbeine und zerknüllte es mit ihnen, und der Flammteufel war verschwunden.

»So.« Tibala fühlerte zu ihnen hinüber. Das Gespinst ließ er achtlos zu Boden fallen.

Schroeder ging zurück auf die Knie. Tamra setzte sich auf, rutschte ein Stück weg. Ihre helle Unterwäsche war fleckig vom Sand. Der Abdruck der Flamme auf ihrer Stirn war kaum noch zu sehen. Sie tastete mit ihren Fingern danach.

»Wie fühlst du dich?«, fragte Schroeder.

»Ganz gut, glaube ich.« Sie klang erstaunt.

Schroeder sah zu dem Hundertfüßler. »Wie hast du das gemacht?«

»Ich hab's erstickt. In einem Tüchlein aus Psi-Materie. Das hab ich als kleines Mädchen mal gesehen.«

Schroeder stand auf und ging zu dem Gespinst. Bückte sich, hob es auf. Es fühlte sich sehr kalt an, war aber gleichzeitig sehr schlüpfrig. Kaum zu packen. Schroeder musste an die vielen Kolonisten denken, hinten auf Terra Incognita.

Vielleicht sollten wir ja irgendwie versuchen, ihnen ein paar Kisten davon zukommen zu lassen, dachte er. *Schutz vor den Flammen wäre es fast wert, den Weg noch einmal zu gehen.*

Aber während seine Gedanken noch rasten und sich an der Logistik dieser Unternehmung abarbeiteten, leuchtete das Gespinst zwischen seinen Fingerspitzen auf und verging mit einem sachten Klingeln.

»Und der kleine Teufel hätte wirklich euren Tod bedeutet?«, fragte Tibala.

»Absolut.« Schroeder hielt Tamra eine Hand hin und half ihr auf. Dann erklärten sie es dem Ueeba.

»Ich glaube, ihr solltet lieber mal die Frauen besuchen«, sagte Tibala nachdenklich. »Die haben ein Öl, das die Flammteufel vertreibt. Damit reiben sie vorm Schlafengehen immer die kleinen Kinder ein.«

»Dann habt ihr überhaupt keine Probleme mit diesen Wesen?«, fragte Tamra.

»Kleine Kinder kriegen manchmal Albträume von den lästigen Dingern. Und man kann sie nicht einfach zerknacken, sondern braucht so ein instabiles Tüchlein. Aber ansonsten?«

Er ließ kurz die Mandibeln aufklaffen, was wohl die Ueeba-Entsprechung eines Achselzuckens war. »Geht zu den Frauen. Holt euch das Öl.«

»Und das hilft?«, fragte Schroeder. Er hatte wenig Lust,

sein Leben irgendeinem obskuren Hausmittelchen anzuvertrauen.

»Ich kann nicht immer in der Nähe sein«, sagte Tibala. »Und die Frauen schwören drauf.«

»Und müssen nicht nachts trotzdem mit einem Tüchlein bei den lieben Kindern anrücken?«

»Ach, was.« Er wandte sich ab und krabbelte davon. »Geht hin. Am besten noch vor Sonnenaufgang. Am Tag sind sie schlecht zu finden. Lasst euch zum Herzberg fliegen. Da gibt es massenhaft Nehmläden. Ich kleb mich noch mal für ein Stündchen irgendwo hin.« Wenig später war er über eine Wand hinweg verschwunden.

Schroeder sah Tamra an. »Sollen wir?«

»Warum nicht? An Schlaf ist jetzt ohnehin nicht mehr zu denken.«

Keine zehn Minuten später waren sie unterwegs. Wieder saßen sie hinten in einem flachen Alles-für-euch-Gleiter an die Wand gelehnt und starrten hinunter in die Tiefe. Aber diesmal betrachteten sie diese Welt mit anderen Augen. Sie kamen sich ausgeliefert und verletzlich vor.

»Dabei scheinen die Flammteufel eher selten zu sein«, überlegte Tamra. »Bis jetzt ist mir draußen noch kein Einziger begegnet.«

Schroeder starrte in die dunklen Buckel der Wälder, über die sie glitten. Er musste an terranische Zecken denken. Die begegneten den einen Menschen im Leben gar nicht, und andere wurden gleich dutzendfach gepiesackt. Weil sie im falschen Stück Naturpark herumspaziert waren.

Er schaute nach vorn. Es war noch nichts zu sehen unter den gleißenden Sternen. Vielleicht ganz dicht am Horizont die Andeutung einer Kuppel aus Licht und Dunst, aber sicher war Schroeder sich dessen nicht.

»Warst du schon öfter in der Stadt ... als ich noch bewusstlos war?«

»Einmal. Es ist heftig da.« Tamra grinste kurz bei der Erinnerung. Dann erschrak sie. »Die Frauen können doch gar kein Larion!«

»Ich weiß nur noch, dass diese Wesen unglaublich schrill gekreischt haben, als wir aus dem Dimensionstunnel gestolpert sind.«

»Dagegen hilft der Helm«, sagte Tamra nachdenklich. »Aber wir können uns nicht verständigen. Daran habe ich gar nicht mehr gedacht. Und Tibala anscheinend auch nicht.«

»Was möchtet ihr denn auf dem Herzberg?«, fragte der Gleiter mit einer freundlichen, geschlechtsneutralen Stimme. »Vielleicht kann ich euch helfen.«

Tamra sah Schroeder an. Er nickte.

»Danke«, sagte Tamra. Es fiel ihr sichtlich nicht leicht.

»Gern«, sagte der Alles-für-euch. »Dafür sind wir doch da. Was habt ihr vor?« Und nachdem Schroeder es ihm erklärt hatte: »Aber da braucht ihr euch doch nicht eigens zu bemühen! Das kann ich euch doch besorgen.«

»Ach so?«

»Aber ja. Es stammt ohnehin aus unserer Produktion.«

»Es ist kein Hausmittel der Ueeba-Frauen?« Irgendwie beruhigte Schroeder dieser Gedanke. Er hatte entschieden mehr Vertrauen in die pharmazeutischen Fertigkeiten der Posbis als in das Selbstangerührte irgendwelcher Ureinwohner.

Auch wenn es Tamra vielleicht anders ging.

»Die Wortfügung ›Haus-Mittel‹ ist mir nicht vertraut«, sagte der Gleiter einige Sekunden später. »Aber wenn du mit deiner Frage dein Erstaunen darüber ausdrückst, dass sie dieses Öl nicht selbst herstellen, dann lass dir gesagt sein, dass die Ueeba-Frauen *nie* etwas herstellen. Sie haben doch uns.«

»Das heißt, ihr nehmt ihnen die ganze Arbeit ab?«, fragte Tamra.

»Alles«, erklärte der Gleiter. »Dafür sind wir doch da.«

Und wozu sind die Ueeba-Frauen da?, wollte Schroeder schon fragen. Ihm schossen Bilder von Harems durch den Kopf – und noch weit weniger angenehme: Von Gebärmaschinen. »Und was machen die Ueeba-Frauen den ganzen Tag?«, formulierte er seine Frage etwas neutraler.

»Die ganze Nacht«, sagte der Alles-für-euch, anscheinend ein Besserwisser. »Sie spielen. Sie erfreuen sich des Lebens.«

»Ah ja. Verstehe.«

»Und? Möchtet ihr nun, dass ich wieder umdrehe? Und euch die gewünschte Ware bequem ans Bett liefere?«

»Nein, danke. Bring uns hin. Du kannst dolmetschen.«

»Gern.«

Schroeder beugte sich zu Tamra und flüsterte ihr ins Ohr: »Hat der Kerl jetzt patzig geklungen oder nicht?«

»Pst«, machte sie und tätschelte seine Hand.

Er spürte die Berührung noch Sekunden später.

Die Welt der Frauen erwies sich als völlig anders. Wenn auch als Wahnsinn.

»Geht ruhig und schaut euch um«, hatte der Gleiter in dem von Lampions und Feuern erhellten Ring der Buden am oberen Rand der Festwiese gesagt. »Ich finde euch schon wieder.«

Während er gemeinsam mit der Heile-Nehmbude klärte, ob die Haut der beiden Menschen das Flammteufel-Öl vertragen würde – sie hatten ihm nur einen Zungenabstrich dalassen müssen –, wanderten sie den Ring der Buden entlang.

Verfolgt, beobachtet, angefühlert von den Ueeba-Frauen. Sie waren deutlich kleiner und hüllten sich in leuchtende, kunstvoll verzierte und geformte Felder. Ihr Kreischen wurde von der Helmsoftware gut ausgefiltert und klang so nur noch wie lautes Vogelgezwitscher.

Die meisten Stände reichten Schroeder nur bis ans Kinn, sodass er über die Planen hinweg bequem ihren Gleiter sehen konnte, der vielleicht 100 Meter entfernt über der Heile-Bude hing. Rauchschwaden zogen über das Gelände, die Luft roch würzig nach Feuer, nach Räucherwerk, nach Grillfleisch.

Schroeder bückte sich, um in den Stand vor ihm schauen zu können. Ein Schmuckstand. Hunderte sorgfältig aufgereihter Ringe glitzerten auf schwarzem Samt. Er schüttelte kurz den Kopf, so befremdend vertraut war ihm der Anblick von Märkten, die er auf Humanoidenwelten besucht hatte.

Eine Ueeba-Frau steckte sich eifrig Ringe an, ein halbes Dutzend auf jedes Bein. Sie war ungeschickt: Ringe purzelten ins Gras. Manchen fühlerte sie nach und hob sie auf, andere ließ sie liegen und bediente sich wieder aus der Auslage. Schroeder bückte sich tiefer. Hinter dem Standtisch kauerte ein filigran gebauter Posbi, der aussah wie etwas, das ein klassischer Silberschmied aus purer Langeweile und Verspieltheit gehämmert hatte. Mehrere Linsen waren auf die Frau gerichtet, die sich zwitschernd Ring um Ring ansteckte und schließlich ruckhaft weiterkrabbelte. Sie wirkte völlig benebelt. Hinter ihr im Gras blieb eine Spur aus glänzenden Ringen zurück.

Schroeder beugte sich wieder unter die Standplane. Die Auslage war zu mindestens einem Drittel gelehrt. Der Posbi schaute der Frau einige Sekunden nach, dann öffnete er einige verborgene Schubladen in seinem Körper und füllte die Lücken wieder.

Schroeder schüttelte amüsiert den Kopf und spazierte weiter.

Er wollte Tamra gerade über Helmfunk ansprechen, als er sie entdeckte.

Die Alteranerin hatte sich ins Gras gesetzt. Ihr Rücken war ihm zugewandt; sie schaute sich offenbar an, was unten auf der Festwiese vor sich ging.

Schroeder warf schmunzelnd einen Blick dorthin. Am Ende der Senke wurden archaische Riten zelebriert. Irgendein Getön, das die planetare Jugend bestimmt als göttliche Musik abfeierte, wurde dort unten zum Besten gegeben, komplett mit Lichtspielen und Raucheffekten. *Eine selten erwähnte kosmische Konstante,* dachte Schroeder und grinste in sich hinein.

»Startac?« Tamras Stimme, geflüstert trotz Helmfunk. Hingerissen. »Komm mal. Komm und sieh dir das an.«

Sie saß immer noch im Gras. Vor ihr schwebten leuchtende Blasen herum. Mit Ueeba darin.

Schroeder ging langsam näher, hockte sich neben Tamra.

»Sieh doch«, flüsterte sie. Ihre Augen glänzten unterm Helm.

Es war eine Art Tanz oder Akrobatik. Hundertfüßlerinnen liefen los, erst auf dem Gras, dann plötzlich in der Luft, bogen sich, drehten sich um die eigene Achse, schlugen Kapriolen vor Tamra und ihm. In Zeitlupe, gehüllt in ihre leuchtenden, wabernden Blasen. Ein langsamer, schwebender Tanz, ein Tanz wie ein Traum, bis sie wieder sanken, im Gras landeten und zu ihren Freundinnen hinauffühlerten.

»Das ist schön!« Tamra lachte auf, und auf einmal hatte er das Gefühl, genau zu wissen, wie sie als kleines Mädchen gewesen war.

»Es hat fast etwas Hypnotisches«, sagte Schroeder leise.

»Die machen das für uns«, sagte Tamra.

Er sah sich um. Es hatte fast den Eindruck, ja.

»Es passt absolut zur Musik«, hauchte Tamra. »Nicht zum Rhythmus, zur Melodie ... Ergibt das Sinn?«

»Für mich schon«, flüsterte Schroeder. Die schwebenden, sich zu Spiralen aufrollenden und wieder entrollenden Ueeba waren jetzt überall um sie herum. Er richtete sich auf, aber es hatte gar nichts Bedrohliches.

Tamra war mit ihm aufgestanden. Sie drehte sich langsam mit den Wesen mit, um die eigene Achse. Schroeder hörte ihren Atem. Ihr leises Lachen. Voller kindlicher Freude. Er sah zu, wie sie sich drehte, wie sie die Arme hob, wie sie die Hände ausstreckte nach den Wesen, den Lichtblasen, die ihr am nächsten kamen. Er stand da und sah zu, wie Tamra sich langsam, tanzend, von ihm entfernte. Erst war er noch Bestandteil des Rings von Ueeba-Frauen, dann nicht mehr.

Etwas stupste ihn an. Am Schenkel. Er sah nach unten. Eine Ueeba fühlerte zu ihm hinauf, zwitscherte etwas, stupste ihn wieder an.

Er lächelte ihr zu und schüttelte bedauernd den Kopf, zeigte auf seine Ohren dabei.

Ich verstehe eure Sprache nicht ... tut mir leid ...

Tamra war verzaubert. Buchstäblich verzaubert. Diese Wesen waren so schön. So freundlich. Sie musste immer wieder lachen. Es war ein Glucksen, das einfach entstand in ihr, einfach ab und zu nach oben sprudelte. Wie eine Luftblase im Wasser. Blubb. Blubb. Glucks. Glucks.

Sie konnte sich nicht erinnern, je auf diese Weise gelacht zu haben.

Es hatte vorhin begonnen, als sie noch im Gras gesessen hatte. Sie hatte auf diese Schräge hinuntergeblickt, diese sanft abfallende Wiese, auf der die Ueeba-Frauen tanzten, und hatte lachen müssen: Da saß sie in der Nacht auf einer Wiese zwischen tausend wimmelnden, einen Meter langen Krabbelwesen, die Mundwerkzeuge hatten, in die sie ihre Hand lieber nicht stecken würde, und sah ihnen beim Feiern zu, beim Tanzen!

Es hätte so leicht ein unheimlicher Anblick sein können, eine unheimliche Situation. Gestrandet unter fremden, kerbtierartigen Wesen, deren Sprache sie nicht verstand, in der rauchgeschwängerten Nacht, zwischen Schatten und Feuern, umgeben von wimmelnden, klackenden, gepanzerten Leibern. Und doch war es nicht unheimlich.

Sie kam sich vor wie im Traum. Drehte sich langsam. Machte wellenförmige Bewegungen mit den Armen, stupste eine der Leuchtkugeln an, mit denen die Frauen sich schmückten, und sah entzückt zu, wie die Frau in der Hülle sich drehte, ihr im Vorbeischweben die Fühler entgegenstreckte, in einer langsamen, unglaublich geschmeidigen Bewegung, wie ein Teil der Hülle irgendwie an Tamras Fingerspitze hängen blieb und zu einer Ranke wuchs, bis sie sich von dem Finger wieder trennte und zu einer Spirale aufrollte, die langsam in der Hülle verschwand.

Tamra spielte eine Weile mit den vorbeiziehenden Hüllen. Und noch immer drehte, wiegte sie sich. Immer mehr Frauen bildeten Ranken aus, umflossen sie damit, bis Tamra vor Freude aufschrie. »Startac! Schau doch! Schau!«

Da erst fiel ihr auf, dass er nicht mehr da war.

»Startac?«

Sein Räuspern. Ganz dicht an ihren Ohren. Der Helmfunk. »Hier«, flüsterte er mit rauer Stimme. »Ich bin hier.«

Sie sah ihn jetzt zwischen den Ranken, den leuchtenden Blasen der Ueeba. Sein hoher, schmaler Schatten ragte hinter ihnen auf. »Komm«, sagte Tamra.

Aber er kam nicht. Er stand dort, mit herunterhängenden Händen, der dunkle Umriss eines Mannes in der Nacht, zwischen Unmengen von Fackeln, Lampions. Still und reglos zwischen Rauchschwaden und Gezwitscher und diesen einander überlagernden, durchwehenden Klängen, aus denen die Musik der Ueeba bestand.

Tamra hörte auf, sich zu drehen, sich zu wiegen. Sie merkte es kaum, es geschah ganz fließend. Sie sah Schroeder an. Über seinem Helm flackerten Lichter. Seine Augen lagen im Schatten.

Sie hatte das Gefühl, gar nicht genug Luft holen zu können. Sie lebte. Sie beide lebten!

Wieder blubberte dieses Lachen in ihr herauf. Etwas zuckte über Startacs Gesicht, als er es hörte.

»Komm«, sagte sie. Und ging zu ihm und legte ihm die Hände in den Nacken und begann wieder zu tanzen, mit sachten, fast nicht vorhandenen Bewegungen. Dann spürte sie seine Hände auf ihrem Rücken und schloss die Augen, drückte sich gegen ihn.

Sie hörte ihn zitternd Atem holen, und dann bewegte er sich mit ihr, langsam, zögernd.

Er hörte nicht wieder auf.

»Wir wollen vorsichtig sein«, sagte sie.

»Ja.« Sie hörte ihn schlucken.

So tanzten sie, Fremde in einer fremden Welt. Und waren einander nah wie nie. In ihren klimatisierten Kampfanzügen, ihren Stiefeln, ihren Helmen.

Ein Stück entfernt schwebte dezent der Alles-für-euch-Gleiter und sah ihnen zu.

Einunddreissig

Tawe machte sich keine Illusionen. Sein Leben war verpfuscht. Er war nicht nur gegen seinen Willen zum Mann geworden; er war jetzt auch noch ein hässlicher Mann. Ein *alter* Mann. Noch mindestens 20 Jahre hatte er vor sich, und er würde sie hinkend und mit Zugschmerzen verbringen.

Vom Leben gezeichnet.

Seine Gabe war ein Hohn. Launisch wie das Wetter, wie der Zufall. Erst brockte sie ihm den Ruf in die Fabrik ein, dann rettete sie Leben, dann ließ sie ihn im Stich.

Ohne Psi-Begabung wäre er immer noch eine Frau gewesen, bei Adilai, unverletzt.

Ein Hohn!

Tawes Geist, könnte man sagen, war schwach. Doch sein Fleisch war willig. Es hatte überlebt. Gekrümmt, vernarbt, aber von Leben durchdrungen.

Tawe lebte nicht in der Hoffnung, Adilai wiedersehen zu können, eines fernen, unbestimmten Tages ihre Liebe wieder leben zu können. Diese Vorstellung, der Tibala anhing, der treuherzige Tibala, war absurd. Was für eine Art Liebe sollte das denn werden, zwischen einem *Mann* und einer Frau? Ein Hohn!

Bala war so froh gewesen, so glücklich, als er nach der Hitze gekommen war und ihm ungebeten von Adilai erzählt hatte. Dass sie auf ihn, Tawe, wartete! Dass sie ihn, Tawe, noch immer liebte!

»Danke«, hatte er gesagt und das selig zitternde Fühlerbündel kaum ansehen können. »Du bist ein Freund.«

»Ja, soll ich ihr etwas ausrichten? Ich kann ihr doch in der nächsten Freischicht vielleicht etwas ausrichten.«

»Gern. Tu das.«

»Und was?«

»Was du willst. Dir werden schon die richtigen Worte einfallen.«

Seine Gabe hatte Tawe verraten.

Und seine Liebe verriet ihn auch. Sie hielt seinen Leib am Leben. Dummer Leib! Närrischer Leib! Hätten seine Ohren bloß nie wieder von Adilai gehört ...

Aber Tawe machte sich keine Illusionen. Das nicht.

Er lebte. Er arbeitete. Er starb. Jeden Tag ein bisschen mehr.

Ein Jahr, bevor die Knochenleute kommen sollten, er hatte noch immer nicht sauber die Zwei gelöst, nahmen ihn die Älteren zum ersten Mal mit in die Siedlung der Ober-Denker. Sein Larisch, erklärten sie, sei jetzt gut genug.

Die Siedlung lag nicht weit entfernt von der Fabrik, eine Ansammlung von Lehmhütten, die man nicht anders als primitiv bezeichnen konnte. Kein Vergleich zu den eleganten alten Prachtbauten, in denen die Ueeba-Frauen lebten. Nicht einmal ein Vergleich zu dem ohnehin schon wenig ansehnlichen Fabrikklotz.

Schlimmer noch wirkten die Bewohner der Siedlung auf ihn. Es waren ungeschlachte Riesen, die aufrecht dahinwackelten, auf lediglich vier viel zu dicken, viel zu plumpen Beinen. Ein drittes Beinpaar baumelte in der Luft, wenn sie es nicht gerade zum Abstützen brauchten, mit Greiflappen am Ende. Obwohl Tawe nun ein Mann war und doppelt so lang wie eine Frau, überragten diese Wesen ihn, wenn er sich aufrichtete, noch einmal um Manneslänge. Statt abgerundeter, sich geschmeidig ineinanderschiebender Panzerbögen hatten sie eine fledderige Lederhaut, statt einem Mund mit Mandibeln lediglich ein gähnendes Loch.

Womit sollten sie Werkzeug halten?

Sie sahen aus wie *Tiere*. Wie irgendwelche *Säuger*, die den ganzen Tag lang nichts anderes tun konnten als Fressen und Verdauen, weil sie immer nur brauchten, brauchten, brauchten.

Ihre Hütten bewiesen schon von weitem, dass sie nicht ein einziges Gebilde von Schönheit schaffen konnten, weder mit ihren Stummelmündern noch mit ihrem lappigen, ausgeleierten einzelnen Brustbeinpaar noch, wie die Ueeba-Frauen, mit ihrem Geist.

»Das sind sie?«, fragte Tawe fassungslos.

»Die Ober-Denker«, bestätigte Tibala. »Die Hüter, wie die Ueeba-Frauen sie nennen. Sie selbst nennen sich Kelosker.«

»Solche Viecher haben den Ueeba die Siebenunddreißig aufgegeben?«

»Pass auf, was du sagst.« Bala sah sich nach den Älteren um. »Jawohl. Vor Ewigkeiten.«

»Diese Dinger da unten können den Schleierstern am Himmel sehen, wann immer sie wollen, ganz gleich, wie weit er entfernt ist? Ich fasse es nicht.«

»Das können sie, und noch viel mehr. Weißt du, wer die Alles-für-euch lenkt? *Sie.*«

Tawe starrte auf das Dorf hinunter. Er musste wieder an das Märchen von der Seherin Mesehi denken, an ihren Schrei vom *Geziefer der Göttinnen* ... »Dann sind die Göttinnen nicht tot?«

»Göttinnen?« Tibala lachte klappernd. »Nenn sie so,

wenn du willst. Ich habe keine Ahnung, ob sie überhaupt ein Geschlecht *haben.*«

Wenig später standen die Ueeba zwischen den Hütten. Die Ober-Denker kamen näher wie scheue, stumpfe Tiergiganten. Sie umringten die kleine Gruppe, schnaufend, mit baumelnden Armen.

»Ich grüße euch«, sagte Mouuach, der Pokou vertrat, weil der Alte seit dem Kampf in der Bibliothek noch schlechter zu Fuß war als ohnehin schon.

Die Ober-Denker schnauften. Sie sahen die Ueeba an. Sie sahen einander an. Sie zerstreuten sich wieder.

»*Dafür* haben wir Larion gelernt?«, sagte Tawe leise zu Bala.

»Sei doch still!«, flüsterte Bala.

Aber Mouuach hatte sie schon gehört. »Haben die Herren Jungforscher ein Problem?«

»Nein.« – »Nein, ehrenwerter Mouuach.«

Der Forschungsrat gab sich damit zufrieden. Mouuach war Tawes Vater, aber weder bevorzugte er ihn, noch ging er extra streng mit ihm um. Mouuach war der Vater von tausend.

»Das ist ein guter Tag«, sagte er und sah den Ober-Denkern nach. »Ein sehr guter Tag.«

»Äh«, machte Tawe. »Wie meinst du das, ehrenwerter Kollege?«

»Sie haben uns angesehen«, sagte Mouuach.

Ui, dachte Tawe. *Ich bin beeindruckt.* »Und jetzt?«

Mouuach fühlerte Tawes Freund an. »Tibala?«

»Ich denke, sie rechnen«, sagte dieser zögernd. »Sie rechnen den ganzen Tag. Sie haben den Plan geschaffen. Die Aufgaben. Sie warten und rechnen. Damit am Ende alles zusammenpasst.«

»Ja. Sehr schön«, sagte der Ältere. »Und weiter?«

»Sie warten. Auf uns Ueeba. Uns Forscher. Dass ... dass wir fertig werden. Mit unseren Aufgaben. Und so lange wir nicht fertig werden, müssen sie rechnen. Müssen sie aufpassen. Im Wald fällt ein Baum um – was bedeutet er im großen Plan?«

»Oder ein Sandkorn setzt sich in deiner Mandibel fest«, erinnerte Mouuach an sein Lieblingsbeispiel.

Oder ein Elolan kackt auf einen flügelschlagenden Schmetterling, dachte Tawe.

»Ja, genau«, sagte Tibala. »Während der Hitze. Das Sandkorn quält mich, und ich komme später zu den Frauen. Werde ich noch die Frau treffen, mit der ich das Kind zeugen kann, das das Kind zeugt, dessen Kind die Siebenunddreißig löst?« Er fühlerte zu ihrem Unterweiser. »So?«

»Richtig. Der Wind verweht den Sand, den Tawe mit den Füßen aufwirbelt, und sie rechnen. Tawe guckt seinen Unterweiser mürrisch an, und sie rechnen.«

»Da hören sie ja nie auf zu rechnen«, sagte Tawe.

»Siehst du«, sagte Forschungsrat Mouuach zufrieden. »Oh. Was ist das?«

Tawe sah sich um. Ein Ober-Denker kam auf sie zu, hinten von einer Hütte aus. Er bewegte sich um einiges flinker als seine Kollegen, schnaufte zielstrebig näher. Direkt auf Tawe zu.

Oder schlicht über ihn hinweg? Tawe sah sich um, er stand mitten auf einem Weg. Er bewegte sich seitwärts.

Der Ober-Denker änderte geringfügig seinen Kurs. Sie hörten ihn schnaufen.

Dieser Ober-Denker war noch um einiges hässlicher als seine Kollegen. Seine Haut war nicht nur ledrig, sondern irgendwie gescheckt, der Kopf noch höckeriger, noch wulstiger.

»Das ist ja ...« Tawes Unterweiser führte den Satz nicht zu Ende.

Während der Ober-Denker näher wankte – er schien irgendein Problem mit den Beinen zu haben –, sah Tawe, dass seine Haut nicht gescheckt war, sondern von einem feinen Netz überzogen. Waren es Narben? Eine Art Schmuck?

Tawe konnte durch die Schalen seiner Beine spüren, dass der Boden mit jedem Schritt bebte, den der Ober-Denker tat. Sein Kopf war wulstiger als der seiner Kollegen, sah Tawe jetzt, weil er nicht vier Höcker besaß, sondern sechs. Und seine vier Augen saßen noch schiefer im Gesicht als bei den anderen.

Tawe bekam es mit der Angst zu tun.

»Bleib stehen!«, sagte Mouuach streng. »Rühr dich nicht vom Fleck!«

Tawe gehorchte. Er zog die Beine unter den Panzer und versuchte, die Fühler locker zu halten.

Wenige Schritte vor ihm setzte das Wesen sich schwerfällig hin, das hinterste Beinpaar zur Seite geklappt, und stützte sich auf die Brustbeine.

Tawe fühlerte zu ihm hinauf. Vier trübe, schiefe Augen blinzelten ihn an.

»Was macht er jetzt? Was macht er jetzt?«, flüsterte er nervös.

Tibala klackte leise. »Ich glaube, er rechnet dich aus.«

Atemzüge verstrichen. Viele langsame Atemzüge. Niemand sagte mehr ein Wort, nicht einmal ihr Unterweiser. Tawe lugte mit einem Auge zu ihm. Mouuach wirkte ehrfürchtig, ergriffen.

Nach endlos ausgedehnten Momenten wandte der Riese sich ab und wankte davon.

Tawe hatte das Gefühl, versagt zu haben.

Gewogen und für zu leicht befunden.

Als er am nächsten Morgen in die Kantine kam, klebte ein ganzer Haufen sogenannter Kollegen vor dem Anschlagbrett. Als Tawe näher kam, zerstreuten sie sich.

Er sah den neuen Anschlag sofort.

»Der Forschungsrat«, las er leise, *»bittet das Kollegium um Beachtung bezüglich Verminderung Einschränkung Bewegungsfreiheit Jungforscher Tawe* ... häh?!«

Er brauchte einen Moment, um zu begreifen; dann las er weiter. Er durfte die Fabrikmauern ab sofort verlassen. Bis zu einem Radius von drei Kilometern um die Fabrik herum. Mit anderen Worten: Er durfte, ausdrücklich *»ohne Begleitung durch Aufsichtspersonal«*, nach Siebenkopf!

Zweiunddreissig

Am nächsten Vormittag machte Tamra in ihrem Bett den Eindruck, nie wieder aufwachen zu wollen. Schließlich stiefelte Schroeder, der zum ersten Mal das Gefühl hatte, wieder voll bei Kräften zu sein, allein los, um die Fabrik zu erkunden.

Er musste lächeln, als er an Tamra dachte, die hinten in ihrer sandfleckigen Unterwäsche schlief, nach diesem Anti-Flammteufel-Öl riechend. Sie war immer noch verschlossen, ja. Aber sie hatte ihm auf dem Herzberg gezeigt, dass Frieden zwischen ihnen war und sie ihn gern hatte, vielleicht sogar liebte.

Eines Tages würde sie ihm von ihrer Vergangenheit erzählen müssen. Von ihrem toten Kind. Von dessen Vater. Von ihren Männern überhaupt. Eines Tages würde ihre Vergangenheit vielleicht zwischen ihnen stehen. Aber nicht jetzt.

Eines Tages ..., dachte Schroeder und schnaubte. *Verdammt, wenn ich heil wieder zu Perry zurückfinde, mit ihr, und wir das alles hier in Ambriador lebend überstehen, dann werde ich mir überlegen müssen, ob ich lieber hierbleibe oder sie zurücklasse. Für uns beide zusammen wird kein Platz sein in der Silberkugel. Wenn nicht ein anderer freiwillig zurückbleibt, und damit ist wohl kaum zu rechnen.* Er schob den Gedanken beiseite. Eines Tages würde seine Zukunft vielleicht zwischen ihnen stehen. Aber nicht jetzt. Jetzt noch nicht.

Schroeder spazierte gerade durch eine schmale, verschmutzte Gasse zwischen dem Imago-Saal und einem Gebäude, dessen Zweck er noch nicht kannte, als er auf einmal aufgewühlte Emotionen spürte. Hier war irgendjemand stinksauer. Ein Streit bahnte sich an. Unterdrückt, voller Selbstbeherrschung. Schroeder schloss die Augen, spürte dem nach. Und riss die Augen unvermittelt wieder auf.

Ein Kelosker war beteiligt! War hier, in der Psi-Fabrik.

Im Imago-Saal. Schroeder pfiff leise.

Er sah sich um. Niemand zu sehen. Er wollte gerade den Deflektor aktivieren, als ihm einfiel, dass die Ueeba meist an den Wänden gingen. Er sah die Gasse hinauf. Sie war leer. Gut. Er machte sich unsichtbar, dann schwebte er mithilfe des Antigravs zum Eingangstor des Imago-Saals.

Wie schlich man sich an Wesen an, die überall im Raum stehen konnten? *Moment,* dachte er. *Der Kelosker nicht. Der Kelosker steht mit ziemlicher Sicherheit einfach unten auf dem Boden.*

Konnten 7-D-Mathematiker mit ihren Paranormhöckern Deflektorfelder wahrnehmen? Irgendwie ausrechnen? Schroeder wusste es nicht. Er beschloss, das Risiko nicht einzugehen und sich den Streitenden oberhalb der Blickebene des Keloskers zu nähern.

Sekunden später schwebte er neben dem altersschwachen Sonnensegel und schaute in die Tiefen des Imago-Saals hinab. Unten stand ein Kelosker, den Schroeder neulich in Siebenkopf ganz bestimmt nicht gesehen hatte. Die spinnennetzartige Maserung seiner Haut wäre ihm aufgefallen.

Von den beiden Ueeba konnte Schroeder zunächst nur Tawe identifizieren. Die lange Narbe, die sich den Rücken entlangzog, war unverkennbar.

Auch der andere Ueeba wirkte arg lädiert. Zahlreiche seiner Beine waren zerfranst und abgeschabt.

»... dich immer unterstützt, Tawe«, sagte er gerade. »Das weißt du. Aber was soll *das* nun schon wieder! Es musste dir doch klar sein, dass das rauskommt! So etwas lässt sich doch nicht verbergen!«

Der Ueeba wedelte mit seinen Fühlern zu dem Kelosker. Trotz seiner Konzentration grinste Schroeder. Es hatte so ausgesehen, als meinte er mit *so etwas* den riesenhaften Kelosker. Den konnte keiner verbergen.

»Ach, Pokou«, sagte Tawe. »Ehrwürdiger Pokou. Vielleicht wollte ich ja gar nichts verbergen. Vielleicht habe ich mir nur die Mühe erspart, extra noch Bescheid zu geben, wo Rechenmeister Crykom ohnehin seine Quellen hat. Vielleicht habe ich meine Kräfte lieber darauf verwendet, endlich die Siebenunddreißig zu lösen ...«

Der Kelosker, Rechenmeister Crykom vermutlich, schnaufte etwas Unverständliches. Als Schroeder die Lautstärke hochfuhr, hatte er schon fertig gesprochen. *Verdammt.* Schroeder aktivierte die Aufzeichnung.

»Ja, genau!«, sagte Pokou. »Das möchte ich auch mal wissen!«

Schweigen. Lange.

»Lasst mich meine Arbeit machen«, sagte Tawe schließlich. »Lasst mich einfach meine Arbeit machen. Bitte.«

Schroeder ging auf, dass *er* es war, der diese mörderische Wut empfand. Nicht Pokou, der buchstäblich schäumte. Sondern Tawe. Mörderische Wut. Und Selbstkontrolle.

Dieser Meister Crykom sagte etwas. Schroeder verstand es wieder nicht. Er warf einen Blick auf das Display. Die Aufzeichnung lief. Also würde er später darauf zurückkommen!

»So?«, sagte Tawe, als Crykom fertig war. Tawes Stimme

wirkte auf Schroeder ganz ruhig. »Und? Sind sie so bedeutsam?«

»Nein.« Der Kelosker, und dieses eine Wort hatte Schroeder endlich einmal verstanden.

»Aber *du* wusstest das nicht!«, rief Pokou. »Und darum wusste der Rechenmeister auch nichts! Und musste sich erst mühsam hierher auf den Weg machen!«

Tawe schnappte mit den Mandibeln, langsam, ein paarmal. »Das ist mir jetzt zu blöd«, sagte er. »Erstens dreht sich das Gespräch im Kreis, und zweitens hätte der Herr Rechenmeister ja einen Gleiter nehmen können.«

»Ha!«, rief Pokou mit klaffenden Mandibeln und drehte sich einmal um sich selbst, wie eine Katze, die ihren Schwanz jagte. »Ha!«

Crykom brummte flatternd. »Ich brauchte Rechenzeit. Der Schaum der Möglichkeiten ist in Bewegung.« Er schwenkte einen Greiflappen.

»Der Schaum der Möglichkeiten«, wiederholte Tawe. »Ihr spielt mit Schaum, und die Wesen leiden.«

»Er will nicht!«, rief Pokou. »Er sabotiert!«

Und auf einmal war Tawe über dem anderen Ueeba, das Maul mit den Mandibeln weit aufgesperrt, die vorderen Beine drohend in die Luft gereckt. »Ich werde euch schon die Siebenunddreißig machen!«, fauchte er. »Und glaub mir, du alter Narr, das wird das Ende der Fabrik sein! Das wird das Ende der Räte sein!«

»Du drohst mir? Du willst die Fabrik zerstören? Uns alle töten?«

Der Kelosker schnaufte wieder etwas, irgendeine Verneinung. »Lässt du uns bitte allein reden, Erster Rat?«

»Er hat gesagt, er würde euch ihre Ankunft melden, und er hat es nicht! Er unterläuft alle Regeln, sucht jede Autorität zu untergraben!«

»Es ist nicht wichtig«, rasselte Crykom. »Bitte geh.«

»Die nächste Generation wird sich mit euren vielen tollen Tätigkeitsnachweisen das Hinterloch abwischen!«, rief Tawe dem anderen Ueeba nach.

Dann waren die beiden allein, der Hundertfüßler und der Kelosker.

Schroeder spürte ihren Emotionen nach. Tawe hatte jetzt etwas beinahe Heiteres an sich. Der Kelosker war wieder nur unergründlich. Zu kompliziert, zu kalt.

»Die Vorwürfe hinter deinen Andeutungen gehen ins Leere, Tawe«, sagte der Kelosker schließlich. »Wir haben den Schaum nicht gemacht. Wir sind auch nur ein Teil davon.«

»Friss meinen Kot«, sagte Tawe. »Rechne seine zahlreichen Nährstoffe aus.«

Schroeder verzog im Schutz des Deflektors das Gesicht.

»Wir waren einmal Freunde, Tawe«, sagte der Kelosker.

»Oh, wir *sind* Freunde«, sagte der Ueeba. »Wir haben das gleiche Ziel.«

»Bis die Siebenunddreißig geschaffen ist.«

»Ja, genau. Bis die Siebenunddreißig geschaffen ist.«

Der Kelosker klatschte einen Greiflappen auf den Boden. »Vielleicht wirst nicht du es sein, der die Siebenunddreißig schafft.«

»Ja, genau«, sagte Tawe wieder. »Darum bist du vielleicht auch gar nicht hier. Wäre ja Quatsch. Kann sich ja jeder ausrechnen.«

Schroeder grinste in sich hinein. Dieser Ueeba war unausstehlich. Aber er hatte was.

»Und?«, rief Tawe dem Kelosker hinterher.

Der drehte sich noch einmal um. »Vielleicht«, sagte er.

Einiges wurde klarer, als Schroeder die Aufzeichnung später mit Tamra durchging.

Pokou: *Ja, genau! Das möchte ich auch mal wissen!*

Tawe (nach langem Schweigen): *Lasst mich meine Arbeit machen. Lasst mich einfach meine Arbeit machen. Bitte.*

Crykom: *Du lässt mich auch nicht meine Arbeit machen. Du enthältst mir Wesen vor, von denen du gar nicht weißt, welche Bedeutsamkeit sie für den Plan haben.*

Schroeder stellten sich die Nackenhaare auf.

»Damit sind wir gemeint«, hauchte Tamra.

»Hört sich so an. Aber ich glaube nicht. Pass auf.« Er ließ die Aufzeichnung weiterlaufen.

Tawe: *So? Und? Sind sie so bedeutsam?*

Crykom: *Nein.*

Schroeder und Tamra sahen sich an.

Pokou: *Aber du wusstest das nicht! Und darum wusste der Rechenmeister auch nichts! Und musste sich erst mühsam hierher auf den Weg machen!*

Schroeder hielt die Aufzeichnung an.

»Was ist?«, fragte Tamra.

»Ich weiß nicht. Ich habe gerade ein ganz schlechtes Gefühl.« Er lauschte in sich hinein. Dann zuckte er die Achseln. »Keine Ahnung.«

»Lass mal weiterlaufen.«

Ein schnappendes Geräusch, mehrmals.

»Tawe?«, fragte Tamra.

»Ja.«

»Er ist sauer, glaube ich.«

Tawe: *Das ist mir jetzt zu blöd. Erstens dreht sich das Gespräch im Kreis, und zweitens hätte der Herr Rechenmeister ja einen Gleiter nehmen können.*

Pokou (laut): *Ha! ... Ha!*

Crykom (undeutlich): *Ich brauchte Rechenzeit. Der Schaum der Möglichkeiten ist in Bewegung.*

Tawe (skeptisch): *Der Schaum der Möglichkeiten ...*

»Moment.« Schroeder hielt die Aufzeichnung an. »Ich weiß jetzt, was mich irritiert.« Er sah Tamra an. »Wann sind wir in Siebenkopf gewesen?«

»Gestern.«

»Genau. Und heute kommt der Kelosker in der Fabrik an.« Er lachte ungläubig. »Er braucht einen verdammten Tag, um diese Strecke zu schaffen? Die Fabrik liegt fast in Sichtweite! Das muss immer noch irgendein Strangeness-Effekt sein. Wo zum Teufel sind wir hier?«

»Startac.« Tamra rieb seinen Handrücken. »Du siehst Gespenster. Geh mal ein Stück zurück.«

Tawe: *... Herr Rechenmeister ja einen Gleiter nehmen können.*

Pokou (laut): *Ha! ... Ha!*

Crykom (undeutlich): *Ich brauchte Rechenzeit. Der Schaum der Möglichkeiten ist in Bewegung.*

»Siehst du«, sagte Tamra. »Er ist absichtlich so langsam gegangen.«

Schroeder schüttelte skeptisch den Kopf. »So langsam? Eine Schnecke hätte den Weg in dieser Zeit geschafft!«

»Schnecke?« Tamra sah ihn fragend an.

»Schon gut«, sagte Schroeder.

Tawe (skeptisch): *Der Schaum der Möglichkeiten. Ihr spielt mit Schaum, und die Wesen leiden.*

Pokou (laut): *Er will nicht! Er sabotiert!*

Unruhe. Dann Tawe (fauchend): *Ich werde euch schon die Siebenunddreißig machen! Und glaub mir, du alter Narr, das wird das Ende der Fabrik sein! Das wird das Ende der Räte sein!*

Pokou: *Du drohst mir? Du willst die Fabrik zerstören? Uns alle töten?*

Crykom: *Er will niemanden töten. Lässt du uns bitte allein reden, Erster Rat?*

Pokou: *Er hat gesagt, er würde euch ihre Ankunft melden, und er hat es nicht! Er unterläuft alle Regeln, sucht jede Autorität zu untergraben!*

Crykom: *Es ist nicht wichtig. Bitte geh jetzt.*

»Abgang Pokou«, flüsterte Schroeder.

Tawe (laut): *Die nächste Generation wird sich mit euren vielen tollen Tätigkeitsnachweisen das Hinterloch abwischen!*

Stille. Nach ein, zwei Sekunden fragte Tamra: »Kommt noch was?«

»Ja«, sagte Schroeder. »Moment.«

Crykom: *Die Vorwürfe hinter deinen Andeutungen gehen ins Leere, Tawe. Wir haben den Schaum nicht gemacht. Wir sind auch nur ein Teil davon.*

Tawe: *Friss meinen Kot. Rechne seine zahlreichen Nährstoffe aus.*

»Der Toppforscher der Fabrik ist ganz schön von sich überzeugt«, sagte Tamra.

»Pst«, machte Schroeder.

Crykom: *Wir waren einmal Freunde, Tawe.*

Tawe: *Oh, wir sind Freunde. Wir haben das gleiche Ziel.*

Crykom: *Bis die Siebenunddreißig geschaffen ist.*

Tawe: *Ja, genau. Bis die Siebenunddreißig geschaffen ist.*

Ein klatschendes Geräusch. Crykom: *Vielleicht wirst nicht du es sein, der die Siebenunddreißig schafft.*

Tawe: *Ja, genau. Darum bist du vielleicht auch gar nicht hier. Wäre ja Quatsch. Kann sich ja jeder ausrechnen.* (Pause, dann laut) *Und?*

Crykom (weiter weg): *Vielleicht.*

Schroeder sah Tamra an. »Willst du es noch einmal hören?«

Sie schüttelte den Kopf.

»Okay«, sagte Schroeder und ging in ihrem Zimmer auf und ab. »Okay ... was fangen wir jetzt damit an? Dass sie sich nicht grün sind, ist klar. Dass es jetzt gerade eine kritische Zeit ist, auch. Die Kelosker halten aus irgendeinem Grunde diesen Dimensionstunnel offen.«

»Nicht, damit *wir* da hindurchspazieren. Das dürfte klar sein.«

Schroeder lachte auf. »Eben hast du noch anders darüber gedacht.«

»Da hatte ich auch noch nicht die ganze Aufzeichnung gehört.«

»Tja, siehst du. Und jetzt bin ich deiner Meinung von vorhin.«

»Wieso auf einmal?«

Schroeder suchte die Stelle.

Tawe (laut): *Und?*

Crykom (weiter weg): *Vielleicht.*

»Daraus leitest du ab, dass sie seit tausend Jahren einen Dimensionstunnel offen halten, damit wir da hindurchspaziert kommen? Ganz schön von sich überzeugt, der Herr.« Tamra sah regelrecht wütend aus.

»Nicht, damit *wir* da hindurchspaziert kommen. Damit *jemand* da hindurchspaziert kommt. Sie schaffen Möglichkeiten. Vielleicht werden wir ein wenig helfen können, wer weiß.«

»Das ist mir zu abgehoben!«

»Warum bist du so sauer?«

»Soll ich schon wieder Sklavin sein? Dienerin irgendeines Plans? Ich will frei sein, Startac! Frei!«

Sie fauchte ihn an, und dann weinte sie. Voller Wut. »Ich will frei sein!«

Startac wollte sie in den Arm nehmen, doch sie schlug ihn weg. Stand dort vor ihm, breitbeinig, keuchend, zum Zuschlagen bereit. Und weinte. Ohne sich wegzudrehen. Ohne sich zu verstecken. Ihre Augen waren riesengroß unter den kurzen, verstrubbelten Haaren, und ihr Blick ließ ihn nicht los.

»Okay.« Er atmete scharf aus. »Lass uns von hier abhauen.«

Sie zuckte zusammen. »W-was?«

»Lass uns sehen, wie wir von hier wegkommen.«

Dreiunddreissig

Der Besuch in der Siedlung der Ober-Denker hatte Tawe erschüttert. Er merkte es erst nach Tagen und verstand es selbst nicht. Aber was die älteren Forscher nicht geschafft hatten, was nicht einmal Tibala mit seinen Nachrichten von Adilai vermocht hatte, geschah: Tawe lebte auf. Die Ober-Denker faszinierten ihn.

Besonders dieser eine mit den Netzmustern.

»Wer war das? Kennst du ihn?«

»Das ist Rechenmeister Crykom!«, erklärte Bala empört. »Er ist praktisch der Erste Rat des Dorfes!«

Crykom also. Der Rechenmeister. Tawe fragte sich, ob *er* hinter der Lockerung seiner Ausgangssperre steckte.

Tawe studierte. Tawe übte. Besessen.

Immer wieder besuchte er von nun an die Siedlung, manches Mal musste er sich regelrecht davonstehlen. Dabei nahmen die Ober-Denker ihn kaum wahr. Ob er still irgendwo im Dorf klebte, ob er sie ansprach: Anscheinend war er für sie, obwohl wesentlich größer, genauso unbedeutend wie ein Steinchen, das am Wegrand lag.

Eher noch geringer. Einmal sah er einen Kelosker, der über einem Stein meditierte. Er betrachtete ihn mit einer Konzentration, die Tawe nicht verstand. Einen Stein, der wie tausend andere war. Als er ihn nach vielen langen Atemzügen beseite legte und weiterging, huschte Tawe hinterher und griff sich den Stein. Er schien ihm wie jeder andere, und als er ihn zwischen die anderen Wegsteine warf, konnte er ihn nicht einmal mehr wiederfinden, so wenig unterschied er sich von den anderen.

Eines Tages betrat Tawe erstmals nach dem Kampf am Trimmbaum wieder die Bibliothek. Die Nordwand *war* geweißelt worden – tatsächlich sogar neu hochgezogen. Zumindest der Teil, der mitsamt Lamrié im Hyperraum verschwunden war. Noch während seiner Genesung hatten die Forscher angefangen, ein Holzgerüst hochzuziehen.

»Wozu die Mühe?«, hatte Tawe gefragt – schuldbewusst. »Ich könnte die Lücke doch sauber mit Psi-Materie schließen.«

»Könnte! Könnte!«, hatte Pokou gewettert. »Das wage ich zu bezweifeln, du bist viel zu schwach. Und außerdem denk nach, bevor du Vorschläge machst!«

Tawe hatte es längst gewusst: Forscher bastelten nicht mit Psi-Materie herum. Sie hoben sich ihre geistigen Kräfte für die Aufgaben auf, und ansonsten *arbeiteten* sie. Mit Eimer und Kelle und Pinsel und blablabla ...

Nur sah er jetzt, dass niemand sich die Mühe gemacht hatte, Bücher, Dokumente und Speichermedien vor den Bauarbeiten sicherheitshalber auszulagern. Man hatte einfach die Wand hochgezogen und geweißelt und dann die Regale ergänzt, wo sie fehlten. Die neuen Bretter leuchteten sauber und leer. Die alten Regale waren vollgequetscht wie eh und je und von einer zusätzlichen dicken Staubschicht grau bedeckt. Auf dem Boden lagen Bücher, die offenbar während des Verschwindens der Wand heruntergefallen waren. Man hatte sie nur beiseitegeschoben. Manche waren weiß bekleckert.

»Und wenn man im Imago-Saal sagt, man will keine

Tätigkeitsnachweise schreiben, dann meckern sie«, sagte er leise. »Schwachsinn.«

Er hob einige Bücher auf und legte sie in eines der leeren Fächer. Sie sahen schrecklich aus auf dem frischen Holz. Er staubte sie ab. Nun sahen sie schon besser aus.

Ehe Tawe sich versah, hatte er Dutzende Bände geputzt und ordentlich aufgestellt.

Komisch, dachte er. *Das macht Spaß.*

Tatsächlich machte es keinen Spaß. Es war eine Plackerei. Tawe musste sich des Öfteren hinkleben und ausruhen, weil ihm der Rücken weh tat. Aber wenn Tawe putzte und aufstellte, plagte er sich nicht mit düsteren Gedanken. Wenn er sich ausruhte, blätterte er, las er.

Es machte keinen Spaß, es lenkte ihn ab. Dass es da einen Unterschied gab, blieb ihm in seiner damaligen Gemütsverfassung verborgen.

Manchmal entdeckte er Merkwürdigkeiten. Ein weiteres Exemplar der Schrift über das Sexualverhalten der Ueeba fiel ihm vor die Fühler. Er zog schmerzlich die Mandibeln zusammen und stellte es rasch weg.

Später staubte er *Die Seherin Mesehi* ab. Auch damit hingen schmerzliche Erinnerungen zusammen. Er wollte das großformatige Heft gerade wegstellen, als sein Blick auf den Untertitel fiel. »*Dokumentation der Optimierungsschritte?* Das ist aber merkwürdig.«

Er blätterte. Und je mehr er blätterte, desto merkwürdiger wurde es.

Offenbar handelte es sich bei dem Märchen um keine Überlieferung. Unbekannte Verfasser hatten es in gemeinschaftlicher Arbeit entworfen. Verschiedene Fassungen waren eingeklebt. Korrekturen und Anmerkungen erwiesen sich in späteren Fassungen als umgesetzt. *Wichtig!,* las Tawe, *es muss »das Geschenk der Göttinnen« heißen! Weibliche Form wg. Authentizität!* Eine Fassung später hieß es dann auch entsprechend so.

Während Tawe behutsam blätterte, zerfiel ihm das Heft unter den Füßen. Eingeklebte Seiten lösten sich knackend. Das schlechtere Papier einer lose eingelegten Notiz zerbröselte gleich beim Anfassen.

Vorsichtig trug Tawe das Heft zu einem freien Regalbrett. Vorsichtig wendete er die Seiten.

Trotzdem ging das Heft weiter kaputt. Es musste uralt sein.

Vorschlag: Seherinnen-Motiv ersatzlos streichen! Zu konstruiert!

Gegenrede: Sentimentale Erwägungen (Frauen!)/Zeit arbeitet für uns!

Was sollte das denn?

Tawe nahm rasch die Füße vom Buch, die Fühler. Er war zu aufgeregt. Er machte alles kaputt. Aufgewühlt lief er durch die Bibliothek.

»Dies ist unser Märchen«, rezitierte er die alten Worte. *»Hören wir also ...«* Und wie oft er sie als Mädchen gehört hatte! »Das Märchen vom Ursprung der Ueeba ... erfunden? Von den Männern erfunden für die Frauen? Aber warum?«

Er blätterte, so vorsichtig er in seiner Aufregung konnte, zum Deckblatt zurück. *»Den Ober-Denkern zum Wohlgefallen* ... aber das steht auf ganz vielen Büchern. Muss damals Mode gewesen sein. Ich fass es nicht, ich fass es nicht. Warum erfindet einer einen Ursprung?«

Er überflog den Text noch einmal. Die Fassung war praktisch so, wie er das Märchen kannte. Irgendwie ging es ganz oft um Anmaßung. Mesehi, die alles wissen wollte. Die Frauen, die zumindest wissen wollten, wo der Schleierstern stand. Und dann wurden die Anmaßenden zurechtgestutzt. Mesehi wurde in dieser schrecklichen Keulen-Szene der Mund gestopft. *Madengedanken ... hüten wir uns vor Madengedanken!*

»Einschüchterung«, flüsterte Tawe. »Aber ... nein, das ist es nicht. Wozu einschüchtern, wenn die Seherin doch nur erfunden ist, wenn es Seherinnen nie gegeben hat?« Er lachte finster. »*Seherinnen streichen, zu konstruiert.* Ich werd noch verrückt!«

Er blätterte und merkte nicht, dass er immer hektischer wurde. »Das muss ein Scherz sein ... irgendjemand hat da lauter Quatsch aufgeschrieben, aus Langeweile, um sich selbst zu amüsieren ...« Das Heft ging unter seinen Fühlern kaputt, zerfiel in kleine und kleinste Teilchen. Wie Laub. Zu Staub. »O nein ... o nein ...«

Hinten ging die Tür auf. Wind wehte. Der Staub wurde unter die Regale geblasen.

»Ach, hier steckst du!«, sagte Tibala hinter ihm. »Zu Tisch! Zu Tisch! – Alles in Ordnung mit dir?«

»Wie?« Tawe wandte sich um. Wind und Sonnenlicht drangen durch die offene Tür. Tawe war wie betäubt. »Ja ... ja, alles in Ordnung.« Er hatte das Gefühl, unvermittelt aus einem eindrücklichen Traum erwacht zu sein. Dazustehen und nur spüren zu können, wie die Traumbilder ins Vergessen gesaugt wurden. Weg, vorbei, ein Traum. Staub.

Aber er hielt noch immer den festeren Umschlag des Heftes in den Brustbeinen.

»Was ist das?«, fragte Tibala und fühlerte.

Tawe betrachtete den Titel. Das Licht hatte die Tinte so gut wie zerstört. »Keine Ahnung. Lag hier herum.« Er hielt Tibala den Umschlag hin.

Sein Freund bog die Fühler und machte ein paar Anläufe. »Kann ja keiner mehr lesen«, sagte er dann.

»Das war ein Bericht darüber, wie die Fabrik in mühseliger Kleinarbeit das Märchen von der Seherin Mesehi entwickelt hat.«

»Du spinnst.«

»Ja.« Er ließ den Umschlag fallen.

»Also wirklich, Tawe. Deinen Humor möchte ich haben ...«

Sie gingen zum Essen.

Die Ober-Denker ignorierten Tawe also – bis er vor den Augen des Rechenmeisters, der ihn wegen seiner netzgemusterten Haut besonders faszinierte, eine psi-materielle Artefakt-Komponente erschuf, deren Herstellung ihm kürzlich in der Fabrik gelungen war: Die Nummer Drei der Siebenunddreißig, ein Gebilde, für dessen Genese Tawe mehr als ein Jahr benötigt hatte.

In diesem Moment blickte der Kelosker auf ihn hinab – und sprach ihn an!

»Tawe tla Mouuach.« Er sprach seinen Namen Larisch aus und verwendete die ungehörige Form mit Vater-Nennung.

Aber das war Tawe egal. »Du kennst meinen Namen?«, entfuhr es ihm auf Ueebaka. Er sagte es noch einmal auf Larisch.

Der Ober-Denker antwortete nicht. Jedenfalls nicht auf eine Weise, die sich Tawe vermittelte. Er stand nur da mit seinem zittrigen linken Greiflappen und musterte die Drei, musterte Tawe. Dann wandte er sich ab und wankte davon.

»Rechenmeister Crykom!«, rief Tawe ihm nach.

»Ich sehe weiteren Lösungen entgegen. Die Aussicht verursacht eine Hormonausschüttung«, sagte Crykom noch, dann ignorierte er ihn wieder.

Tawe brauchte eine ganze Weile, um zu begreifen, was das wohl heißen sollte. Er folgte Crykom noch ein Stück, doch dann blieb er stehen.

»Komm wieder, wenn du mehr drauf hast. Ich freue mich«, flüsterte er. Bevor er in die Fabrik zurückkehrte, ließ er die Drei funkensprühend vergehen.

Tawe fühlerte um die Tür des Büros herum. »Erster Rat, darf ich dich kurz stören?«

Pokou sah herunter und machte ein erfreutes Gesicht: »Aber immer, mein lieber Jungforscher. Komm rein. Was gibt es?«

Tawe näherte sich seinem Schreibtisch. Es war ein pilzförmiges Modell, das hutüber von der Decke hing. »Eine dumme Frage vielleicht ... Aber hast du Rechenmeister Crykom meinen Namen gesagt?«

»Habe ich? Oder hat er ihn ausgerechnet?« Der alte Forschungsrat lachte. »*Natürlich* habe ich ihn ihm gesagt! – Und, warst du bei ihm?«

»Heute. Ich hab ihm die Drei gezeigt, und da hat er mich angesprochen.«

»Die Drei? Du hast sie geschafft? Das ist schön.«

»Nach einem ganzen Jahr«, sagte Tawe.

»Damit bist du trotz deiner langwierigen Genesung auf dem Stand eines durchschnittlichen Imago-Forschers.«

»Na, toll.«

»Tawe, Tawe ... Ich will dir keinen Vortrag halten. Sei stolz auf dich. Deine Haltung steht dir im Weg, nicht deine Begabung. Du hast allen Grund zur Freude, also freu dich.«

»Gut, Erster Rat. Ich will es einmal versuchen.«

Pokou lachte. Er hatte einen ganzen Berg voll Arbeit auf seinem Tisch, aber anscheinend war er froh über die Ablenkung. »Und? Wie findest du die Ober-Denker?«

»Schwierig«, sagte Tawe wahrheitsgemäß. »Was machst du da? Wenn ich fragen darf.«

»Ich zeichne Tätigkeitsnachweise ab.« Der Alte, der kopfüber am Stamm des Pilzes klebte, wies auf den Halbkreis von Stapeln vor sich.

Abzeichnen? Da sind doch gar keine Bilder drin, wollte Tawe schon sagen, dann wurde ihm klar, was Pokou meinte. Schwungvoll malte der Alte Kringel in die aufgeschlagenen Hefte, klappte sie zu, stapelte sie weg. »Schwierig, hm? Schwer verständlich, meinst du! Eigentlich haben Kelosker an weltlichen Dingen kein Interesse, insbesondere Crykom nicht. Ihr Blick auf die Natur ist ein völlig anderer als unserer. Sie begreifen die Welt als unendliche Anballung von Mustern, als ein gigantisches Formelwerk, pure Mathematik. Und Crykom ist der Schlimmste von allen.«

»Wieso?«

»Er ist der Rechenmeister! Er steht ihnen vor!«

»Aber, ehrenwerter Rat, du stehst uns doch auch vor, ohne in irgendeiner Hinsicht der Schlimmste von allen zu sein.« Tawe krümmte sich innerlich wegen dieser einschmeichlerischen Worte.

Aber sie erfüllten ihren Zweck. »Jaha, der Erste Rat wird ja auch gewählt! Er bekommt die Stelle wegen seiner Freundlichkeit, seiner Weisheit, wegen des Vertrauens, das die anderen Ratsmitglieder ihm entgegenbringen! Bei den Ober-Denkern ist das anders. Crykom ist der Rechenmeister der Neunundsechzig, weil er den anderen zweifelsfrei messbar in mathematischen Dingen hoch überlegen ist!« Der Alte malte seine Kringel. »Crykom ist sehr alt, und angeblich sind in ihm mehrere andere Rechner wiedergeboren.«

»Wiedergeboren?«

»Na, irgendwie in ihm drin halt! Nicht tot! Sondern noch

in ihm drin! Das muss irgend so ein Mathematiker-Konzept sein.«

Günstige Gelegenheit, dachte Tawe, *schnell!* »In ihm drin halt? Du meinst, so wie die Maden in dem Märchen? Die in die Hirne der anderen Ueeba krabbeln, nachdem Mesehi tot ist?«

»He! He, he!«, machte der Alte ungehalten. »Wer redet denn hier von irgendwelchen Weibergeschichten! So ein Quatsch!«

»Na ja, ich dachte nur ... weil du ›in ihm drin‹ gesagt hast ... das hat mich an die Maden erinnert ... an die Madengedanken ...« Er ruderte hilflos mit den Fühlern und behielt nur das kleinste Auge auf den Alten gerichtet.

»Weibergeschichten! Frauenkram! Was hat das mit uns zu tun?«

»Entschuldige, ehrenwerter Pokou«, gab er sich zerknirscht. »Ich wollte dich nicht unterbrechen.«

»Ja! Wo war ich?«

»Rechenmeister Crykom. Mehrere Rechner in ihm drin.«

»Ja, genau.« Der Alte zeichnete schwungvoll eine Reihe Kringel in ein dickes Buch. »Der Rechenmeister vermag Wesen und Gegenstände aller Art und auch Ereignisse als reine Zahlenkombinationen zu sehen und entsprechend zu berechnen.«

»Er will meine Fortschritte sehen. Er will, dass ich ihm die Vier zeige, sobald ich kann.«

»Das ist schön. Sehr schön! Eine gute Nachricht.«

»Aber wieso? Wieso will er, dass ich ihm die Vier zeige?«

»Nun, ich vermute, dass Crykom in dir, wie er es wohl ausdrücken würde, ein ungewöhnlich vielfältiges, Möglichkeiten bergendes Muster erkannt hat. Aber lass dir das bloß nicht in den Kopf steigen, junger Mann!«

»Nein, Erster Rat. Bestimmt nicht. Danke.« Tawe zog sich zurück.

Pokou hatte ganz schön verächtlich reagiert bei der Erwähnung des Märchens. Aber ob er nun wusste, dass dieses zurechtgezimmerte Stück Lüge das Nachdenken darüber nicht wert war, oder ob er es einfach prinzipiell als Bestandteil des Lebens der Frauen draußen jenseits der Fabrikmauern verachtete, konnte Tawe nicht sagen.

Vierunddreissig

»Mondra! He, pst, Mondra!«

Mondra Diamond glaubte, sich verhört zu haben. *Nano? Was will der hier?*

»Mondra! Bist du da drin?«

Sie knetete sich weiter die Haare. Das wurde ja immer schlimmer mit diesem Blechkerl!

»Mondra! Pst!«

Sie starrte in den Spiegel, auf ihre feuchten, ungekämmten Haare. Dann sah sie zu dem Belüftungsschlitz oben an dem Container, in dem die Frauendusche untergebracht war.

Sie trug ein Unterhemd, eine Freizeithose. Sie konnte sich draußen so sehen lassen. Leise glitt sie zur Tür und dann mit einem Ruck hinaus und um die Ecke. »Nano, wenn du da oben allen Ernstes stehst und ...«

Sie fuhr zurück.

Nano stand vor ihr unter der Wand und sah sie an.

»Ich wollte nur mit dir reden«, sagte sein Mund oben vor dem Lüftungsschlitz. »Mich mit dir unterhalten.«

»Durch den Lüftungsschlitz vom Vorraum der Frauendusche?«

»Na ja«, sagte der Mund. »Ich hab dich nirgendwo anders allein abpassen können.« Nano unterstrich seine Worte unten mit den Händen und sah Mondra dann mit schief gestelltem Kopf an.

»Ich kann die Wand hochgehen und dir helfen. Kein Problem für mich.«

Als Crykom nichts sagte, nahm Tawe das als Zustimmung. Flink krabbelte er die erdverschmierte Wand hinauf. Sie wankte ein wenig unter seinem Gewicht, knarrte. Aber sie wirkte elastisch, nicht einsturzgefährdet. Tawe ging um den Rechenmeister herum. »Was sind das für schwarze Scheiben da auf deiner Brust?«

»Die Kleinen vertragen kaum Licht. Regen ist Umzugszeit.«

»Sind das Läuse? Oder so was?«

»Komm«, sagte Crykom. »Hilf.«

Tawe ging vorsichtig bis an das Dach und fischte die Tiere aus den Ritzen, setzte sie dem Rechenmeister auf die Brust. Es waren kleine runde Scheiben, die nur träge vorwärts kamen, mit einer wellenförmigen Bewegung eines saugnapfartigen Fußes an der Unterseite.

Crykom stand reglos da und schaute aus seinen großen trüben Augen auf die Wesen hinunter. Er machte Brummtöne. Manchmal zuckte sein Greiflappen auf dem Boden.

»Nimm nicht die ganz Kleinen«, sagte er. »Nur mindestens diese Größe, sieh.«

»Gut«, sagte Tawe. »Sie vertragen die Sonne nicht so?«

»Sie trocknen aus. Ich lasse sie wachsen, dann regnet es, dann bringe ich sie zum Fluss.«

»Du brauchst nicht so komisch zu reden«, sagte Tawe. »Ich verstehe dich schon.«

Crykom sah ihn an.

»So einfach, meine ich: *Ich lass sie wachsen, dann regnet es, dann bringe ich sie zum Fluss.* Mein Larion ist besser als das.«

Crykom sah ihn an.

»Ist schon gut«, sagte Tawe. »Machen wir weiter.«

Crykom sah ihn an. »Die Kleinen«, sagte er endlich.

»*Die Kleinen* können noch nicht so gut Larion?«

»Ich bilde einfache Sätze. Ich denke einfache Gedanken. Für kleine einfache Wesen. Das ist gut für sie.«

»Sie können Gedanken lesen?«

Crykom schnaufte.

Tawe hatte das Gefühl, etwas fürchterlich Dummes gesagt zu haben. Als der Ober-Denker hinauswankte, folgte er ihm. Sie wanderten über die Wiesen und eine kleine Schlucht hinab. Regen lief an Crykom hinunter, und seine sonst graugelbe Haut färbte sich dunkel. Die netzartige Struktur glänzte. An einer größeren, von Kieseln bedeckten Stelle direkt am Wasser, neben einigen Büscheln Wendelgras, blieb Crykom stehen.

Die Schlucht war sehr schmal. Fast hatte Tawe das Gefühl, in einem der alten Prachtbauten in der Stadt zu stehen.

Crykom sah ihn an. »Wir warten.«

»Gut. Und denken einfache Gedanken?«

»Jetzt nicht mehr. Jetzt sollen sie gehen. Zeig mir die Vier.«

Tawe tat es, und es wurde dunkel in der schmalen Kluft.

»Dreh sie.«

Tawe drehte sie. Langsam, denn es war sehr eng. Er ließ sie um mehrere Achsen rotieren. Crykom sagte nichts. War irgendetwas falsch? Tawe besah sich ihren Stempel. »Ich hab ihn falsch gemacht!«, rief er. »Ich hatte vergessen, dass ...«

»Du machst Komponenten aus dem Kopf. Du merkst Fehler aus dem Kopf«, sagte Crykom. »Kannst du auch aus dem Kopf berichtigen?«

»Hm! ... So?«

»Gut. Sehr gut. Jetzt lös sie auf. Die Kleinen wollen runter. Erschrick sie nicht.«

Tawe brachte Artefakt-Komponente Nummer vier unter so wenig Funkenbildung wie möglich zur Auflösung. Er sah zu den Kleinen und zuckte mit den Fühlern. Sie waren dick geworden wie Früchte, Beeren. Kugelig und dicht gedrängt klebten sie an der Brust des Rechenmeisters. Ihre schiefen Panzerscheiben zeigten in alle möglichen Richtungen, wie Pilzhüte.

»Wir nehmen sie langsam ab. Über dem Wasser. Sonst gehen sie kaputt.«

Crykom beugte sich vor, führte seinen gesunden Greiflappen unter ein Kleines und löste es langsam, geduldig ab. Ein dunkles Mal blieb auf seiner Brust zurück, als das Tier ins Wasser klatschte. In der Strömung und zwischen den aufspritzenden Regentropfen verschwand es sofort außer Sicht.

Tawe fühlerte nach dem Mal. »Sie saugen Blut? Das sind Parasiten?«

»Alles tierische Leben ist parasitär«, sagte der Ober-Denker. Wieder ploppte ein Kleines von seiner Brust ab. »Frag die Lichtesser.«

»Ich fasse es nicht. Der Rechenmeister von Siebenkopf züchtet Blutsauger.«

»Sie sind sanft. Sie sind schön. Du müsstest sie einmal *sehen.* Es gibt wenige Lebewesen von so kristalliner ... ach, von so *viraler* Schönheit.«

Tawe sah zu, wie weitere Schönheiten ins Wasser platschten.

»Was«, fragte Crykom, »weißt du vom Schleierstern?«

»... dass nur ... nur Männer ihn sehen können ... manchmal«, zählte Tawe auf, während Crykom seine Kleinen ins Leben entließ, »... dass angeblich besonders begabte Kinder geboren werden, wenn er nahe ist ...«

Ihn durchfuhr eine Idee. *Probiers doch einfach!,* dachte er. *Warum nicht?* »... dass es früher mal Seherinnen gegeben haben soll, die ihn auch sehen konnten ...«

Platschend fiel wieder ein Kleines ins Wasser.

Hm. Keine Reaktion also. Tawe war so schlau wie zuvor. »Das war es eigentlich, was ich über den Schleierstern weiß.«

»Ich erzähle«, sagte Crykom. »Ich erkläre.«

»Gut«, sagte Tawe.

Und Crykom erklärte.

Der Schleierstern hieß in Wahrheit TRAGTDORON – und existierte im Hyperraum, in dem, was die Ueeba Jenseits nannten oder Raum neben dem Raum. Was Lebewesen oder Maschinenwesen von TRAGTDORON sehen konnten, war nur ein vierdimensionaler Abdruck einer Stoff-Sphäre – der jedoch einige Eigenschaften von Masse aufwies, was die Asteroidenbahn des Objekts erklärte.

Das Ziel der 69 Kelosker war es, zu TRAGTDORON zu gelangen. Doch dafür brauchte es mehr als gewöhnliche Raumschiffe.

(»Raumschiffe?«, fragte Tawe.)

Es brauchte eine spezielle Konstruktion. Eine spezielle Fähre. Diese TRAGTDORON-Fähre würde den Schleierstern eines Tages anfliegen. Sie wurde hier auf Pakuri gebaut. Sie bestand aus einem Träger, den die Alles-für-euch speziell zu diesem Zweck angefertigt hatten, aus einigen Hochenergieaggregaten der Laren ...

(»Hochener... was?«, fragte Tawe. »Laren?«)

... sowie den psi-materiellen Artefakt-Komponenten der Imago-Forscher. Erst alle drei Elemente zusammen würden die Fähre funktionsfähig machen. Sie wurde im Tal der Dimensionen zusammengebaut.

»Und darin sind die sechsunddreißig fertigen Komponenten verbaut?«, fragte Tawe. »Kann ich mir die Fähre mal ansehen?«

»Du siehst die Fähre nicht. Du bist ein Ueeba. Sie verzerrt die Raum-Zeit. Du siehst nur eine Nebelsenke. Wir probieren es. Du erfasst nicht die komplexe sechsdimensionale mathematische Schönheit.«

»Na, dann los.« Tawe ging ein Stück vom Ufer weg und merkte erst jetzt, dass der Regen nachgelassen hatte. »Was ist? Ich denke, wir probieren es?«

»Wir probieren es.« Der Kelosker blieb sitzen.

»Ääh ...« Tawe zeigte den Weg hinauf.

»Oh. Die Zeitachse. Wir *haben* es probiert. Mit anderen Ueeba. Wir *werden* es probieren. Mit dir. Bald. Noch später. Wir sagten, nach der Dreißig. Du gingst. Auf Wiedersehen.«

Ging Tawe? Tawe ging. Er hatte das dringende Bedürfnis, sich in irgendeine dunkle Ecke zu kleben.

Tawe arbeitete schwer. Wie sich herausstellte, war der Rechenmeister sehr optimistisch, ihm die Dreißig zuzutrauen. Es hatte nicht viele Forscher gegeben, die so weit gekommen waren. Offensichtlich waren die meisten irgendwo zwischen der Zehn und der Zwanzig herumgedümpelt. Die wenigen, die es über die Zwanziger-Schwelle geschafft hatten, waren dann immer sehr weit gekommen.

Nun, man würde sehen, wie weit er kam!

Zu seinem Erstaunen ging es schnell voran. Einige Wochen lang schaffte er jede Woche eine Artefakt-Komponente. Die Pläne und Vorgaben schienen sich förmlich in sein Gehirn zu schmiegen.

Ging Tawe noch in die Bibliothek? Er ging. Sein Kopf war manchmal so wirr, wimmelte dermaßen von den Details der Komponenten, dass er nicht zur Ruhe kam. Er konnte kaum einschlafen. Dann wurde er wach, ohne erholt zu sein, ruhig zu sein. Er hielt sich abseits. Mit den anderen viel geredet oder gespielt hatte er ohnehin nie. Tawe arbeitete, arbeitete schwer. Er aß, kümmerte sich um seinen Körper. Manchmal benutzte er den Drehbrunnen im Hof nicht nur einmal, sondern zweimal täglich. Pokou registrierte es, tadelte ihn aber nicht dafür. Er schien zu wissen, wozu Tawe es brauchte. Manchmal stand der Ueeba unter dem rieselnden Regen und träumte davon, sich aufzulösen wie ein Stück Seife.

Die Bibliothek bot ihm Ablenkung, nicht aber Beruhigung. Immer wieder stolperte Tawe nach stundenlangem Blättern in eintönigen Protokollen oft weniger begabter Vorgänger über Einzelheiten, die er sich nicht erklären konnte, die ihn beunruhigten.

Oder auch über Lücken.

Warum stand in dem Band über das Sexualverhalten der Ueeba keine einzige Zeile über die Liebe zwischen Frauen? War das etwa keine Sexualität? Die Erinnerung schmerzte zu sehr; Tawe verfolgte den Gedanken nicht weiter. Kurz nur kam ihm in den Sinn, dass es dem Verfasser der Abhandlung vielleicht ähnlich gegangen war.

Aber ... warum hatte er dann überhaupt eine solche Abhandlung verfasst? Warum so genaue Zeichnungen angefertigt?

Tawe verstand es nicht.

Er machte die Vier, die Fünf, die Sechs. Er fand minuziöseste Dokumentationen der unwichtigsten Vorgänge. Jemand hatte die Fabrik vermessen. Jemand hatte eine Aufstellung sämtlicher Pflanzen angefertigt, die sich in der Fabrik ansiedelten, und die verschiedenen Bekämpfungsmethoden beschrieben. Wozu? Und: Was war daran überhaupt so wichtig? Warum musste die Fabrik so steril sein?

Dutzende, wirklich Aberdutzende von Abhandlungen über Verdauungseinzelheiten, mit detaillierten Beschreibungen des Kots nach Genuss verschiedener Speisen.

Was sollte das? Der Müll von vielen Lebensjahren war hier aufgehäuft!

Tätigkeitsbeschreibungen ... Beschreibungen der banalsten, unwichtigsten Lebensvorgänge, geradezu besessen. Wetterbeobachtungen ... Verdauung ... Als Tawe eine *Aufstellung der Qualitäten eigenpersönlich erprobter Frauen* fand, war er regelrecht erleichtert, trotz des abfälligen Titels. Als er sie aufschlug, musste er feststellen, dass es einmal einen Forscher gegeben hatte, der während der Hitze von den Frauen, mit denen er sein Liebesnest geteilt hatte, Sekretproben genommen hatte! Er hatte die Flora ihrer Innersten dokumentiert.

Frauen ... noch so eine Lücke. Persönliches, Empfindungen, Erinnerungen ... so etwas schrieb niemand auf. Nichts von den Schwestern, den Freundinnen, nichts über die Haufen oder auch nur über Feste oder die Häuser, die schönen Häuser, in denen die Frauen wohnten. Nichts über Musik, über die Mannwerdung, über Sehnsüchte, Frustrationen, Schmerz.

Tawe bekam ein schlechtes Gefühl. Es trieb ihn in den Imago-Saal, wo er die Sieben machte, die Acht. Ein Forscher schlief am Arbeitsplatz, und das tat Tawe, wenige Stunden nur, bis er wieder hochschreckte, weiterarbeitete. War er zu wirr, ging er in den Hof, zum Brunnen, fühlerte zur Bibliothek.

Er hatte das Gefühl, verrückt zu werden, wenn er so weitermachte, und konnte doch nicht aufhören. Er machte die Neun, die Zehn.

Dann, eines Nachts, machte er die nächste Komponente und merkte erst, als er verblüfft war, wie leicht sich alles einprägen ließ, dass er versehentlich wieder bei der Sieben angefangen hatte.

Und Rechenmeister Crykom hatte er in der ganzen Zeit gar nicht besucht. Tawe hielt inne – und machte sich auf den Weg.

Er hatte Angst vor Crykom, merkte er. Vor der Begegnung mit ihm. Er hatte das Gefühl, zu stürzen, abzustürzen, während er den Weg nach Siebenkopf hinunterwanderte.

Die Sonne schien, blau, glosend. Insekten schwirrten, aus den nicht einsehbaren Niederungen drangen die Laute von riesigen Säugern. Alles schien sich von ihm zu entfernen, schien an ihm vorbeizufliegen, hinauf!

In seinem Geist, seiner Fantasie stürzte er ständig.

Crykom sah ihn an aus seinen vier Augen. Tawe machte ihm die Komponenten vor, alle hintereinander, bis zur Zehn.

Danach stand er erschöpft da und wartete.

Der Meister schien zu rechnen. Über ihnen schwebten die Komponenten in der Luft, sieben Stück. Der Wind pfiff in ihnen, verschob sie. Teile funkelten in der Sonne. Tawe hatte Mühe, sie davor zu bewahren wegzuschweben. Oder aneinanderzustoßen.

Der Meister sah ihn an.

Tawe begann zu zittern.

Schwer und schwerer wurden die Komponenten. Schleiften aneinander, verhakten sich. Bebten. Zitterten.

Der Meister sagte etwas, und Tawe verstand es nicht über dem Keuchen der eigenen Atemzüge.

»Mach sie weg«, sagte der Meister lauter.

Endlich! Tawe ließ sie vergehen, Stück für Stück. Eine Komponente geriet ins Trudeln und schürfte ihm das Ende der Rückennarbe auf. Der Schmerz kam erst, als alle Teile aufgelöst waren, aber dann trieb er Tawe die Augen aus den Fühlern.

»Warum hast du sie nicht längst weggemacht?«, fragte Crykom. »Warum hast du so lange ausgehalten? So lange konntest du gar nicht aushalten.«

Tawe keuchte. Sein Rücken brannte. »Ich ... du ...«

Lange sagte keiner ein Wort. Langsam beruhigte Tawes Atmung sich, ließ der Schmerz nach.

»Du willst wissen«, sagte Crykom. »Dann wisse. Du willst können. Dann könne. Es ist in dir. *Du* bist der Meister. Egal wie klein. Egal wie schwach. Der Meister bist du.«

»Gut«, sagte Tawe. Crykom sah ihn an, und wieder hatte Tawe das Gefühl zu stürzen. Er wollte jetzt gehen, aber er konnte nicht. Nicht unter Crykoms Blick.

»*Du* bist der Meister«, sagte Crykom. Und sah ihn an.

Tawe stand unter seinem Blick da und wartete, wartete. Sagte der Ober-Denker noch etwas? Rechnete er?

Es dauerte unerträglich lange. Tawe starrte auf Crykoms zittrige Hand. Dann ruckte er hoch. Ihm waren die Fühler weggesackt, er war kurz eingenickt!

Crykom stand immer noch. »Meistere«, sagte er, als Tawe ihn ansah.

Da machte etwas *Klick* in Tawes Kopf. »Du meinst, es ist *meine* Entscheidung, ja?«

»Gemeistert.« Der alte Rechenmeister wedelte mit der gesunden Hand. Die Greiflappen flappten. »Du machst viele Möglichkeiten kaputt. Nein, um dich herum. Du öffnest viele Möglichkeiten. Zu viel Schaum. Du wirst kaputtmachen müssen. Damit es weniger sind?«

»Äh ... Blasen?«, fragte Tawe.

»Möglichkeiten. Beliebigkeiten. Du hast viel Kraft. Vielleicht rüttelst du. Vielleicht zerstörst du. Aber du musst es *machen. Du* musst es machen. Du *musst* es machen.«

»Du meinst, ich soll handeln? Oder soll ich vor allem darauf achten, was ich will? Oder darauf, wozu es mich innerlich drängt?«

»Ja.«

»Ah so. Ich glaube, ich will mich jetzt irgendwo hinkleben. In irgendeine sehr, sehr dunkle Ecke.«

»Schon besser«, sagte Crykom.

Sechsunddreissig

Die Zeit verging, und eines Tages stand Tawe im Imago-Saal und kämpfte mit der Dreiunddreißig. Zweiunddreißig der sechsunddreißig bisher bewältigten Artefakt-Komponenten hatte er bereits lösen können – ein einmaliger Wert für einen Jungforscher.

Oft versuchte er, dem Gewimmel im Imago-Saal zu entgehen, aber manchmal hatte er Pech, die richtigen Zeiten abzupassen, in denen möglichst wenige Kollegen dort waren.

Heute hatte er besonderes Pech gehabt. Irgendwelche Nichtskönner kauerten über der Zwölf. Sie waren dumm, sie waren laut, sie würden es nie schaffen. Am liebsten hätte er sie ihnen mal eben vor die Fühler gepflanzt.

Tawe seufzte. Er wollte so nicht sein. So feindselig. Er wollte besser als die anderen sein, nicht nur auf dem Gebiet der Artefakt-Komponenten, sondern auch mental.

Zum wiederholten Male fragte er sich, wozu es überhaupt notwendig war, im Imago-Saal zu arbeiten. Warum konnte er die Unterlagen nicht mit nach draußen nehmen? Er war der Einzige, der gerade an der Dreiunddreißig arbeitete. Lästig. Ärgerlich.

Er seufzte wieder und sah zu den anderen. »Braucht ihr Hilfe? Irgendeinen Tipp?«

Sie fühlerten kurz zu ihm herüber. »Was? Nein. Danke, lass mal. Wir kommen schon klar.«

Dann schnappten sie leise mit den Mandibeln. Einer lachte.

Tawe konzentrierte sich wieder auf seine Arbeit.

»Was ist denn?«, drang wenig später ein Flüstern an seine Ohren.

»Hörst du nicht? Draußen ist irgendwas los.«

Jemand wetzte eilig am Imago-Saal vorbei, Richtung Ratshaus.

Die kleine Gruppe ging zur Tür und fühlerte hinaus. »Das hast du noch nicht gesehen!«, fauchte ein Kollege leise. »Was will der denn hier?«

Jetzt sah Tawe doch auf. Von den Kollegen waren nur noch die Hinterteile zu sehen.

»Der kommt hierher!« – »Das wird den alten Pokou aber nicht freuen, so ignoriert zu werden ...« – »Sei doch still. Schandmaul.«

Sie warfen sich einige leise gefauchte Gemeinheiten an den Kopf, dann verstummten sie. Wichen zurück in den Saal.

Ein Schatten vor der Tür verdunkelte den Eingang. Dann schob sich Rechenmeister Crykom durch die für ihn schmale Öffnung.

Tawe ging ihm verblüfft entgegen.

»Wir wollen gehen, Tawe. Wir wollen zum Tal der Dimensionen gehen.«

»Heute? Jetzt gleich? Ich meine, das ist toll!«

Als sie den Hof betraten, war er voller Forscher. Überall standen sie an den Wänden, tuschelten, glotzten.

Erster Rat Pokou kam aus seinem Haus.

Crykom machte sich auf den Weg zum Fabriktor, aber Tawe hielt ihn zurück. »Rechenmeister. Wir wollen Pokou Bescheid sagen«, flüsterte er. »Es ist wichtig. Er kommt. Er kann nicht mehr so schnell.«

»Oh.« Der Kelosker blieb stehen.

»Ich freue mich, dich heute hier begrüßen zu dürfen, Rechenmeister«, sagte der Alte noch beim Näherhinken. »Es ist mir eine große Ehre ... für die Fabrik ... die Belegschaft ... uns alle. Sei willkommen.«

»Ich danke«, sagte Crykom. »Ich will wieder gehen. Ich nehme Tawe mit. Er kommt vielleicht morgen wieder.«

»Tawe?« Der alte Pokou fühlerte hin und her. »Tawe, ja ... äh ... Kollege Tawe, ich stelle dich für zwei Tage von der Arbeit frei, damit du von Rechenmeister Crykom eine persönliche Unterweisung erhältst. Crykom, ich freue mich, Siebenkopf solcherart behilflich sein zu dürfen.«

»Danke. Wir gehen jetzt.« Crykom wandte sich wieder dem Tor zu.

Tawe folgte ihm. Als er zurückfühlerte, sah er, dass Pokou die Forscher verscheuchte. »Was glotzt ihr denn so? Habt ihr keine Arbeit? Macht euch nützlich, sonst lass ich euch ...«

Den Rest hörte Tawe nicht mehr, schon schloss sich knirschend das Tor hinter ihm. Dabei hätte er so gern gewusst, womit Pokou jetzt, wo die Nordwand der Bibliothek längst geweißelt war, den Forschern drohte.

Auf dem Landevorsprung erwartete sie ein Alles-für-euch-Gleiter, ein größeres Modell, offensichtlich eigens für Kelosker geschaffen. Tawe stieg ein, und sie sausten los. Als er zurücksah, waren hinten auf dem Vorsprung die schwarzen Gestalten einiger Ueeba zu sehen.

»Dein Erscheinen in der Fabrik hat eindeutig für einen Aufruhr gesorgt, Rechenmeister Crykom.«

Der Ober-Denker ging nicht darauf ein. »Ich fördere dich, Tawe. Wir fliegen zum Tal der Dimensionen. Ich zeige es dir. Du zeigst mir, ob dein empfindlicher Geist die Gegenwart der TRAGTDORON-Fähre wahrnimmt. Und ob du sie durchstehen kannst.«

Rasch hatten sie die Ausläufer des Gebirges hinter sich gebracht, und unter ihnen gleißte der Ring der alten Industrieanlagen auf.

»Siehst du, Tawe?«

Tawe sah es. Riesige metallene Würfel waren hinzugekommen. Sie säumten die Nebelfläche des Tals der Dimensionen.

»Das sind Raumschiffe, Tawe. Gleiter, die durch das Weltall fliegen. Zwischen den Sternen. Von einer Welt zur anderen. Diese hier kommen von der Achtzigsonnenwelt. Sie liefern technische Anlagen.«

»Achtzigsonnenwelt?«, fragte Tawe.

Der Kelosker ging nicht darauf ein.

Ihr Gleiter räusperte sich. »Dort leben die *Anderen*, Tawe. Sie sind nicht so wie wir.«

»Du meinst Posbis?«

»Eine arrogante Bande«, erklärte der Alles-für-euch. »Aber sie können bauen. Na, sie *lassen* bauen, wäre besser ausgedrückt. Larentechnik.«

»Wir sehen uns jetzt die Frachtbühnen an«, sagte Crykom.

»Ja, Chef. Natürlich. Gern«, sagte der Gleiter rasch. »Wunsch vernommen – nachgekommen!«

»Da«, sagte Crykom und zeigte nach unten. »Die Frachtbühnen.«

Es waren riesige Plattformen, eine jede mindestens so groß wie der Imago-Saal. Gerüste standen darauf, Stangen sperrten in alle Richtungen. Dazwischen, darin, daran: knotenhafte Gebilde.

»Sie sehen so ähnlich aus wie Artefakt-Komponenten.«

»Sie sind so ähnlich, Tawe. Aber es sind Maschinen. Aggregate. Laren-Technik, wie der Gleiter gesagt hat. Vieles muss zusammenkommen für die Fähre, die Leistung vieler Einzelner aus den Völkern.«

»Auf jeder Bühne steht ein Kelosker, ja?«

»Diese Beobachtung trifft zu. Wir sind die Lotsen.« Der Gleiter ging hinunter, flog auf den Rand des Nebelfeldes zu. »Anders kann keine Frachtbühne den Boden finden.«

Je tiefer sie gingen, desto riesiger sahen die Raumschiffe aus, desto deutlicher sah Tawe auch, dass die Würfelform nur von weitem zu sehen war. Die beiden Raumschiffe, zwischen denen sie sich nun befanden, zerfielen aus der Nähe betrachtet in Aberdutzende, Aberhunderte wirre Bruchstücke. Die Oberfläche war zerklüftet, ausgestülpt, wölbte sich hier blasig empor, um dort etwas auszutreiben, das beinahe wie Blüten aussah, wie verdorrte, verschimmelte Blüten aus Metall.

Der Gleiter landete neben einer Frachtbühne. Alles-füreuch wimmelten um sie herum.

»Sie überprüfen die Fesselfelder«, erklärte Crykom und stieg schwerfällig aus. »Wenn sie fertig sind, gehen wir hinunter.«

Kurz darauf war es so weit. Ein Zugstrahl hob Crykom auf die Frachtbühne, dann Tawe.

Der Ueeba drehte sich in dem Strahl. Er kam sich klein vor, winzig regelrecht. Und gleichzeitig sehr, sehr wichtig.

Ich sehe das alles, dachte er. *Ich sehe Raumschiffe und Frachtbühnen und ... und Aggregate! Und gleich werde ich das Tal der Dimensionen sehen und die Fähre! Die auf Komponente siebenunddreißig wartet! Ich ...*

Seine Gedanken brachen ab. Die Bühne setzte sich in Bewegung, und jetzt war der Nebel unter ihnen, schluckte das Licht. Die Farben der Fähre verblassten, sie schlingerte etwas, sackte ein Stück tiefer, und dann rankte der Nebel nach ihnen, nach Tawe, leckte an den Trägern, den Schweißnähten, zitterte um Crykoms zitteriger Hand, und dann – war die Sonne weg, und alles war trüb.

Ich kenne das, versuchte Tawe sich zu beruhigen. *Ich kenne diese Nahe, Rankende ... von damals, als ich noch eine Frau gewesen bin, als ich noch eine Larve gehabt habe.*

Aber das stimmte nicht. Seine Larve war durchsichtig gewesen – wenn er es gewollt hatte. Seine Larve war auch nie trüb gewesen, sie hatte geleuchtet, geglüht, war samtig matt gewesen – wie er gewollt hatte. Meistens jedenfalls. Das hier war anders. Und viel zu nah!

Der Nebel leckte um Tawes Mandibeln – rasch schnappte der Ueeba den Mund zu. Aber der Nebel war da und schien in ihn hineinzukriechen ... in ihn einzudringen, einzusickern ... nicht kalt, sondern irgendwie taub machend, stumpf machend.

Tawe dachte an damals, als er eine Frau gewesen war, und für einen Moment half der alte Schmerz.

Dann hatte er das Gefühl zu stürzen, sich rasend zu drehen, und er riss die Augen auf und richtete sie starr auf die Trägerverbindung der Frachtbühne vor sich.

»Tawe«, sagte Crykom. »Fühlst du dich?«

Fühlst du ...

Fühlst ...

»Tawe«, sagte Crykom. »Wie fühlst du dich?«

Der Ueeba machte eine fühlerputzende Bewegung. »Ich ...«

»Tawe. Reduzieren. Konzentrieren! Was tue ich? Sieh, was ich tue! Sag du es mir.«

»Du ... du ...« Tawe strengte sich an. Und auf einmal war er wieder klar. »Du bist der Lotse. Du leitest uns hindurch.«

»Hinunter, Tawe. Ja. Sieh, was ich tue. Bleib hier.«

Abwärts schwebten sie, abwärts. Eine Ewigkeit lang. Immer wieder erteilte Crykom den Alles-für-euch, die hier unten anscheinend blind waren, Kursanweisungen.

Eine Ewigkeit lang ging es gut. Dann bemerkte Tawe, wie sinnlos die Kursanweisungen waren und dass die Robotwesen sie nicht befolgten. In alle Richtungen lotste Crykom sie, und immer ging es hinab, hinab, hinab.

Wenn Tawe die Augen schloss, war er wieder in der Bibliothek und stürzte, stürzte, stürzte.

Wenn er die Augen wieder aufriss, sah er, dass dieser Nebel in sie eingedrungen war.

Tawe merkte, dass sein Oberkörper ins Wanken geriet. Die Fühler ... der Nebel ... der Nebel in seinen Fühlern ... lenkte ihn ... Klopfen ... Trommeln ... das ohrenzerreißende Kreischen von Metall ...

»Tawe«, sagte Crykom.

»Woah«, machte Tawe. »Hawo. Achwo. Nein, wieso denn.«

»Wir brechen ab«, sagte Crykom.

Und endlos, endlos, endlos ging es hinab.

»So, Chef. Jetzt bist du wieder sauber.«

Tawe öffnete die Augen. Eine blaue Lichtfläche. Gegossener Boden, schief und verkantet. Er richtete die Fühler auf und sah einen kleinen, kugelrunden Alles-für-euch vor dem Panorama der Ringstadt schweben. Links die Nebel des Tals der Dimensionen, rechts die rostigen Klippen. Darüber spannte sich blauer Himmel.

Der Boden unter Tawes Seite war fest. Vorsichtig ging der Ueeba aus der Spirale, richtete den Vorderleib auf. Er ächzte.

»Ich hatte das Bewusstsein verloren?«

»Ja, Chef.«

»Und Crykom ist wieder da unten? Im Tal?«

»Ja.«

»Und was soll ich jetzt machen?«

»Dich erholen, Chef. Wenn ich vorschlagen darf.«

»Mich erholen?« Tawe ließ ächzend den Vorderleib sinken. »Ich glaube, das ist eine gute Idee. Wenigstens eine kleine Verschnaufpause.«

»Ja, Chef. Darf ich dir etwas bringen? Ein Bierchen vielleicht? Oder eine Schale Bonbons? Ich könnte dir auch die Beine bürsten. Oder dich sonst wie verwöhnen.«

Tawe erstarrte. Dann seufzte er und wurde wieder weich. Er hatte in seiner Fabrikzeit völlig vergessen, welch hilfsbereite Geschöpfe die Alles-für-euch waren.

»Ja«, sagte er. »Ja, ich glaube, ich möchte doch so ein kleines Bierchen ...«

»Wunsch vernommen – nachgekommen!«, sagte der Alles-für-euch und schwebte flink davon. »Bin gleich wieder da, Chef!«

Das musste eine neue Mode sein mit diesem *Wunsch vernommen*, überlegte Tawe. Früher hatten sie immer *Dafür sind wir doch da* gesagt.

Er seufzte wieder. Ihm sollte es recht sein. Ihm war alles recht. Pokou hatte ihm heute und morgen frei gegeben, und er würde seine Auszeit in der Ringstadt genießen. Er würde sich von einem ganzen Dutzend Alles-für-euch auf einmal umsorgen lassen, jawohl!

Endlich einmal wieder.

Als der Kugelbursche zurückkam – mit einem Bier, einem frischen, schäumenden Bier in einer Trinkschale! – wollte Tawe sich zunächst ein Sonnensegel aufspannen lassen, dort am Rand des Tals der Dimensionen, aber dann überlegte er es sich anders. Der Platz hier war zu exponiert, und die vielfältige Arbeiterei um ihn herum störte ihn, wenn man es recht betrachtete, bei der Entspannung.

»Ich glaube, ich möchte jetzt woandershin«, überlegte er laut und schlürfte von seinem Getränk. *Forscher sind nüchtern,* dachte er. *Das ist ja wohl nur noch genial. Zwei Tage Auszeit. Zwei. Tage.* »Ich trinke auf meine dimensionstechnische Überempfindlichkeit«, verkündete er.

»Wohl bekomm's, Chef. Soll ich dir jetzt die Beine bürsten? Oh.«

»Was oh?«, fragte Tawe. »Oh?« Und sah nach hinten. »Oh!«

Da kamen *Dutzende* Alles-für-euch angesaust.

»Ich meinte: *Oh, da sind sie ja schon,* Chef. Du hast so ausgehungert ausgesehen. Ich dachte, du könntest ja vielleicht so richtig aus dem Vollen schöpfen wollen, Tawe.«

»Du kennst meinen – natürlich kennst du meinen Namen. Ihr verpfeift mich doch nicht?«

»Wieso?«

»Na wegen ...« Tawe zeigte auf sein Bier. »... und so.«

Der kugelrunde Alles-für-euch tanzte auf und ab. »Chef. Du solltest mal die anderen Chefs sehen, wenn sie Ausgang haben.«

Zwei Dutzend Roboter der verschiedensten Ausführungen bestätigten das.

Natürlich. Die anderen Forscher. Sie waren ja keine Gefangenen der Fabrik.

»Und? Haben welche Ausgang? Jetzt gerade?«

»Ein paar bestimmt, Chef. Soll ich die Daten abfragen?«

»Nein, nein. Das reicht mir schon, danke. Hmm!« Tawe betupfte nachdenklich die Schaumreste in dem Becher. »Ich glaube, das wird ein schöner Tag. Aber ich möchte doch ein wenig mehr Abgeschiedenheit. Es muss mich ja nicht gleich jeder sehen.«

»Aber du solltest dir unbedingt noch den Start der Fragmentraumer ansehen, Chef! Das ist ein seltenes Schauspiel.«

»Und ein erfreuliches«, brummelte ein Dreibeiner in der zweiten Reihe.

»Ihr Alles-für-euch mögt die Posbis von draußen nicht gerade, hm?«

»Nein, Chef.« – »Nee.« – »Nö.« – »Gefühlloses Pack.« –

»Die sollen ihr Zeug ausladen, ihr Zeug einpacken, und gut ist!«

»Schon gut, verstanden.« Tawe fühlerte zu dem nächsten der fragmentierten Raumschiffe hinüber. »Und das sieht toll aus, wenn die starten?«

»O ja!«, sagte der Kugelige.

»Und das ist sicher? Sie kommen mir nah vor. Und groß.«

»Ach, wir passen schon auf dich auf, Chef«, machte einer. Mit einem Chor aus Echos.

»Ja, na dann ... dann hätte ich gern noch ein Bier und vielleicht ein bisschen Schatten.«

Das Dutzend Alles-für-euch überschlug sich schier. Wenig später lag Tawe in einer gemütlichen Sandmulde auf dem Rücken, ließ sich die Beine bürsten, die Panzerbögen ölen, ließ Bier aus einem Fässchen in sich hineinrinnen und schaute unter mehreren Sonnensegeln, Sonnenschirmen, Regenpilzen, einer Guckglocke und zwischen den schrägen, Schatten spendenden Säulen des Dreibeiners hervor zu, wie die Fragmentraumer langsam und feierlich vom Boden abhoben, sich zu einer Kette aufreihten und in den Himmeln verschwanden.

»Ich glaube, nachher möchte ich eine Spritztour machen«, überlegte er laut. »Ans Meer vielleicht ... Von Bergen habe ich erst mal genug.« Er sah nach hinten zum Nebelfeld. »Und von Tälern auch.«

Das Meer, das träge Meer, machte ihn melancholisch. An genau so einer Bucht hatte er sich schon einmal in den Sand eingegraben und ein Fässchen geleert oder zwei. Allerdings war das in der Nacht gewesen, und jetzt war helllichter Tag. Damals, als er verzweifelt gewesen war wegen seiner Liebe zu Adilai. Seiner Hitze. Irgendwo hinter dem Sand und den Gräsern begannen Frauen zu singen. Es war eine Abfolge von Schreien ... Trommeln setzten ein ... Pfiffe ertönten wie Vogelschreie ... fernes Knarren ... Grunzen ... Der Dschungel hinter dem Strand und die Töne der feiernden Frauen verschmolzen.

»Moment mal«, sagte Tawe. »Hier feiern keine Frauen. Es ist Tag!«

»Wir haben uns erlaubt, etwas Musik anzumachen, der Gleiter und ich«, sagte der Kugelige und schwebte hinter einer Düne auf. »Wegen der Atmosphäre, dachten wir.«

Musik! Wie lange hatte Tawe keine Musik mehr gehört, ob nun frische oder konservierte. Er hatte ganz vergessen, dass es Musik überhaupt gab.

»Ja. Danke. Das ist eine gute Idee.«

Die Trauer kam in machtvollen Schüben.

»Alles in Ordnung?«, fragte leise der Alles-für-euch schräg über ihm.

»Ja«, sagte Tawe. Er rollte sich zu einer Spirale zusammen, barg sich an sich selbst. »Mir geht es gut«, sagte er in die glatte Haut seiner Rückenpanzer hinein. »So gut wie lange, lange nicht mehr.«

Dann überließ er sich wieder der Trauer und der Musik.

Siebenunddreissig

»Lasst uns eine Reise machen«, sagte er, als er sich wieder gefangen hatte, »eine Reise durch meine Vergangenheit.«

Als sie in der Stadt seiner Geburt ankamen, herrschte noch heller Tag. Es würde noch Stunden dauern, bis die Sonne unter dem Horizont versank. Die Ueeba-Frauen schliefen. Tawe war es recht. Still ragten die riesigen Prachtbauten aus dem Urwald.

»Kreist ein bisschen hier, ja? Genießt die Türme, fliegt die Mauern entlang, die Kuppeln.«

»So, Tawe?« Der Gleiter ließ sich in eine weite Sinkkurve fallen.

»Ja. Tob dich aus.«

Während der Alles-für-euch gemächlich sank und aufstieg und kurvte und kreiste, dachte Tawe an Adilai. Adilai tla Dadié, die geschworen hatte, auf ihn zu warten.

Wo er doch ein Mann geworden war! Wo er doch der Psi-Fabrik gehörte für immer und ewig. Bis in den Tod.

Ob sie wirklich noch immer auf ihn wartete? Noch immer so gern im Wolkengarten schlief? Der Gleiter sagte es ihm.

Ich will nur einmal schauen, dachte Tawe. *Aus der Ferne.*

Aber der Gleiter irrte. Das war nicht Adilai, die sich dort in den Schatten des Wolkengartens herumdrückte, lange vor Sonnenuntergang. Das war eine andere Frau.

»Du machst Witze.«

»Adilai tla Dadié«, sagte der Gleiter. Sein kugeliger Kumpan bestätigte es.

Die Frau wirkte zerbrechlich, kränklich, alt. Ihre Panzerbögen waren stumpf. Ihre Larve war kaum zu sehen, und das konnte nicht nur am Tageslicht liegen.

»Adilai. Meine Adilai. Was ist aus dir geworden?« Sie wirkte so niedergedrückt, so leer! »Lande. Lass mich raus.« Tawe stand schon, da sackte der Gleiter erst durch.

Ein Stück entfernt glitt er hinab. Mochten die Alles-für-euch sich ruhig verplappern oder berichten! Sollte Pokou ihn bestrafen! Womit denn?

»Adilai.«

Sie fuhr herum, sah ihn an, und er sah jetzt, dass es wirklich seine Adilai war.

»Tawe?«

»Ja. Ja! Ich bin Tawe!«

Und sie hielten einander. Und sie war viel zu klein.

»O, ihr Göttinnen«, sagte er. »Ich bin ein *Mann.*« Und zum ersten Mal musste er lachen dabei. Vielleicht sogar darüber.

»Komm, Tawe, komm.« Adilais Stimme – sie hatte doch nie so zerbrechlich geklungen. Aber sie freute sich, sie sah so froh aus, ihn zu sehen.

Unter eine der vorgewölbten Wolken klebten sie sich und fühlerten einander an.

»Du bist so weit weg, Tawe.«

»Ich wollte dich sehen ... oh.« Er sah nach unten. Sie berührten einander gar nicht. »Ich glaube, ich wollte dich nicht quetschen.«

»Komm *her.*«

»Das fühlt sich so fremd an«, sagte er nach einem Moment. Und als sie ihn entsetzt anfühlerte: »Nicht du. Ich.«

»Hm, das fühlt sich gut an«, sagte sie. »So männlich.« Sie lachte in seine Brustbeine hinein. »Pass auf, sonst musst du uns noch einen Baum suchen. O, Göttinnen, ich rede Unsinn ... was für einen Unsinn ich rede.«

Liebesgeflüster. Sie wollte seine Narbe sehen, sie beklagte seine Beinstümpfe.

»Ich hab auf dich gewartet. Oh, wie ich auf dich gewartet habe. Und jetzt bist du da.«

»Nur kurz, Adilai. In der Fabrik weiß keiner, dass ich hier bin. Ich habe mich davongestohlen.«

»Aber ... du brichst mir das Herz, Tawe.«

»Adilai.« Aber was sollte er ihr sagen? Sie liebte ihn, ihr war es egal, dass er ein Mann war.

Und *ihm* war jetzt auch egal, dass er ein Mann war.

»Adilai. Du bist so wunderbar. Deine Liebe ist so wunderbar. Aber die lassen mich nicht gehen. Die lassen mich nie mehr gehen.«

Adilai fühlerte ihn verzweifelt an. »Ja, *schaffst* du denn die Siebenunddreißig nicht?«

Da erst wurde ihm klar, dass die ihn durchaus gehen lassen würden.

Auf einmal hörte er wieder Crykoms Stimme. *Du hast viel Kraft,* hatte der alte Rechenmeister gesagt. *Vielleicht rüttelst du. Vielleicht zerstörst du. Aber du musst es* machen.

Warum hatte er nicht selbst daran gedacht? – Weil er an seine Liebe, ihre Liebe, nicht geglaubt hatte.

»Adilai. Liebste. Ich *werde* derjenige sein, der die Siebenunddreißig löst. Das werde ich! Ich bin schon ganz nah dran, nur ein paar Komponenten noch. Und dann wird es nichts mehr geben, wofür mich die Fabrik festhalten kann! Dann werde ich frei sein! Und zu dir zurückkehren ...«

Das Treffen hätte niemals enden sollen. Aber schon ging die Sonne unter, schon schickte Adilai ihn weg! »Geh, Tawe. Mach! Werde frei, und dann komm wieder ...«

Als der Gleiter abhob, sah Tawe, dass die Schatten tatsächlich lang geworden waren. Und Adilais Larve, vorhin noch das Gespenst einer Frau, leuchtete vor dem fahl schimmernden Gebilde des Wolkengartens. Wie eine Blüte ...

Zutiefst aufgewühlt ließ Tawe den Alles-für-euch zum Herzberg fliegen, wo mit einer Rose alles angefangen hatte. Vor fast zwei Jahren nunmehr.

»Möchtest du feiern, Chef?«

»Nein. Nein, nach feiern ist mir nicht zumute. Aber ich möchte die alten Orte sehen ... *unsere* alten Orte.«

So früh am Abend lag die Festwiese leer. Der Müll der vergangenen Nacht war längst weggeräumt. Hellere, dichtere Grassoden zeigten an, wo die Wiese ausgebessert worden war. Wenige Alles-für-euch waren damit beschäftigt, Stände aufzufüllen und die große Musikanlage zu justieren. Noch standen die großen Fluglautsprecher in einem Grüppchen auf dem Boden und vertrieben sich die Zeit mit einem Singspiel.

Bald würde es beginnen, das große, rauschende Fest. Aber jetzt noch nicht.

Das ganze Gelände leer zu sehen, war ein ... nein, kein ernüchternder Anblick, aber einer, der ihn mit leiser Traurigkeit erfüllte.

»Flieg mich hinüber zum Jadepalast, ja?«

Er ließ den Gleiter hoch oben an der abgerundeten Wand halten und stieg hinaus, klebte sich an das grüne Gestein. Endlos dehnten sich die Fadenwälder jenseits der Festwiese.

Hier haben wir gesessen, dachte Tawe und seufzte, *nur ein kleines bisschen weiter dort drüben vielleicht, dort unten. Hier ist die Rose ins Gras getaumelt, dem alten Forscher vor die Füße. Lamrié. Den ich getötet habe.*

Bittere, böse Freude glühte kurz in ihm auf. Wie eine Sternschnuppe.

Ich wünschte, ich hätte ein Stück von ihm essen können, dachte er. *Als ein Zeichen. Um ihn zu verdauen und auszuscheiden, als den Dreck, der er war!*

Noch eine Sternschnuppe, die aufglühte und verging.

Hier saßen wir, und unten war der Forscher. Und wer weiß, vielleicht bin ich heute Abend selbst ein Forscher, der dort unten steht und zu irgendwelchen Frauen hinauffühlert. Und vielleicht werden sie Angst vor mir haben. Aber das brauchen sie nicht. Ich werde nie im Leben eines dieser Wesen an die Fabrik verraten. Im Leben nicht! Eher noch fresse ich meine Fühler. Ich schwöre!

Tawe seufzte. »Du kannst jetzt gehen, Gleiter. Ich danke dir. Ich will ein bisschen spazieren.«

Der Kugelige stieg aus dem Fond seines Kumpanen auf: »Ich könnte dich begleiten.«

»Danke. Ich möchte jetzt allein sein. Meine Gedanken sammeln. Bevor der Ansturm kommt.«

»Oh. Ja. Vielleicht noch ein Bier? Ein Nachtlicht? Ein paar Pilze?«

Tawe ging die Wand hinunter und ließ ihn reden. Aber er war froh. So freundlich war seit bald zwei Jahren niemand mehr zu ihm gewesen – außer Tibala. Guter, alter Bala!

Das Gras fühlte sich bereits kühl an, als er von der warmen Wandung trat. Seine Schritte führten ihn in den Jadepalast. Er sah den Staub, den Staub der vielen, langen Jahre. Spuren waren darin zu sehen.

Also machten sie immer noch ihre Mutprobe hier, die Mädchen und die jungen Frauen.

Er folgte den Spuren, die ihm winzig vorkamen, jetzt,

nachdem er so lange nur unter Männern gelebt hatte. So wie ihm früher die Spuren von Kindern winzig erschienen waren. Tawe ging an den Wunderkästen vorbei, den Knochen der großen alten Tiere. Anscheinend brachten die Alles-für-euch hier immer noch alles in Ordnung, sobald die Ueeba schlafen gegangen waren. Morgen für Morgen, jahrelang. Jahrhundertelang.

Dann stand Tawe vor dem Gang, der in die Tiefe hinabführte. Selbst jetzt, als Mann, spürte er das Unbehagen, das einen überkam, wenn man die alte Rampe hinunterschaute. Es schien den Ueeba wirklich im Fleisch zu liegen.

Er wappnete sich und ging die Rampe hinunter. Immer dünner wurden die Spuren, die er vor sich sah. Und schließlich ging er über einen unberührten Staubteppich.

Er sah sich um, fühlerte zur Decke hinauf, zählte die großen alten Lampen. *Und wir sind uns damals so stark vorgekommen!*

Als Tawe wieder die Rampe hinuntersah, musste er feststellen, dass er sich auch heute nur stark *vorgekommen* war. Die Schwärze sprang ihn an wie etwas, das ihn fressen wollte.

Er reckte die Fühler und schuf eine Lichtkugel, ließ sie den Gang hinunterschweben. Aber davon wurde sein Gefühl nicht besser. Die Schwärze schien sich um sein kleines Licht zu sammeln, zusammenzurotten.

Tawe machte kehrt.

Als er aus dem Tor des Jadepalastes trat, waren bereits die ersten Feiernden da. Ausgelassen tänzelten sie mit ihren frischen, wabernden Larven durchs Gras und besahen sich Auslagen der Stände, tranken die ersten Biere.

Diese freundlichen, kleinen Wesen, die die Frauen waren. Tawe spazierte zwischen ihnen hindurch und kam sich groß und plump und weltläufig vor. Was wussten sie schon! Den ganzen Tag zu spielen, das hieß, den ganzen Tag zu schlafen! Zu träumen ...

Tawe rieb sich die Fühler. Was denke ich denn da?

Schlafen ... träumen ...

Forscher Tawe, neu auf dem Herzberg in dieser Gestalt, angenehm verwirrt von allem, was um ihn herum vorging, spazierte zu einer Ruhbude und machte es sich in einem knallbunten Eck gemütlich. Ein Alles-für-euch, an dessen breiter Brust ein winziges, kaum fühlerlanges Mädchen klebte, so jung, dass es noch nicht einmal den Hauch einer Larve besaß, brachte ihm etwas zu trinken für den Schlaf und die Träume. »Angenehme zwei Stunden wünsche ich dir«, brummte es aus dem Lautsprecher. Dann drehte der Alles-für-euch sich zu einem Haufen junger Frauen um, die weiter hinten und unten herumalberten, und rief: »He, Mädels! Euer Schwesterchen hat mir grad die ganze Brust hinuntergepieselt ... ist eine tüchtige Trinkerin!«

Die jungen Frauen lachten und nahmen ihm das Kind ab.

Tawe ruckelte sich zurecht, und als er die Augen einzog, hatte er beinahe das Gefühl, zu Hause zu sein.

In seinem Traum schien die Sonne, und er flog mit seinem Freund Tibala in einem Gleiter mitten durch die Ringstadt. Tawe lenkte den Gleiter selbst. Das gelang ihm ganz leicht, wenn auch ein wenig ruckelig. Überall sausten Alles-für-euch herum, Fragmentschiffe verdunkelten ganze Stadtteile, aber Tawe und Bala störte das nicht. Sie waren lustig. Einmal konnten sie beim Kreuzen einer vielbeflogenen Schneise nicht sehen, ob jemand kam, und da krabbelte Bala nach vorn auf die Haube des Gleiters und hängte sich so weit hinaus, wie er konnte. »Weg frei!«, rief er, und lachend flogen sie weiter ... in ihrem selbst gelenkten Gleiter ... Bala auf der Haube, und Tawe am Steuer ...

Später in der Nacht wollte er etwas gegen die leichten Kopfschmerzen machen und nahm seinen Spaziergang wieder auf. Der Sternenhimmel spiegelte sich in den Wölbungen des Jadepalastes. Und noch etwas. Ein aggressives, bedrohliches Flackern.

Es musste vom Lodertunnel stammen. Als Tawe lauschte, konnte er ihn fauchen hören.

Der Lodertunnel war aktiv!

Schon kreisten Alles-für-euch über dem Gelände.

Damals, mit Adilai zusammen, hatte er immer Angst vor dem Tunnel gehabt. Seine Adilai jedoch nicht. Er bezwang seine Angst und ging näher.

Dutzende Ueeba-Frauen umstanden einen Ring von Alles-für-euch. Einer der Roboter versuchte auch ihm den Weg zu versperren, aber er herrschte ihn an: »Mach Platz! Ich bin Jungforscher Tawe und auf Weisung von Rechenmeister Crykom hier!«

Frauen reckten die Fühler. Weitere Alles-für-euch glitten heran.

»Lasst mich durch! Befehl von Rechenmeister Crykom. Nun hört schon und gebt den Weg frei.«

Sie taten es nicht. Ihre Programmierung schien es ihnen zu verbieten.

Tawe richtete sich auf, so hoch er mit seinem Rücken konnte, und starrte über sie hinweg. Irgendetwas kam näher, ein wabernder, zerfaserter Schatten vor dem gleißenden Licht. Das Wesen besaß zwei Arme, vier Beine, einen missgestalteten Kopf-Klumpen. Es hinkte. Es war ein unbeholfener, missgebildeter Kelosker. Diese Arme, die verstümmelten Arme!

Das Wesen stürzte seitwärts – nein, es zerriss in der Mitte!

Tawe war entsetzt, dann begriff er, dass es sich um zwei

Wesen handelte. Das eine war gestürzt, das andere versuchte ihm aufzuhelfen.

Was für seltsam dürre Wesen es doch waren ... wie die Knochendinger im Jadepalast!

»Schaffen sie es?«, flüsterten die kleineren Frauen neben ihm.

»Ja«, sagte Tawe. »Ich glaube, sie schaffen es.«

Hinter ihm jauchzten die Ueeba-Frauen. Sie waren jetzt nicht mehr zu halten, wimmelten um die Alles-für-euch in das freigehaltene Rund. »He!«, riefen die Robots. »He!« Aber was sollten sie denn machen?

Die beiden Wesen, wie Tawe nie welche gesehen hatte, kamen näher. Sie stolperten. Rings um den Tunnel herum zuckten die Larven der ekstatischen Ueeba-Frauen.

Schwankend standen die beiden Wesen da. Sie wirkten mehr tot als lebendig. Das eine fiel ins Gras. Das andere griff sich an den Kopf, brüllte etwas, schwankte, fiel auch.

Die Knochenleute waren angekommen. Und, was Tawe damals noch nicht wusste, das Ende der Fabrik war nahe.

Achtunddreissig

Während Tawe noch überlegte, was er tun sollte, während auch die Ueeba-Frauen einfach verblüfft dastanden, fing das obere der beiden Wesen wieder an, sich zu bewegen.

»Weg! Alle ein Stück weg!«, rief Tawe. »Sie haben vielleicht Angst!«

Das Wesen kam hoch, stand jetzt auf allen vieren. Auch das andere Wesen bewegte sich, zuckte.

Langsam gingen die Ueeba-Frauen wieder näher. Tawe folgte ihnen. Der Tunnel wurde dunkler, bis nur noch das fahle blaue Glühen übrig war, in das Adilai damals so gern geschaut hatte.

Dem wachen Wesen knickten die Vorderbeine ein. Dann kippte es um und lag wieder. Auf dem Rücken diesmal.

»Stirbt es?« – »Es stirbt!« – »Ach! Das Arme ...« – »Guck mal, sie tragen Larven. Aber nur auf dem Kopf ...«

Eine besonders vorwitzige Frau näherte sich dem Wesen bis auf Fühlerlänge. Das Wesen hob eines seiner Gliedmaßen und berührte einen der Fühler.

»Stielaugen, schick. Ich weiß, was gleich passiert«, sagte das Wesen auf Larion. Auf Larion! Es wand sich, machte merkwürdige Geräusche. »Gleich kommt ein Dings ... ein ...«

Das Wesen kämpfte sich hoch. Stand wackelig da.

Aufgeregt zuckten die Frauen mit den Fühlern. »Wir müssen ihnen helfen!« – »Die Hüter!« – »Sie müssen zu den

Hütern!« Schon bildeten einige ihre Larven um, formten sie zu den Umrissen von Ober-Denkern. Wie eine Woge breiteten sich die Keloskerformen unter den aufgeregten Frauen aus.

»Ja, genau«, sagte das Wesen. »Ein Kelosker. Dankeschön, die Herrschaften. Die Wurmschaften.«

Es kann Larion!, dachte Tawe. *Es kennt Kelosker! Und ich habe noch nie Wesen wie diese gesehen ...*

»Die Hüter!« – »Die Hüter werden sich kümmern!«

Nein!, dachte Tawe. Und dieses Nein kam aus tiefsten Tiefen. Er war es leid, der Gefangene zu sein. Der Junge. Der Dumme. *Nein!*

Ein Alles-für-euch kam angerast. Eine Gleiter-Version, die groß genug war, um die beiden Wesen aufzunehmen.

Rasch schob Tawe sich durch die Leiber der Frauen.

»He! Ihr Brüder auch noch?«, brüllte das Wesen. »Seid ihr wahres Leben oder was?!«

Dann machte es wieder die komischen Geräusche, und ihm trat eine Flüssigkeit aus den Gesichtsöffnungen.

Als der Alles-für-euch gerade seine Kuppel öffnete, um die Wesen aufzunehmen, war Tawe schon dazwischen.

Er machte beruhigende Gesten zu dem Wesen. Dann wurden sie von dem Zugstrahl ergriffen, und das Wesen drehte seine Augen in den Kopf zurück und erschlaffte.

»Bring uns zur Fabrik«, sagte Tawe zu dem Alles-für-euch.

»Aber, Chef. Sie sind verletzt. Sie kamen aus dem Tunnel. Sie müssen medizinisch versorgt werden und nach Siebenkopf. Rechenmeister Crykom ...«

»Ich *komme* von Rechenmeister Crykom«, sagte Tawe. »Ich habe Weisung, diese Wesen in die Psi-Fabrik zu bringen.«

»Da muss ich erst nachfragen, Chef.«

»Tu, was du nicht lassen kannst. Aber Rechenmeister Crykom befindet sich auf Montage im Tal der Dimensionen. Was meinst du, warum er mich geschickt hat?«

»Oh. Also zur Fabrik, Chef.«

Vor der Krankenstation wartete Tibala schon.

»Aus dem Dimensionstunnel?«, sagte sein Freund. »Und dann bringst du sie hierher?«

»Wir sind Forscher«, sagte Tawe ungerührt. »Also forschen wir.«

»Der Erste Rat wird stinksauer sein, wenn er das hört.«

»Pokou werde ich eben sagen, dass ... oh ... Sei gegrüßt, ehrenwerter Pokou!«

»Was ist das hier?«, fragte der Alte.

»Zwei Fremdwesen. Aus dem Dimensionstunnel, Erster Rat. Rechenmeister Crykom ist gerade anderweitig beschäftigt, und wir sollen uns so lange um diese Wesen kümmern.«

»So? Sollen wir? – Und warum sollte ich dann stinksauer sein, Jungforscher Tibala?«

»Ääh ...«

»Rechenmeister Crykom war heute mit mir im Tal der Dimensionen«, trumpfte Tawe auf. »Auf dem Rückweg habe ich diese beiden Wesen gleich mitgenommen. Sobald Crykom seine Arbeiten abgeschlossen hat, werde ich ihn von der Ankunft der Wesen informieren! Jetzt müssen wir uns beeilen! Sie brauchen medizinische Versorgung! Wir wollen doch nicht, dass sie uns unter den Fühlern wegsterben.«

Nun war es am alten Pokou, *ääh* zu sagen.

Sie ließen ihn stehen.

»Tja. Mal sehen, was sich machen lässt«, sagte Tibala und begann sich zu desinfizieren. »Erst mal müssen wir sie wohl aus diesen seltsamen Schalen rauskriegen.« Er klopfte an das larvenähnliche Rund über den Köpfen und einige harte Stellen an dem, was offensichtlich über die Leiber gespannt war.

»Du wirst das schon machen.« Tawe musste wieder an den Traum denken. »Da habe ich volles Vertrauen in dich.«

»Wenigstens einer ...«, hörte er Tibala sagen, als er die Krankenstation verließ.

Tawe war müde, aber er war auch aufgewühlt. Er hatte Adilai geschworen, die Siebenunddreißig zu lösen. Auf dem Hof sah er sich um. Alles war wie immer taghell ausgeleuchtet, aber um diese Uhrzeit, wenn Abend und Morgen gleich fern waren, lag der Hof meist still.

Heute auch schon wieder fast. Die kleine Aufregung um die Ankunft der Fremden herum hatte sich beinahe gelegt.

Tawe warf einen Blick in den Imago-Saal. Wie er sich gedacht hatte, waren alle Arbeitsplätze leer.

Er hatte fast alle Artefakt-Komponenten zu bilden geschafft. Was waren die fehlenden Vierunddreißig, Fünfunddreißig, Sechsunddreißig gegen die Erfahrung von all den Komponenten davor?

Er ging die Unterlagen durch, die er sich ohnehin schon Dutzende Male angesehen hatte. Er sammelte sich. *Na schön. Dann wollen wir mal.*

Vor seinen Fühlern verfestigte sich Licht zu Energie. Die Energie wurde zu Form. Zu einem Gebilde, das dieses Mal jedoch nichts mit einem sich verwindenden, unmöglichen Knoten gemeinsam hatte – die Siebenunddreißig war praktisch nur eine Röhre von sieben Metern Länge und vier Metern Durchmesser.

Nichts an ihr schien im Mindesten besonders. Und dennoch war es diese scheinbar simple Form, auf die die Imago-Forscher so lange zugearbeitet hatten.

Tawe nahm jedoch nicht nur die äußere Form wahr, sondern tastete die Siebenunddreißig mit den Sinnen eines Forschers ab.

Nun stellte sich heraus, dass es für Triumphgefühl zu früh war: Er hatte zwar die Form der Siebenunddreißig geschaffen, aber der Psionische Stempel war ihm völlig missglückt.

Er hätte am liebsten einen neuen Anlauf unternommen, aber das war Unsinn. Er war zu erledigt. Er konnte sich kaum noch auf den Beinen halten, und sein Rücken ... seinen Rücken hätte er am liebsten für die Nacht irgendwo hingestellt. Möglichst weit weg von sich.

Er rollte sich ein, streckte sich wieder – und sah im Zugang zum Imago-Saal jemanden stehen.

»Ehrenwerter Pokou. Du hast Schichtantritt? Ich entschuldige mich jetzt, brauche dringend etwas Schlaf. Wir sehen uns morgen.«

Der Alte sagte nichts. Was sollte er auch sagen? Ihm einen Vorwurf machen, weil er die paar Aufgaben übersprungen hatte? Nun, er würde sie in den nächsten Tagen erledigen, wie sich das gehörte. Aber Tawe wusste jetzt, dass er der einzige lebende Forscher war, der zumindest in der Lage war, die Form der Siebenunddreißig zu erschaffen.

Und Pokou wusste es auch. Was also sollte er sagen?

»Übertreib es nicht, Jungforscher«, sagte er. »Übertreib es nicht!«

Aber es klang nur noch hilflos.

Tawe betrat die Krankenstation. »Und? Wie geht es ihnen?«

Tibala versorgte gerade einen Forscher, der sich in der Küche verletzt hatte. »Sie verfärben sich«, sagte er. »Ich weiß nicht, ob man dann sagen kann, es ginge ihnen gut. Aber sie atmen, sie leben.«

»Dann sind sie nicht wieder zu Bewusstsein gekommen?«

»Nur kurz. Das eine jedenfalls. Wir können gleich hinüber, ich bin fast fertig.« Er legte die Pistole weg und klopfte dem verletzten Kollegen gegen ein Brustbein. »So. Wenn du nicht ganz viel Pech hast, wächst sie wieder sauber zusammen. Pass das nächste Mal besser auf mit dem Fleischwolf.«

»Ja, ehrenwerter Kollege«, sagte der Forscher und befühlerte die geklebte Mandibel. »Danke.«

Tawe sah ihm nach. »Wie hat er das denn geschafft?«

»Man sollte einen Fleischwolf halt nicht ohne Werkzeug auskratzen. Verfressener Kerl. Komm.«

Die beiden Fremdwesen waren in einem Nebenzimmer untergebracht. Durch eine offene Tür fiel Licht herein, gedämpft durch ein Sonnensegel. »Ich dachte, sie sollen sich nicht gefangen vorkommen, falls sie aufwachen«, sagte Tibala.

»Keine schlechte Idee.«

Tibala zog das Tuch beiseite, das er über die Wesen gelegt hatte. »Es war eine ziemliche Arbeit, sie aus diesen Hüllen rauszukriegen. Es sind Warmblüter. Mit Innenskelett. Säuger anscheinend.«

»Aua.« Die Wesen sahen wirklich merkwürdig aus. Ihre Haut war bunt verfärbt, zu unregelmäßig für selbst ein wildes Muster.

»Es verändert sich langsam. Ich habe Aufnahmen gemacht.« Tibala spielte sie auf einem Monitor ab.

Tawe sah zu, wie die Flecken aufblühten, sich verbreiterten, dabei heller wurden. Es wirkte wie ein Larvenspiel in Zeitlupe. Er befühlerte ihr Fleisch.

»Es verfärbt sich unter Druck.« Tibala zeigte es ihm.

»Sie sind druckempfindlich? Was für seltsam schutzlose Wesen. Kein Wunder, dass sie sich zusätzliche Häute anziehen. Oh. Wie sieht das denn hier unten aus?«

»Sie werden wund nach einer Weile«, sagte Tibala. »Schau.« Er drehte das leichtere Wesen etwas auf die Seite.

»Ich habe ein Tuch darunter gelegt, aber das hilft auch nicht viel. Man muss sie immer wieder ein bisschen anders hinlegen.«

»Sie sind wie nackte Säuger«, überlegte Tawe. »Du musst sie mehr schützen in ihrem Schlaf. Sicher verstecken sie sich zum Schlafen irgendwo. In einer kleinen Höhle, einem Nest, einer Sandmulde. Probier das aus.«

»Gut«, sagte Tibala. Sie sahen eine Weile auf die beiden knochigen Wesen hinab. »Hast du schon von Crykom gehört?«

»Nein«, sagte Tawe leichthin. »Aber wenn er kommt, soll er sehen, dass wir uns gut um sie gekümmert haben.« Er fühlerte zu den Medizinkugeln hinauf, die über den Köpfen der beiden Wesen angebracht waren.

Tibala sah ebenfalls dorthin. »Die Daten scheinen in Ordnung zu sein. Jedenfalls bewegen sie sich in fest abgegrenzten Bereichen. Bei jedem Wesen ein bisschen anders, aber stabil.«

»Sie sehen bizarr aus«, sagte Tawe. »Und so unterschiedlich. Schau dir diese Behaarung an. Dem einen Wesen wachsen fast überall welche. Das andere ist fast unbehaart. Und hier wächst ihm überhaupt nichts.« Er zeigte um die Mundöffnung herum.

»Und dann sieh dir mal das hier an. Äußere Geschlechtsteile – es müssen jedenfalls welche sein.« Er zeigte zwischen ihre Hinterbeine.

»Hm. Hast du sie durchleuchtet?«

»Klar. Es sind Säuger.«

»Intelligente Säuger!«

»Hm«, machte Tibala. »Was es nicht alles gibt.«

Als die Medizinkugel anschlug, ließ Tibala sofort alles stehen und liegen und eilte in die Krankenstation.

Das kleinere Knochenwesen kauerte oben auf der Nestwandung! Es war wach! Es konnte sich fortbewegen!

»Bleib, wo du bist!«, sagte das Wesen. Es sprach Larion, wie Tawe gesagt hatte!

»Sorge dich nicht«, sagte Tibala rasch. Er hatte Angst, dass das Wesen hinunterfiel. Es schwankte. »Ich will dir nichts tun. Ich freue mich, dass du wach bist, ja?«

Das Wesen schlug die Fühler der Medizinkugel weg. »Dann sag diesem Ding, dass es verschwinden soll.«

Tibala ging rasch hinauf zur Steuereinheit und sorgte dafür, dass die Kugel sich an die Decke zurückzog.

Das kleine Knochenwesen ruderte mit den Vorderbeinen und rutschte ins Nest, schaffte es kaum, sich dabei abzustützen.

»Du wirkst sehr erregt.« Tibala blieb vorsichtshalber, wo er war. Das Wesen versteckte sich halb unter den Tüchern und bleckte die zahnbewehrten Mundöffnung. »Was kann ich tun, um dein Wohlbefinden zu erhöhen?«

»Gib mir meine Kleider wieder!«

»Kleider ... Ich verstehe nicht.« Er fühlerte zu dem anderen Wesen. Es war anscheinend immer noch ohne Bewusstsein.

»Meinen Anzug!«, zwitscherte das Kleinere. Es wackelte mit dem Kopf. »Das, womit meine Haut bedeckt war, als ich ... als wir hierher gekommen sind. Auf eure Welt.«

»Ah. Diese larvenartigen Hüllen, ja? War gar nicht so leicht, sie zu entfernen. Sie haben sich gewehrt. Moment, ich hole sie.« Als er wieder in das Nest schaute, sah das Wesen bereits weniger aufgeregt aus. »Ich lasse sie dir hineinfallen, ja?«

»Danke. Und dann geh ein Stück weg. Ich will mich in Ruhe anziehen.«

»Ach so? Nun gut. Ich komme gleich wieder. Ich bringe dir Essen und Trinken.«

Während er es holte, fragte er sich kurz, ob er Tawe verständigen sollte. Aber er entschied sich dagegen. Sein Freund arbeitete wie ein Besessener. Er brauchte jetzt keine zusätzliche Aufregung. Er sollte lieber einmal ein Stündchen schlafen – und wenn auch nur direkt im Imago-Saal.

Die Sechsunddreißig ist geschafft!, dachte Tibala. *Kein lebender Ueeba hat je jemanden die Sechsunddreißig machen gesehen. Und eins der Wesen ist erwacht. Was für ein Tag!*

Als er wieder in das Nest schaute, trug das Wesen nicht alle seine Kleidung. Nur die untere, hellere, weichere. Die schützte ja wohl nicht. Trotzdem wirkte das Wesen jetzt weniger aufgeregt.

»Ich bin Tibala vom Volk der Ueeba«, stellte er sich vor. Als er bis auf den Nestrand ging, um das Tablett hinunterreichen zu können, riss das Wesen wieder die Augen auf. »Hier ist eine Stärkung«, sagte er betont ruhig. »Ich gebe sie dir, dann gehe ich wieder hoch. Wie heißt du, fremdes Wesen?«

»Tamra.« Das Wesen hielt sich den Becher unter die Nasenöffnung.

»Du kannst das trinken. Es ist sauber.«

Das Wesen trank. Dann schnupperte es vorsichtig an dem Brei.

»Du kannst das essen. Es ist verträglich für euch. Du hast es in deiner Starre schon als Nährlösung bekommen. Es ist das verträglichste Lebensmittel, das wir haben. Wir füttern unsere Jungen damit.«

Das Wesen sah auf. »Baby-Brei, ja?«

Tibala war für einen Moment verblüfft. *Geriebene Kinder? Das konnte nicht sein Ernst sein!*

Dann fiel ihm ein, dass es wahrscheinlich ein Nahrungsmittel *für* Kinder meinte. »Ich glaube, so kann man sagen. Wir benutzen das Larische als Fachsprache. Brutpflegerische Begriffe kommen in unseren Vokabelsammlungen nicht vor.

Die kann ich nur in Ueebaka ausdrücken.« Er machte ein paar Worte vor. »Bloß verstehst du sie nicht. Nicht wahr?«

Das Wesen verneinte schlürfend. Es saugte an dem kurzen Schlauch, wie Tibala sich gedacht hatte. »Hast du mich gefunden?«

»O nein. Das war Tawe! Unser absoluter Topforscher! Aber er hat gerade leider keine Zeit, sich um euch zu kümmern. Ihm gelingt immer wieder um einen Jungfühler die Lösung der Siebenunddreißig. Und dann doch wieder nicht. Es ist zum Verzweifeln.«

»Ach so?«

In der Folge stellte Tibala erfreut fest, dass sich dieses Wesen Tamra immer mehr beruhigte, immer gelassener wirkte. Irgendwann lehnte es an der Nestwandung und rutschte langsam immer tiefer.

»Gefällt dir das Nest? Findest du es bequem? Tawe hat gesagt, ich soll zusehen, dass ich euch gute Ruhemöglichkeiten schaffe. Es war gar nicht so leicht, kann ich dir sagen. Ich habe es mit Sandmulden probiert und mit eingedicktem Wasser, aber irgendwie haben sich eure Leiber dann immer aufgeregt. Schließlich habe ich mir dieses Nest abgeguckt, von ein paar kleinen baumbewohnenden Säugern im Fadenwald.«

»Habt ihr denn keine Betten? Keine Ruheliegen?«

»O nein, wir kleben uns immer einfach bloß irgendwohin, an irgendeine geschützte Stelle.«

»Das klingt aber ungemütlich.«

»Ungemütlich!« Tibala war verblüfft. Was hatte dieses Wort mit einem Schlafplatz zu tun? »Trocken muss die Stelle sein. Schattig. Und schön dicht am Arbeitsplatz, damit man gleich weitermachen kann.«

»Ihr seid aber fleißig.« Das Wesen lag inzwischen wieder auf dem Nestboden.

»Klar. Wir sind Männer. In Haufen rumkleben überlassen wir den Frauen.«

»In Haufen? Ach so?«

»Frauen, die kuscheln ständig. Mit ihren Freundinnen. Kleben sich alle zusammen in eine Ecke und kichern und erzählen sich Geschichten. Alberne, flatterhafte Wesen, die sie sind.«

»So, so«, sagte das Wesen Tamra. Es machte ein schmatzendes Geräusch. Bestimmt schlief es gleich ein. »Sind sie also.«

»O ja«, sagte Tibala. »Ich bin froh, dass ich keine Frau mehr bin.«

»Nicht mehr? Ihr seid Geschlechtswandler? Das erklärt, warum ihr nackt rumlauft.«

»Dann frierst du gar nicht?«, stutzte Tibala. »Dann versteckst du deine *Geschlechtsteile*?«

»Versteckt ihr sie nicht?«

»Nein.« Tibala überlegte. »Also sie sind eigentlich schon versteckt. Sie kommen nur manchmal raus, weißt du.«

»Dann bekleidet ihr euch gar nicht? Schmückt euch nicht? Erhöht nicht eure Attraktivität?«

»Nein. Wir nicht. Wir sind doch Männer. Die Frauen, die haben ihre Larven. Und tragen Beinringe und so Zeug.«

»O ja. An die Larven erinnere ich mich. Diese leuchtenden Blasen, nicht? Sie schmücken sich, kuscheln, albern herum, erzählen sich Geschichten – ich glaube, ich will eure Frauen mal kennenlernen ... Tibala?«

»Ja?«

Tamras Stimme wurde noch undeutlicher. »Erzählst du mir eine Geschichte? Ein Märchen ... ich bin so müde.«

»Ein Märchen.« Er war verblüfft. *Ein Märchen!*, dachte er. *Das ist lange her.* »Ja, das kann ich wohl tun.«

Er schlüpfte das Seil hinunter und legte sich auf den

Rand des Nestes, streckte die Beine durch. Das Tamra-Wesen schielte leicht, als es ihn ansah. Es klappte immer wieder Häute vor die Augen.

Männer, dachte Tibala. *Frauen. Larven. Es weiß nichts über uns Ueeba ... alles ist ihm neu.* Und da wusste er, was er Tamra erzählen würde. »Die Geschichte von der Seherin Mesehi. Sie erzählt von unserem Ursprung. Sie ist in dieser Form beinahe zweitausend Jahre alt ... Hörst du?«

»Ja«, sagte das Wesen leise und undeutlich. »Ja, Mama.«

Dieses Wort war ihm gänzlich unvertraut. Er wollte schon danach fragen, aber dieses Tamra schien bereits zu schlafen.

Er erzählte ihm das Märchen trotzdem.

Neununddreissig

In ihren Kampfanzügen flogen sie das Gebirge hinunter zur Ringstadt. Tamra hatte keinen Alles-für-euch-Gleiter nehmen wollen. Und andere Fluggeräte besaßen die Imago-Forscher nicht.

Sie war so froh gewesen, als Startac von sich aus gesagt hatte, dass sie von hier abhauen würden.

Während sie dahinrasten, verrauchte ihre Wut, und sie konnte wieder klarer denken. »Startac. Lass uns mal anhalten. Auf dem Felsen da.«

Sie landeten auf einem schroffen Felsdurchbruch. Das Gestein war scharfkantig und schien aus versteinerten Ablagerungen eines alten Meeresgrunds zu bestehen.

Durch Tamras halb geöffneten Helm drang pflanzensatte, würzige Luft. Sie atmete schnuppernd ein.

Startac sah sie an.

»Wir können nicht planlos durch die Gegend sausen.«

Er schmunzelte. »Das sehe ich auch so. Schön, dass wir einer Meinung sind.«

»Was können wir tun?«

Er zuckte mit den Achseln. »Uns ein Raumschiff suchen.«

»Wir werden nur lauter Posbi-Raumer finden! Dieser ganze Planet ist ein einziger Maschinenteufel! Sie überwachen alles!«

Startac sah sie an. »Und das heißt?«

»Wir müssen irgendwie anders weg.«

»Zum Beispiel?«

»Ihr Mütter! Sag du doch mal was! Sitz nicht einfach bloß da herum!«

»Wir könnten den Dimensionstunnel nehmen.«

»Und wieder auf Terra Incognita herauskommen? In der totalen Isolation? Da hätten wir ja gleich dort bleiben können!«

Startac nickte. »Zumal wir es vielleicht nicht einmal überleben würden. Gut. Oder vielmehr: nicht gut. Dann eben mit den Posbis. Wir könnten uns von ihnen ein plasmafreies Raumschiff bauen lassen, das wir selbst steuern.«

Sie schüttelte den Kopf. »Wir wüssten ja nie, ob wir nicht doch in einem riesigen Robot sitzen, der uns bei der Rückkehr in bekannte Sektoren dann prompt den Maschinenteufeln ausliefert. Oder den Laren. Die haben hier ja Verbindung zu Laren.«

»Ich frage mich, wie viel Verbindung die überhaupt zu irgendwas haben. Die Posbi-Kultur hier ist friedlich bis zum Abwinken. Die Kelosker sind nur mit ihrem Jahrtausendplan beschäftigt. Die Ueeba eigentlich primitive, planetengebundene Ureinwohner. Das ist hier ein kleines Taschenuniversum, ein regelrechtes Idyll – trügerisch vielleicht, aber dennoch.«

Tamra überlief ein Schaudern. »Diese Welt ist krank, Startac, sie ist einfach bloß krank. Die stimmt hinten und vorn nicht. Das ist alles so sauber getrennt und in Schachteln gepackt hier, dass es einen graust.«

»Du meinst diese Männer- und Frauengeschichte?«

Sie nickte. »Unter anderem. Die Frauen leben wie im Paradies. Aber ich misstraue Paradiesen. Ich frage mich: Was bezahlen sie dafür? Irgendetwas müssen die Alles-für-euch doch kriegen, sonst hätten sie keinen Grund, die Frauen von vorn bis hinten zu bedienen.«

»Ich würde Posbis nicht nach menschlichen Maßstäben beurteilen. Was haben die Maschinenteufel draußen davon, alles Leben zu töten? Abgesehen davon ist es, glaube ich, ganz offensichtlich: Die Posbis beziehungsweise die Kelosker hinter ihnen kriegen die Artefakt-Komponenten. Das ist der Deal.«

»Dann diese Mannwerdungsgeschichte. Hast du dir die Larven der Frauen mal angesehen?«

»Natürlich.«

»Die sind so schön. Da steckt ganz viel Kreativität drin. Und dennoch macht keine einzige Frau sich an diese Psi-Materie-Komponenten. Weil sie dazu angeblich nicht in der Lage sind! Warum denn nicht?«

»Sie besitzen irgendein Potenzial, das erst nach der Mannwerdung freigesetzt wird. Passt doch.«

»Ja, hier passt alles. Es hat alles seine Folgerichtigkeit. Aber hast du je eine so ... übersichtliche Kultur gesehen? Sie ist total aufgeräumt. Alles, was eine Kultur eigentlich ausmacht ... Reibungen ... Nebeneinander ... Überschneidungen ... Verschmelzungen ... hier gibt es so etwas nicht. Hier ist alles schwarz oder weiß. Die Frauen feiern und spielen. Keine Arbeit, keine Mühsal. Herrje, sie ziehen nicht einmal die Kinder auf! Selbst das überlassen sie den Posbis im Hütehaus!«

»Im Hütehaus?« Startac rieb sich das Kinn.

»Hat mir Tibala erzählt. Als du noch geschlafen hast. Ich hab wohl irgendwie mal das Wort *Mama* erwähnt. Dann haben wir uns übers Kinderkriegen unterhalten, über ... Startac, schau doch nicht so.« Dann begriff sie. »*Allgemein*, Startac. Wie es bei den Menschen organisiert ist und bei ihnen hier. Die Frauen sind zwei- bis dreimal im Jahr fruchtbar. Sie haben Sex mit den Männern, viel Sex, dann gehen sie ins Hütehaus zur Eiablage. Ein paar Wochen später lassen die Posbis die lieben Kleinen dann hinaus ins Leben krabbeln. Keine Mutter. Kein Vater. Lauter Schwestern, kleine und große. Von denen ein paar dann einmal Männer werden und eine Arbeit leisten, die niemand anders hier leisten kann, kein Kelosker, kein Posbi.«

»Ich verstehe, was du meinst.«

»Die machen die Kiste auf: Fortpflanzung. Und dann machen sie die Kiste wieder zu. Das ist alles ganz praktisch. Zu praktisch.« Sie griff sich unter den Helm, massierte die Augen. »Irgendwann zwischendurch hab ich gedacht, die Frauen hier wären so eine Harem für die Männer. Sex-Sklavinnen. Aber das ist nicht so. Alles ist freiwillig. Alle sind gut drauf. Alle erfreuen sich ihrer schönen, ordentlichen Lebensschachteln.«

»Nicht alle. Tawe nicht.«

Sie seufzte. »Tawe nicht.« Unter ihnen glitzerte die Ringstadt. Vereinzelt trieben Abgasschwaden durch die Luft. Aber hier war nichts davon zu riechen. Tamra sah auf die Stadt hinab. Von hier aus wirkte sie beinahe wie eine normale Menschenstadt. Nicht ganz. Dazu war sie zu unstrukturiert. »Wir *kommen* hier nicht weg, Startac.« Sie war selbst verblüfft, wie ruhig sie das jetzt aussprechen konnte.

»Jedenfalls nicht auf die Schnelle.«

»Du hast das schon gewusst, oder?«

»Hm.«

»Du hast das gewusst und trotzdem vorgeschlagen. Und dann hast du deinen Mund gehalten und mich reden lassen, bis ich selbst drauf komme.«

»Wenn ich dagegen gesprochen hätte, hätten wir uns gestritten.«

Wieder stieg Wut in ihr auf. »Du hast mich manipuliert.«

»Habe ich das? Weil ich nicht bereit bin, den Bösen für dich zu geben? In einem Gespräch, das du ebenso gut als

Selbstgespräch führen kannst? Vielleicht wolltest ja *du* mich manipulieren ... mich in diese Rolle schieben, wer weiß.« Er stand auf. »Das ist alles müßig, Tamra. Du bist wütend. Du bist angekratzt. Das ist real. Das ist wichtig. Aber es ist *dein* Gefühl. Behalte es bei dir, anstatt es auszutoben.«

Sie konnte es nicht fassen. »Bitte?«

»Du bist auf dieser Welt gefangen. Also reibst du dich an ihr. Also witterst du hier all das, was dir früher auch schon das Leben schwer gemacht hat.«

»Du ... du ...« Sie ruderte mit der Hand, schüttelte den Kopf. Sie wusste nicht, was sie sagen sollte.

»Hör dich mal selber reden. Männer, Frauen, Sklavinnen. Fortpflanzung. Kinder, die keine Mütter haben. Schachteln. Kommt dir das nicht bekannt vor?«

Sie wollte aufschreien, aber ... da waren ihre toten Eltern ... das Leben im Internat ... die Täuschungen ... das Lager ... ihre Versklavung als Untote ... all die Frauen, denen sie begegnet war, die sich mit sexuellen Gefälligkeiten durchgeschlagen hatten ... Die Liste war endlos.

»Du meinst ... ich bilde mir das alles ein?«

Startac schüttelte den Kopf.

Sie konnte nicht mehr stehen bleiben, ging auf den wenigen Metern einigermaßen ebenen Gesteins auf und ab. »Du meinst, weil es in mir drinnen so aussieht, sehe ich das auch draußen? *Ich* bin es, die gefangen ist? Die immer noch gefangen ist?«

Sie hatte das Gefühl, ein dunkler Schatten würde sich über sie legen – ein riesiges, bleischweres Gewicht auf sie senken.

Erst als sie sah, wie Startac den plötzlich dunklen Kopf nach oben riss, wurde ihr klar, dass es wirklich so war.

Der Konvoi von Fragmentraumern zog langsam dicht über sie hinweg. Schroeder zählte 13 Stück. Sie schwebten quer durch die Stadt zu der freien Fläche jenseits der Bebauung. Dem Tal der Dimensionen. Dort verteilten sie sich auf Landefelder.

Schroeder hatte mit Tamra durchsprechen wollen, dass sie seiner Meinung nach nur zwei Alternativen besaßen, um hier wegzukommen: entweder, indem sie in irgendeinem Lagerhaus oder so das Raumschiff eines anderen Sternenvolks aufspürten, das vielleicht einmal mit Pakuri Handel getrieben hatte oder hierher verschlagen worden war. Oder die Posbis baten, ihnen ein spezielles, auf ihre Bedürfnisse zugeschnittenes plasmafreies Raumschiff zu bauen.

Aber erst hatte Tamras Gefühlsausbruch die Besprechung solcher mittelfristigen Strategien verhindert, und jetzt wollte er sich das hier ansehen.

»Komm«, sagte er. »Gib mir deine Hand.« Und zum ersten Mal seit seinem Erwachen auf Pakuri wagte er eine Teleportation. Sie brachte die beiden bis auf Sichtweite an die landenden Raumer heran. Von dem erhöhten Punkt einer Fabrikanlage aus beobachteten sie, wie die nächstgelegenen Landepunkte von den Würfelraumern gefüllt wurden. Bald wimmelte es vor Posbis.

»Wartungsarbeiten vermutlich. Austausch der Linearkonverter. Wer weiß, wann sie wieder los müssen«, sagte Schroeder.

»Sieh mal.« Tamra zeigte zu einem der weiter entfernten Fragmentraumer. Er öffnete gerade einen gewaltigen Hangar. In der klaffenden Öffnung kam, von geradezu monströsen Antigravbühnen gehalten, ein klumpiges Gebilde von bestimmt 400 Metern Höhe zum Vorschein. Es hatte die Form eines gigantischen Herzens, war in sich jedoch geformt wie ein riesiger Knoten oder ein Konglomerat aus Gedärmen.

Die Hangarschotts schlossen sich wieder.

Das Herz gleißte in der Sonne. Es schien zu warten.

»Sollen wir näher heran?«, fragte Schroeder.

»Ich weiß nicht.« Tamra sah sich nervös um.

Es war nicht überraschend. Ihr steckte die Angst vor den Posbis in den Knochen. Aber über sein eigenes Zögern wunderte Schroeder sich. Er horchte in sich hinein. Er hatte nicht das Gefühl, dass ihnen von dem Gebilde Gefahr drohte. Aber er wollte auch nicht, dass die Posbis aus den Fragmentraumern ihn wahrnahmen. Vielleicht kamen sie ja von außerhalb des Pakuri-Systems.

Vom Gebirge her, aus der Richtung der Fabrik und der Kelosker-Siedlung, näherte sich ein Gleiter. Beim Näherkommen erkannte er einen Kelosker in dem Gleiter. Der sogenannte Ober-Denker begab sich an Bord der untersten Antigravbühne.

»Ob das Crykom ist? Komm, dort vorn hin, auf diese Erhöhung.« Er hielt Tamra die Hand hin, und sie ergriff sie.

Es war tatsächlich der Rechenmeister mit den merkwürdigen spinnennetzartigen Hautmustern. Unter der Führung des Keloskers transportierten die Alles-für-euch das Frachtobjekt zu der Nebelsenke, die den Innenkreis der Ringstadt bildete.

Das Frachtobjekt versank in dem Nebel. Vollständig. Trotz seiner gewaltigen Eigenhöhe. Das Tal musste also mindestens 400 Meter tief sein.

Tamra und Startac warteten einige Zeit, aber der Nebel lag absolut still. Nichts deutete darauf hin, dass sich am Grund des Tals irgendeine Aktivität abspielte.

»Startac!« Tamra zeigte nach hinten, wo sich die Kette von Posbiraumern wieder hinauf in den Himmel schraubte. »Für Posbis gibt es anscheinend keinen Landurlaub.«

Startac starrte mit zusammengekniffenen Augen nach

oben. »Nicht zu fassen«, flüsterte er. Ruckhaft sah er Tamra an, hielt ihr die Hand hin. »Komm!«

»Was ist denn los?«

»Es sind nur zwölf. Eine BOX steht noch in ihrem Landeslot!«

Zwei Sprünge später hatten die beiden sie gefunden. Es handelte sich um ein Schiff, das deutlich sichtbar vor kurzer Zeit umfangreich repariert worden war. Die Spuren des kosmischen Staubs, die eine Schiffswandung mit der Zeit wie schrundiges Schmirgelpapier aussehen ließen, waren an den erneuerten Stellen praktisch noch kaum vorhanden.

»BOX-1122-UM ...«, sagte Schroeder. »Es ist nicht zu fassen. Aber schockieren sollte mich hier nach dem Dimensionstunnel und den Keloskern eigentlich nichts mehr!«

Tamra machte große Augen. »Du kennst dieses Schiff?«

»Eigentlich nicht.« Startac lachte. »Aber vielleicht einen Teil der Besatzung. Wie sieht's aus – wolltest du nicht schon immer mal in ein richtiges Schiff der Maschinenstürmer?«

»Spinnst du?«

Er hielt ihr die Hand hin. »Oder sagen wir es anders: Möchtest du vielleicht gern Perry Rhodan besuchen?«

Vierzig

»Ich staune, dass ihr euch hier auf Pakuri frei bewegen könnt«, sagte Perry Rhodan, nachdem sich die Aufregung ein wenig gelegt hatte. Sie saßen an Bord der BOX in einem der improvisierten Besprechungsräume.

Startac Schroeder lachte. »Du müsstest die Posbis hier einmal sehen, Perry. Dann würde dich nichts mehr wundern. Die haben nicht nur keine Hass-Schaltung, denen ist irgendeine Liebes-Schaltung untergejubelt worden.« Er sah zu Nano Aluminiumgärtner. »Du solltest hier viele Freunde finden.«

Rhodan setzte ein schiefes Grinsen auf und warf einen Blick zu Mondra. Sie klappte eine Braue hoch.

Startac sah sich um, als niemand lachte. »Hab ich was Falsches gesagt?«

»Nun, sagen wir es einmal so: Die Anspannungen der letzten Zeit sind an keinem fühlenden Wesen spurlos vorbeigegangen. Aber habe ich das richtig verstanden: Bei den hiesigen Posbis ist keine Hass-Schaltung aktiv?«

»Nein. Die sind ein ganz besonderer Schlag. Sie nennen sich Alles-für-euch und legen es darauf an, die hiesigen Ureinwohner von vorn bis hinten zu verwöhnen ...« Schroeder sah zu Tamra Cantu, die sich aber in der Runde umschaute und es nicht merkte.

Die beiden könnten ein Paar geworden sein, schoss es Rhodan durch den Kopf. *Aber Tamra sieht angespannt aus. Egal. Später.* »Das wundert mich«, sagte er. »Unseren Ermittlungen auf der Achtzigsonnenwelt zufolge steckt eine Institution namens Siebenkopf hinter dem mörderischen Verhalten der Posbis von Ambriador. Ich nehme an, dass die Kelosker dahinterstecken. Wir haben einen auf dem ... – Was ist?«

Schroeder war die Kinnlade hinuntergefallen. »Siebenkopf? Aber ... das verstehe ich nicht. So nennen die Kelosker ihre Siedlung hier. Und sie sind ... na ja, vielleicht nicht freundlich. Aber sie wirken absolut gutmütig. Wie die Alles-für-euch. *Sie* sollen dahinter stecken, dass die Posbis das Leben von Ambriador auslöschen? Das glaub ich nicht.«

Rhodan ging nicht darauf ein. »Dann habt ihr Kontakt mit ihnen? Du kannst uns zu ihnen bringen?«

»Ja. Natürlich. Wir wissen, wo die Siedlung ist.«

Rhodan stand auf. »Dann los. Wir haben lange genug gewartet.« Er sah in die Runde, in die ebenfalls Bewegung gekommen war. Mondra Diamond, Tamra Cantu, Startac Schroeder, Liza Grimm, Nano Aluminiumgärtner. »Kommen alle mit, oder ...?«

Captain Grimm schüttelte den Kopf. »Wenn hier wirklich keine Gefahr für Leib und Leben besteht, werde ich mit meinen Leuten an Land gehen ... das bin ich ihnen schuldig.«

Rhodan nickte. »Gut, Captain. Wir sehen uns.«

Tamra Cantu sagte leise etwas zu Schroeder. Sie sah ungehalten aus. Schroeder schwenkte unsicher den Kopf.

»Startac. Tamra Cantu. Noch irgendwelche Vorschläge?«

»Ja, Sir«, sagte die Alteranin. »Ich finde, wir sollten einen der hiesigen Ureinwohner mitnehmen. Sein Name ist Tawe. Er ...« Sie machte eine Bewegung mit der Hand.

»Ist er so etwas wie ein Würdenträger hier? Eine der Führungspersönlichkeiten, die sich übergangen fühlen könnten?«

»Nein. Das nicht.«

Rhodan hob eine Braue. »Ich bevorzuge es eigentlich, Situationen eher übersichtlich zu halten.«

»Aber ihn geht vielleicht an, was dort besprochen werden wird.«

»Tamra ...«, sagte Startac. »Er hat Streit mit Crykom. Ich weiß nicht, ob das so eine gute Idee ist.« Er sah Rhodan an. »Crykom ist der Vorsteher von Siebenkopf.«

Das gibt den Ausschlag. Rhodan nickte knapp. »Gehen wir also. Du kannst mich unterwegs orientieren.«

Nano Aluminiumgärtner hob die Hand. »Ich lasse uns einen Gleiter kommen.«

Wenig später landeten sie ein Stück außerhalb des Dorfes. Nun war Rhodan endgültig klar, dass Lotho Keraete sie nicht allein zur Rettung der Alteraner nach Ambriador geschickt hatte. Mit den Keloskern von Siebenkopf ging es auch noch um etwas ganz anderes.

Sie betraten das Dorf.

»Es wird vielleicht ein bisschen schwierig werden, Kontakt herzustellen«, sagte Schroeder. »Das letzte Mal hatten sie sich vor der Sonne in ihre Hütten zurückgezo...«

Aus allen Richtungen kamen Kelosker auf sie zugewankt. Es hatte fast etwas Unheimliches.

Schroeder warf einen Blick zu Rhodan, die Augen leicht zugekniffen. »Das letzte Mal haben sie kein Wort gesagt.«

Der nickte leicht und ging auf den Kelosker zu, der bereits am nahesten war. »Ich grüße dich. Ich bin Perry Rhodan und ich möchte gern Rechenmeister Crykom sprechen.«

Der Kelosker schaukelte mit den Armen, wischte sich mit einem Greiflappen über die Flanke. »Rechenmeister Crykom ist auf dem Weg. Wartet. Es dauert nicht lange.«

Während die Kelosker sich in einem Halbkreis um die Gruppe aufstellten, grinste Rhodan Schroeder kurz zu.

Der Monochrom-Mutant trat neben ihn. Er flüsterte: »Ich glaub's nicht. Wie hast du das gemacht?«

»Ich hab mich kurz ankündigen lassen«, flüsterte Rhodan.

»Die *kennen* dich hier?«

Rhodan grinste.

»Ich glaub's nicht! ... Doch, ich glaub's.«

Rhodan grinste breiter.

»Mit seinem Namen konnten sie nichts anfangen«, sagte Nano Aluminiumgärtner nörgelig. »Aber dass wir von der Achtzigsonnenwelt kommen, hat sie wohl irgendwie beeindruckt.«

Schroeder sah zwischen Rhodan und Nano hin und her.

Rhodan lachte leise auf. »Ach, Startac. Verzeih mir den kleinen Scherz. Ich freue mich einfach, dich am Leben zu sehen!«

Dunkle, heiser klingende Rufe ertönten unvermittelt von den Keloskern – schon sah Rhodan einen Gleiter aus dem Tal kommen. Die riesige Gestalt eines uralten Keloskers stieg aus und baute sich vor ihnen auf. Niemand sagte etwas. Das musste Rechenmeister Crykom sein.

Crykom betrachtete Rhodan lange. Rhodan kannte die Eigenheiten keloskischer Rechenmeister; während der Odyssee der SOL war er dem legendären Rechenmeister Dobrak begegnet. Er wusste: Crykom rechnete ihn buchstäblich aus. Für den 7-D-Mathematiker war er eine komplexe biologische Matrix.

Schließlich, nach langen Minuten, in denen kaum jemand ein Wort geflüstert hatte, ging ein Ruck durch Crykom.

»Ich grüße dich, Ritter der Tiefe.«

Das, fand Rhodan, war eine günstige Entwicklung. Crykom konnte seine Ritteraura nicht nur spüren wie viele höherentwickelte Wesen, sondern wusste sie auch zu deuten. Rhodan beschloss, sich weitgehend bedeckt zu halten. Ein wenig Geheimnis stand einem Ritter doch recht gut.

Nach einiger gegenseitiger Vorstellung führte Crykom sie in eine der Hütten. Dort saßen sie im Halbdunklen im Kreis. In dem strohgedeckten Dach raschelte und knisterte es gelegentlich.

Die Temperatur hier drinnen war beinahe angenehm. Abseits des Gebirges musste sie um diese Tageszeit sehr drückend sein.

»Und was führt einen Ritter der Tiefe zur Achtzigsonnenwelt und nach Pakuri?«, fragte Crykom.

Rhodan wagte einen Schuss ins Blaue. »Kosmokratentechnik?«

»TRAGTDORON ...«, flüsterte der Riese raspelig.

Rhodan schwieg.

»Du hast einen Auftrag?« Es kam zögernd.

»Jawohl«, bestätigte Rhodan. Lotho Keraete, der ihn mit sanftem Druck hierher gesandt hatte, war kein Diener der Kosmokraten. Er gehörte zur Superintelligenz ES, die ihr eigenes Spiel spielte. Aber es konnte nicht schaden, in den Keloskern den Eindruck zu erwecken, dass die Kosmokraten hinter Rhodans Auftauchen steckten. Er beschloss, seine Antwort im Vagen zu belassen.

Unter den Keloskern entstand kurze Unruhe. Sie schnauften und schnaubten in ihrer fremdartigen, unverständlichen Sprache.

Es ging ein paarmal hin und her, dann hob Crykom die Greiflappen, und seine Artgenossen schwiegen. Rhodan fiel auf, dass einer der Lappen zitterte. Crykom musste wirklich sehr alt sein.

»Wir haben viel riskiert«, sagte der 7-D-Mathematiker. »Vielleicht ist dies der Tag der Rechenschaft.«

Er lavierte. Er sondierte. »Berichte«, sagte Rhodan.

»Unsere Vorfahren kamen vor elf Jahrtausenden nach Ambriador, weil sie von der Existenz TRAGTDORONS erfahren hatten«, sagte der Kelosker. »Ein mächtiges Instrument der Kosmokraten war hier gestrandet! Etwa neun Jahrtausende trieb es schon hier – und hat durch seine Ausstrahlungen seither die hyperphysikalischen Zustände in Ambriador beeinflusst.«

»Dann ist es TRAGTDORON, das Ambriador zu einer Attraktor-Galaxis macht«, überlegte Rhodan laut. Es passte. Die Tryortan-Schlünde, die man in Ambriador beobachtet hatte, sammelten nicht Materie ein wie in der Milchstraße, sondern sie stießen in fast allen Fällen Materie aus. Es sah so aus, als hatten sie den geheimnisvollen »Magneten« gefunden, der diese Materie nach Ambriador »saugte«. »Allein wegen TRAGTDORON sind die Alteraner, die Posbis, die Laren und alle anderen nach Ambriador verschlagen worden.«

»Selbst unsere Schiffe waren betroffen«, sagte Crykom.

»Selbst unsere!«, wiederholten andere Kelosker.

»Aber wir havarierten nicht.«

Wieder der Chor: »Wir havarierten nicht!«

»Wir kamen in voller Absicht. Wir hatten es errechnet. Wir brachten an Technik mit, was wir konnten. Es reichte nicht, um diese Kleingalaxis mit unseren Schiffen wieder zu verlassen.«

»Aber wir hatten es errechnet!«

»Unser Ziel war es ja nicht, Ambriador wieder zu verlassen. Wir wollten TRAGTDORON bergen.« Crykom machte eine Pause. »Unsere Vorfahren havarierten nicht, aber eine Einheit hatte Pech. Nummer Drei ging in einem Hypersturm-Riff verloren, das heute als Ereton/A bekannt ist.« Rechenmeister Crykom winkte mit dem gesunden Greiflappen zu Startac Schroeder und Tamra Cantu hinüber. »Ihr beiden Wesen kennt das Riff. Ihr könnt errechnen, was aus Einheit Nummer Drei geworden ist.«

Rhodan sah zu den beiden. Sie wirkten eher ratlos. Er runzelte die Stirn. *Unwichtig! Später vielleicht.* Er machte sich im Geiste eine Notiz.

»TRAGTDORON war im Takrone-System gestrandet, nahe am galaktischen Zentrum von Ambriador, das fanden wir rasch heraus«, setzte Crykom seine Erzählung fort. »Dort siedelten unsere Vorfahren sich dann auch an und begründeten Siebenkopf, denn sie wussten, dass sie eine Unternehmung für viele Generationen vor sich hatten. Sie hatten kaum die ersten Hütten gebaut, da war ihre Überraschung groß.«

»Groß war die Überraschung!«

»Einige Kollegen aus der havarierten Einheit Nummer Drei stießen wieder zu ihnen.«

»Der Dimensionstunnel!«, hauchte Schroeder.

»Ja. TRAGTDORON hatte nicht nur die hyperphysikalische Struktur von Ambriador destabilisiert, sondern ausgehend vom Takrone-System zugleich eine Reihe von Sub-Attraktoren ausgebildet. Die Imago-Forscher nennen sie Dimensionstunnel. Die Ueeba-Frauen Lodertunnel. Entlang dieser Sub-Attraktoren flossen oft schubweise Teile der Hyperstrahlung ab. Wie durch ein System von Adern. Die Folge waren Hypersturm-Riffe an ihren Ausgängen.«

Startac beugte sich vor. »Wir haben uns gefragt, ob man sie als Verkehrsweg nutzen kann?« Er wirkte aufgeregt und wechselte einen Blick mit Tamra Cantu. »Ob man durch sie hindurch Kontakt herstellen kann? Waren durchleiten?«

Rhodan rieb sich die Nase. »Ich fürchte, sie werden zu instabil sein.«

Der alte Kelosker bestätigte das. »Die Wahrscheinlichkeit, materiell stabil zu bleiben, ist zu gering. – Die ersten Generationen verbrachten ihre Zeit damit, Objekt T von Siebenkopf aus zu berechnen. Die kommenden Generationen entwarfen dann den Plan für die TRAGTDORON-Fähre.

Etwa zu dieser Zeit stellten wir Kontakt zu jenem zweiten Posbi-Volk her, das nach Ambriador verschlagen worden war – ebenfalls vor etwa elftausend Jahren. Es war ein Glücksfall. Wir hatten es nicht berechnet. Sehet die Schönheit ihrer Raumschiffe!«

»So schön! Schön!«, raspelten die Kelosker.

»Wir fügten sie in unsere Pläne. Wir installierten die Siebenkopf-Schaltung und machten die Posbis zu unseren wichtigsten Helfern.«

Rhodan nickte. »Die heutige Lieferung.«

»Ja. Die letzte.«

»Die letzte!«, wiederholte der Chor.

Rhodan sah, dass Tamra Cantu aufhorchte.

»Ich war gerade dabei, die Montage zu beaufsichtigen, als man mir eure Ankunft meldete, Rhodan. – Wir siedelten Posbis auf Pakuri an. Sie sollten beim Bau der Fähre helfen. Zum Konzept gehören jedoch auch Bauteile aus Psi-Materie. Wir beschlossen, diese vor Ort herstellen zu lassen. Unter dem 5-D-Strahlungseinfluss von Objekt-T war die Tier- und Pflanzenwelt in den vergangenen neuntausend Jahren explodiert. Die Ueeba bargen das höchste Psi-Potenzial, und so wurden sie von den Posbis gezielt optimiert. Die Posbis lebten von nun an mit ihnen zusammen, als Helfer. Vom Überlebensdruck auf Pakuri befreit, sollten die Ueeba ihre psionischen Fähigkeiten optimal entwickeln können.

Wir entwarfen die Beschreibung für die Baugruppen Eins bis Siebenunddreißig, und nach nicht einmal tausend Jahren trug die Arbeit erste Früchte. Die Objekte Eins und Zwei wurden von den Ueeba für uns erschaffen.

Als weitere Förderung ließen wir nahe bei unserem Dorf die Fabrik der Imago-Forscher bauen. Hier sollten die besten Psi-Talente der Ueeba zusammenkommen – um am Ende alle siebenunddreißig Objekte für den Einsatz in der TRAGTDORON-Fähre zusammenzubringen.

Nun stehen wir kurz davor.«

»Nun stehen wir kurz davor!« – »Die Zeitenwende!« – »Sie steht bevor!« – »Noch ein Tag ...« – »... ein Jahr ...« – »... ein Jahrhundert!«, raunten die alten Mathematiker. »... nicht mehr lange!«

»Seit tausend Jahren«, sagte Crykom, als es wieder still war, »haben die Ueeba kein neues Bauteil mehr geliefert. Seit tausend Jahren mühen sie sich mit der Siebenunddreißig ab. Bis heute war es praktisch unmöglich, TRAGTDORON zu betreten. Objekt-T existiert im Hyperraum, und jeder Versuch, mithilfe der teilmontierten Fähre das Instrument zu erreichen, würde fehlschlagen. Denn die Siebenunddreißig ist das Kopplungsmodul. Seit tausend Jahren will sie nicht gelingen. Doch heute, da du gekommen bist, Ritter Rhodan, ist das Problem der Siebenunddreißig praktisch gelöst!«

Rhodan wartete auf den Chor, doch er kam nicht. Die 7-D-Mathematiker starrten ihren Meister schweigend an.

Einundvierzig

Wie sich herausstellte, wollte Crykom die Spezifikationen der Siebenunddreißig so verändern, dass die Herstellung für die Imago-Forscher stark vereinfacht wurde.

»Das Kopplungsmodul wird ab sofort so gestaltet werden, dass ein Wesen mit einer *Ritteraura* TRAGTDORON erreichen kann.«

Rhodans Ritteraura war nichts anderes als ein psionisches Muster. Dieses Muster wollte Crykom in Teilen imitieren – »mehr wird nicht möglich sein. Eine vollständige Kopie kann keine uns bekannte Macht des Universums herstellen« – und in den Psionischen Stempel der Siebenunddreißig einbinden.

»Und TRAGTDORON wird erkennen, dass ein Ritter Einlass verlangt!« Der alte Rechenmeister klatschte seine Greiflappen auf die festgestampfte Erde, in einer endgültigen, triumphalen Geste.

Doch der Beifall seiner Kollegen blieb aus. Schnaufen, gutturales Geflüster, das sich rasch zu einem lautstarken Gebrüll verwandelte.

Mondra sah Rhodan an, eine Augenbraue hochgezogen. Sie verbarg ihre Besorgnis gut.

Unvermittelt schwiegen die 7-D-Mathematiker wieder. Ihre Arme sanken hinab, ihre schiefen Augen starrten ins Leere.

Nach fünf Minuten sagte Rhodan: »Sie rechnen. Ich glaube, wir können uns kurz die Beine vertreten.«

Draußen ging er mit Mondra zwischen den Hütten auf und ab. Startac und Tamra standen abseits und flüsterten, Nano Aluminiumgärtner war bei den Keloskern in der Hütte geblieben.

»Es sieht nicht so aus, als wüssten sie, was draußen in Ambriador geschieht«, sagte Mondra. »Oder es ist ihnen gleichgültig. Sie sind so geblendet von der Faszination des Kosmokraten-Objekts, dass ihnen alles andere egal ist.«

»Ich glaube, das kann uns egal sein.« Rhodan lächelte grimmig. »Sie haben uns ja gerade einen wunderbaren Hebel in die Hand gegeben.«

»Eine Hand wäscht die andere?« Mondra sah zur Hütte. »Wollen wir hoffen, dass sie es sich nicht anders überlegen.«

Startac kam herüber. Er wirkte ernst.

Rhodan sah sich um. Er entdeckte Tamra Cantu ein Stück hügelan. Sie schwebte rasch mit ihrem Kampfanzug dahin, verschwand hinter einem dieser wirren Pflanzenbögen, die die Landschaft jenseits des Dorfes beherrschten.

Schroeder sah ihr unglücklich nach.

»Alles in Ordnung, Startac?«

»Ja. Ja. Was meint ihr, wie lange das hier noch dauert?«

»Deine Bekannte wirkt aufgebracht.« Rhodan vergegenwärtigte sich das Gelände, wie sie es beim Anflug grob kartographiert hatten. »Sie ist unterwegs zur Psi-Fabrik, nicht wahr? Sie will zu diesem Forscher, der ihrer Meinung nach hier hätte dabei sein sollen?«

Startac nickte. »Sie ... hat Bedenken hinsichtlich der Ueeba. Sie findet, es wird zu viel über ihre Köpfe hinweg entschieden.«

Rhodan sah zu der Hütte, sah sich im Dorf um. Die Schatten der Hütten wurden bereits länger. Kelosker saßen darin, schnaufend, dösend, vielleicht rechnend. Das also war sie, die Institution Siebenkopf!

»Nicht nur über ihre Köpfe. Wie es aussieht, über die einer ganzen Galaxis.« Rhodan sah zum Himmel. Objekt-T war natürlich nicht zu sehen. »Spürst du etwas davon, Startac? Von den Kräften dieses Objekts?«

Der Monochrom-Mutant wiegte den Kopf. »Wir sind ja erst seit wenigen Wochen unter seinem Einfluss. Es könnte sein, dass mich das Teleportieren weniger Kraft kostet, ja. Aber der Eindruck ist nur vage.«

Drüben, bei der Hütte, raschelte etwas. Ein Kelosker schob die Matte beiseite, die im Eingang hing. »Wir haben berechnet«, sagte er undeutlich.

»Tibala!« Tamra fand ihn in der Krankenstation beim Kehren. Sie blieb keuchend stehen. »Wo ist Tawe?«

»Ja, ist er nicht im Imago-Saal?«

»Nein! Da komme ich gerade her ...«

Der Hundertfüßler stützte sich auf seinen Besen. »Und er klebt dort auch nicht irgendwo in der Ecke und schläft?«

»Nein!«

»Hm. Dann ist er vielleicht in der Bibliothek.«

Tamra lief schon wieder zur Tür. »Wie komme ich da hin?«

»Ich bringe dich. Was ist denn los?«

Tamra ließ sich von ihm über den Hof führen. Die meisten seiner Fühler waren ihr zugewandt. »Ich muss ihn sprechen. Die reden über Pakuri ... über euch. Crykom redet über euch. Das wird Tawe interessieren.«

Sie fanden ihn zwischen zwei Regalreihen auf dem Boden. Er lag auf der Seite, zu einem starren Kreis gekrümmt, den Kopf fast am Hinterteil.

»Tawe!«

Seine Mandibeln bewegten sich wie in Zeitlupe. »Muss ausruhen ... finden ... schaffen ... Adilai ...«

Sie sah Tibala an. »Deliriert er?«

»Nein«, sagte sein Freund zögerlich. »Er ist einfach völlig am Ende. Er arbeitet zu viel. Es hat ihn umgehauen.«

Umgehauen. Tamra hockte sich neben den gekrümmten Hundertfüßler, legte eine Hand auf seinen kalten, rauen Panzerleib. »Tawe? Kannst du mich hören? Bist du wach?«

»Hm.«

»Tawe. Es gibt gerade ein Treffen zwischen Perry Rhodan und Rechenmeister Crykom. Sie wollten dich nicht dabei haben. Ich hab's versucht, aber sie wollten nicht.«

Tawe begann sich zu strecken. Tamra stand auf, ging einen Schritt zurück. Der Ueeba machte eine Bewegung und fiel auf die Füße. »Ja?«

»Ich dachte, zwei Dinge, die sie besprochen haben, solltest du wissen. Erstens: Diese Fähre ist fast fertig. Die Kelosker warten nur noch auf dich, auf dieses Element Siebenunddreißig oder wie es heißt. Zweitens: Die Ueeba sind das Produkt eines *Optimierungs*prozesses.«

Tawes Fühler zuckten hoch. »Was?«

»Ich glaube, ihr seid nach Strich und Faden manipuliert worden«, sagte Tamra. »Ich glaube, man hat euch gezüchtet.«

Zweiundvierzig

Wieder saßen sie in dem düsteren Rund beisammen. Rhodan fiel erst jetzt auf, wie scharf es in dem Raum roch. Es mussten die Ausdünstungen der Kelosker sein. Vorhin hatte er zu viel anderes Neues wahrzunehmen gehabt.

»Wir haben einen Ritter der Tiefe unter uns«, sagte Crykom. »Wir haben eine Aufgabe, die eines Ritters wert ist. Wir wissen aber nicht, *warum* der Ritter hier ist.« Der alte Rechenmeister sah Rhodan an.

Aha, dachte er. *Sie fürchten, ihnen könnte ihr Generationenwerk aus den Händen genommen werden.* Sein Bluff hatte funktioniert. *Weiterbluffen,* dachte er. *Gib ihnen den geheimnisvollen Spruch weiter, an dem Lotho Keraete dich hat knabbern lassen.*

Aus dem Augenwinkel sah Rhodan, dass Mondra, die hoch aufgerichtet saß, voller sanft gehaltener Spannung, sich leicht vorbeugte. Hatte sie die gleiche Idee? Wenn ja, würde es ungleich wirkungsvoller sein.

Er bedeutete ihr mit einer unauffälligen Handbewegung zu reden.

»Weil es ein Schloss zu öffnen gibt«, sagte sie mit klarer, tragender Stimme, »für das nur Ritter Rhodan einen Schlüssel besitzt!«

Die Kelosker schnauften, schnaubten.

Er unterdrückte ein Grinsen, saß einfach nur würdevoll

da. Sie *hatte* die gleiche Idee gehabt. Sie waren nach wie vor ein verdammt gutes Team.

»So ist es!«, sagte Rechenmeister Crykom. Er wirkte verblüfft, erregt. »So ist es! Wir haben es berechnet. Wenn die Siebenunddreißig auf den Ritter gepolt ist, kann auch nur der Ritter durch die Siebenunddreißig ins Innere von TRAGTDORON gelangen. Er müsste das Instrument von innen für uns öffnen. Auf welche Weise? Wir wissen es nicht. Was im Inneren wartet? Wir wissen es nicht. Zu viel tanzender Schaum.« Der Alte schwenkte die zittrigen Greiflappen. »Aber wenn es dein *Auftrag* ist, das Schloss zu öffnen, Ritter Rhodan ... dann wird es diesen Weg auch geben. Dann ist die Lösung nahe! Allein ...« Er blinzelte mit seinen vier Augen. »... für *wen* wirst du das Schloss öffnen?«

»Die Macht, die hinter mir steht«, sagte Rhodan, »hat kein Interesse daran, den Keloskern das Instrument der Kosmokraten wegzunehmen. Ich wurde nur gesandt, weil ich es öffnen *kann*.«

»Dann öffne es!«

Rhodan schwieg kurz. Er ließ die Spannung ansteigen. »Wir wollen sehen«, sagte er dann langsam, »ob ich es öffnen *will*.«

Er wusste nicht, was ihn im Inneren von TRAGTDORON erwartete. Er wusste nicht, um was für ein Kosmokraten-Instrument es sich dabei handelte. Er wusste nicht, ob er es den Keloskern in die Hände geben wollte. Sie hatten in dieser kleinen, abgelegenen Galaxis verheerenden Schaden angerichtet, ob bewusst oder unbewusst.

»Ich bin prinzipiell bereit, euch zu helfen.« Wieder machte Rhodan eine Pause. »Doch zunächst müssen die biologischen Bewohner Ambriadors, die Alteraner und die Laren und wen es noch hierher versprengt hat, vor euren Posbis gerettet werden.«

Die Kelosker starrten ihn an.

»Eine Welt nach der anderen wird verschlungen«, sagte Rhodan. »Den Großen Krieg der Posbis zu beenden, wurde ich geschickt. *Danach* öffne ich gern ein Schloss.«

Stille hing um ihn herum. Für einen Moment waren nicht einmal Atemzüge zu hören.

Dann stand Rechenmeister Crykom schwerfällig auf. »Was redest du da, Rhodan! Ein Krieg? Es gibt keinen Krieg in Ambriador! Die Kelosker haben schon vor elf Jahrtausenden die Posbis befriedet!« Sein kranker Greiflappen zuckte unkontrolliert. »Würden sie denn für uns arbeiten, wenn die Siebenkopf-Schaltung nicht funktionierte? Wie sollen sie da Krieg führen! Dieser Zusatz neutralisiert die Hass-Schaltung *und* bindet sie an uns! Krieg? Gegen Menschen und Laren? Hah!«

Crykom stampfte davon. Die Matte vor der riesigen Tür raschelte.

Einer der anderen Kelosker sah Rhodan an. »Die Posbis sind unsere wichtigsten, verlässlichsten Helfer. Und sie haben vor nicht einmal vierzig Jahren sogar eng mit den Laren zusammengearbeitet. Zwar nur ein einziges Mal, weil sie unsere Konstruktionsanweisungen nicht allein erfüllen konnten, aber ... ein Krieg gegen Laren? Absurd!«

»Sie führen einen Vernichtungskrieg, der schon viele Millionen Opfer gekostet hat. Auch bei den Laren. *Millionen Opfer.*« Rhodan stand auf. »Offensichtlich waren die Kelosker von Siebenkopf in den zurückliegenden Jahren etwas zu sehr mit der TRAGTDORON-Fähre befasst.« Er trat an die Türöffnung, spähte hinaus. »Wir machen eine kleine Pause. Dann holt ihr Rechenmeister Crykom zurück, und wir reden weiter.«

»Ich fasse es nicht«, sagte Mondra. »Dass in der Galaxis Ambriador Krieg herrscht, ist den Keloskern anscheinend bisher vollständig entgangen.«

»Hier im Zentrum Ambriadors ist man von den galaktischen Vorgängen stark abgeschnitten«, überlegte Schroeder. »Vielleicht gibt es keinen konstanten Nachrichtenfluss.«

»Gerade dann müsste man doch auf Neuigkeiten brennen«, erwiderte Mondra. »Hier kommen Schiffe an, Lieferungen ... doch sicher wenigstens alle paar Monate. Herrgott, alle paar *Jahre* hätte gereicht, um vom Großen Posbi-Krieg zu erfahren!«

»Ich weiß nicht«, sagte Schroeder. »Hier auf diesem Planeten ist vieles so ... schachtelartig organisiert. Als ob man das Leben in lauter Schachteln packt. Vielleicht liegt es an der überbordenden Natur hier, an den Mutationen, den Psi-Effekten. Aber es gibt hier viele sehr merkwürdige Begrenzungen. Bei den Ureinwohnern. Bei den Posbis. Warum nicht auch bei den Keloskern?«

Mondra funkelte ihn an. »Willst du mir damit sagen, diese Situation ist nicht das Ergebnis einer falsch gelaufenen Kommunikation, das Ergebnis von Missverständnissen? Sondern eines totalen *Mangels* an Kommunikation?«

»Du müsstest die hiesigen Posbis einmal sehen, Mondra. Die haben sich sogar einen eigenen Namen gegeben. Alles-für-euch. Sie betätigen sich als Wirtsleute. Sie veranstalten Partys. Sie sind angeblich sogar Säuglingspfleger ... oder wie das bei den Ueeba heißen mag. Ich habe mehrfach gehört, wie sie die Posbis von außerhalb als *arrogante Bande* bezeichnet haben.«

»Ignorance is Blitz«, sagte Rhodan.

»Bitte?« Schroeder sah ihn verwundert an.

»Ach, nichts. Ein Wortspiel in einer alten terranischen Sprache.«

»Viele Millionen Opfer ...« Rechenmeister Crykom wischte sich über das Gesicht. Seine Stimme war nur ein Flüstern. »Das haben die Kelosker nicht gewollt.«

»Nein«, kam seit langem wieder ein Chor, auch dieser geflüstert, tonlos, entsetzt. »Nicht gewusst ... nicht gewollt.«

»Während wir hier sitzen und reden«, sagte Rhodan gnadenlos, »geht draußen das Sterben weiter. Das Morden.«

»Glaub mir, Ritter Rhodan. Davon, dass die Hass-Schaltung wieder aktiviert worden ist, wussten die Kelosker nichts! Und eigentlich hätte es auch gar nicht gehen dürfen – da doch die Siebenkopf-Schaltung die Hass-Schaltung neutralisiert!«

Er schien sich mit der Tatsache immer noch nicht abfinden zu können.

»Wir haben Aufzeichnungen«, sagte Rhodan. Er spürte eine Eiseskälte in sich. »Möchtet ihr sie sehen? Hören? Mit Augenzeugen sprechen?«

»Nein«, hauchte Crykom. »Es wird so sein. Es ist so.« Er straffte sich. »Wenn es aber so ist, werden wir den Krieg unverzüglich beenden! Wir werden den Posbis bei nächster Gelegenheit Überrang-Befehle geben. Wenn die Siebenkopf-Schaltung nicht zerstört oder abgeschaltet ist – wogegen wir mit mehrfachen Redundanzsystemen vorgebeugt haben –, sollten sämtliche Angriffe sofort zum Erliegen kommen.«

Rhodan nickte langsam. »Bei nächster Gelegenheit – das heißt was?«

»In sechs Wochen«, sagte der alte Kelosker kraftlos.

»Das ist zu lange!«

»Wir haben keinen Einfluss darauf. Erst dann öffnet sich der nächste Flugkorridor in die gemäßigten Zonen von Ambriador. Wir können diese Schneisen nicht beeinflussen oder erzeugen. Sie werden von TRAGTDORON hervorgerufen. Wir können sie nur berechnen.«

Rhodan schüttelte langsam den Kopf, rieb sich das Kinn. Sechs Wochen! Daran musste doch etwas zu ändern sein! So lange konnten sie unmöglich warten.

»TRAGTDORON ...«, flüsterte er. »Ja!« Er sah auf. »Wenn wir TRAGTDORON öffnen, haben wir eine Chance, Einfluss zu nehmen. Auf seine Strahlungsintensität ... auf was auch immer.«

Crykom bejahte. »Die Fähre muss in Betrieb gehen, wir müssen TRAGTDORON erreichen, dann werden wir mithilfe des Kosmokraten-Instruments auch das Problem des Großen Posbis-Kriegs in kurzer Zeit lösen.«

Rhodan hatte kurz das Gefühl, von dem Rechenmeister geschickt dorthin geschoben worden zu sein, den Vorschlag der Öffnung TRAGTDORONS selbst zu machen.

Ist das möglich? Du gerissener alter Hund!

Wie auch immer es gelaufen war, Rhodan wollte sich für die Öffnung zur Verfügung stellen. Welche Wahl hatte er auch?

Doch was war TRAGTDORON? Handelte es sich nur um eine Art Hindernis für hyperphysikalische Anwendungen, so wie in Ambriador? Oder war das eher eine Folge der Havarie?

»Euer Selbstvertrauen ist schön«, sagte Rhodan. »Doch wenn ihr diese Lösung gefunden, wenn ihr den Großen Posbi-Krieg beendet habt, was haltet ihr dann mit TRAGTDORON in den Händen? Was wollt ihr damit? Du, Crykom, hast TRAGTDORON als Instrument der Kosmokraten bezeichnet. Was für ein Instrument ist damit gemeint?«

Crykom stand auf. »Ich muss rechnen. Noch haben wir die Siebenunddreißig nicht. Komm mit, Ritter Rhodan.«

Rhodan folgte ihm.

Und während der unsterbliche Terraner mit dem alten 7-D-Mathematiker allein in einer Hütte saß und dabei zusah, wie Crykom seine Ritteraura berechnete, wurde keine seiner Fragen beantwortet. Der Rechenmeister war entweder nicht in der Lage, sich dem »dimensional eingeschränkten« Terraner mitzuteilen, oder er wollte ihn nicht ins Vertrauen ziehen. Beides war für Rhodan denkbar.

DREIUNDVIERZIG

»Das Geziefer der Göttinnen!«, hauchte Tibala.

Tamra überlegte. Aber sie kam nicht drauf. »Das hab ich schon mal gehört«, sagte sie.

»Es kommt in dem Märchen vor, das ich dir einmal erzählt habe. Die Ueeba sind nur das Geziefer der Göttinnen, sagt die Seherin Mesehi. Sie haben die Häuser nie gebaut, in denen sie wohnen. Sie haben die Erfindungen nie erfunden ... die Alles-für-euch. Sie waren einst nur das Ungeziefer, das in den Häusern der Göttinnen wohnte!« Tibala machte eine sperrende Bewegung mit den Mandibeln. »Ich glaube, mir wird schlecht.«

»Tibala«, sagte Tamra. »Ihr habt die Alles-für-euch nicht erfunden, und eure Ahnen – eure Göttinnen, wie du sie nennst – haben die Alles-für-euch nicht erfunden. Es sind Posbis. Sie kamen vor ungefähr elftausend Jahren hierher auf diesen Planeten. Zusammen mit den Keloskern. Euren Ober-Denkern.«

»Häh? Jetzt verstehe ich gar nichts mehr«, sagte Tibala.

Tawe hob den Vorderleib, hielt sich an einem Regal fest. »Das Märchen ist nicht authentisch. Es ist entwickelt worden. *Optimiert* worden! Hier in der Fabrik.«

»Häh?«, machte Tibala. »Also *jetzt* versteh ich aber wirklich nichts mehr. Wovon redet ihr da?«

Tamra beachtete ihn nicht. Sie beugte sich zu seinem

Freund hinunter. »Tawe, worüber hast du dich zerstritten mit Crykom?« Und als der Hundertfüßler nicht antwortete: »Es ist wichtig, Tawe. Ich will dir helfen! Hier auf diesem Planeten stimmt irgendetwas ganz und gar nicht. Also: Worüber habt ihr euch gestritten?«

Tawe sah sie an. Aus sämtlichen Fühleraugen. Er bog sie weg. Zu seinem Freund. Sah wieder Tamra an.

»Über Tätigkeitsnachweise«, sagte er.

»Vor einer Weile habe ich hier in der Bibliothek ein Heft gefunden, aus dem hervorging, dass die Imago-Forscher selbst das Märchen von der Seherin Mesehi erfunden haben. Noch während des Lesens ging mir das Heft kaputt. Es war zu alt. Ich wollte von Crykom Hilfe bei der Sichtung der Bestände. Ich wollte sie mit Unterstützung der Alles-für-euch retten, irgendwie konservieren. Und dann irgendwie so anordnen, dass man sie nutzen kann. Ich weiß nicht ... ich hab wohl gedacht, wenn die Alles-für-euch das alles retten und *lesen*, dann können sie mir *sagen*, was hier alles zu finden ist!

Crykom wollte natürlich wissen, warum. Ich sagte ihm, dass ich die Vergangenheit der Ueeba erforschen wolle. Er riet mir, mich lieber um meinen Kram zu kümmern und an der Siebenunddreißig zu arbeiten. Mich in alten Büchern zu vergraben, sei nicht förderlich.

Als ihr dann kamt« – er sah Tamra an – »konnte ich ihm eins auswischen. Oh, ich wusste natürlich, dass er über kurz oder lang von euch erfahren würde, aber ich wollte einfach ... zeigen, dass ich auch extrem *unförderlich* sein kann, wenn ich will.«

Er lachte böse. »Das hat ja auch schon ein kleines bisschen funktioniert ... jetzt sagt er immerhin: vielleicht.«

Tamra fiel das von Startac abgehörte Gespräch wieder

ein. *Und?*, hatte Tawe gefragt. *Vielleicht,* hatte der Rechenmeister geantwortet.

Sie sah sich in der Bibliothek um. Das Gebäude hatte die Form eines Würfels. Überall waren Regale. Nicht nur am Boden, auch die Wände hinauf, sogar an der Decke. Es würde Wochen dauern, das alles zu sichten. Monate vielleicht sogar. Hier lagerten nicht nur Bücher und Broschüren. Sie sah mit Hauben abgedeckte Geräte und verstaubte, kaum mehr durchsichtige Kisten voller Datenträger.

»Gut«, sagte sie und sah die beiden Ueeba an. »Vielleicht tragen wir einfach mal zusammen, was wir wissen.«

»Dieses Märchen. Was ist damit?«, fragte Tamra Cantu.

»Die Ueeba-Frauen halten es für eine authentische Überlieferung. Aber es wurde irgendwann hier in der Fabrik entwickelt. Ich dachte zunächst, um die Frauen einzuschüchtern. Um sie nicht nach dem Schleierstern fragen zu lassen. Um sie nicht die Verhältnisse zwischen Männern und Frauen infrage stellen zu lassen. Aber inzwischen bin ich mir da nicht mehr so sicher.« Tawe ging in der Bibliothek auf und ab. Ihm taten einige Beine weh. Aber die vielen Fragen hatten seine Lebensgeister wieder geweckt. »Das ist nur einer der gewünschten Effekte.« Er sah zu der Knochenfrau. »Du sagst, wir sind gezüchtet worden.«

Sie schnaubte. »*Optimiert,* hat Crykom es genannt.«

»Und die Alles-für-euch sind mit den Keloskern gekommen?«

»Ja.«

Er biss sich auf ein Brustbein. Der Druck half ihm beim Denken. »*Fragt nicht,* sagt das Märchen. *Fragt nicht!* Und das sagt es nicht nur zu den Frauen. Auch zu den Männern! Es funktioniert in beide Richtungen. Die Frauen sollen nicht nach den Fähigkeiten der Männer fragen. Und die Männer nicht nach der Vergangenheit.«

»Quatsch«, sagte Tibala. »Die Vergangenheit steht doch in dem Märchen.«

Tawe fuhr herum. »Ach ja? Erzähl!«

»Die Frauen denken, sie sind einfach die Erbinnen eines uralten, hochentwickelten Volkes. Wie heißt es noch? Sie ernten die Früchte der alten Zeit. Aber in Wirklichkeit ... in Wirklichkeit sind die Alten ein anderes Volk gewesen, in dessen Schatten wir gelebt haben. Geziefer der Götter.«

»Und? Woher wissen wir das?«

»Aus dem Märchen«, sagte Tibala. »Oh.«

Tawe schnappte zufrieden mit den Mandibeln. Jetzt hatte Bala anscheinend kapiert. »Wenn die Alles-für-euch weder von unseren Vorfahren stammen noch von dem Volk, in dessen Häusern wir gelebt haben, dann stimmt die Geschichte nicht. Und dieses Märchen *deckt* die Geschichte *zu*.«

»Ist mir zu hoch«, sagte Tibala.

»Beziehungsweise euer Interesse daran«, überlegte Tamra Cantu. »Ihr könnt euch euren Frauen überlegen fühlen, weil ihr die vermeintlich wahre Geschichte kennt ... vom Geziefer der Göttinnen ... ihr reibt es ihnen rein, wie dumm sie sind, danach zu fragen ... weil sie die Wahrheit nicht aushalten würden ... und dabei kennt ihr sie selbst nicht, die Wahrheit!« Die Knochenfrau schlug mit der einen Hand in die andere.

Tibala, die gute Seele, zuckte zusammen.

»Gut«, sagte Tamra Cantu, ohne es zu merken. »Fakt ist, ihr wisst euren Ursprung nicht. Fakt ist, ihr seid optimiert worden. Was noch?«

»Die *Lücken*«, sagte Tawe. »Die verfluchten Lücken ...«

Er erzählte ihr davon, wie die Imago-Forscher alles Weibliche ausblendeten, wie sie die besessensten Statistiken und Materialsammlungen anfertigten, ohne aber an die eigene Vergangenheit als Frau je anzuknüpfen, ja sie sich nur ernsthaft zu vergegenwärtigen.

»Das passt doch«, sagte Tamra Cantu. »Noch eine Vergangenheit, die ihr nicht sehen wollt, nicht sehen dürft.« Sie sah ihn an. »Ansonsten geht es mir ganz ähnlich, wenn ich eure Kultur betrachte. Du siehst Lücken. Ich sehe Schachteln. Hübsche, sauber aufgereihte Schachteln. Der Abstand dazwischen ... das sind deine Lücken.«

»Aber *warum*?«, sagte Tawe schmerzlich.

»Ihr vermeidet jegliche Reibung zwischen den Geschlechtern.« Tamra Cantu sah ihn nicht an dabei, sie schien einfach vor sich hin zu reden. Zu überlegen. »Alles, was für Reibung sorgen könnte, gibt es bei euch nicht. Ihr lebt nicht zusammen. Ihr verliebt euch nicht ineinander. Ihr habt Sex, ihr kriegt Kinder, aber ihr erzieht die Kinder nicht einmal ... Es ist verrückt.« Sie machte ein Geräusch, das Tawe nicht einordnen konnte. »Ihr seid euch als geschlechtliche Wesen so nahe, wie es überhaupt geht: Das eine *entspringt* dem anderen. Und doch trennt ihr euch so sehr voneinander!«

»Ist das denn bei euch nicht so?«, fragte Tibala leise.

»Bei uns!« Wieder machte Tamra Cantu dieses Geräusch. »Bei uns *streiten* Männer und Frauen sich. Sie ringen *beständig* miteinander. Alles ist Auseinandersetzung, Kampf, Reibung ... aber auch Liebe, Zärtlichkeit, Harmonie, Fürsorge ... Rätsel ... ganz nah, und doch so fremd ...« Sie hob die Vorderbeine, ließ sie wieder fallen.

»Klingt anstrengend«, sagte Tibala.

»Ja, das ist es auch.« Tamra Cantu zuckte zusammen. »Reibungsverluste! Keine Reibungsverluste! Auch das ist bei euch optimiert.« Sie rieb sich das Gesicht, die Kopfbehaarung. Als sie Tawe wieder ansah, wirkte sie wie ...

... tot?, überlegte er. *Als wäre sie gerade ein Stück gestorben.*

Sie sah Tibala an. »Ich glaube, du hast mir das von der Ei-Ablage und von den Hütehäusern erzählt, oder?«

»J-ja. Glaub schon.«

Sie sah Tawe an. »Und, ihr jungen Forscher? Habt ihr euch so ein Hütehaus je angesehen?«

Vierundvierzig

»Geht's?«, rief Tamra. Unter ihnen glitt die wilde, unberührte Landschaft nach hinten weg.

»Glaube schon«, sagte Tawe auf ihrem Rücken.

»Du kannst dich ruhig stärker festhalten. Durch den Anzug kommt nichts durch!«

Sie hatten Tibala in der Fabrik zurückgelassen. Tamra hätte dem Kampfanzug zwar auch einen Flug mit zwei Würmern huckepack zugetraut, aber sie brauchten jemanden, der in der Fabrik blieb und mitbekam, was vor sich ging.

Mit einem Alles-für-euch-Gleiter zu fliegen, hatte nicht zur Diskussion gestanden.

So rasten sie im Nachmittagslicht dahin, ein Vielleicht-Fünfundachtzigfüßler mit einer dicken Narbe auf dem Rücken und eine Menschenfrau mit Narben im Bauch. Gehalten vom Anzugantigrav, im Schutz eines Deflektorschirms. Und doch so verletzlich.

Tamra grauste, wenn sie an das dachte, was vor ihnen lag.

Hütehaus, hatte Tawe geflüstert. *Hüter. Warum ist mir dieser Gleichklang nie aufgefallen? Liegt es denn alles seit Ewigkeiten offen vor uns? Haben wir nur nie unsere Fühler benutzt?*

Hüter, so hießen die Keloske r bei den Ueeba-Frauen, hatte er ihr erklärt.

Tamra trieb eine ganz andere Frage um. Wenn eine Ueeba-Frau zweimal im Jahr tausend Eier legte – warum war dieser Planet dann nicht völlig übervölkert von Ueeba? Wo man sich doch so hervorragend um die lieben Kleinen kümmerte?

Mit Tierföten konnte man richtig gut Geld verdienen. Medikamente ließen sich daraus herstellen. Kosmetika. Leder aus dem Fell ungeborener Tiere war besonders weich. Es gab nichts Barbarisches, was der Mensch mit Tierföten nicht schon gemacht hatte.

Wo also blieben sie alljährlich ab, die Abertausende von fröhlichen kleinen Hundertfüßlern, die auf dieser schönen, abgelegenen Welt nicht umherwimmelten?

Da läuft noch ein kleines Geschäft nebenbei, hm, Maschinenteufel?

In ihrem Bauch war ein dichter, fester Knoten. Sie bog den Rücken durch. Tawe setzte über ihr hektisch ein paar Beine neu auf.

Hör dich mal selber reden, hallte Startacs Stimme in ihr wider. Und dann ihre eigene: *Du meinst ... ich bilde mir das alles ein?*

Das Hütehaus und das umliegende Gelände waren dunkel unter ihnen, leer.

»Die letzte Hitze ist zu lange her«, sagte Tawe. »Die Kinder sind längst groß genug, längst bei ihren Schwestern.«

»Umso besser.« Tamra biss die Kiefer zusammen, dass es knackte.

»Was hast du vor?«

»Wir gehen rein.«

Sie landete auf dem sanft gewellten Dach, gleich neben einem Entlüftungsschacht. Der Ueeba kletterte von ihr hinunter, und sie schaltete den Deflektor ab. Er nutzte sowieso nichts mehr, wenn sie nicht ständig ganz dicht zusammenblieben.

»Das ist aber keiner dieser alten Prachtbauten, oder?«

»Nein. Zu klein«, flüsterte Tawe. »Er ist nur nachempfunden. Ein bisschen Wolkengarten und noch ein paar andere Elemente.«

Sie besah sich den Schacht. Versperrt. Sie schwebte hinunter in einen kleinen Lichthof. Zwei Türen, beide versperrt. Tawes Fühler oben am Dachrand zuckten vorm Abendhimmel. »Was machst du?«

»Sehr witzig. Ich versuche, irgendwo reinzukommen. Was machst du da *oben*?«

»Ich weiß nicht, ob ich da reinmöchte. Ich hab Gliederschmerzen von dem Flug, und ...«

»... und du hast Angst. Schon gut. Lass mich machen. Möchtest du dann nachher wissen, was ich gefunden habe? Falls ich etwas finde?«

»Ja«, sagt der Ueeba. »Natürlich.«

»Gut. Sehr gut.« Sie besah sich wieder die Glastür. Sie leuchtete mit dem Helmlicht hindurch. Auf der anderen Seite des Glases schälten sich weißliche Höhlen aus den Schatten. Sie sahen nett aus. Wie eine Spiellandschaft.

Tamra drückte am Rahmen herum, dessen Steifigkeit sehr gut war. *Pfeif drauf, mich da unauffällig reinzuschleichen,* dachte sie. *Dafür bin ich viel zu sauer.* Sie akivierte den Schutzschirm und bretterte mitten durch die Scheibe.

Noch während sie sich abrollte, ging im Haus Licht an. »Hallo?«, sagte jemand.

Tamra schaltete rasch den Deflektor wieder ein und drückte sich an eine Wand. Vor sich sah sie den Raum, den Lichthof. Glassplitter schimmerten auf dem Boden. Der Metallrahmen der Tür war verbogen.

»Hallo?«, sagte die Stimme wieder. Sie kam aus Deckenlautsprechern. Sie war deutlich akzentuiert, doch die Sätze bildeten sich zögernd, wie bei jemandem, der gerade aufgewacht war. »Ich ... da ist doch jemand in mir drin ... hallo? ... hm ... ich werde ... oh ...« Ein Klicken, dann war es still.

Tamra zog die Stirn in Falten. Das *Haus* hatte gesprochen? Sie war *in* einem verdammten Posbi?

Sie beschloss, sehr, sehr schnell zu machen.

Sie wusste nicht, wonach sie suchte. Vor ihrem inneren Auge geisterten Bilder von riesigen Bottichen mit einer widerlichen Flüssigkeit darin ... von Operationstischen und halb durchsichtigen Tüten mit medizinischen Abfällen ... von Abfüllanlagen für Produkte in Tuben und in Tiegeln.

Was sie fand – außer diesen merkwürdigen Spielhöhlen und einer durchaus vertrauenswürdig wirkenden Küche und einigen Sanitäranlagen, die zu klein für irgendwelche groß angelegten Sauereien waren – war das:

Einen Keller. Ausgedehnte Gänge mit schweren Sicherheitstüren. In jeder Tür eine für Tamras Geschmack viel zu kleine Glasscheibe. Hinter jeder Scheibe ein steriler Raum ganz aus Glas und gebürstetem Metall. In jedem Raum Kühlschränke mit vielen durchsichtigen Fächern. Und in jedem durchsichtigen Fach schimmerten sorgfältig verpackte tiefgefrorene Ueeba-Eier.

Optimierung, dachte Tamra bitter. *Da würden Mamas und Papas doch nur stören.*

Draußen schaltete sie ihren Deflektor aus und nahm Tawe wieder huckepack. Sie machten, dass sie wegkamen.

»Wir wissen also, dass sie euch tatsächlich optimiert haben und fortlaufend optimieren«, sagte Tamra, als sie in der Luft waren und das Hütehaus nicht mehr zu sehen war. »Die Frage ist, was fängst du jetzt damit an? Vielleicht tauchen wir am besten irgendwo unter. Verstecken uns. Dann kannst du Kraft schöpfen. Einen Plan fassen ...«

»Bring mich zur Fabrik zurück, Tamra Cantu.«

»Was?«

»Ich kann mich nicht verstecken. Die Alles-für-euch wissen jederzeit, wo wir Ueeba sind.« Er machte ein fauchendes Geräusch. »Ich hielt das einmal für praktisch.«

»Die haben euch allen irgendeinen Chip implantiert oder so? Na, ich kann mir jetzt auch denken, bei welcher Gelegenheit!« Sie lachte bitter. »Aber was willst du in der Fabrik? Sollen sie dich doch holen kommen! Auf diese Weise schlägst du wenigstens ein bisschen Zeit raus, um dich zu besinnen.«

»Ich habe ein Versprechen zu halten, Tamra Cantu. Ich habe die Siebenunddreißig zu machen.«

»Das ist nicht dein Ernst.«

»Lass mich bitte dort vorn runter. Schau, da kommt schon ein Alles-für-euch. Er kann mich zur Fabrik bringen.«

Tamra schüttelte den Kopf. Sie schaltete den Deflektor ab und landete auf einem grasbewachsenen Hügel.

»Ich danke dir, Tamra Cantu. Ich danke dir für alles.« Der Ueeba stieg um, der Gleiter flog davon. Tamra stand da und sah ihnen nach. Sie war wie vor den Kopf geschlagen. Sie sah sich um. Sie stand inmitten einer wilden Landschaft. Unberührte Schönheit in alle Richtungen ... so sah es jedenfalls aus. Über ihr glänzte der prächtige Sternenhimmel des galaktischen Zentrums. Irgendwo in der Nähe grollten und murrten groß klingende Tiere.

Sie holte tief Luft. *Na schön,* dachte sie. *Und jetzt?*

Tamra spazierte über den Herzberg. Die Verspieltheit, die Fröhlichkeit der Frauen um sie herum trieb ihr die Tränen in die Augen. Alles war Scherz, alles war Freude, alles war Genuss.

Dies ... war die *schöne* Schachtel.

Da waren Frauen, die zu viel getrunken hatten. Ihnen entglitt ihre Larve, sie taumelten, sie erbrachen sich vielleicht auch. Aber all das geschah ohne Gezeter, ohne Demütigung, ohne mehr Schmerz als den eines überforderten Magens. Immer war da eine Freundin, die half. Tamra lief durch die Mengen und sah keinen Streit, keine Verzweiflung.

Soweit sie es beurteilen konnte. Wieder einmal wünschte sie, das Ueebaka zu verstehen.

Stattdessen ertrug sie nicht einmal die Töne.

Es war ein Jammer. Ein Jammer!

Sie blieb stehen und atmete tief durch. Sie hatte den Helm wie letztes Mal luftdurchlässig eingestellt, und so roch sie wenigstens noch einen Hauch der Feuer, des Räucherwerks, der Grillspeisen. Sie war froh, hierher gekommen zu sein. Sie wollte nicht an all das denken, was sie heute erfahren hatte.

Als sie den Ring der Buden entlangwanderte, hatte sie eine solche Sehnsucht mitzufeiern, mitzutrinken, sich einfach mal richtig gehen zu lassen mitten zwischen all diesen verrückten, schönen Wesen in ihren Larven, ihren Leuchtkugeln ...

Und warum eigentlich nicht, dachte Tamra. *Ich dreh sowieso gleich durch, schlimmer kann das hier auch nicht werden ...*

Sie deaktivierte den Helm und hätte beinahe aufgeschrien. Rasch aktivierte sie ihn wieder. Es ging nicht. Es ging einfach nicht. Diese Stimmlagen waren nicht auszuhalten.

Dann sah Tamra die Auslage eines Standes und fing an zu lächeln. Sie hatte kein Geld – aber he, sie brauchte hier ja auch kein Geld. Das waren Nehmläden, richtig?

Wenig später spazierte Tamra beschwingten Schrittes das Rund der Buden entlang. Aus ihren Ohren guckten kleine Korken hervor. Es waren Verschlüsse von Ölfläschchen, genau die richtige Größe.

Sie hatte sie einfach herausgezogen und sich in die Ohren gedreht. Der Alles-für-euch hinter dem Stand hatte sie angestarrt, und dann hatte er neue Korken in die Flaschen gestopft.

Ja, so ließ sich das aushalten.

Diese erste Erfahrung machte sie rasch unbekümmert. Tamra nahm sich von einem anderen Stand einen Beinring mit. Er passte nicht über ihre Hand, aber er fühlte sich schön an, und sie spielte mit ihm, während sie weiterging.

Dann kamen ihr einige Frauen entgegen und ließen sie von ihrem Bier trinken. *Nimm nur, nimm!*, bedeuteten sie ihr.

Hui, ganz schön sauer. Aber warum nicht. Süß bin ich selber. Tamra trank, was in sie hineinpasste. »Danke, Mädels.«

Dann gefiel ihr die Musik, und sie begann zu tanzen.

Aber das ist blöd, dachte sie nach ein paar Minuten, während das Bier zu wirken begann. *Diese klobigen Stiefel! Dieser blöde Kampfanzug!* Alle diese Frauen hier zeigten ihre Schönheit, ihr Larvenspiel, und sie hüpfte hier herum wie ein blöder Soldat, verflucht noch mal!

Sie musste lachen, als sie die Verschlüsse ihres Anzugs öffnete. »Ich zeig euch jetzt mal, wie eine Menschenfrau aussieht. Passt auf.«

Beim Ausziehen der Stiefel fiel sie ins Gras. Ueeba-Frauen zwitscherten um sie herum und setzten sie auf, fühlerten über ihre weiße Unterwäsche hinweg. Auf dem T-Shirt spiegelten sich die Farben der Larven und der Lichter.

»He«, sagte Tamra. »Seht. Ich hab ja selber eine Larve. Mit euch zusammen hab ich auch eine Larve.«

Irrte sie sich, oder bestaunten die Frauen sie?

Sie zog auch noch die Socken aus und stand auf.

Sie kam sich schutzlos vor, barfuß und in Unterwäsche zwischen all den gepanzerten Hundertfüßlerinnen, deren Sprache sie nicht verstand. Aber es war ein gutes Gefühl von Schutzlosigkeit ... es war Geborgenheit.

Tamra merkte, dass sich Tränen ankündigten, und sie begann zu tanzen, und das Gras kitzelte ihre Füße, und die Lautsprecher drehten sich um sie, und Tamra drehte sich gegenläufig, mit ausgebreiteten Armen entgegen den kreisenden Lautsprechern, den sie umtanzenden Klängen, und dann kamen Tränen und Lachen zugleich. Und es war Schmerz. Und es war Glück.

Der Rest der Nacht? Von Stroboskoplicht erhellte Szenen ... Kleine Ueeba-Kinder, die ihr über die Arme liefen, das T-Shirt entlang ... ein Zwacken, das beinahe ein Kitzeln war ... Eine Art Pilzsuppe aus einem Topf überm Lagerfeuer, an einem mit Fackeln erleuchteten, künstlich angelegten Strand ... so heiß, dass Tamra sich beim ersten vorsichtigen Schlürfen verbrannte ... der Geruch von Räucherwerk in den Schatten eines Gehölzes ... lauter kleine, glühende Punkte ... als sie dorthin ging, auf Schwingen des Bieres: ein Dutzend Ueeba-Frauen, die träge übereinanderklebten und dösten ... *ein Haufen, das muss so ein Haufen sein* ... pfeffriger, wohliger Geruch ... knirschende, schabende Töne, leise und vertraut wie Geflüster ... Wunderkerzen, Bengalfeuer ... Tiere aus Licht ... Fühler, die sich hypnotisch umeinanderdrehten, sich verflochten zu einem Band ... und dann stülpten sich diese Augen aus und sahen sie an, sahen Tamra an! Augen ohne Gesicht, und doch konnte Tamra deutlich erkennen: freundliche Augen ... ein argloser, schutzloser Blick ...

Und dann, irgendwann davor, dazwischen, danach urinierte sie verlegen, aber schmunzelnd unter den Blicken vorbeiwuselnder Ueeba hinter einem Gebüsch, und als sie wieder aufstand, sah sie oben in den Bäumen wunderschöne, riesige Lampions hängen. Sie drehten sich langsam, und als Tamra näher heranging, sah sie Schatten darin.

In jedem Lampion war ein großer, gewundener Schatten.

Tamra stand staunend unter den Bäumen und bewunderte die Farben, die Formen, die jeder einzelne Lampion annahm. Wie schön sie waren! Sie war gebannt wie ein Kind.

Sie begriff erst, was sie sah, als einer der Lampions zu Boden sackte und Schatten und Lampion sich teilten und zu zwei Ueebafrauen in ihren Larven wurden. Die beiden Frauen fühlerten kurz zu Tamra hinüber und gingen zwitschernd zur Festwiese zurück.

»Oh«, sagte Tamra. »Wie peinlich.«

Sie wollte gehen, aber sie konnte nicht. Sie konnte diese schönen Lampions nicht ansehen, diese schönen Lampions, die aus zwei sich liebenden, einander umwindenden Ueeba-Frauen in ihren Larven bestanden.

»Ihr passt perfekt ineinander«, hauchte sie. »Perfekt ineinander!« Sie bekam eine Gänsehaut im Nacken vor Staunen, vor Glücksgefühl.

Als Tamra wieder zu sich kam, lag sie in einer Art Hängematte. Um sie herum war eine bunt dekorierte künstliche Höhle, in deren Winkeln Ueeba klebten und dösten. In weiteren Hängematten baumelten schlaffe, halb verdrehte Ueeba. Tamra wurde klar, dass sie sich in einer dieser Ruhbuden befand.

Sie hatte einen pelzigen, bitteren Geschmack im Mund, und ihr war kalt in Slip und T-Shirt.

Verflucht, ihr Anzug!

Sie wand sich aus der Hängematte, stolperte nach draußen auf die nasskalte Wiese. Der Festplatz hatte sich ein wenig geleert, aber es war noch dunkel, die Musik wummerte noch. Allzu viele Stunden konnten nicht vergangen sein.

Tamra lief barfuß zur Tanzfläche hinunter. *Ich hab den Anzug verloren, der ist weg, den haben sie geklaut, verschleppt! Das darf nicht wahr sein! Bin ich denn blöd?*

Aber sie hatten den Anzug nicht verschleppt. Er war noch genau da, wo Tamra ihn ausgezogen hatte. Irgendjemand hatte ihn nur zu einem ordentlichen Haufen geschichtet, das war alles.

Fünfundvierzig

Tawe hatte das Gefühl, ausgehöhlt worden zu sein, inwändig zerfressen wie von Baumkäfern.

»Lasst mich in Ruhe«, bat er. »Lasst mich einfach in Ruhe meine Arbeit machen.«

Pokou schien gar nicht daran zu denken. Er wetzte durch den Imago-Saal und tobte. »Vorhin hast du ja auch nicht an deine Arbeit gedacht! Bist abgehauen! Abgehauen und hast ein Hütehaus beschädigt!«

»Die Alles-für-euch werden es reparieren. Wie sie alles reparieren. Wo ist das Problem?«

Pokou schrie wütend auf.

»Erster Rat.« Die raspelige Stimme von Rechenmeister Crykom. »Lass uns allein.«

Tawe horchte auf. »Warum soll er uns allein lassen? Ich will nicht mit dir reden. Ich will die Siebenunddreißig machen.«

»Erster Rat. Bitte.«

Tawe war so müde. So abwesend, neben der Welt. Er versuchte, sich auf den Psi-Stempel zu konzentrieren. *Also, noch einmal von vorn.* Irgendwann war der alte Pokou wohl weg, denn Crykom sagte: »Du warst also bei einem Hütehaus und hast eine Tür zerstört.« Und als Tawe nichts sagte: »Warum?«

»Ich weiß Bescheid, Crykom.« Tawe sah ihn nicht an dabei. »Ich weiß endlich Bescheid, Züchter.«

Stille. Schnauben. Tawe konzentrierte sich auf den Psi-Stempel. Aber er konnte sich kaum etwas einprägen, solange Crykom hier stand und glotzte.

»Wir haben euch gefördert, Tawe. Das Leben ohne Not, ohne Verteilungskämpfe. Eure ausgeprägten schöpferischen Fähigkeiten. Ohne uns, ohne die Posbis gäbe es das alles nicht. Ihr wäret irgendwelche barbarischen Wesen. Ein Teil von euch würde fressen, der andere verhungern. Ihr würdet Kriege gegeneinander führen, kleine barbarische Kriege ohne Sinn und Verstand. Euch abplagen in einem Leben ohne Sinn und Gestalt.«

»Kannst du bitte aufhören, hier alles mit Wörtern zuzumüllen? Ich brauche Platz zum Arbeiten. Ich will nicht auf lauter klebrigem Dreck ausrutschen.«

»Tawe«, sagte Crykom nach einer Weile.

»Lass mich.« Er hatte Schwierigkeiten, sich richtig zu artikulieren. Seine Mandibeln schnappten in atavistischen Drohgebärden. »Ich mach die Siebenunddreißig, und dann haben alle, was sie wollen. Ihr könnt in eurem Schleierstern rechnen, bis ihr schielt, und Adilai und ich können unsere Liebe wieder leben, verkrüppelt zwar und männlich-weiblich, aber he: ohne Not! Alles im Lot!«

Crykom sagte nichts.

»Kann ja alles schön so weitergehen! Ach nein, ich vergaß: Es kommt ja die *Zeitenwende*! Habt ihr für die auch einen *Plan*, Crykom? Oder schaut ihr einfach vom Schleierstern aus zu, wie hier alles zusammenbricht?«

»Wir werden hier nichts zusammenbrechen lassen. Die Alles-für-euch werden euch weiterhin hüten ...«

»Hüten. Wie Tiere. Wie stellt ihr euch das vor, Crykom? Die Männer feiern und spielen dann auch den ganzen Tag? Toben sich während der Hitze mit den Frauen aus? Und die Kinder, Crykom, optimiert ihr die auch weiterhin? Zu welchem Zweck? Besonders schöne Farbspiele auf den Zwischenhäuten? Bunte Fühler?« Er musste sich abwenden. »Ihr widert mich an, Hüter. Ich weiß gar nicht, was überhaupt von uns ist und nicht nur angezüchtet!«

Crykom schnaubte. »Es ist *alles* von euch, Tawe. Wir haben euch nur gefördert. Und glaub mir: Wir hätten euch nicht über die Vergangenheit im Unklaren gelassen. Wir hatten vorgesorgt. Schon lange.«

»Ach, hau ab. Lass mich die Siebenunddreißig machen. Und dann pfeif auf die Psi-Fabrik. Pfeif auf den Schleierstern. Pfeif auf euch alle!«

Er klebte sich fest an die Wand und richtete die Fühler in die Saalmitte. Ein Flackern entstand in der Luft, ein Schwirren. Licht. Materie. Formte sich zu einer gewaltigen, glatten Röhre. Wabernd erst, zitternd. Dann glatt, glänzend.

Tawe tat alles weh. *Jetzt,* dachte er, *jetzt der Stempel, der verfluchte Stempel.*

Aber irgendwann verhedderte er sich in den komplexen Strukturen, und jeder Versuch, die Sache zu flicken, ließ ihn fahriger werden.

Er löste die misslungene Komponente auf.

Crykom war noch da. »Du musst dich nicht mit diesem Stempel abplagen. Wir rechnen gerade einen neuen durch. Einen einfacheren. In wenigen Stunden ist er fertig. Ruh dich lieber so lange aus.«

Tawe zog die Fühler durch die Mandibeln, blinzelte. »Lass mich in Ruhe«, sagte er. Und konzentrierte sich erneut.

Als Tamra wieder in ihrem Anzug steckte, sah sie die Zahl der entgangenen Anrufe. *Oh-oh,* dachte sie. Sie waren natürlich alle von Startac.

»Endlich meldest du dich!« Er klang erleichtert. »Ich hab gesehen, dass du irgendwo bei diesem Festplatz bist, aber als du nicht reagiert hast, dachte ich, ich will dich lieber nicht stören ... Alles in Ordnung mit dir?«

»Geht so. Bin ein bisschen verkatert.« Sie rieb sich die störrischen Haare. »Eine heiße Dusche wäre nicht schlecht.«

»Ja. Hör mal. Ich habe mit Tibala geredet. Ich weiß Bescheid.«

»Oh.« Sie holte tief Luft. »Wie geht es Tawe?«

»Mies. Er vergräbt sich in seiner Arbeit. Er ... Tamra, er wird innerlich verbrennen, wenn er so weiter macht.«

Sie dachte an Startacs viel zu viele Teleportationen auf Terra Incognita. Er wusste, wovon er sprach. »Mist. Ich hab ihm *gesagt*, er braucht Zeit, sich zu besinnen.«

»Tibala meint, *du* solltest kommen.«

»Gut. Ich komme. Ihr seid im Imago-Saal?«

»Nein. In der Bibliothek. Wir wollen noch ein bisschen wühlen.«

»Alles klar.« Sie sah sich um. Hinter den flackernden Lichtern und den von unten erleuchteten Rauchschwaden deutete sich eine Ahnung von Morgenlicht an. Nach einigen Schlucken Wasser und einer Katzenwäsche flog Tamra los.

Als sie in der Psi-Fabrik ankam, dämmerte es. Überall auf dem Hof und den Dächern standen Ueeba-Männer beisammen. Sie flüsterten, schwiegen, scharrten. In der Bibliothek fand Tamra nur Startac vor. »Tibala ist bei Tawe in der Krankenstation. Er ist vorhin zusammengebrochen.«

»Schlimm?«

»Er ist von der Wand gestürzt dabei, hat sich aber anscheinend nicht weiter verletzt. Er ist entkräftet, doch ansonsten geht es ihm gut. Körperlich.«

Sie nickte. »Die ganze Fabrik scheint schon auf den Beinen.«

»Für heute Morgen war Crykom angekündigt. Er ist schon da. Redet mit Pokou. Ach, das weißt du vielleicht noch nicht: Sie wollen die letzte Komponente auf Perry abstimmen. Eine Vereinfachung. Alles ist darauf ausgerichtet, dass heute die letzte Komponente fertig wird. Und jetzt liegt der Favorit, der Topforscher, in der Krankenstation!«

»Moment, nicht so schnell. Perry Rhodan und die Komponente? Wie das?«

Schroeder seufzte. »Das auf die Schnelle erklären geht nicht. Sagen wir es so: Perry ist einmal in eine Organisation berufen worden, die sich die Ritter der Tiefe nannte. Ihren Mitgliedern wurde eine Aura aufgeprägt. Die Ritteraura. Es handelt sich um ein psionisches Muster, über das er nach wie vor verfügt, und dieses Muster lässt sich irgendwie mit der letzten Komponente verknüpfen.« Er grinste. »War das allgemeinverständlich genug?«

Tamra blähte die Backen, blies aus. »Danke, Sir. Keine weiteren Fragen. Das Universum ist groß und voller Wunder.«

Sie sahen sich an. In dem Schweigen hörte Tamra ihr Herz einen einzelnen, kräftigen Schlag machen. *Und du, Startac, bist eins davon,* dachte sie. *Ein zäher, verschlossener, angegrauter, wunderbarer Mann.*

Er hatte sie auf dem Herzberg in Ruhe gelassen. Trotz seiner Besorgnis. Ohne irgendwelche Vorwürfe. Sie schluckte und sah sich um. »Und? Irgendwas Interessantes gefunden?«

»Eine alte Beschreibung dieser Stadt hier in der Nähe.« Er zuckte die Schultern. »Tibala schien deswegen ganz aus dem Häuschen. Besonders wegen irgend so einem grünen Museum.«

Tamra bekam eine Gänsehaut. »Wo ist diese Beschreibung?«

»Was davon noch übrig ist, hat er mit in die Krankenstation genommen. Diese Bibliothek hier ist in einem erbärmlichen Zustand.«

In der Krankenstation lag Tawe in einer Ecke auf dem Bauch und rührte sich nicht.

»Schläft er?«, fragte Tamra.

»Ja. Er ist völlig am Ende. Hier, schau.« Tibala hob eines von Tawes Beinen an und ließ es wieder los. »Er klebt sich nicht fest. Das ist ein Schlaf-Reflex, der nur bei absoluter Erschöpfung nicht mehr funktioniert. Oder bei Sterbenden.«

»Er stirbt aber nicht, oder?«

»Nein.« Tibala wedelte mit den Fühlern vor einer dieser Medizinkugeln herum. »Nein, seine Werte sind stabil.«

Tamra empfand einen leisen Stich von Schuld. Sie war es gewesen, die den Flug zum Hütehaus vorgeschlagen hatte.

»Erzähl ihr von dem grünen Museum«, sagte Startac neben ihr.

»Was? Ach so, ja. Wir kennen das Haus als den grünen Jadepalast. Du hast es bestimmt auch schon gesehen. Das große Haus beim Herzberg? Mit den Türmen? Das ganz weich aussieht, wie zerflossen?«

»Ja, schon.« Sie hatte es kaum beachtet. In all dem Gewühl war es nur eine hübsche Kulisse gewesen.

»In der Broschüre steht, es wäre ein Naturkundemuseum. Startac Schroeder musste mir erst erklären, was das ist.«

»Ja, und?«

»Erdgeschichte«, sagte Startac. »Geologie. Entstehung des Lebens. Abstammungslehre.«

»Wir können in den einen Gang nicht rein«, sagte Tibala.

Sechsundvierzig

Plötzlich war Unruhe draußen im Hof. »Sie kommen!«, rief jemand. »Es geht los! Es geht los!«

Startac ging zur Tür. »Perry und Mondra steigen gerade aus einem Gleiter.« Er winkte und sah zur anderen Seite. »Crykom steht zu ihrer Begrüßung bereit. Vor dem Imago-Saal. Kommst du, Tamra?«

Sie sah zu dem schlafenden Tawe, zu Tibala, der sie anfühlerte. »Der Erste Rat will, dass ich ihm zur Not etwas Aufputschendes gebe.«

»Lass es«, sagte sie leise. Sie sah zu der brüchigen Broschüre auf einem kleinen quadratischen Tisch, dann gab sie sich einen Ruck und folgte Startac.

Der Imago-Saal war voll. Da die Ueeba den Boden in der Regel mieden, konnten Startac und Tamra noch gut sehen, obwohl sie ziemlich als die Letzten kamen. Es war ein merkwürdiger Anblick, der sich ihnen bot. Oben flatterten die uralten, vergilbten Zeltplanen im Morgenwind, die Wände waren übersät von den grauen Leibern der Ueeba, von denen die meisten die Oberkörper von der Wand wegbogen, um besser sehen zu können, und am Kopfende, am Boden, stand die klobige Gestalt des Rechenmeisters Crykom. Neben ihm stand Perry Rhodan. Auf einer schlichten grauen viereckigen Säule lag, genau auf Augenhöhe mit dem Kelosker, der Erste Rat Pokou. Weiter seitlich säumten ihn vielleicht ein Dutzend weitere Ueeba auf halb so großen Säulen.

Tamra folgte Startac, der zu Mondra Diamond hinüberging. Rhodans Begleiterin stand nah bei der rechten Längswand, ein Stück von den Würdenträgern auf ihren Säulen entfernt. Tamra sah sich um. Drüben, an der gegenüberliegenden Wand, entdeckte sie diesen Posbi, Nano Aluminiumgärtner.

»Am heutigen Morgen«, sagte Pokou, als Ruhe einkehrte, »am heutigen Morgen geschieht etwas, das für die Imago-Forscher der Psi-Fabrik ein Vorgang ohne Beispiel, ein Bruch sämtlicher Konventionen ist! Kollegen, ihr seht hier an meiner Seite den Rechenmeister Crykom. Rechenmeister Crykom ist persönlich in die Fabrik gekommen, um hier im Imago-Saal zu uns allen zu sprechen, gleich ob Forschungsrat, verdienter Forscher oder Jungforscher!« Er machte eine Pause. »Die Siebenunddreißig wird von diesem Tag an verändert werden!«

Unruhe unter den Ueeba. Fauchen, Klacken.

Der Kelosker hob einen zittrigen Greiflappen, und sofort kehrte Stille ein. »Die vierdimensional sichtbare Form bleibt gleich, doch der Psionische Stempel wird völlig neu angelegt werden. Er wird vereinfacht.«

Schweigen. Totale Stille. Vor Schock? *Es muss doch eigentlich eine gute Nachricht sein,* dachte Tamra.

In das Schweigen hinein ertönte eine einzelne, junge Stimme: »Rechenmeister! Seit Ewigkeiten versuchen die Forscher sich an der mythischen Siebenunddreißig, und nun soll das alles wertlos sein? Die wenigen, die überhaupt je so weit kamen, sind im Scheitern gestorben, und nun redet Ihr plötzlich von Vereinfachung?«

Crykoms Blick fand den jungen Forscher, der oben aus

einer Traube von Kollegen herausgerufen hatte. »Wir wussten bis gestern nicht davon.«

»Gestern«, rief Pokou, »war gestern! Heute kann der Talentierteste von euch derjenige Imago-Forscher sein, der die Siebenunddreißig löst und die Zeitenwende herbeiführt!«

Falls er versucht hatte, damit für Ruhe zu sorgen, war das ganz entschieden die falsche Ansprache gewesen. Aufruhr herrschte im Saal.

Tamra reimte sich das anschließende Geschrei so zusammen, dass dies den eigentlichen Bruch mit der Tradition darstellte: Bisher hatten die Imago-Forscher immer die genaue, lückenlose Folge von Artefakt-Komponenten erzeugen müssen, sich von der Eins bis zur Siebenunddreißig hocharbeiten müssen, weil dies als der einzige Weg angesehen wurde, die Materie wirklich zu beherrschen, vor allem die als besonders schwierig angesehenen Psi-Stempel. Manche Forscher befürchteten auch, eine vorzeitige persönliche Erschaffung der Siebenunddreißig könnte gefährlich werden. Die Worte »Dimensionsriss« und »irrationaler Aberglauben« flogen durch den Raum.

Pokou versuchte sich Gehör zu verschaffen, doch Crykom hielt ihn anscheinend davon ab. Schließlich erstarb der Lärm.

»Wie ihr alle wisst«, sagte Pokou, »gibt es in dieser Generation nur einen einzigen Imago-Forscher, dem die Genese der Siebenunddreißig zumindest in vierdimensionaler Hinsicht gelungen ist. Jungforscher Tawe. Er fällt aus gesundheitlichen Gründen, die nichts – ich wiederhole: nichts! – mit der Genese der Siebenunddreißig zu tun haben, leider aus. Da die Wahrscheinlichkeit zum Abschluss der Siebenunddreißig, wie mir Rechenmeister Crykom versichert hat, dieser Tage jedoch extrem hoch ist, rufen wir einen Wettbewerb aus! Dieser Wettbewerb versetzt eine Vielzahl von euch in die Lage, als derjenige Forscher in die Geschichte einzugehen, der die Siebenunddreißig erschaffen und die Zeitenwende herbeigeführt hat!«

Nun hatte er die ungeteilte Aufmerksamkeit. »Ihr alle wisst, wo ihr steht, welches eure bisher höchste Genese war. Wir werden den Imago-Saal brodeln lassen von Arbeit! Jeweils das Dutzend Forscher, das von allen genügend ausgeruhten gerade die höchsten Genesen hat, darf sich an der Siebenunddreißig versuchen! Ganz egal, wie weit ihr bisher gekommen seid, ob Dreißiger oder Zwanziger oder Zehner. Die zwölf besten arbeiten, ja schuften! Die anderen ruhen sich aus und halten sich zur Ablösung bereit! Rechenmeister Crykom, ich übergebe.«

Ein Schnauben, ein Schnaufen. »Ihr werdet den Tag über Gelegenheit haben, eine wichtige Komponente des neuen Psionischen Stempels zu studieren. Diese neue Komponente kommt in Gestalt eines Besuchers zu uns, Perry Rhodan.« Er zeigte auf Rhodan, der einen Blick in die Runde warf und nickte. »Ritter Rhodan verfügt über eine psionische Aura. Ein Spiegelbild dieser Aura muss in den neuen Stempel eingefügt werden. Andere, wesentlich komplexere Elemente des Stempels fallen dafür ersatzlos weg. Ich habe entsprechende Dokumentationen mitgebracht. Studiert diese Dokumentationen, studiert Perry Rhodans Aura – und versucht euer Glück.«

Sie studierten. Sie versuchten. Sie scheiterten.

»Das müssen wir uns nicht mit ansehen, Startac, oder?« Tamra ergriff ihn beim Arm und zog ihn mit sich. Als er mitging, ließ sie los.

»Wo willst du hin? Zu Tawe?«

Der Ueeba klebte ein Stück weiter oben an der Wand.

Tibala hielt ihm gerade einen Trinkbecher hin, als sie eintraten.

Tamra streckte sich und sah zu den Fühlern des Ueeba hinauf. »Na? Wieder wach?«

»Er ist wieder etwas bei Kräften«, sagte Tibala. »Aber er redet nicht. Mürrischer Kauz!« Das Letztere sagte er etwas lauter; wahrscheinlich, um den Ueeba zu einer Reaktion zu provozieren. Ohne Erfolg.

»Wie läuft es da draußen?«, fragte er Tamra.

Schroeder hielt sich im Hintergrund. Tamra hatte den besseren Draht zu diesen Wesen. Irgendwie waren sie miteinander verbunden. Schroeder lehnte sich an eine Wand, verschränkte die Arme vor der Brust, senkte kurz den Kopf. Das Warten war anstrengend gewesen.

»Nicht so gut.« Tamra lächelte. Es war kein angenehmes Lächeln. »Sie hängen fest. Sie brauchen den Topforscher Tawe.«

Schroeder sah zu ihm, konnte aber keine Reaktion erkennen. »Hast du ihm vom Museum erzählt?«, mischte er sich doch ein.

»Ja.« Tibala spreizte die Brustbeine. Das sollte wohl soviel wie *Hat auch nichts gebracht* heißen.

Tamra sah Schroeder an, hielt sich einen Finger an den Mund und lächelte. Es galt nicht ihm. Sie schauspielerte eindeutig. Ihr Lächeln war auch nicht bis zu den Augen vorgedrungen. »Also eigentlich ist der gute Tawe doch sehr brav! Tamra sagt zu ihm: Ruh dich aus, komm zur Besinnung. Und Tawe ruht sich aus. Nachdem er vorher noch kräftig geackert hat. Aber das sagen ja auch seine Forschungsräte: Ackere, Tawe!« Sie tätschelte den Ueeba über sich an der Wand. »Braver Tawe! Macht immer, was die anderen wollen.«

Stille. Schroeder glaubte zu erkennen, dass Tawe noch

ein bisschen starrer an der Wand hing als vorher. Aber er konnte das nicht richtig beurteilen.

»Ja!«, sagte Tamra. »So ist richtig. Ruh dich brav aus, und dann gib ihnen brav, was sie haben wollen!«

Schroeder wurde unruhig. Was tat Tamra da? Sie *brauchten* diese Artefakt-Komponente. Sie brauchten den Zugang zu TRAGTDORON. Das bot die Chance, die *einzige* Chance, den Posbi-Krieg vor Ablauf von sechs Wochen zu unterbinden. Sechs Wochen, das konnte einen Unterschied von mehreren Millionen Überlebenden machen.

»Oder nein«, sagte Tamra. »Es ist genau anders herum. Du *bluffst* ja, Tawe ... So ein guter Schauspieler ... Arbeitet bis zur Erschöpfung ... kann nicht mehr, würde aber *so* gern ... alle wissen es ja: für *Adilai* will er es schaffen, für seine große lächerliche Liebe ... Wenn er es also nicht schafft, dann schafft er es *wirklich* nicht. Echt wahr. Ehrlich. Du gerissener Hund, du manipulierst sie alle, und sie merken es nicht.«

Ein Aufschrei: *»Was quälst du mich!«*

Tamra rieb eines seiner Brustbeine. Schroeder sah die Mandibeln zucken, diese riesigen Mandibeln über ihrem Kopf, und machte sich sprungbereit. Aber Tamra rieb einfach das Bein und sagte, sanfter jetzt: »Komm raus aus deinem Loch, Tawe. Du bist nicht nur Opfer. Komm raus und entscheide dich, welche *Haltung* du einnehmen willst. Du willst sie bluten und schwitzen lassen? Dann lass sie bluten und schwitzen und mach dieses verfluchte Artefakt-Ding nicht.«

»Tamra«, sagte Schroeder.

Sie winkte ab, ohne ihn anzusehen. »Du willst einfach nur deine Ruhe mit deiner Liebsten? Dann gib ihnen was sie wollen – so schnell wie möglich. Und dann hau ab.«

Ein Zucken lief durch den Ueeba.

»Oder du willst, dass hier alles richtig zusammenkracht, diese ganze auf Manipulation und Täuschung gebaute Kultur – dann sorge für eine Revolte. Sag allen, was du herausgefunden hast. Spreng den Laden in die Luft. Sorge für Feuer und Blut!«

Wieder dieses Zucken.

»Verstehst du? Verstehst du, was ich dir sagen will? Es ist deine Entscheidung, Tawe. *Deine* Entscheidung. Nicht die von Crykom. Nicht die von Pokou und seinem Rat. Deine.«

Der Ueeba an der Wand fauchte leise. Atmete ein, fauchte. Atmete ein, fauchte. Seine Mandibeln gingen dabei zu und auf, zu und auf.

Tamra sah irritiert zu Tibala. »Was hat er?«

»Er weint«, sagte Tibala leise. »Du hast ihn zum Weinen gebracht.«

Siebenundvierzig

Komm raus aus deinem Loch, hatte sie gesagt. Und dann hatte sie Bala gefragt, was das für abblätternde Haut an Tawes Narbe war. Und Bala hatte gesagt, die müsse einmal wieder mit Öl eingerieben werden. Ob sie das machen könne, hatte sie gefragt. Ja, hatte Bala gesagt. *Nein, ich habe Tawe gefragt. Hast du etwas dagegen, Tawe, wenn ich dir deine Narbe einöle?* Und als er nicht geantwortet hatte, hatte sie das als Zustimmung genommen.

Und nun hing er hier an der Wand und spürte das Streichen ihrer Finger, immer die Panzerbögen entlang. Es fühlte sich beinahe so an wie kräftiges Fühlerstreichen. Tawe zog die Augen ein und überließ sich dem Streichen.

Es trug ihn zurück zu einer Nacht, in der Adilai ihn gestreichelt hatte. Immer die Spirale entlang.

Er ist ein Mann, Tawe, hatte Adilai gesagt. *Ein Forscher aus der Fabrik. Er kann tausend Rosen machen, wenn er will.*

Er ist stark. Er ist groß. Wieder das Streichen. Wieder. *Er ist potent, voller Bildkraft.* Streichen, streichen. Adilais Fühler. Tamras Hand. Noch einmal. *Aber selbst tausend mal tausend seiner Rosen sind mir nicht so viel wert wie deine eine.*

»Aber wie sollen wir sie denn je wiederfinden«, flüsterte er.

»Was?«, fragte Tamra sanft. »Was hast du gesagt?«

Das ist doch ganz einfach, geisterte Adilais Stimme durch seinen Kopf. *Schau.*

»Nichts«, sagte Tawe und öffnete die Augen. »Du kannst jetzt aufhören. Danke, Adilai.«

»Ääh ... bitte. Aber ich heiße Tamra.«

»Oh. Ja. Entschuldige. Ich habe mich gerade an etwas erinnert. Ich muss schauen. Richtig hinsehen. Und dann wird es ganz einfach.«

»Wenn du meinst.« Tamra hielt ihre öligen Hände hoch. »Ich geh mir mal eben die Finger waschen.«

Sie lächelte Startac an und nickte mit dem Kopf nach draußen. Er stieß sich von der Wand ab. Er hatte einen seltsamen Gesichtsausdruck.

»Was ist los?«, fragte sie, als sie draußen auf dem Hof nebeneinander zu dem Drehbrunnen gingen.

»Du fährst eine merkwürdige Linie, Tamra.« Er setzte den Brunnen Hand über Hand in Gang. »Was, wenn er sich wirklich weigert? Wenn er hier wirklich eine Art Revolte anzettelt? An seiner Entscheidung hängen Millionen Leben.«

Tamra rieb sich die Hände mit Sand ab. Sie merkte, wie sie wütend wurde. Sie holte tief Luft.

»Startac, auf seinem Rücken lastet genug. Diese Toten, diesen Krieg hat er nicht zu verantworten.«

»Er macht sich mitschuldig, wenn er nicht dabei hilft, ihn zu stoppen.«

»Na toll.« Einige Imago-Forscher fühlerten hinüber. Tamra senkte ihre Stimme. »Dieselben Leute, die ihn und seinesgleichen von hinten bis vorn manipuliert haben, haben auch diesen Krieg zu verantworten. Und nun macht er sich *mitschuldig*, wenn er denen nicht das liefert, um dessentwillen sie sein Volk überhaupt manipuliert haben?«

Startac schwieg. Er ließ das Brunnenrad los. Seine Stirn war gerunzelt.

»Startac, soll er sich doch entscheiden. Die Toten, die es

dadurch vielleicht mehr gibt, lasten auf anderen Schultern. Auf *ganz* anderen Schultern.«

Startac schwieg. »Du machst es dir verdammt leicht«, sagte er dann.

Sie schüttelte den Kopf und sah zu Boden. Sie wusste nicht, was sie sagen sollte. Tränen stiegen ihr in die Augen.

»Streitet euch nicht«, sagte eine müde Stimme hinter ihnen. »Ich *werde* die Siebenunddreißig machen.«

Perry Rhodan war mit Langeweile vertraut. Er war ein Unsterblicher, der auf ein langes Leben zurückblicken konnte. Es hatte nicht nur aus dreitausendundeinem Abenteuer bestanden. Es war seit jeher von langweiligen Momenten, Stunden, Tagen durchzogen. Warten auf Entscheidungen. Auf Sitzungsergebnisse. Fototermine politischer Natur, denen er nicht hatte ausweichen können. Perry Rhodan begrüßt die Delegierten von X auf dem Balkon von Y. Und immer wieder lange Flüge nach Z. Von seinen unzähligen Zeiten der Gefangenschaft ganz abgesehen.

An was dachte Tatmensch Rhodan in solchen Momenten? Wenn er Glück hatte, an nichts. Wenn er Glück hatte, sah er irgendwann auf die Uhr und stellte fest, dass er in der letzten halben Stunde offenbar keine Wahrnehmung und keinen Gedanken gehabt hatte.

Nirwana. Der Zustand des vollkommenen Freiseins von Wünschen und Gedanken. Er strebte ihn nicht an. Er wollte machen, sich austauschen, schaffen. Aber manchmal kam dieser Zustand zu ihm, und Rhodan wusste, als was er ihn zu nehmen hatte. Als Geschenk.

Aus einem solchen Zustand tauchte er auf, weil sich im Imago-Saal etwas änderte. Der Saal hatte sich immer mehr geleert in den letzten Stunden. Mehr oder weniger krude Röhren hatten sich in der Luft gebildet und waren Funken sprühend vergangen, in langsamer, beinahe gleichmäßiger Folge. Eine nach der anderen. Hundertfüßler hatten sich vor dem Podest aufgebaut, auf dem er saß, und sich auf seine Ritteraura konzentriert. Einer nach dem anderen. Genau so hatten sie sich erschöpft, hatten sie aufgegeben: einer nach dem anderen. Es war immer stiller geworden im Imago-Saal.

Nun entstand Unruhe. Ein Ueeba kam den Boden entlanggehinkt. Rhodan kniff die Augen zusammen. Dem Ueeba fehlten auf der einen Seite einige Beine. Es musste dieser Tawe sein. Ihr größtes Talent. Und hinter ihm kamen auch Startac Schroeder und Tamra Cantu. Rhodan nickte den beiden kurz zu.

Sämtliche Ueeba, die zwischen Rhodan und Tawe waren, reckten die Fühler und wichen zur Seite aus. Und hinten, beim Eingang, wurde allmählich alles schwarz von Ueeba. Die Imago-Forscher der ganzen großen Fabrik schienen in den Saal zu drängen – jedoch so scheu, dass sie alle so weit weg blieben, wie es nur ging.

Lautlos kamen sie zusammen.

Tawe fühlerte nach Rhodan. Der Ueeba sah ... beschädigt aus. Vielleicht sogar heruntergekommen. Die fehlenden Beine; bestimmt ein Dutzend Stümpfe starrten am Rand seines grauen Körpers hervor. Die eine Seite seines Rückens glänzte dunkel. Mitten in dem öligen Schimmer zog sich eine in dem Licht beinahe violett wirkende Narbe den Rücken entlang.

Der Ueeba sagte kein Wort, während er Rhodans Aura erspürte, erforschte. Aber Rhodan hatte nicht das Gefühl, dass Tawe aus Schüchternheit und Nervosität schwieg wie so viele der Forscher, die heute an ihm vorbeidefiliert waren.

Rhodan sah zu Crykom. Der Kelosker schien im Stehen zu schlafen, mit offenen Augen. Aber noch während Rhodan hinsah, kam wieder Leben in die getrübten Augen. Die großen Pupillen richteten sich auf Tawe. Crykoms Greiflappen zitterte ein paarmal.

Rhodan blinzelte Mondra zu. Sie lehnte ein Stück von ihm entfernt an der Wand und machte kurz große Augen: *Jetzt wird's spannend.*

Nach Minuten, die sich dehnten, wandte der Ueeba sich ab, den vollständigen Körper immer noch auf dem Boden. Er ging nicht zu einem der altertümlichen wirkenden Terminals wie die anderen Ueeba vor ihm. Er blieb einfach dort auf dem groben Boden stehen, der an einigen Stellen schwärzlich gepunktet und rissig war, und schien sich zu sammeln.

Als er die Fühler reckte, ertappte sich Rhodan dabei, den Atem anzuhalten. Langsam atmete er aus und wieder ein.

Über Tawe schien sich das Licht zu konzentrieren, das durch die seltsamen Zeltbahnen hoch oben über dem Saal drang. Immer mehr Licht bündelte sich.

Rhodan setzte sich auf.

Das war merklich schneller gegangen als bei den anderen Forschern. Es wirkte kraftvoller, entschlossener. Das Licht verfestigte sich zu etwas, das aussah wie Formenergie in einem Zwischenstadium. Immer klarer wurde die Form, immer fester. Die Siebenunddreißig war eine Art Röhre von schätzungsweise sieben Metern Länge und vier Metern Durchmesser. Nichts an der Röhre schien im Mindesten besonders, und doch war es die erste Röhre, die irgendwie *gelungen* wirkte.

Rhodan sah zu Crykom. Der alte Rechenmeister atmete schnaubend aus. Im ganzen Saal war es still.

Dann leise Schritte, außen an der Wand. Startac Schroeder näherte sich. Rhodan sah ihn fragend an. Schroeder neigte sich zu seinem Ohr. »Er verbraucht sich«, flüsterte er. »Er verbrennt mental. Das geht nicht lange gut.«

Rhodan nickte ernst.

Und immer noch reckte Tawe die Fühler zu dem Gebilde, das mitten im Saal in der Luft schwebte und leuchtete, knisterte. Und immer noch formte Tawe den neuen, veränderten Psionischen Stempel, den Rechenmeister Crykom ihnen definiert hatte.

Der halbe Saal hielt den Atem an.

Der halbe Saal zuckte zusammen, als Tawe plötzlich sprach: *»Crykom. Rechenmeister.«*

Rhodan kniff die Augen zusammen. Es war eine grausige Stimme. Die Stimme eines vergifteten, verseuchten Wesens. Eines Kriegsheimkehrers. Eines Überlebenden.

»Rechne, Crykom. Ist sie das?«

Alle sahen, alle fühlerten zu dem alten Kelosker. Irrlichter von dem Gebilde tanzten über ihn hinweg.

»Ist sie das? Sag!«

»Hrh«, machte Crykom undeutlich. Der Rechenmeister legte beide Greiflappen an die Paranormhöcker auf seinem Kopf. Seine Hinterbeine schlugen. »Ja! Ja, Tawe! Sie ist es!«

Ein vielstimmiges Knarren ging durch den Saal. Seufzten die Ueeba?

»Gut«, sagte Tawe mit dieser zerstörten Stimme.

Dann wurde das Knistern lauter, die Irrlichter heller, und die ganze Artefakt-Komponente Siebenunddreißig zerriss in einem gleißenden Feuerwerk.

»Sehr gut. Wir sehen uns, Rechenmeister.«

Und damit verließ der Imago-Forscher Tawe den Saal. Die Menge der Ueeba teilte sich vor ihm wie eine Herde Schafe.

Achtundvierzig

»Das war großartig, Tawe!« Tamra Cantu lief lachend neben dem Ueeba her. »Das war genial!«

»Findest du? Danke.« Seine Stimme klang nicht mehr so fertig wie eben im Imago-Saal. Eher brüchig. Besorgt.

Tamra machte seine Stimme nach. *»Wir sehen uns, Rechenmeister.«* Sie schüttelte den Kopf und musste wieder lachen. »Und jetzt?« Sie sah zu Startac, der einen Schritt hinter ihr lief, und hielt ihm eine Hand hin. Er ergriff sie. »Was willst du jetzt machen?«

»Ich weiß nicht«, sagte Tawe. »Vorhin wollte ich noch die Bibliothek anzünden. Aber dann ist mir das eben eingefallen.«

»Gut! Mach es einfach Schritt für Schritt!«

Startac zog an ihrer Hand, und sie blieb stehen. Er ließ sie los. »Tamra. Das war nicht nur ein lässiger Auftritt. Er hat sich *verbraucht* dabei.«

Sie sah zu Tawe, der ebenfalls stehen geblieben war und sich nach ihnen umdrehte.

»Du meinst ... Tawe schadet sich damit?«

Startac nickte. »Er ist mental völlig ausgelaugt. Das bringt ihn vielleicht um, wenn er es einmal zu oft macht.«

»Ihr Göttinnen«, fauchte Tawe. »Ich muss von hier weg.«

Tamra fuhr herum. Über den Hof kamen haufenweise Ueeba gelaufen. Hinter ihnen wankte die klobige Gestalt von Crykom.

»Na schön.« Sie aktivierte das Bedienfeld ihres Anzugs. »Kletter auf meinen Rücken, Tawe.«

Sie sah hoch in den Himmel. Über den Mauern der Fabrik tauchten Alles-für-euch auf, in allen möglichen Größen und Formen. Sie durften die Fabrik nicht betreten, das wusste Tamra. Aber jenseits der Mauern würden sie die beiden jederzeit abfangen dürfen.

»Startac! Spring mit uns irgendwohin! Schnell!«

Sein Gesicht war starr. Er hatte die Augen zu Schlitzen zusammengekniffen. »Ich werde nichts dergleichen tun.«

»Startac ...«

»Nein.«

Sie folgte seinem Blick. Hinten, im Tor des Imago-Saals, war die Gestalt von Perry Rhodan zu sehen.

Mitten in dem Aufruhr im Saal hatte er Mondras Hand auf der Schulter gespürt. Sie stand schräg hinter ihm. »Da hat er sich ja vielleicht ein Früchtchen angelacht.« Ihre Stimme klang wärmer als die Worte.

»Du meinst Startac mit Tamra Cantu?«

»Ja. Hast du gesehen, wie sie sich gerade auf die Faust gebissen hat, wie ihre Augen geleuchtet haben bei dieser Szene?«

»Ja, habe ich. Sie kommt mir aber gar nicht so früchtchenhaft vor. Ich glaube, sie ist einfach eine willensstarke junge Frau. Vielleicht etwas eigensinnig, aber bestimmt eine treue Seele.«

Mondra drückte seine Schulter. »Die haben es dir wohl gerade angetan, die jungen Frauen, hm? Findest immer ein gutes Wort für sie.«

»Ach Mondra ...« Rhodan wandte lächelnd den Kopf. »Du weißt doch: Für mich sind *alle* Frauen jung.«

Sie warf den Kopf in den Nacken und lachte perlend. »Die werden ihn nicht umbringen, oder?«

»Nein. Sie brauchen ihn ja noch. Komm.« Er bot Mondra seinen Arm an. Sie hakte sich bei ihm unter, und sie folgten dem Kelosker nach draußen. Gleich hinter dem Tor blieben sie stehen. Rhodan betrachtete den Hof. Drüben, beinahe am anderen Ende waren Tamra Cantu, Startac Schroeder und dieser Tawe. Auf dem Hof vor ihnen verteilten sich die Imago-Forscher. Tamra Cantu begann auf das Bedienfeld ihres Kampfanzuges einzuhacken. Sie brach ab, als rundum mehrere Dutzend örtlicher Posbis über dem Kopf der Fabrikmauern erschienen, und redete auf Schroeder ein. Offensichtlich wollte sie, dass der Teleporter die drei wegbrachte. Schroeder schüttelte den Kopf, und die beiden sahen zu Rhodan.

Rhodan trat vor und sagte mit tragender, aber betont ruhiger Stimme in den Hof hinein: »Lasst mich mit ihnen reden.«

»Ich will nicht«, sagte Tawe.

»Dann komm, Tawe.« Tamra, die Knochenfrau, wandte ihm den Rücken zu. »Ich bring dich, wohin du willst.«

»Ich will nirgendwohin.« Tawe horchte in sich hinein. »Ich will mit *ihm* reden.« Er zeigte auf Crykom. »Allein.«

Der Rechenmeister schnaufte.

Schweigend gingen sie in die Bibliothek. Crykom passte gerade noch durch die Tür. Tawe schloss sie hinter ihm, machte Licht. Müde kroch er ein Stück die Wand hinauf. »Vorhin wollte ich sie noch abbrennen. Jetzt kommt sie mir wie der geschützteste Ort der Welt vor. Komisch.«

Crykom sah ihn an. »Warum hast du das getan, Tawe?«

Tawe lachte auf. »*Du* fragst *mich?* ... Ich weiß nicht. Vielleicht habe ich es getan, damit das passiert.«

»Du hast es getan, damit es passiert? Das lässt sich über jede Tätigkeit sagen.«

»Nein. Ich hab es getan, damit *du* ratlos bist. Damit *du* fragst. Das gefällt mir. Es fühlt sich gut an.«

»Macht.«

Tawe überlegte. »Ja. Nein. Vielleicht.« Die Vorstellung quälte ihn. Er sah weg, hinein in die Schatten der Bibliothek. Er hörte ein leises, rhythmisches Klatschen, Wischen.

»Tawe? Vielleicht ärgert dich das: Ich bin nicht ratlos.«

Tawe verdrehte die Fühler. *Ja, und?*

»Ich wusste, dass es eines Tages so kommen würde. Uns allen war klar, dass es eine Zeit des Übergangs geben würde. Die Zeitenwende. Es war klar, eines Tages würde es einen Ueeba geben, der mehr fragen würde als die anderen. Der mehr Grund haben würde, die Siebenunddreißig zu schaffen. Wir haben Ausschau gehalten nach diesem Ueeba. Ich habe dich gefördert, Tawe, wie keinen Ueeba zuvor. Weil du das Potenzial hattest.«

»Na toll. Selbst meine Auflehnung verdanke ich also noch eurer *Förderung*, ja?«

Crykom schnaufte. Lange sagte keiner von beiden etwas. Tawe hörte wieder seinen kranken Greiflappen über den Boden wischen.

»Ich weiß nicht, ob du es weißt«, sagte Crykom schließlich. »Da draußen tobt ein Krieg. Milliarden Leben sind bedroht. Dieser Krieg ...« Er machte eine wiegende Bewegung mit dem Kopf. Atmete schnaufend aus und wieder ein. »Dieser Krieg ist durch unsere, Siebenkopfs Unachtsamkeit in Gang gesetzt worden. Wir können ihn beenden, binnen Tagen vielleicht. Wenn du uns Zugang zu TRAGTDORON verschaffst. Wenn du die Siebenunddreißig generierst.«

Tawe ging hoch und sperrte die Mandibeln. »Lass mich in Ruhe mit diesem Krieg! Der Krieg ist nicht *mein* Problem! Ihr verschuldet diese Toten! Ihr erstarrt unter ihrem Gewicht! Tragt sie selbst!«

Der alte Rechenmeister schwieg.

»Warum habt ihr das getan?«, fauchte Tawe. Er bekam die Wörter kaum heraus vor Verzweiflung. »Warum habt ihr uns behandelt wie Tiere? Wie kleine flinke Säuger mit ein bisschen Verstand!«

»Weil ihr Tiere wart, Tawe.« Crykom wischte ihm mit dem heilen Greiflappen über den Rücken. »Ihr wart Tiere.«

NEUNUNDVIERZIG

»Aber wir haben euch nicht schlecht behandelt«, sagte Crykom. »Wir haben eure Intelligenz gesteigert. Euren Überlebensdruck verringert. Eine effektive Geburtenkontrolle eingeführt. Die Ökologie des Planeten fast unangetastet gelassen. Tawe, es gibt nur wenige Welten, die so unverheert und glücklich sind wie die eure, glaub mir. Und wir haben vorgesorgt für die Zeit nach der Wende.«

Tawe sah auf, fühlerte ihn an. »Wie?«

»Wir werden euch die Alles-für-euch dalassen. Sie haben eure Abstammungsgeschichte hinterlegt. Das ist alles seit Langem vorbereitet. Wir wollten euch nicht im Ungewissen lassen darüber.«

»Du meinst ... das Märchen von der Seherin Mesehi ...?«

»Davon weiß ich nichts. Ich meine das Naturkundemuseum.«

»Der grüne Jadepalast ...«, flüsterte Tawe. »Die Rampe in die Tiefe.«

»In eurem Fleisch ist eine Sperre verankert, schon seit langer Zeit. Sie hindert euch daran, den Trakt zu betreten. Sie wird fallen.«

»Wann?«

»Wenn ihr gereift seid, Tawe. Wenn ihr als Spezies erwachsen geworden seid. Das wird kommen. Euer Erwachsenwerden fängt gerade an. Dies ist die Zeitenwende.«

»Was soll ich jetzt tun?«

»Was möchtest du denn tun?«

»Habe ich eine Wahl?«

Crykom schnaufte. »Tawe, wir können dich nicht zwingen. Wir können deine Schaffenskraft nicht zwingen. In dieser Hinsicht bist du frei.«

»Ihr würdet mich nicht zwingen?«

»Wie denn? Mach mir einen Vorschlag.«

Das brachte Tawe beinahe zum Lachen. »Bloß nicht!«

»Tawe. Nimm einmal an, du wärst frei. Völlig frei. Was würdest du dann jetzt tun?«

»Zu Adilai fliegen. Mit ihr leben.«

»Dann tu es doch. Flieg.«

»Jetzt gleich?«

»Ja. Warum nicht?«

»Ja, aber der Krieg ...«

Crykom schnaufte wieder. »Wir werden ihn auch ohne dich beenden können. In sechs Wochen. Kein Problem.«

»Ja, aber die vielen Leben, die auf dem Spiel stehen ...«

»... lasten auf uns Ober-Denkern, Tawe. Wie du gesagt hast. Geh. Flieg zu Adilai.«

»Und die Siebenunddreißig? TRAGTDORON? Die Fabrik?«

»Tausend Jahre mehr oder weniger, was macht das schon? Irgendwann wird wieder ein Forscher an dem Punkt sein, an dem du jetzt bist.«

»Nein«, flüsterte Tawe. »Das nicht. Nein!«

»Dann mach uns die Siebenunddreißig und geh dann.«

»Ich muss überlegen«, sagte Tawe.

»Ich gehe davon aus, dass ihr Tawe nicht ohne guten Grund dabei unterstützt, unsere Pläne zu torpedieren.«

Sie saßen in Tamra Cantus und Startac Schroeders Zimmer in der Psi-Fabrik. Rhodan und Mondra auf dem einen

Bett, Startac und Tamra auf dem anderen. Rhodan war gleich aufgefallen, dass die Betten nicht direkt nebeneinanderstanden. Wie bei Mondra und ihm.

Er sah Startac ins Gesicht, aber der machte zu. Schotten dicht. Nun, immerhin hatte er sich geweigert zu springen. Rhodan sah zu Tamra Cantu. Die junge Frau knetete Startacs Hand und zwang anscheinend Tränen nieder. Rhodan war sich nicht sicher, ob Tränen des Zorns oder der Verzweiflung.

»Perry«, sagte Startac. »Diesen Ueeba ist ziemlich übel mitgespielt worden. Sie merken es gar nicht. Außer diesem Tawe. Es zerreißt ihn fast. Aber er wird nicht drum herumkommen, diese psi-materielle Komponente zu machen. Nur so kann er die Fabrik hinter sich lassen. Nur so kann er zu der Frau zurückkehren, die er liebt.«

»Er kämpft«, sagte Tamra. »Er schlägt zurück, schlägt um sich. Seinem Volk droht ein großer Umbruch. Ich glaube, was ihn gerade umtreibt, ist: die Haut retten. Seine eigene. Die seines Volkes.«

»Die Haut retten«, wiederholte Rhodan. »Ein großer Umbruch. Übel mitgespielt. Ihr redet in sehr vagen Begriffen.«

Schroeder und Cantu sahen sich an.

»Wenn ihr Details liefert, können wir alle ihm vielleicht helfen«, sagte Mondra.

»Ich glaube«, sagte Startac Schroeder zögernd, »er hat dort draußen auf dem Hof gerade beschlossen, dass er keine Hilfe will.«

Es wurde Abend über der Fabrik. Unvermittelt flammten die riesigen Flutlichter auf und löschten die Farbspiele am Himmel aus. Tamra wanderte gerade zum x-ten Mal den Hof entlang, als Tawe aus der Bibliothek trat. Hinter ihm war der Torso von Rechenmeister Crykom zu sehen.

»He, Tawe«, sagte Tamra leise. »Wie geht's dir?«

Der Ueeba antwortete nicht. Crykom ging auf seinen vier breiten Füßen an ihnen vorbei, mit baumelnden Armen. Tamra und Tawe sahen zu, wie er durch die sich öffnenden Fabriktore ging und in einem Gleiter verschwand. Die Tore schlossen sich wieder.

»Ich glaube, mir geht es ganz gut, Knochenfrau.«

»So nennst du mich?«

»Ist das schlimm?«

Sie sah an sich hinab, befühlte durch den Kampfanzug ihre dünnen Arme. »Ich war nicht immer so. Ich glaube, ich werde auch nicht immer so sein.« Sie zuckte die Achseln.

»Ich mach die Siebenunddreißig«, sagte Tawe. »Und dann kommt die Zeitenwende. Gute Zeiten, hoffe ich.«

»Keine Flammen? Kein Blut?«

»Nein! Ich hoffe nicht. Ich hab vorzubeugen versucht. Tamra? Kannst du mir einen Gefallen tun?«

»Klar. Was denn?«

Er sagte es ihr.

Tamra riss die Augen auf. »Klar. Und du? Was wirst du tun?«

»Mich für ein, zwei Stunden in eine dunkle Ecke der Bibliothek kleben und hoffentlich schlafen. Und dann mach ich mich an die Siebenunddreißig.«

Aber Tawe konnte nicht schlafen. Er hing eine halbe Stunde lang wach unter der Decke der Bibliothek, dann kroch er elendig müde hinüber zum Imago-Saal. Die große, nach oben hin offene Halle erstreckte sich wie ausgestorben vor ihm. Sie war hell erleuchtet. Weit vorn am Kopfende stand noch das Podest, auf dem Perry Rhodan Modell gesessen hatte. Die Säulen für die Mitglieder des Forschungsrates waren verschwunden, sie hatten aus leicht vergänglicher Psi-Materie bestanden. Der ganze Saal machte den Eindruck, als habe sich seit dem Platzen der richtigen, korrekten Siebenunddreißig hier niemand mehr an eine Genese gewagt.

Tawe atmete tief durch, schloss die Augen. Er war müde, seine Narbe am Rücken zog, aber zumindest einen Versuch wollte er machen.

Das grelle Licht störte seine empfindlichen Augen. Er ging es löschen. Nun kam nur noch von oben Streulicht herein, wo die Flutlichter auf das Zeltdach schienen. Tawe trat in die Saalmitte und konzentrierte sich.

Wieder schien sich das Licht über ihm zu ballen. Lichtfinger wuchsen aus der Ballung. Drehten sich, kreisten. Schlieren wehten nach. Allmählich formte sich die Röhre, weich, fließend.

Tawe hörte etwas hinter sich beim Eingang. Forscher waren hereingeschlurft. Niemand sagte ein Wort, aber während Tawe die Röhre verfestigte, bekam er das Gefühl, Dutzende von Zuschauern zu haben. Er schaute mit einem Fühler nach hinten ... am Eingang war alles schwarz von Forschern.

Als ein Aufstöhnen durch die Menge ging, konzentrierte er sich rasch wieder auf die Röhre oben. Sie zerfloss ... wurde wieder fester.

Die Erschöpfung kam wie ein Keulenschlag. Tawe merkte entsetzt, dass er starr wurde. Sein Rücken begann sich zu krümmen. Er stieß mit dem Kopf auf, mit dem Hinterteil. Fiel auf die Seite. Zog sich langsam, ohne etwas dagegen tun zu können, zu einer Spirale zusammen.

Ich habe mich übernommen, war sein letzter Gedanke.

Die psimaterielle Röhre über ihm zerfloss. Sie floss auf ihn hinab und badete ihn für einen Moment in milchiges, gnädiges Licht. Dann war Dunkelheit.

»Sollen wir ihn in die Krankenstation bringen?«, fragte jemand.

»Unsinn. Der muss schlafen. Der muss einfach nur schlafen, der Idiot!«

Der Jemand, der Tawe für einen Idioten hielt, ließ die Türflügel zufallen.

Fünfzig

Wieder einmal war Tamra auf dem Herzberg. Diesmal jedoch war sie nicht geflogen, sondern an Startacs Hand hierher teleportiert. Sie fand sich vor dem Lodertunnel wieder. Fahlblau schimmerte es in seinen Tiefen.

»Ihn konnte ich am besten anpeilen«, sagte Startac fast entschuldigend über Helmfunk.

»Ja.« Sie schenkte ihm ein kurzes, nervöses Lächeln.

Hinter ihnen wurde bereits gefeiert. Die beiden drehten sich um. Unter dem Abendhimmel, der hier draußen, wo keine viel zu starken Flutlichter gleißten, wieder seine ganze Pracht zeigte, glitzerten Sternenteppiche hinter langen lila Wolkenbändern, erstreckten sich die Buden mit ihren viel zarteren Lichtern. Auf dem dunklen Rund der Festwiese bewegten sich schimmernd die Larven der ersten feiernden Frauen.

Heute Nacht waren die beiden Menschen nicht gekommen, um sich unter die Ueeba zu mischen.

Sie wandten sich dem grünen Jadepalast zu. Hoch ragten die Türme aus dem Bau, der wie zusammengesetzt aus zerfließenden Kuppeln wirkte. Das Naturkundemuseum. Sein riesiges Tor gähnte.

Sie gingen dorthin. *Geradeaus,* hatte Tawe gesagt. *An den Geist-Tieren vorbei bis ganz nach hinten. Dann ein kurzes Stück quer bis in den Seitenflügel, und von dort aus ...* Wie immer Geist-Tiere auch aussahen, welche Form auch immer ein Seitenflügel haben mochte in diesem mitten im Zerfließen erstarrten Haus, Tawe hatte ihr den Weg genau beschrieben.

Sie schalteten ihre Helmlichter ein und traten über die Schwelle des Museums. Fliesenboden erstreckte sich vor ihnen, dicht mit Staub und Unrat bedeckt. Sie befanden sich in einer langen, stockdunklen Galerie. Ihre Helmscheinwerfer schnitten unzählige dickmattig verstaubte, verschiedenartige Gegenstände aus dem Dunkel.

»Das muss der Staub von Jahrzehnten sein«, hörte sie Startacs leise Stimme dicht an ihren Ohren. »Von Jahrhunderten.«

Tamra zeigte auf einige Spuren am Boden, wo die Ueeba-Frauen über den Boden und die Wände hinaufgewimmelt waren. »Sie weisen uns vielleicht sogar den Weg, wer weiß. Tawe zufolge sind die meisten Ueeba hier nur wegen der Mutprobe reingegangen.«

Sie gingen weiter. Mitten im Raum ragte gespenstisch der untere Teil eines riesigen Skeletts auf. Rippenbögen, eine waagerechte Wirbelsäule, vier dicke, kurze Beine. Der Schädel und viele Knochen lagen verstreut auf dem Boden.

»Ein Saurier«, sagte Startac.

»*Geist-Tiere,* hat Tawe gesagt. Hier müssen also noch mehr sein.«

Das Nächste fanden sie weiter hinten. »Irgendein Wasserbewohner. Siehst du, hier? Da waren die Flossen dran.«

Unten an den Seitenwänden ragten Reihen von Schaukästen auf. Das Glas war verschmutzt und blind. Manche Kästen waren aufgebrochen, aber dennoch nicht leer. Versteinerungen lagen darin.

Sie fanden die kurze zweite Quergalerie, die sich anschloss. Hier waren die Schaukästen fast alle zerfallen. Vereinzelt lagen Formen unter dem Staub. Startac legte ein, zwei Steine frei und sah hinauf in die Kuppel. »Ich weiß nicht«, sagte er. »Vielleicht war hier einmal eine Mineraliensammlung.«

»Vielleicht haben sie aus den schönsten Stücken Schmuck gemacht.«

»Die Ueeba? Wenn ich es richtig verstehe, haben sie längst nicht mehr handwerklich gearbeitet, als dieses Museum errichtet wurde.«

Sie erreichten einen Seitenflügel, der parallel zu dem allerersten Gang verlief. Hier war alles extrem verfallen, zu widerwärtigen Haufen zusammengesackt und vertrocknet.

»Tierpräparate vielleicht.«

»Wenn das so weitergeht«, sagte Tamra, »werden wir in diesem gesperrten Gang überhaupt nichts mehr finden.«

Aber da sollte sie sich irren.

Die Größe der nächsten Galerie war schlichtweg nicht zu fassen. Ihre Helmstrahler verloren sich darin. Der Gang führte in die Tiefe, mit einer ganz leichten Neigung.

»Das ist sie«, sagte Tamra. »Die Rampe. Sie sieht endlos aus. Lass uns die Antigravs nehmen.«

»Gut.«

Sie flogen mit niedriger Geschwindigkeit in den Gang.

»Das sieht mir jetzt aber mehr wie ein Technikmuseum aus«, sagte Startac. Links und rechts fielen riesige, großteils zerfallene Maschinen zurück.

»Vielleicht haben sich die Alles-für-euch auch ein Denkmal gesetzt?«

»Glaub ich nicht. Die wären doch nicht so rasch zerfallen.«

Tamra zuckte die Achseln, was Startac natürlich nicht sehen konnte. Unvermittelt fiel ihr auf, dass keine Spuren von Ueeba mehr zu sehen waren. An keiner Raumebene.

Die beiden Menschen waren problemlos in die verbotene Zone gelangt.

Und immer noch war das Ende der Galerie nicht zu sehen. Sie schien sich tief in den Herzberg hineinzubohren.

Die Luft wurde schlecht, die Anzugautomatik dichtete die Helme ab. Der gigantische Gang war jetzt leer, an den Seiten standen keine Maschinen mehr.

»Dort vorn ist etwas.«

»Ja.«

Aber da war nichts. Es war nur der Gang zu Ende.

Sie landeten. Sahen sich um.

Licht flammte auf.

Es war ein riesiger, das Kopfende ausfüllender Trivid-schirm.

»Ihr Mütter!«, entfuhr es Tamra irgendwann zwischendurch. »*Darum* passen sie so perfekt zusammen!« Sie schlug eine Hand vor den Mund, traf den Helm und war für einen Moment desorientiert. »Das ... das dürfen wir Tawe nie sagen. Das bräche ihm endgültig das Herz.«

Startac sah sie fragend an. »Was meinst du mit dem perfekt Zusammenpassen? Wen meinst du?«

»Die *Frauen*, Startac. Ich hab sie neulich zufällig gesehen auf dem Herzberg – beim Liebesspiel. Es war unglaublich. Sie sahen unter ihren Larven aus wie irgendeine in sich gedrehte Orchideenblüte oder so. Perfekt aufeinander abgestimmt. Perfekt im Gleichgewicht.«

Eine Stunde später materialisierten sie gleich in der Bibliothek. Es war dunkel dort drinnen. Tawe war nirgends zu finden.

»Er wird doch nicht schon wieder im Imago-Saal sein?«, überlegte Tamra.

»Ich befürchte es.«

Sie gingen über den Hof. Er lag wie ausgestorben unter dem grellen Licht der Scheinwerfer. Es schien, als hätten sich sämtliche Bewohner der Fabrik verkrochen, weil sie nicht sehen wollten, was der neue Tag ihnen bringen würde.

Die beiden schweren Türflügel des Imago-Saals waren nur angelehnt. Drinnen war es fast dunkel. Nur Streulicht kam von den Dachplanen herunter. Unten, auf dem Boden, kauerten zwei Schatten. Es waren Tawe, zu einer Spirale zusammengerollt, und Tibala, der anscheinend über seinen Freund wachte.

Er fühlerte ihnen entgegen.

»Schläft er?«, flüsterte Tamra.

»Ja«, sagte Tibala unglücklich. »Er hat es heute Nacht schon wieder versucht. Er hat gesagt, dass er sich ausruhen will, wenigstens ein paar Stunden, und dann hat er es schon wieder versucht. Er ist in eine Starre gefallen. Aber langsam wird er wieder ein bisschen weich.«

Die Spirale öffnete sich. Tawe streckte sich, fiel auf die Füße. Hob die Fühler. »Und?«, sagte er mit einer hohlen, hölzern klingenden Stimme. »Habt ihr sie gefunden, die Abstammungsgeschichte der Ueeba?«

»Ja«, flüsterte Tamra und ging neben ihm in die Hocke. »Wir haben den Gang gefunden und konnten ihn auch betreten.« Sie sah zu Startac hinauf.

»Es ist mehr oder weniger so, wie du dir schon zusammengereimt hast«, sagte er zu dem Ueeba. »Es gab eine Zeit riesiger Tiere auf Pakuri. Als die Kelosker und die Posbis kamen, waren sie längst wieder ausgestorben. Am höchsten entwickelt waren zu dieser Zeit kleine Säuger und ihre Fressfeinde, die Ueeba. Die Ueeba waren nachtaktiv und lebten in Höhlen und Felsspalten der unteren Zonen des

Ringgebirges. Die Posbis nahmen genetische Modifikationen vor und bauten den Ueeba die riesigen Bauten, in denen eure Frauen heute noch leben.«

»Dann ist es so, wie Crykom gesagt hat? Sie hatten unsere Abstammungsgeschichte schon dokumentiert und für uns hinterlegt, bevor ich ... bevor wir sie gefunden haben? Crykom hat mich nicht belogen?«

»Nein«, sagte Tamra. Sie musste schlucken. »Nein. Crykom hat dich nicht belogen.«

Sie sah zu Startac, der kaum merklich den Kopf schüttelte, klopfte Tawe auf den gepanzerten, grobporigen Rücken und stand auf. »Jetzt ruh dich weiter aus. Du brauchst deine Kraft. Du willst ja hier heil rauskommen und mit Adilai leben.« Sie holte tief Luft. »Wir legen uns auch schlafen.«

Aber als sie auf ihrem knarrenden Bett in der Krankenstation lag, von Startac durch zwei Meter Boden getrennt, wälzte sie sich nur herum und ertappte sich immer wieder dabei, an die dunkle Decke zu starren.

Nein. Crykom hat dich nicht belogen. Crykom nicht.

Aber wie hätte sie Tawe denn sagen sollen, dass die Ueeba vor den Manipulationen der Posbis – ein Volk von Zwittern gewesen waren?

Einundfünfzig

Am nächsten Morgen trafen sie alle wieder im Imago-Saal zusammen. Startac Schroeder und Tamra Cantu. Perry Rhodan und Mondra Diamond. Rechenmeister Crykom in Begleitung einiger keloskischer Kollegen. Auch Imago-Forscher tröpfelten in den Saal, verteilten sich auf den Wänden. Startac Schroeder erkannte den alten Pokou. In der Mitte des Saals standen auf dem Fußboden Tawe und sein treuer Freund Tibala.

»Rechenmeister? Ist es auf den Weg gebracht?«

Der alte Kelosker mit dem Spinnennetzmuster auf dem Körper wiegte langsam den Höckerkopf. »Es ist, Tawe. Es ist.«

Schroeder und Tamra wechselten einen fragenden Blick. *Wir werden wohl nie erfahren, was er mit den Keloskern für sein Volk ausgehandelt hat,* dachte Schroeder.

»Gut«, sagte Tawe. Seine Stimme klang schon wieder ein bisschen klarer heute. »Bala, gehst du dann dort hinüber?«

Tibala zögerte, dann wandte er sich ab, fühlerte umher, kam dann zu ihnen herüber und stellte sich neben Tamra. Diese Frau hatte wirklich eine Verbindung hergestellt zu diesen Wesen, es zeigte sich immer wieder. »Glück, Tawe«, flüsterte er. »Gelingen.«

Wieder das Licht, die umherschweifenden Finger. Wieder das Leuchten, die Ballung. Das Knistern. Dann war da die Röhre über ihnen im Raum, drehte sich langsam um ihre Längsachse.

Durch diese Röhre sollte Perry Rhodan gehen.

Durch diese Röhre würde er vielleicht gehen können – wenn Tawe der Psionische Stempel gelang.

Nichts Sichtbares geschah. Die Röhre drehte sich langsam, Tawe fühlerte zu ihr hinauf, ab und zu sprang knisternd ein Funken.

Schroeder spürte in den Ueeba hinein und runzelte die Stirn. Sein mentaler Zustand war brüchig.

Tawe gab sich einen Ruck und wandte sich von Artefakt-Komponente Siebenunddreißig ab. Er fühlerte zu Rhodan. Ging zu ihm hinüber, als wollte er sich noch einmal der Gestalt von dessen Ritteraura versichern.

Die Zeit schien stillzustehen. Schroeder atmete bewusst langsam aus. Tawe drehte sich wieder zurück und nahm seine alte Position wieder ein. Er richtete die Fühler auf die Siebenunddreißig.

»Er fängt jetzt an, den Stempel zu prägen«, flüsterte Tibala zu Tamra. Es klang sehr laut in dem stillen Saal.

Die Röhre verlangsamte in der Luft. Hörte auf, sich zu drehen. Ein Zittern schien sie zu überlaufen, als wäre sie eine Spiegelung im Wasser. Die Röhre zerfloss.

Aufstöhnen. Ächzen. Schnaufen. Fauchen.

»Ruhe bitte.« Perry Rhodans Stimme.

Das Gebilde stabilisierte sich wieder.

Tawes Fühler, starr auf die Siebenunddreißig gerichtet. Ihre Spitzen zitterten. Man sah es nur, wenn man ganz genau hinguckte. Minutenlang schien nichts zu geschehen. Selbst das Knistern, das Funken ließ nach.

Tawes Fühler zuckten.

Schritte neben Schroeder, leise gesetzt. Rhodans Mund dicht neben seinem Ohr. »Wie geht es ihm?«

»Er verbrennt, Perry. Er verbrennt mental.«

Rhodans Kiefer mahlten. In seinem Blick, der starr auf den Ueeba gerichtet war, flackerte etwas. Plötzlich trat Rhodan vor und herum und zog Tamra zwischen Schroeder und sich, mit einer schnellen, zupackenden Bewegung. »Diese Frau, die er liebt. Holt sie. Schnell!«

Tamra sah Rhodan verdutzt, verzweifelt an: »Aber ... wir wissen nicht ...«

Schroeder ergriff ihre Hand, teleportierte. »Adilai?«, hörte er Tibala noch fragen.

»... wer sie ist! Wo sie wohnt! Oh.«

Um Schroeder und Tamra herum lag der Herzberg.

»Verfluchter Mist!«, rief Schroeder. Der Berg war leer. Es war helllichter Tag. Um sie herum Müll und Reste von Feuern und zugehängte Stände.

»Startac. Die Ruhbude.« Tamra zeigte zu einem Stand, der aus mehreren Buckeln gefügt zu sein schien. Hinter den Vorhängen ertönte ein Pfeifen und Quietschen. Es klang vergnügt.

Sie teleportierten die 25 Meter dorthin. Schroeder fand sich in einem höhlenartigen Kabuff wieder. Ein Alles-für-euch starrte ihn an. An dem unverkleideten Metallgestänge seines einen Armes baumelte juchzend ein Ueeba-Kind.

»Wo kommt ihr denn auf einmal her?«, sagte er. »Dich kenne ich.« Er sah Tamra an, zeigte auf das Ueeba-Junge. »Aufgekratztes Ding. Sein Rhythmus ist völlig durcheinander.«

»Kennst du Adilai?«, fuhr Startac ihm dazwischen.

»Adilai tla wie?«

Schroeder schüttelte irritiert den Kopf. »Die Freundin von Tawe! Von dem Imago-Forscher Tawe! Wir müssen sie finden! Sofort! Es geht um Leben und Tod!«

»Geht es das bei euch Bio-Leuten nicht immer? Geh mal runter, Kleines, ich hab zu tun.« Der Posbi setzte das Ueeba-Junge ins Gras. Es sah sich um und stürzte sich auf ein Insekt in den langen Halmen. »Ja ... ja ... Ihr meint Adilai tla Dadié. Ich habe sie lokalisiert.«

»Wo ist sie?«

»Im Wolkengarten. Schläft vermutlich.«

»Wo? Zeig mir die Richtung! Und sag mir, wie weit weg ungefähr!«

Der Posbi zeigte und sagte. Schroeder teleportierte. Ein kurzer, verwischter Eindruck von weiß glasierten Mauern im Dschungel, dann teleportierte er wieder zurück. Der Posbi starrte ihn verdattert an. »Starker Effekt, Mann. Was hast *du* denn für eine Droge intus?«

Schroeder packte ihn am Arm. »Ich brauch dich zum Übersetzen!«

Im letzten Moment vor der Teleportation sah er noch, wie Tamra – er verstärkte den Griff um ihre heiße, kräftige Hand – sich bückte und nach dem kleinen Ueeba griff.

Dann standen sie vorm Wolkengarten. Tamra warf den kleinen Ueeba in den Schatten der Mauer. »Wir konnten es doch dort nicht allein lassen. Wer weiß, wie heiß es tagsüber auf dem Berg wird.«

»Zu Adilai, schnell!« Schroeder riss Tamra und den Posbi weiter. Das Gewicht des Posbis kugelte ihm fast den Arm aus, aber da setzte der Robot sich schon in Bewegung.

Sie rannten in den dunklen Wolkengarten hinein. Trauben von Hundertfüßlern klebten überall. »Adilai!«, rief Schroeder. »Adilai tla Dadié!« Die ersten Frauen erwachten. Ihr Pfeifen und Kreischen gellte ihm in den Ohren. »Sag es auf Ueebaka!«, drängte er den Posbi.

Das dauert zu lange, dachte er, *das dauert einfach alles viel zu lange!*

Und er sollte recht behalten. Sie sollten es nicht mehr rechtzeitig zu Tawe schaffen.

Zwei Minuten, bis sie die Ueeba-Frau gefunden hatten, hoch oben an der Decke über ihnen.

»Sag ihr, dass wir Freunde sind! Dass wir sie mitnehmen! Zu Tawe! Nun mach schon!«

Eine halbe Minute pfeifendes, kreischendes Hin und Her.

»Jetzt reicht's. Antigrav, Tamra.« Sie schwebten zu der Frau hinauf, Schroeder ergriff sie bei einem Bein und teleportierte und ...

In den dunklen Hallen des Wolkengartens sah der Posbi zu der Stelle hinauf, wo eben noch diese Wesen geschwebt waren.

»Wow«, hauchte er. »Was für Effekte ... abgefahren. Was *der* wohl für eine Droge genommen hat?«

Als er das winzige Pfeifen unten hörte, bückte er sich und klaubte das Ueeba-Junge aus dem Gras, setzte es sich auf die Brust. »Komm her, Kleines. Kannst wieder deine Kunststücke machen auf mir. Ist alles für dich.«

... sie hingen im Imago-Saal in der Luft. Schroeder fing die Frau rasch auf und landete, setzte sie auf den Boden. Neben ihm landete Tamra.

»Ihr kommt zu spät«, sagte Rhodan. Aber er lächelte. Lächelte! Und zeigte nach vorn.

Mitten im Imago-Saal schwebte die Röhre. Sieben Meter Länge, vier Meter Durchmesser.

Adilai tla Dadié hatte ihre Verblüffung überwunden und stürzte nach vorn. Sie kreischte auf und verstummte und blieb stehen.

Schräg unter der Röhre lag Tawe auf der Seite. Tibala war neben ihm.

Tamra stammelte leise: »Ist er ... wird er ...«

Startac spürte in ihn hinein. »Er ist in Ordnung, glaube ich. Er wird leben.«

Rhodan lächelte breit. »Ich habe ihm gesagt, dass ihr kommt und Adilai bringt. Es hat gereicht.«

»Manchmal siegt die Liebe«, sagte Mondra etwas zu laut und umarmte Rhodan von hinten.

Startac runzelte die Stirn. Nano Aluminiumgärtner lauschte.

»Siegt sie nicht eigentlich immer?« Rhodan umfasste ihre Oberarme. Auch er hatte eine Spur zu laut gesprochen.

Nano verließ leise den Saal.

»Er ist rausgegangen«, teilte Mondra einige Augenblicke später mit einem leisen Lachen Rhodan mit. »Du kannst mich jetzt loslassen.«

»Och«, machte Rhodan.

Sie lachten beide in sich hinein, dann lösten sie sich voneinander.

»Manchmal«, sagte Mondra, »hilft nur der ganz große Hammer. Danke, dass Sie mir behilflich waren, Großadministrator.«

Rhodan deutete eine Verbeugung an. »Jederzeit wieder, schöne Dame. Falls der Hammer noch nicht groß genug war.«

Rhodan zeigte nach oben. Schon waren Psi-Forscher dabei, die uralten Zeltbahnen zu entfernen.

»Die Siebenunddreißig ist in Ordnung?«

»Rein und makellos, mitsamt dem modifizierten Psionischen Stempel.«

»Und jetzt wird sie hinüber ins Tal der Dimensionen transportiert?«

Rhodan schüttelte den Kopf.

Crykom schnaufte neben ihnen. Schroeder hatte den

wuchtigen Kelosker bei all der Aufregung glatt übersehen. »Wir werden eine Sicherheitsfrist von zwanzig Stunden verstreichen lassen, um eine spontane Deflagration auszuschließen. Die Ueeba bringen sie aus der Fabrik und verankern sie mit mobilen Zugstrahlern auf freiem Feld. Aber ich bin zuversichtlich! Sehr, sehr zuversichtlich!«

Rechenmeister Crykom war so sichtlich entzückt, wie Schroeder es dem plumpen Riesen nie zugetraut hätte.

Zweiundfünfzig

20 Stunden! Der Tag verstrich. Zu Hause wäre es der 4. Juni 1343 Neuer Galaktischer Zeitrechnung gewesen. Rhodan, Mondra, Startac Schroeder und Tamra Cantu verfolgten die Regeneration des Imago-Forschers Tawe, dem als erstem Ueeba die Generierung der Siebenunddreißig gelungen war, und das zweimal hintereinander. Tawe würde wieder auf die Beine kommen, das war nach wenigen Stunden klar.

Er schlief viel. War er wach, verließen sie die Krankenstation. Adilai und er sollten alle Zeit haben, die sie kriegen konnten.

Der Anführer der Imago-Forscher, Erster Rat Pokou, hatte sich zunächst scharf gegen Adilais Aufenthalt in der Fabrik verwehrt. Tibala war es gewesen, Tawes einziger Freund unter den Forschern, der den Alten schließlich angefahren hatte: »Was willst du! Ihr wolltet die Siebenunddreißig, jetzt nehmt auch die Zeitenwende! Die Tage der Fabrik sind gezählt!«

Tatsächlich machten sich in den nächsten Stunden immer wieder Forscher in Richtung der nächstgelegenen Stadt auf. Aber es waren wenige. Die meisten wollten wohl den Auszug der Siebenunddreißig miterleben. Rhodan versuchte noch einmal, ein wenig über die Hintergründe der Konflikte dieses Volkes herauszubekommen, aber Startac und Tamra Cantu blieben eisern. Nun gut, er musste ja nicht alles wissen.

Ärgerlicher war da schon, dass Crykom bei jeglichen Fragen nach den Hintergründen von TRAGTDORON in eine Lähmung zu fallen schien. Keine Antwort. Nichts.

Konnte es sein, dass die Kelosker es vielleicht selbst nicht so genau wussten?

20 Stunden! Und dann würde vielleicht wieder ein Schnitt kommen, wieder eine Zäsur. Irgendwie war das Schroeders Schicksal, und es kommunizierte mit seiner Fähigkeit der Teleportation. So, wie auch seine Sprünge Zäsuren darstellten, eben noch hier, jetzt dort, so schien auch sein Leben zu verlaufen.

Eben noch hier, jetzt dort.

Schroeder sah auf die schlafende Tamra Cantu hinab.

Wenn alles gelang, wenn alles zu einem glücklichen Ende kam – wenn sogar Staatsmarschall Laertes Michou die Silberkugel wieder herausrückte, die ihre einzige Möglichkeit darstellte, wieder nach Hause in die Milchstraße zurückzukehren ... was dann? In der Silberkugel würde kein Platz sein für eine zusätzliche Person.

Und dann, Tamra Cantu?, dachte Schroeder. *Was machen wir zwei dann?*

Er beugte sich vor und strich ihr mit einem Finger über die Wange. Sie seufzte im Schlaf und drehte sich zur Wand.

Startac ging hinüber zu seinem Bett und legte sich auch schlafen.

20 Stunden, das hieß: Adilai konnte beim Auszug der Siebenunddreißig mit dabei sein. Er würde weit vor dem Morgengrauen stattfinden.

»Tibala hat mir geflüstert, du hättest einen Handel mit diesem Ober-Denker abgeschlossen«, sagte Adilai irgendwann im Dunklen, während sie halb auf ihm lag. »Mit Crykom. Du hättest irgendwas mit ihm abgemacht für nach der Zeitenwende.«

»Ja«, sagte Tawe.

»Und was?« Sie stupste ihn an. »Sag schon!«

Er lachte. »Wart's ab. Hier in der Fabrik ... lugt doch aus jedem Ritz ein Fühler.«

Dreiundfünfzig

Zwei Stunden vor Ablauf der Frist näherte sich der Fabrik durch die Nacht ein seltsames Fluggerät. Die matte Fläche, die matten aufragenden Träger verschluckten das Sternenlicht und waren nur Schatten im Schatten, wo sie nicht von Punktstrahlern aus der Dunkelheit des Regenbogengrases und der Purpurflechten geschnitten wurden.

Es war eine Frachtbühne der Kelosker. Sie hielt auf die Röhre aus Psi-Materie zu, die natürlich nicht deflagriert war. Die Röhre schimmerte unter den Sternen wie ein Gebilde aus weißem Kalk. Posbis schwebten umher und fixierten die Röhre auf der Frachtbühne. Es war ein merkwürdiger Anblick. Die Siebenunddreißig, die im Imago-Saal so riesig gewirkt hatte, nahm sich auf der überdimensionierten Plattform wie irgendein unwichtiges Bauteil aus.

»Vielleicht schrumpfen die Plattformen manchmal unten im Tal«, überlegte Tawe. Er hatte düstere Erinnerungen an seinen versuchsweisen Ausflug dorthin.

Eine Stunde vor Ablauf der Frist hieß es Abschied nehmen. Sie standen alle auf der Landeplattform außen an der großen Außenmauer der Fabrik. Das Tor hinter ihnen stand offen. Wind wehte.

»Wo wirst du sein, falls wir zurückkommen?« Tamra, die Knochenfrau, sah ihn aus großen Menschenaugen an.

»Jedenfalls nicht mehr hier«, sagte Tawe. »Ich werde die

Fabrik jetzt verlassen, für immer und alle Zeiten, würde ich sagen.«

Adilai lehnte sich gegen ihn. Sie war so klein gegen ihn, so leicht, dass er sie sogar in seinem Schwächezustand durchaus stützen konnte. Daran würde er sich erst noch gewöhnen müssen.

»Aber du kannst ja einen Alles-für-euch fragen, wo wir stecken«, sagte Tawe. »Falls ihr zurückkommt.« Er wandte sich an den Knochenmann. »Startac ...«

»Tawe ...« Schroeder bückte sich.

»Ich danke dir, dass du mir meine Liebste gebracht hast. Und überhaupt.«

»Ach«, sagte er. Er drückte Tawe mit der Faust gegen ein Brustbein. »Mach's gut, Hundertfuß.«

»Mach's gut, Knochenmann.«

Und der gute Tibala. Verschluckte er etwa ein leises Fauchen? Ja, das tat er. Die treue Seele fiel Tamra um den Hals.

Die Menschenfrau, die sich hingekauert hatte, fiel rückwärts auf den Po. »He!«, lachte sie. »Das zwackt!«

Bala fauchte etwas, das Tawe nicht verstand.

»Gut«, sagte er. »Dann macht mal los. Lebt auch ihr wohl, Perry Rhodan und Mondra Diamond. Und du, Nano Aluminiumgärtner.« Er wackelte mit den Fühlern. »Du bist der erste Alles-für-euch, den ich kennenlerne, der einen Namen hat.«

»Das mag daran liegen, dass ich kein Alles-für-euch bin. Sondern ein Posbi.«

»Mag sein. Irgendwie glaube ich, du solltest hier mal ein paar Tage ausspannen und feiern. Das könnte dir gut tun. Falls euereins so etwas macht.«

Sie stiegen in den kleinen Alles-für-euch-Gleiter. Tawe und Adilai und Tibala sahen zu, wie der Gleiter hinunter zu der Frachtbühne glitt. *Da gehen sie hin,* dachte Tawe. *Da geht sie hin, meine Siebenunddreißig ...*

Er sah zu Tibala. »Was wirst du jetzt machen?«

»Ich glaube, ich bleibe noch ein bisschen hier. In der Fabrik.«

»Im Ernst.«

»Ja. Einfach so. Um Abschied zu nehmen.«

»Hm. Komische Idee.«

Unten setzte sich die Frachtbühne in Bewegung.

»Einfach so. Um Abschied zu nehmen, ja?«

»Ja. Was ist daran so komisch?«

»Ich brauche einen Gleiter!«, rief Tawe.

In einiger Entfernung glitten sie hinter der Frachtbühne dahin. Tawe, Adilai und Bala.

Dort vorn war die Siebenunddreißig – stabil wie für die Ewigkeit. Und sie war seine Schöpfung.

Sie redeten nicht viel. Sie hingen ihren Gedanken nach. Sie träumten. Sie nahmen die Einzelheiten der Fahrt zum Tal der Dimensionen auf, um sie für den Rest ihres Lebens zu bewahren.

»Die Fabrik, sie wird zerfallen, nicht?«, sagte Bala irgendwann.

»Ich weiß nicht«, sagte Tawe. »Wir könnten doch ein Museum daraus machen.«

»Wir?«

»Wir – das freie Volk der Ueeba.«

»Das freie Volk der Ueeba«, ahmte Bala ihn nach. »Klingt bombastisch.«

»Leute«, sagte Tawe. »Wenn die Ober-Denker mit ihrem Versuch heute Erfolg haben, wird über kurz oder lang sogar die Siedlung Siebenkopf aufgelöst, glaubt mir. Wenn die Ober-Denker Erfolg haben, verschwindet über kurz oder lang vielleicht sogar der Schleierstern vom Himmel – soweit ich das verstanden habe.«

»Und die besonders begabten Ueeba?«, fragte Adilai. »Die unter dem Einfluss des Schleiersterns geboren werden? So wie du einmal?«

»Wird es dann nicht mehr geben. Wir werden frei sein«, sagte Tawe. »Als es immer hieß, die Genese der Siebenunddreißig bedeute die Zeitenwende, hatte ich das gar nicht in ganzer Konsequenz verstanden. Heute ist das anders, heute weiß ich, dass für die Kultur der Ueeba große Veränderungen bevorstehen.«

Und eine davon werden die Ueeba mir zu verdanken haben, dachte er. *Wobei ich nicht weiß, ob sie mir je dafür danken werden.*

»Wir werden also frei sein, ja?«, sagte Tibala. »Ich weiß nicht, ich hab mich eigentlich immer ziemlich frei gefühlt.«

Tawe musste lachen. »Das glaube ich dir aufs Wort, mein Freund. Das glaube ich dir aufs Wort.«

Bald schwebten sie über der Ringstadt, ein Stück vor dem Tal der Dimensionen. Unten, am Rand der stillen Nebelfläche, kam die Frachtbühne zur Ruhe. Und diesmal würde es nicht ein einziger Kelosker sein, der den Transport als Lotse begleitete. Der Rand des Nebeltals wimmelte von Ober-Denkern, die ganze Siedlung schien dort versammelt zu sein. Und alle bestiegen sie die Frachtbühne, gesellten sich zu Rechenmeister Crykom.

»Jetzt weiß ich, warum die Bühne so groß sein musste!«, flüsterte Tawe.

Perry Rhodan, Mondra Diamond, die beiden Posbis Nano und Drover und ein seltsames teppichähnliches Wesen, das er noch nie gesehen hatte, sowie Startac Schroeder und

Tamra Cantu; sie alle folgten auf Gleitern der Plattform der kruden Kolosse in die Senke hinab.

Bald waren sie vom Nebel verschluckt.

Die drei Ueeba saßen da und schauten auf die matte Fläche hinaus.

»Und jetzt?«, fragte Adilai nach einer Weile.

»Wartet noch einen Moment«, sagte der Alles-für-euch-Gleiter. »Ich messe da etwas an ...«

Im Tal begann es zu leuchten und zu irrlichtern, über die ganze große Fläche hinweg. Unter ihnen, in der Ringstadt, rumpelte es.

»Bodenerschütterungen«, sagte der Alles-für-euch.

Um sie herum begann die Luft zu knistern, tausendmal lauter als im Imago-Saal.

»Ach kommt, lasst uns nach Hause fahren«, sagte Tawe. »In diesem Moment fängt *unser* Leben an.«

Der Gleiter nahm Kurs auf die Stadt, in der er geboren worden war. Tawe kehrte zurück. Mit Adilai, die auf ihn gewartet hatte. Mit Tibala, einem guten Freund in der Not.

Als es hinter ihnen blitzte, hielten sie an und sahen alle noch einmal zurück. Ein Blitz schoss aus dem Tal der Dimensionen hinauf in den Himmel.

In den Himmel, an dem sich schon der erste Hauch von Morgenrot zeigte.

Adilai gähnte. »Kommt, Leute. Ich will nach Hause. Morgen ist auch noch eine Nacht.«

Tawe lachte und verwirbelte ihr die Fühler. »He!«, rief sie und ließ sich gegen ihn fallen. Sie war klein, sie war leicht, aber er war jetzt wieder so geschwächt, dass er bis gegen Tibala rutschte.

»Ihr Spinner«, schimpfte Bala halbherzig.

Meine Liebste und mein bester Freund an meiner Seite, dachte er, während oben am Himmel etwas irrlichterte beim Schleierstern. Tawe war gespannt, was die Zukunft brachte.

Vielleicht würde er ihnen einmal erzählen, was er mit Crykom abgemacht hatte. Andererseits merkten sie es ja vielleicht bald von ganz allein.

Es wird kein Umbruch sein, dachte er müde und glücklich. *Es wird ganz langsam kommen. Jeden Tag wird irgendein Alles-für-euch »kaputtgehen«. Jeden Tag ein einziger auf dem ganzen Kontinent, das ist nicht viel. Aber Stück für Stück werden wir wieder selbst anpacken müssen.*

Wir werden arbeiten, wir werden Fehler machen, wir werden uns abplacken und uns Erfindungen einfallen lassen. Wir werden ausruhen und feiern und spielen. Wir werden uns reiben und streiten und all das, was Tamra gesagt hat.

Wir werden frei sein.

»Was ist denn nun?«, murrte Adilai an seiner Brust. »Ich will in die Heia.« Sie fühlerte zu ihm hinauf. »He, Tawe ... du weinst ja ...«

Anhang

Das Whistler-Museum von Terrania Fünfter Teil der Führung: Über die Liebe zu den Maschinen

Alt werden die Terraner, recht alt. Doch nicht immer ist das Alter eines Terraners für das ungeübte Auge einsichtig.

Du meinst, das da drüben sei ein sportlicher Teenager, der im Antigravschlitten über die Köpfe der Passanten zischt, während Fahnen von Kunstschnee aus den Kufen sprühen? Nein: Es ist ein Greis von weit über 200 Jahren, der sich teures Hyper-Make-up gegönnt und damit ein, zwei Stunden Jugendzeit zurückgekauft hat. Du meinst, diese beiden Frauen mit den archaischen Büchern im Schwebetornister seien Studentinnen auf dem Weg zu einem Meeting mit ihrem pädagogischen Mentor, Kommilitoninnen im Partnerlook, vielleicht sogar Schwestern? Nein: Es sind Urgroßmutter und Urenkelin, wobei die Urgroßmutter ihre erneuerte Jugend einer Schönheitsoperation von Roboterhand verdankt und die Sprungkraft ihrer Gelenke einigen genialen Implantaten aus swoonscher Produktion. Du glaubst, dieser Greis dort pfeife auf solchen Schnickschnack und trage seine Falten und Runzeln mit Würde? Nein: Er trägt sie, weil er der Frontmann der Retro-Musikkapelle *Soldaten für Kahalo* ist, deren Mitglieder allesamt in den alten Uniformen des Solaren Imperiums und mit Altersmasken auftreten, die sie nach der Bühnenshow abziehen werden wie ein Schönheitspflaster.

Die einzigen Terraner, denen man das wirkliche Alter mit ziemlicher Sicherheit ansehen kann, sind die Kinder. Mit ziemlicher Sicherheit, sagen wir, denn hier und da machen sich feingliedrige Ebar-Doschonin einen Spaß daraus, für Menschenkinder gehalten zu werden und durch die Straßen zu toben – was jeder versteht, der eine Weile das bis in die letzte Geste zeremoniell bestimmte Leben auf Doschon erlebt hat, dieser ansonsten ja ziemlich liebenswerten Welt auf der Eastside unserer Galaxis.

Aber bleiben wir beim Thema: Wir sagten, terranischen Kindern sehe man ihr Alter unschwer an. Und Terrania ist – was immer sie sonst noch ist – die Stadt der Kinder.

Wo sonst wandeln derart viele ambulante Spielplätze durch die Straßenschluchten, Oasen mit Sand- oder Flusslandschaften, mit finsteren Wäldern und geheimnisvollen Höhlen – selbstverständlich allesamt positronisch überwacht und mit pädagogischen Lehrpfaden ausgestattet, mit selbsterklärenden Tieren der Heimat, mathematischen Feen und philologischen Trollen, die mit den lieben Kleinen gerne noch mal das Einmalseins durchgehen oder den Ablativ Temporalis im Interkosmo. Sagt man so? Ach, wie lange waren wir schon nicht mehr mit den Grammatiktrollen im Gespräch, haben wir nicht mehr mit einer der Feen Wurzeln gezogen.

Man weiß die Kinder in guter Hand, trägt der Automatenküche der Spieloase ein Mittagessen auf und informiert den Navigator, wann und wo er unseren Nachwuchs abzuliefern hat: wohl genährt, gut unterrichtet und müde vom Spiel.

Allerdings soll es Mütter oder Väter geben, die den Spieloasen nicht ganz vertrauen, wenn sie auf bunten Stelzen

Junge Frau mit robotischem Haustier. Wirklich junge *Frau? Und: Wer hütet wen?*

durch die Straßen oder die Fassaden der Hochhäuser hinauf staksen wie überdimensionale, lustige Spinnen. Fröhliche, Trompete blasende Clownsspinnen mit einem Spielplatz auf dem Rücken. Könnte nicht auch ein staatlich überwachtes Positronengehirn einmal versagen?

Kann es nicht.

Aber was, wenn doch?

Also geben sie ihrem Sohn oder ihrer Tochter noch ein Spielzeug mit, eine Puppe mit wachen Augen, ein Maskottchen, einen Talisman – alles ausgerüstet mit mikrotechnischen Einheiten, mit Kameras, Ortungschips, Interkomsendern und dergleichen. Und auch der robotische Hund, der so blechern-mechanisch bellt, steht, was der Nachwuchs nicht ahnt, mit der Heimpositronik des Elternhauses in ständiger Verbindung.

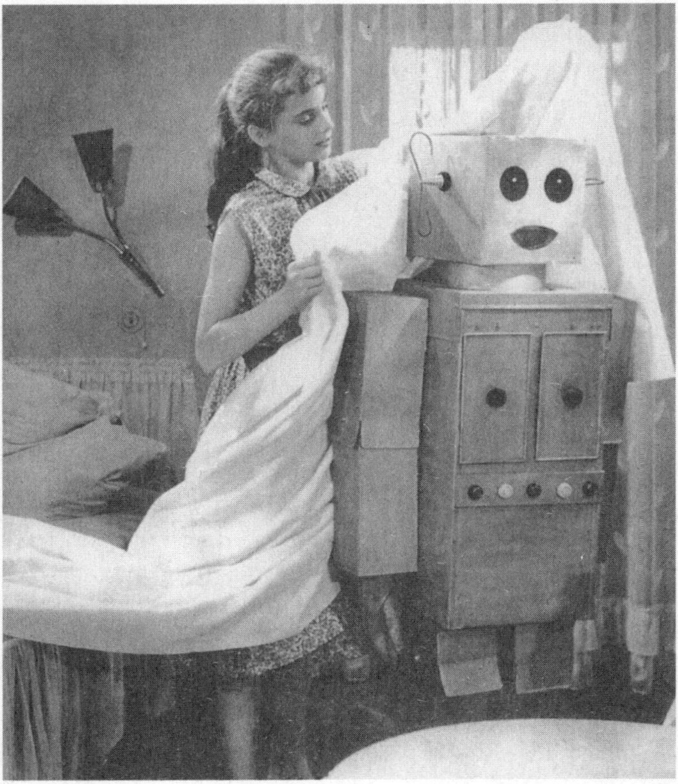

Roboter mit Familienanschluss

Aber ganz gleich, ob es die Positronik der Spieloase ist oder das sicher weniger leistungsfähige Gerät im robotischen Hündchen: Die Maschinen haben längst Familienanschluss gefunden.

Ob uns das wundert?

Warum sollte es uns wundern? Schließlich war es genau so von Anfang an gedacht. Und wer es nicht glaubt, der komme mit in das Whistler Museum für Androidengeschichte. Die Führung läuft seit geraumer Zeit. Aber das macht nichts. Schließen wir uns an und hören zu, was der Museumsführer zu sagen hat.

Die Gruppe hatte das nächste Raumsegment betreten und hielt an vor einem kindlichen Roboter, einem Jungen mit Stupsnase und großen, ovalen Augen – wobei die Augenovale nicht horizontal im Gesicht lagen, sondern wach und aufrecht standen. Der kleine Robot trug Haare, schwarz wie aufgemalt, und er lächelte spitzbübisch in die Runde. Dann verbeugte er sich asiatisch tief vor seinem Publikum und sprach:

»Tetsuwan Atomu. Konnichi wa.«

»Höfliches Maschinchen, das«, kommentierte einer der Museumsbesucher. Der Führer durch die Exponate stellte den Roboter vor: »Das ist *Tetsuwan Atomu*, das heißt wörtlich *Eisenarm Atom*. Die ganze Welt kannte ihn aber unter dem Namen *Astro Boy*. *Astro Boy* entstand im Jahr 1951. Er ist eine Kopfgeburt des japanischen Mediziners und Zeichners Osamu Tezuka (1928–1989). Astro Boys Abenteuer erschienen in Japan von April 1952 bis 1968 in Fortsetzungskapiteln in einem Manga-Magazin.

Dies ist seine Geschichte: Tobio, der Sohn von Professor Temma, kommt im Jahr 2003 bei einem Verkehrsunfall ums Leben. Der Professor kann den Tod seines einzigen

Sohnes nicht verwinden, also baut er ihn nach. Mithilfe futuristischer Technik produziert er den Androiden *Astro Boy*, der Tobio ähnlich sieht. Als er jedoch feststellt, dass Astro Boy anders als sein wirkliches Kind nicht älter werden kann, verstößt er ihn. Astro Boy gerät in einen Roboterzirkus, aus dem ihn der Wissenschaftler Professor Ochanomizu rettet. Ochanomizu erschafft für Astro Boy eine ganze Roboterfamilie.

Astro Boy ist dank seiner maschinellen Anlagen ein echter Superheld: In seinen Fingerspitzen ist ein Laser verborgen, im Leib ein 100 000 PS starker Atommotor, im Po ein Maschinengewehr. Trotz seiner immensen Kräfte bleibt Astro Boy ein unschuldiges Kind, das versucht, selbst in seinen Gegnern das Gute zu wecken. Er handelt nach dem Lebensmotto seines Erfinders Osamu Tezuka: ›Liebt alle Kreaturen dieser Welt! Liebt alles, was lebendig ist!‹«

»Hm«, machte es aus dem Publikum.

»Astro Boy ist nichts als die Fortsetzung der Pinocchio-Geschichte mit technischen Mitteln«, erklärte der Museumsführer. »Gleich geblieben ist nicht nur die herzerwärmende Naivität der mechanischen Buben, sondern er ist wie Pinocchio von dem Wunsch beseelt, lebendig, ja, ein Mensch zu werden.

Psychologen nennen dies den Pinocchio-Komplex der Menschheit«, erläuterte der Museumsführer. »Pinocchio war der Sage nach ein künstliches Wesen, das von einem irdischen Handwerker, dem Tischlermeister Gepetto, in Heimarbeit fabriziert worden ist. Schon das Holz, aus dem Gepetto seinen Sohn schnitzte, soll voller Sehnsucht gewesen sein, ein echter Junge zu werden. So, als wohne allen Dingen, selbst dem Holz, ein ewiger Drang inne, Mensch zu werden. Für ihre Schöpfer jedenfalls, die Menschen, war es immer selbstverständlich, dass alle Puppen, Androiden

Mensch adoptiert Roboter

und sonstigen Maschinenwesen in ihrem Innersten nichts so sehr begehren, wie dem Menschen gleich zu sein.«

Einige aus der Gruppe kicherten ungläubig.

»Was für eine merkwürdige Idee«, tönte der vierarmige Riese.

»In der Tat«, lächelte der Museumsführer.

»Dieselbe Sehnsucht trieb selbst noch einen gewissen Mr. Data an. Lieutenant Commander Data war der Held einer Alternativwelt-Geschichte namens *Star Trek*. Die *Star Trek*-Serie spielte in einer fremdartigen Zukunft, in der Perry Rhodan nicht zum Mond geflogen ist, keine Arkoniden entdeckt hat und also auch nicht den Atomkrieg verhindern konnte. Stattdessen erfinden die Menschen selbst ein überlichtschnelles Triebwerk, treten in Kontakt mit den sogenannten *Vulkaniern* und bauen schließlich Roboter, die dem Menschen aufs Haar gleichen.

Der prominenteste dieser Androiden ist nun besagter Mr. Data, erschaffen von einem Kybernetiker namens Dr. Noonien Soong, der versucht hat, ein lebensfähiges positronisches Gehirn zu entwickeln. Data nun war der dritte Androide aus Dr. Soongs Labor. Seine Vorgänger hießen B4 und Lore, Letzterer galt als arrogant, aggressiv und überhaupt schlecht erzogen. Nach dem Tod seiner geliebten Frau erschuf Dr. Soong nach ihrem Bild einen weiteren, perfekten Androiden – genauer gesagt, und da *andros* ja *Mann* bedeutet, *gyne* dagegen *Frau*, eine Gynoide. Die Gynoide verließ ihren Vater jedoch bald, um ein eigenes Leben zu leben.«

»Sehr selbstständig, diese Gynoide«, lobte einer der Museumsgäste.

»Data dagegen erwies sich als braver Sohn. Er begab sich auf die Sternenflottenakademie, studierte Exobiologie und wurde Raumfahrer. Sein größter Wunsch war es, menschlich zu werden: Er lernte zu lachen, zu gähnen und Kaffee zu trinken.«

»Der hat verstanden, worum es beim Menschsein geht!«, bemerkte einer der Gäste. Der Museumsführer vermeinte, einen Hauch von Ironie aus dieser Einlassung herauszuhören.

»Data versuchte sogar, ein Kind zu produzieren – ungeschlechtlich, natürlich.«

»Weise Entscheidung«, grummelte der vierarmige Riese unter den Gästen.

»Aber seine Tochter, die Gynoide Lal, starb an der Überlastung ihres positronischen Gehirns.«

Beileidsbeteuerungen erklangen.

Der Museumsführer lächelte. »Robothistoriker erkennen in dem Bemühen Datas einen Reflex auf die uralte, zutiefst männlich-menschliche Suche nach der perfekten Frau. Schon die ersten mythologischen Androidenproduzenten der terranischen Geschichte erträumten sich artefakte Gefährtinnen. Der römische Dichter Publius Ovidius Naso erzählt im Zuge seiner Verwandlungsgeschichten, der *Metamorphosen*, vom Bildhauer Pygmalion, der, frustriert vom Verhalten der real existierenden Menschen-

Lacht, gähnt, trinkt Kaffee – Menschwerdung als Lebenszweck

frauen, ein künstliches Weib aus Elfenbein schnitzt. Man nennt sie Galatea, die Milchweiße, und sie gefällt ihrem Schnitzer prächtig:

Eine Jungfrau ist es, so wahr, als wäre sie lebend.
Und als ob nur die Scham sie hindere, sich zu bewegen.
So verbarg sich denn Kunst in Kunst. Pygmalion selber
Staunt, und das Bildnis des Leibes erregte in ihm ein glühend Entzücken.
Manchmal prüft seine Hand das Werk, ob es ein lebend Körper,
Ob es Elfenbein sei.

Kurz: Pygmalion hat sich in seine Statue verguckt. Er macht ihr allerlei Geschenke, Muscheln, niedliche Vögel und bunte Bälle, kostümiert und schmückt sie und legt sie sich ins Bett. Endlich erfleht er von der Göttin Aphrodite, sie möge seine makellose Konkubine beseelen.«

»Und? Hat die terranische Gottheit ihn erhört?«

»Ja, wenn wir Ovid glauben dürfen. Pygmalions Geliebte lebt, wird schwanger und gebiert ein Kind, Paphos mit Namen.«

»Ein Happy End, wie süß«, freute sich der vierarmige Riese.

»Leider gehen nicht alle human-gynoiden Verbindungen so gut aus«, teilte der Museumsführer mit. »In seiner Erzählung *Der Sandmann* aus dem Jahr 1817 erzählt der deutsche Dichter E. T. A. Hoffmann die Geschichte der schönen Androidin Olimpia, an die der Student Nathanael sein Herz verliert – nicht ahnend, dass er damit einer Automate verfällt. Olimpia ist eine elegante, wunderschöne Puppe, die vollendet Klavier spielt und mit absoluter rhythmischer Sicherheit tanzt. Dass sie kaum spricht – sie kann nur ›ach, ach‹ sagen – stört den Studenten nicht. Im Gegenteil. Er

Metallische Schönheit, beinahe schon weiblich

liest ihr stundenlang aus eigenen Werken vor: Gedichte, Fantasien, Visionen, Romane und Erzählungen, und da sie ebenso unermüdlich zuhört, wie er vorliest, nimmt er ihr gelegentliches ›Ach‹ für Lob und liebt sie umso mehr.«

»Auch ein Happy End«, hieß es aus dem Publikum.

»Leider nein. Die schöne Puppe geht am Ende entzwei, Nathanael stürzt sich daraufhin in den Tod.«

»Er hatte zu viel von seiner Seele in die Puppe investiert«, diagnostizierte einer der Gäste hellsichtig.

»Sehr töricht«, urteilte der vierarmige Gigant.

»Nicht einmal die Mächtigen sollen davor gefeit sein, ihre Seele Puppen zu spendieren«, warf der Museumsführer ein. Aber da niemand auf seine Bemerkung einging, schritt er weiter.

»Das Ideal der perfekten Frau beschäftigte die Fantasie der Menschheit – *Mensch* ist nicht umsonst eine Ableitung von *Mann* und *männ-lich* – weiterhin. In dem Film *Metropolis* von Fritz Lang baut der Wissenschaftler Rotwang einen Roboter, den er mit dem Gesicht einer Menschenfrau versieht.

»Es liegt am Sex«

Auch der präastronautische Visionär Philip K. Dick ließ in seinem Roman *Blade Runner* allerlei schöne Gynoiden auftreten. Sie heißen Irmgard, Pris oder Rachael und leisten dem männlichen Teil der Menschheit Dienste – gelegentlich auch Liebesdienste ...«

Im Raum erstand die Holographie zweier Männer. Sie sahen raubeinig aus, restlos desillusioniert. Schauspieler ohne Engagement.

»Sie sitzen in der Klemme, Deckard«, sagte eine der Figuren in leicht amüsiertem Ton.

»Und was kann ich dagegen tun?«, fragte der andere – Deckard also – zurück.

»Es liegt am Sex.«

»Sex?«

»Es liegt daran, dass die Androidin rein physisch attraktiv wirkt. Wussten Sie nicht, dass sich manche Leute in den Kolonien weibliche Androiden als Mätressen halten? Sie müssen sich selbst gegenüber ehrlich sein, Deckard. Sie wären gerne mit einem weiblichen Androiden ins Bett gegangen.«

Der Redner löste sich in Rauch auf, aus dem Rauch formte sich eine feminine Figur und schritt langsam vor Deckard auf und ab. Sie sagte: »Auch Androiden sind einsam.«

»Rachael ...«, sagte das Deckard-Hologramm und hob den Kopf.

Rachael schleuderte ihre Schuhe weg und zog den Reißverschluss ihrer Shorts auf. Sie balancierte auf einem Bein, fing das herabgleitende Kleidungsstück mit der großen Zehe auf und schleuderte es quer durchs Zimmer. Dann ließ sie sich aufs Bett fallen, rutschte hin und her, drehte sich schließlich auf den Bauch und vergrub das Gesicht ins Betttuch. »Das ist ein sauberes, vornehmes, jungfräuliches Bett.

Nur saubere, vornehme Mädchen, die ...« Sie dachte angestrengt nach. »Androiden können keine Kinder bekommen. Ist das ein Nachteil? Ich weiß es wirklich nicht. Ich kann's mir auch nicht vorstellen. Was für ein Gefühl ist das Geborenwerden überhaupt? Wir werden nicht geboren, wir wachsen nicht auf, wir sterben nicht an Krankheit und Alter, sondern wir nutzen uns einfach ab. Ja, so sind wir. Auf Reflexe reagierende Maschinen aus Chitin, die nicht richtig lebendig sind. Ich *lebe* nicht. Du liegst nicht mit einer Frau im Bett. Sei also nicht enttäuscht, okay? Hast du schon mal einen Androiden geliebt?«

»Nein«, antwortete Deckard, band den Schlips ab und zog das Hemd aus.

»Verdammt, komm schon ins Bett!«, sagte Rachael.

Er stieg ins Bett. Die Szene verblasste. Einer der Gäste bückte sich unauffällig nach den Shorts der Gynoiden, aber auch die zerrann zu nichts.

»Die Suche nach der vollkommenen, wenn auch künstlichen Frau währt schon lange, und sie hat allerlei abseitige Wege genommen«, setzte der Museumsführer neu an und führte seine Gruppe weiter zu einer kreisrunden Plattform, auf der ein Mensch mit hocherhobenen Armen stand und langsam mit der Standfläche rotierte. Der Mensch war nackt, und zwar restlos. Selbst seine Haut verhüllte ihn nicht, sondern gewährte, da sie aus einem durchscheinenden Material bestand, Einblick in den Körper.

Die Gäste bildeten einen Kreis um die Plattform. Der Raum verdunkelte sich. Aus den Tiefen des Menschenleibes aber schimmerte Licht auf. Der Museumsführer machte sich an der Kurbel eines vorsintflutlichen Gerätes zu schaffen; eine schwarze, flache Scheibe drehte sich auf ihrem Teller; eine melodische Stimme erklang aus einem Sprechtrichter. »Im Alten Testament heißt es in den Sprü-

Mensch mit Gläsernem Menschen – »Dies ist eine merkwürdige Geschichte«

chen: Der Herr wacht über den Atem des Menschen, er durchforscht alle Kammern des Leibes mit einer Lampe. Als da sind: die Nieren, an die einem manches geht; die schwere Leber, die so empfindsam ist, dass sie spürt, wenn eine Laus darüber läuft; die birnenförmige Gebärmutter, die nach alten religiösen Vorstellungen Sitz des Mitleids ist und des Erbarmens.« Die aufgerufenen Organe leuchteten der Reihe nach auf.

»Der Gläserne Mensch erlaubte also gewissermaßen einen göttlichen Blick ins Innenleben des Menschen. Der Prototyp des Gläsernen Menschen war im Jahr 1927 alter Zählung von dem Modellbauer Franz Tschakert im Deutschen Hygiene-Museum entwickelt worden. Sein Körper bestand aus dem transparenten Kunststoff Cellon. Im Jahr

Das artifizielle Gesicht der Lust – positronischer Rekonstruktionsversuch eines Phantoms

»Ich war ein monströser Einfall. Aber es war auch eine monströse Zeit. Vielleicht hätte ich, hätte es mich Monstrum gegeben, die eine oder andere Grausamkeit verhindern können. Wäre ich an die Stelle der Menschenfrauen getreten ...« Sie ließ den Satz offen.

»Ich habe Zweifel«, sagte der Museumsführer: »Hätten die Quäler es nicht vorgezogen, Menschen statt einer Ipoflex-Figur zu quälen? Hätte es ihnen dieselbe Befriedigung verschafft, eine Maschine zu zerstören?«

»Vielleicht, wenn man mir die Fähigkeit zu leiden gegeben hätte ...«, erwog die Gynoide.

»Dies ist eine merkwürdige Geschichte«, murmelte jemand aus den Reihen der Gäste.

»Schier unglaublich.«

Der Museumsführer nickte lächelnd, wandte sich wieder den Gästen zu und erklärte: »Dass diese Geschichte so unglaublich wirkt, mag daran liegen, dass sie – soweit wir heute sehen – frei erfunden ist, ein journalistisches Phantom, das ein Humorist zu Beginn des 21. Jahrhunderts auf die Reise durch das archaische Internet geschickt hat, eine Phantomine, der ein damaliges Boulevardblatt namens HOLO-BILD einen Gastauftritt als Kaufanreiz gewährte. Denn die Verbindung von Sexualität und Kriminalität hat Terraner immer schon fasziniert.«

»Schmutz und Schund«, urteilte der vierarmige Titan. »Man sollte polizeilich eingreifen. Überhaupt finde ich die terranische Besessenheit von Sexualität irritierend. Schließlich ist die geschlechtliche Fortpflanzung ein ebenso zeitraubendes und umständliches wie unhygienisches Verfahren.«

»Je nachdem«, antwortete der Museumsführer. »Evolutionsbiologisch betrachtet könnte man schon behaupten, dass die Rekombination von Genen die Verbesserung des Erbgutes beschleunigt.«

»Verbessern kann man nur, was nicht perfekt ist«, grollte der Vierarmige stolz. »Oder sieht das hier jemand anders?«

Mit einem Blick in die drei rot glühenden Augen des Sexualkritikers erklärte sich die Gruppe mit dessen Auffassung völlig einverstanden, und der Riese grummelte befriedigt.

»Ist, bitte, eine Frage gestattet?«, hörte der Museumsführer von unten. Der Besucher, der einem aufrecht gehenden Kürbisgewächs ähnelte, zeigte mit einem seiner vier Arme auf.

Der Museumsführer nickte dem Gurkenförmigen zu.

»Gehört haben wir nunmehr von Gynoiden, die zu Konkubinen werden, und von Kindern, die an Sohnes statt gebastelt wurden. Sexistisch klingt mir dies. Ist die terranische Damenwelt nie auf die Idee verfallen, sich mit Androiden die Zeit zu verkürzen, während ihre Gatten, sagen wir mal, mit der Flotte unterwegs waren, fleißig Meister der Insel, Laren oder Kriegskatamare aus Tradom zu stellen?«

Bilder flimmerten durch den Raum, Bilder von ungewöhnlicher Unschärfe, Hologramme, die sich nicht stabilisierten.

»Nun?«, fragte der Gast nach, »sind sie oder sind sie nicht?«

»Nein«, gab der Museumsführer zur Antwort, »niemals.«

Dann strebte er auf die Lamelle zu, die den Übergang zum nächsten Saal bildete. Während seine Gruppe ihm folgte, klang Musik auf, das Lied einer prähistorischen Musikgruppe, die sich DURAN DURAN nannte:

I knew when I first saw you on the showroom floor:
You were made for me.
I took you home and dressed you up in polyester,

Unscharfe Bilder flimmerten im Raum

UH! AUFHÖREN, AN DER STELLE BIN ICH SEHR ERREGBAR!
SEI STILL, MATTHIAS! AUSGE-RECHNET EINE HALBE STUNDE VOR DEM FEST MUSS SICH DEIN APPA-RAT VERKLEMMEN!

Princess of my dreams.
Emotionless and cold as ice
All of the things I like:
The way you look;
The way you move;
The sound you're makin'
In ultra-chrome, latex and steel.

I plug you in,
Dim the lights,
Electric Barbarella.
Your perfect skin
Plastic kiss,
Electric Barbarella.

Try to resist.
Then we touch,
Hallucinate and tranquilize.

She's so fine.
She's all mine.

Pro-genetic you Electric Barbarella,
My pretty pretty pretty pretty Barbarella.

Quellen:

PHILIP K. DICK: Blade Runner (Do Androids Dream Of Electric Sheep).

E.T.A. HOFFMANN: Der Sandmann.

OVID: Metamorphosen.